«Der Roman ist vielschichtig, verwickelt und voller Überraschungen, eine Mischung aus Familiengeschichte, Kirchen-Krimi und Archäologie-Abenteuer.» *Der Spiegel*

Jacques Neirynck, Professor an der Eidgenössischen Technischen Hochschule Lausanne, veröffentlichte zahlreiche wissenschaftliche Werke sowie Essays und Romane.

Jacques Neirynck

Die letzten Tage des Vatikan

Roman

Deutsch von Ingrid Altrichter

Rowohlt Taschenbuch Verlag

Die Originalausgabe erschien 1994
unter dem Titel «Le manuscrit du Saint-Sépulcre»
bei Les Éditions du Cerf, Paris

Redaktion Heiner Höfener

Veröffentlicht im Rowohlt Taschenbuch Verlag,
Reinbek bei Hamburg, Januar 2006

Umschlaggestaltung: any.way, Cathrin Günther
(Foto: Gerrit Greve/CORBIS)
Gesamtherstellung Clausen & Bosse, Leck
Printed in Germany
ISBN 13: 978 3 499 24122 2
ISBN 10: 3 499 24122 6

Klarheit ist genug, um die Auserwählten zu erleuchten, und Dunkelheit ist genug, um sie zu demütigen. Dunkelheit ist genug, um die Verworfenen zu blenden, und Klarheit ist genug, um sie zu verdammen und unentschuldbar zu machen.

Blaise Pascal

Vorbemerkung

Das vorliegende Buch verbindet zwei literarische Genres: die Geschichtsschreibung und die Fiktion. Auf der Grundlage tatsächlicher, mit größtmöglicher Genauigkeit dargestellter Ereignisse versucht der Autor, die nähere Zukunft zu ergründen. Manche Begebenheiten sind authentisch, andere sind frei erfunden. Um Verwirrungen auszuschließen, tragen die historischen Persönlichkeiten ihren wahren Namen: Die ihnen zugeschriebenen Taten und Worte spiegeln die Wirklichkeit wider. Alle anderen Protagonisten sind fiktive Figuren. Eventuelle Übereinstimmungen in Namen oder Funktionen mit lebenden Personen sind rein zufällig.

Erster Teil

Das unzeitige Grabtuch

1

❖❖❖❖❖❖

Im gleichmäßigen Tempo eines Metronoms schritt Theo durch die Via della Scrofa, ohne sich von den vielfältigen Verlockungen einer römischen Straße ablenken zu lassen. Ihm blieben nur noch zwei Minuten bis zu seiner Verabredung, bei der er es ebensowenig ertrüge, zu spät zu kommen, wie zu früh dort einzutreffen. Er führte über die Zeit, die er sich selbst gönnte und anderen zubilligte, gewissenhaft Buch und lebte nach einem strengen Terminplan, um sich jegliches Warten zu ersparen. Da andere diese Grundregel der Höflichkeit jedoch mißachteten, mußte Theo sich dennoch bisweilen gedulden, litt aber nicht allzu sehr darunter, denn sein wenigstens in diesem Punkt reines Gewissen gestattete ihm, die Sorglosigkeit der anderen zu tadeln, die er gern als Zeitfresser brandmarkte. Im Grunde kämpfte er mit seiner übertriebenen Pünktlichkeit vor allem gegen geheime Befürchtungen an. Er zimmerte nämlich durch einen erbarmungslosen Umgang mit der Zeit, über die er sehr gut Bescheid wußte, an seiner Ewigkeit, von der er nichts wußte.

Kaum zehn Sekunden später als geplant betrat er das Restaurant. Der Oberkellner begrüßte ihn mit jener unvergleichlichen Mischung aus Ehrerbietung und Herablassung, mit der nur ein Römer einen Gast empfängt, und geleitete ihn an den Tisch neben der offenstehenden Terrassentür, den Theo noch kurz vor dem Weggehen von seinem Hotelzimmer aus telefonisch bestellt hatte. Da er die letzten hundert Meter schneller ausgeschritten war, ließ er sich ein wenig atemlos auf einen Stuhl sinken. Selbstverständlich waren weder Colombe noch Emmanuel bereits da; das Gegenteil wäre für ihn überraschend und sogar kränkend gewesen. Unwillkürlich rieb er sich zufrieden die Hände.

Die Stoppuhr in seiner Jacke zeigte an, wieviel Zeit verstrichen war, seit er das Hotel verlassen hatte. Theo klappte seinen Taschencomputer auf und gab ein, wie lange er vom Hotel Raphael bis zum Restaurant Alfredo alla Scrofa gebraucht hatte: zwölf Minuten, wobei er die Sekunden außer acht ließ. Auf diese Weise fütterte er seinen elektronischen Terminkalender mit regelmäßig korrigierten Daten über alle Wege, die er häufig zurücklegte. Jeden Abend, wenn er kurz vor dem Zubettgehen den Ablauf des nächsten Tages plante, zog er ihn zu Rate. Bei komplizierteren Strecken ergänzte er die Angaben zum erforderlichen Zeitaufwand durch Hinweise auf die optimale Route. So speicherte ein Siliziumchip alle Informationen über Zeit und Raum, die Theo wichtig waren, auf etwa einem Quadratmillimeter, ein ausgeklügelter Mikrokosmos inmitten einer Welt voller Unordnung.

Theo ließ seinen Blick durch das Restaurant schweifen. Es hatte sich nicht verändert, alles war wie immer: an den Wänden die mit Widmungen versehenen Fotos der Stars der fünfziger Jahre, das zeitlose Mobiliar, die Ventilatoren an der Decke, die beigefarbenen Wandleuchten aus mundgeblasenem Glas, eine unverändert beibehaltene Speisekarte, die gleichen Kellner. Ein beruhigendes Refugium innerhalb der Anarchie Roms, ein sicherer Hort in bewegten Zeiten. Allerdings hatte das Alfredo alla Scrofa einst bessere Tage gesehen, als es für die Berühmtheiten aus aller Welt noch ein Muß war, hier einzukehren. In Rom nahmen die Zusammenkünfte der Geschwister de Fully rituell in diesem Restaurant ihren Anfang, weil es zu den hehren Stätten ihrer Studienjahre gehörte. Damals kam es mitunter vor, daß sie neben Marcello Mastroianni, Elizabeth Taylor oder Robert Kennedy saßen und sich das Air wichtiger Persönlichkeiten gaben, noch ehe sie es wirklich wurden. Für den Preis eines Tellers *fettuccine* war das geschenkt.

Theo entnahm seiner Brieftasche zwei doppelt gefaltete Blätter, faltete sie auseinander und strich sie mit pedantischer Sorgfalt glatt. Er ließ sich viel Zeit, um den Bericht noch einmal zu lesen, denn er war von seiner trockenen und wirkungsvollen Wissenschaftsprosa in deutscher Sprache sehr angetan. Sobald sein Bruder, Emmanuel, ihn zu Gesicht bekam, dürfte er zumindest erstaunt sein, selbst wenn er es nicht zeigen würde. Sicher sagte er in diesem salbungsvollen, seine Unwissenheit äußerst unzulänglich kaschierenden Ton des Geistlichen: *Sub specie aeternitatis ...* und machte dabei eine zunehmend vage Handbewegung, mit der er – so unscharf wie ein Weichzeichner – den Übergang der Zeit in die Ewigkeit nachahmte. Aber was wußte Emmanuel schon von der Zeit? Durch die oberflächliche Lektüre einiger populärwissenschaftlicher Werke benebelt, ließ er sich zuweilen auf gefährliche Erklärungen über die Relativität ein, wobei er ungeniert die Zeit nach Newton mit der nach Einstein ebenso verwechselte wie den wahren Sonnentag mit dem Sterntag und damit besorgniserregende Einblicke in die mangelnden physikalischen Kenntnisse eines Theologen gewährte, der es sich hatte angelegen sein lassen, in seiner Doktorarbeit in Fribourg *Die Vorstellung der Ewigkeit bei Duns Scotus* zu erörtern.

Er, Theo, wußte hingegen, was er von der Zeit zu halten hatte, von diesem Parameter der Physik, den er in Neuchâtel gemessen hatte, als er während der sechziger Jahre die besten Zeitwächter des Planeten entwickelte, die Cäsiumatomstrahluhren, deren Ungenauigkeit nur eine Sekunde in drei Millionen Jahren beträgt. Damit konnte er die Verzögerung der Erdrotation erfassen, die im Verlauf von hunderttausend Jahren die Dauer eines Tages um zwei Sekunden verlängert. Er hatte auch die Auswirkung der Relativität auf die Ortszeit nachgewiesen, indem er an Bord zweier Flugzeuge, die in entgegengesetzter Richtung die Erde umrundeten, zwei Uhren verstaut und dann triumphierend die dabei eingetretene Zeitverschiebung festgestellt hatte. So waren Einsteins Erkenntnisse durch seinen Schweiß bestätigt worden.

Außerdem hatte er die subtile Technik der Dendrochronologie verfeinert, die auf dem Auszählen der Jahresringe von Bäumen beruht. Er hatte die Ringfolge eines in jüngster Zeit gefällten Baumes mit den Ringfolgen älterer Bäume verbunden und daraus einen Kalender heißer und kühler Sommer aufgestellt, die an den jeweils schmalen oder breiten Jahresringen abzulesen waren. So hatte er, gewissermaßen von Baum zu Baum, fünfzig Jahrhunderte zurückverfolgt. Damit ließ sich beweisen, daß ein neolithisches Dorf am Neuenburger See mindestens einhundertdreiundzwanzig Jahre lang bewohnt gewesen sein mußte, da die fünfhunderteinundzwanzig Pfähle, auf denen die Häuser sich während der Überschwemmungen aus dem Wasser erhoben, zwischen dem Winter 2795/94 und dem Winter 2673/72 vor unserer Zeitrechnung gefällt worden waren.

Danach hatte Theo die traditionelle Radiokarbonmethode zur Altersbestimmung prähistorischer Funde durch ein ausgefeiltes Verfahren ersetzt, bei dem er die Massenspektroskopie anwandte, die es gestattete, tatsächlich Atom für Atom zu zählen. Auf diese Weise hatte er das Alter von Bohrkernen aus dem Grönlandeis mit erstaunlicher Präzision – bis auf hunderttausend Jahre genau – bestimmen können. Diese Meßtechnik hatte ihn berühmt gemacht und würde ihm früher oder später einen Nobelpreis für Physik einbringen. Mit unerschütterlicher Gelassenheit wartete er auf diese Auszeichnung, die er selbst für wohlverdient hielt.

Schon dreimal hatte er sich also darangewagt, es mit der Zeit aufzunehmen, und dreimal war er der Herausforderung gewachsen gewesen. Nun schwante ihm, daß ihm eine noch viel größere Herausforderung bevorstand: die Erforschung der Ewigkeit, die nicht etwa die bis ins Unendliche verlängerte Zeit war, sondern ihr Gegenteil, die absolute Zeitlosigkeit. Aber wie sollte er eine nicht existierende Größe messen? Allmählich begann er, eine Vorstellung davon zu entwickeln.

Er sah auf die Uhr. Jetzt wartete er bereits seit einer Viertelstunde. Das reichte, um seinem Bruder und seiner Schwester Unpünktlichkeit vorwerfen zu können. Länger brauchten sie ihn nun nicht mehr hinzuhalten. Sie vergeudeten wahrlich seine Zeit. Ihn packte die Ungeduld. Er mußte sich bewegen. Deshalb schritt er die Galerie der Fotos ab, auf denen er Burt Lancaster, Gary Cooper und Clark Gable erkannte, obwohl sie auf den Bildern noch sehr jung waren. Es gab auch ein Farbfoto neueren Datums von Michail Gorbatschow. Theo suchte den Waschraum auf und ließ sich Wasser über die feuchten Hände laufen. Dann kehrte er an seinen Platz zurück. Er verwünschte sich, weil er nichts zu lesen mitgenommen hatte, nicht einmal eine Zeitung. Also begann er zu seufzen und maß die Häufigkeit und Dauer seiner Seufzer. Er langweilte sich wirklich. Die Zeit zog sich. Erst in diesem Moment merkte er, wie heiß und drückend es war. Das schon seit einem Tag drohende Gewitter war noch immer nicht ausgebrochen. Es fielen zwar einige Regentropfen, die auf dem Boden mit dem Straßenstaub verklumpten, doch die Luft war nach wie vor verpestet, eine widerwärtige Mischung aus Abgasen, üblen Gerüchen und menschlichen Ausdünstungen.

Durch die vom Herbstwind bewegte Gardine blickte Theo nach draußen. Da hielt ein Taxi am Rande des Gehwegs. Colombe stieg aus und beugte sich zum Fahrer, nicht etwa, um ihn zu bezahlen, sondern um ihn zu küssen.

Nach einem wahren Hindernisrennen war Colombe gegen zehn Uhr vormittags in Fiumicino gelandet. Die Maschine, die sie von San Francisco nach New York hätte bringen sollen, war nie gestartet. Im letzten Augenblick hatte man sie auf einen anderen Flug umgebucht, doch ihr Gepäck war zurückgeblieben, weshalb sie Ärger mit der Sicherheitskontrolle am Kennedy-Airport bekommen hatte. Vor Aufregung hatte sie dann nicht schlafen können, und bei der Ankunft in Rom mußte sie erfahren, daß Gepäckträger und Taxifahrer streikten. Ohne Frage, die Welt der Technik ließ sich noch immer auf keinen gemeinsamen Nenner bringen: Ingenieure waren imstande, Flugzeuge zu bauen, die mühelos den Atlantik überquerten, doch niemand schaffte es, den Transfer von Fiumicino nach Rom zu organisieren.

In der feuchten, stickigen Luft verschlug es ihr sofort den Atem, und die bedrückende Architektur des Flughafens erweckte Vorstellungen von den persönlichen Qualen des Baumeisters, der wahrscheinlich unter der unheilbaren Neurasthenie der Südländer gelitten hatte. Wieder einmal hatte Colombe den Eindruck, wie im Traum in ein Bild De Chiricos hineinversetzt zu werden. Sie fühlte sich unbehaglich: Würde Paolo dasein?

Diese Augenblicke der Spannung hätte sie gern durchgestanden, ohne sich um Gepäckscheine kümmern zu müssen, aber die von Verwaltungsproblemen heimgesuchte Welt, in der sie lebte, bot ihr kaum die Gelegenheit, Tragödien oder Komödien auszukosten. Nach zwei nervenaufreibenden Stunden konnte sie endlich ihr Gepäck in Empfang nehmen und strebte, von Besorgnis erfüllt, der Zollkontrolle zu: Ob auf der anderen Seite jemand auf sie wartete? Paolo war so zerstreut und unbesonnen. Wie sollte man nur Menschen lieben, die selbst unfähig waren, andere zu lieben? Falls er sie nicht abholte, mußte sie wohl zornig werden. Und falls sie zornig wurde, tat Paolo so, als wollte er sie verlassen. Also würde sie klein beigeben und er dank eines Fehlers, den er begangen hatte, noch größere Überlegenheit gewinnen. Bei ihm galt nur eine Spielregel: Wer mogelt, gewinnt immer.

Colombe entschied sich für den Durchgang mit der Aufschrift «Nichts anzumelden». Genau unter dem Schild wurde ihr plötzlich klar, daß sie Paolo nicht liebte, ihn nie geliebt hatte und sich die Angst, ihn zu verlieren, nur einredete, um sich eine Zuneigung vorzugaukeln, die sie nicht empfand. Paolo war nichts weiter als ein Körper, nach dem sie gierte. Einen erhabeneren Grund für ihre Nervosität gab es nicht. Nein, sie hatte wahrhaft nichts zu melden.

Doch er stand tatsächlich da: gelassen, sonnengebräunt, mit geistesabwesendem Blick, in dem, sobald er sie entdeckte, übertriebene Freude aufleuchtete, wie die schlechten Schauspieler von Cinecittà sie in historischen Filmen mimten. Die aufreizendste seiner Tücken bestand darin, daß er sein stets affektiertes Gehabe überzog, um es besser zu verschleiern. Wo, in welcher tieferen Schicht seines Unterbewußtseins mochte sein wahres Wesen liegen, sofern es das überhaupt gab? Es kamen nur unergründliche Gefühle zum Vorschein, die andere verdeckten und die er noch wirkungsvoller tarnte, indem er vorgab, sie zu heucheln. Er glich einer Zwiebel: Sobald Colombe eine Lügenhaut abgezogen hatte, wurde sie der nächsten ansichtig, die eine weitere umhüllte.

«Mein Prinz», sagte Colombe.

Und er erwiderte schlagfertig:

«Meine Schäferin.»

Bis auf einen unvermeidlichen Kuß, mehr aufgedrückt als eindringend, war das der einzige Gefühlsausbruch. Obwohl sie gezwungenermaßen sechs Monate getrennt gewesen waren, verwoben sich Colombes Zurückhaltung und Paolos Nonchalance nur zu einer lockeren Bindung, gleich den lose verkreuzten Kett- und Schußfäden jener modernen Wandbehänge, wie sie von eiligen Künstlern hingeschludert werden. Nachdem sie so lange sechstausend Kilometer voneinander entfernt gelebt hatten, brachte Colombe nicht den Mut auf, größere Aufmerksamkeit zu heischen. Paolo stand da, er würde sich bald gierig auf sie stürzen. Was konnte sie mehr verlangen?

Der Flughafen quoll über von einer zähen Menschenmasse, die nach einem beliebigen Transportmittel Ausschau hielt, um in die Stadt zu gelangen. Paolo bahnte einen Weg für Colombe, und ihr folgte ein Gepäckträger, den er gebieterisch herangewinkt hatte. Draußen wartete eine endlose Schlange begehrlich vor einem Taxi ohne Fahrer, vor einem einzigen Taxi, das «Besetzt» signalisierte, obwohl es leer war. Paolo schloß die Tür auf und rutschte ans Steuer, als wäre das die natürlichste Sache der Welt, wobei er es Colombe überließ, dem Gepäckträger eine Dollarnote zu geben.

Als sie neben ihm Platz genommen und er unter den Flüchen der anderen Anwärter auf diese Fahrt den Motor angelassen hatte, bequemte er sich zu einer Erklärung:

«Meine Teure, Sie sitzen in dem einzigen Taxi, das nicht streikt. Prinz Paolo Pacelli ist Taxifahrer geworden, um seine Liebste abzuholen. Das kommt mir allerdings sehr entgegen. Mein Vater hat mir nämlich vor drei Monaten den Lebensunterhalt gestrichen. Deshalb bin ich auf der Suche nach jedweder Arbeit, die nicht übermäßig anstrengend, aber dafür sehr einträglich ist. Außerdem neigt man in meiner Familie zum Streikbrecher.»

Eine Blechlawine wälzte sich im Schrittempo über den Grande Raccordo, den Autobahnring rund um Rom. Paolo mied ihn lieber und hielt direkt auf die Basilika San Paolo fuori le mura zu. Als sie an ihr vorüberfuhren, dachte Colombe voller Mitgefühl an den Apostel Paulus. Um wenigstens langem Leiden zu entgehen, hatte er sich auf sein römisches Bürgerrecht berufen und es vorgezogen, hier enthauptet anstatt gekreuzigt zu werden. Soweit es ihr möglich war, weigerte sich auch Colombe, alle Kreuze zu tragen, die man ihr aufzubürden versuchte, und erflehte den Schutz des Apostels der Heiden. Sie glaubte felsenfest, daß es der größte Beweis der Liebe sei, sein Leben für andere hinzugeben, doch ohne unangebrachtes Zurschaustellen und ohne vermeidbare Qualen. Nur wer nie den Todeskampf eines Menschen miterlebt hat, mochte behaupten, im Leiden liege Erlösung. Colombes Arbeit in San Francisco bestand indes genau darin, Sterbende zu begleiten.

Auf dem Weg über die Foren erreichte Paolo das Stadtzentrum. Colombe merkte, daß es inzwischen zu spät war, ihren Koffer noch im Hotel abzustellen. Theo wartete sicher schon seit mindestens einer halben Stunde. Deshalb bat sie Paolo, sie direkt zum Alfredo zu fahren, danach ihr Gepäck ins Hotel zu bringen, sich dort in Geduld zu fassen und – vor allem – auf sie zu warten.

Theos Empfang fiel unfreundlich aus:

«Jetzt küßt du schon Taxifahrer!»

«Ich küsse, wen ich will, wo und wann ich will!»

Als liege ihr immerhin daran, sich zu entschuldigen, fügte sie eine weitere unpassende Bemerkung hinzu:

«Im übrigen war das kein Taxifahrer.»

Doch das stimmte ihren Bruder nicht heiterer. Er umarmte sie so steif, wie ihr Vater sie seit ihren Mädchenjahren stets umarmt und damit zum Ausdruck gebracht hatte, daß es sich um ein Zugeständnis an weibliche Sentimentalität handelte.

Colombe setzte sich, dann schwiegen beide. Einmal versuchte sie, das Eis zu brechen, indem sie ihn besorgt auf eine dunkel verfärbte Warze an seiner Schläfe ansprach. Nachdem sie ihm vergebens empfohlen hatte, sie entfernen zu lassen, wurde ihr bewußt, daß sie ihren Beruf als Ärztin mißbrauchte, um ihren Bruder zu bevormunden. Sie hätte Paolo nicht vor seinen Augen küssen dürfen, denn es war vollkommen klar, daß er mit stummem Vorwurf darauf reagieren würde. Also hielt Colombe den Mund und wartete auf Emmanuel. In der Familie de Fully übte man sich von jeher gern in der Kunst, einander in Schweigen zu ertragen, das um so beredter wurde, je länger es dauerte.

Emmanuel hatte sich noch mehr verspätet als Colombe, doch aus weitaus triftigeren Gründen. Sein ganzer Vormittag war ein ständiges Hin und Her zwischen dem Büro des Kardinals Weiss und dem Petersplatz gewesen. Solange er lebte, würde Emmanuel sich an diesen Donnerstag, den 6. Oktober 1988, erinnern. An diesem Morgen verlor er die Illusionen, die er sich noch über die Kurienkongregation für die Glaubenslehre bewahrt hatte. Am Nachmittag sollte er meinen, noch viel mehr zu verlieren.

Die von Bernini geschaffenen Kolonnaden des Petersplatzes öffnen sich weit zur Via della Conciliazione hin, deren Name und Ursprung von dem Wunsch zeugen, den Menschen eine Art Bresche in die abgeschlossene Welt der Kirche zu schlagen. Dennoch kennzeichnet eine Reihe hellerer Pflastersteine die Grenze zwischen der Republik Italien und der Vatikanstadt. Auf der italienischen Seite dieser Linie erduldete eine Gruppe von sechs dunkelgewandeten Männern aus der Schweiz mit stoischer Ruhe die sengende, nur von den Schwaden städtischer Luftverschmutzung verschleierte Sonne. Sie schwitzten, rührten sich aber keinen Zollbreit von der Stelle, als Emmanuel ihnen vorschlug, unter den Kolonnaden Schutz zu suchen. Es waren zwei Bischöfe, die vier Vertreter des Synodalrats der reformierten Kirchen – zwei Pastoren und zwei Laien – begleiteten. Alle sechs erweckten einen in ihrer Hartnäckigkeit versteinerten Eindruck.

Schon morgens um neun hatte Emmanuel auf einem Gehsteig vor dem Palazzo del Sant' Uffizio eine kleine Schar Journalisten ausgemacht, die auf diese Schweizer Delegation lauerten. Also hütete er sich wohlweislich, über die Piazza del Sant' Uffizio zu gehen. Fünfmal pendelte er zwischen dem Kardinal und der Delegation hin und her, wobei er durch die Bibliothek des Vatikan schlich, die sowohl einen Ausgang zum Petersplatz als auch einen zu einem Innenhof besitzt. Beim dritten Mal richtete er einige Worte an die zwei Wachsoldaten der Schweizergarde, die anscheinend stutzig geworden waren. Er kannte sie gut, denn er war Kaplan der Garde. Es gab nämlich in Rom keinen zweiten Prälaten, der sich so gut wie er auf die Feinheiten des oberwallisischen Dialekts verstand, den er während seiner zwei Amtsjahre als Vikar in Brig erlernt hatte.

Emmanuel legte nicht gerade Wert darauf, daß sein Kommen und Gehen in der kleinen Welt der Kurie Spekulationen auslöste. Er kam sich lächerlich und zugleich schäbig vor. Die ökumenische Delegation erhob lebhafte Vorwürfe, und Joseph Kardinal Weiss verschanzte sich hinter seinem Starrsinn. Drei Monate zuvor hatte er vage zugesagt, den Besuch dieser Delegation zu akzeptieren, und Emmanuel hatte es auf sich genommen, während der Vorbereitungen für die Reise diese Zusage in ihrem Kern zu bestätigen. Aber heute hatte der Kardinal sich anders besonnen. Hatte er vielleicht nie die Absicht gehabt, diese Delegation zu empfangen? Hatte er Emmanuel etwa nur in dem Glauben gelassen, um einen Zwischenfall zu provozieren, mit dem eine katholische Kirche der Schweiz, die zu sehr in Versuchung geraten war, mit den Reformierten zu flirten, wieder zur Vernunft gebracht werden sollte? Nie würde es Emmanuel gelingen, das Wesen dieses undurchschaubaren Mannes zu enträtseln, der seine Unbeugsamkeit mit einem ständigen Lächeln verbrämte.

Als die Fische anscheinend richtig angebissen hatten, gab er ihnen den Rest. Er hatte ihnen bereits eine Unterredung mit einem Theologen in den Räumen der Glaubenskongregation angeboten, dann mit einer Kommission von Theologen, danach mit dem Untersekretär und schließlich mit dem Sekretär, aber keinesfalls mit ihm selbst. Da Gespräche mit den Reformierten in die Zuständigkeit des Sekretariats für die Einheit der Christen fielen, brauchte diese ökumenische Delegation aus der Schweiz doch nur Kardinal Willebrands zu treffen, falls ihnen soviel daran lag, ihrer Liste der bereits aufgesuchten Eminenzen einen Kardinal hinzuzufügen. Er, Kardinal Weiss, hatte keine Zeit für sie. Das ließ er Emmanuel wissen, während er auf seinem Schreibtisch demonstrativ Druckfahnen der Zeitschrift *Communio* ausgebreitet hatte, die er in aller Ruhe mit einem roten Stift korrigierte. Es ging darum, daß Emmanuel diese Einstellung begriff und sie, schon allein durch die eigene Verlegenheit, seinen Gesprächspartnern übermittelte.

Als er zum fünftenmal bei ihnen erschien, beschloß die Schweizer Delegation einmütig, aufzugeben und bei der Rückkehr in ihr Heimatland keinen Hehl aus dem zu machen, was sich hier zugetragen hatte. Emmanuel, körperlich und seelisch am Ende und unter seiner schwarzen Soutane mit dem violetten Zingulum wie in Schweiß gebadet, war dem Weinen nahe. Einem der Schweizer Bischöfe standen tatsächlich Tränen in den Augen. Wo blieb bei alledem die Nächstenliebe? Es war nicht einmal höflich. Aber der Kardinal ließ oft durchblicken, daß die Nächstenliebe es erfordere, auf alle äußerlichen Formen der Zuvorkommenheit zu verzichten. Er umgab sich nur allzu gern mit Unnahbarkeit und nannte das Frieden stiften.

Emmanuel verließ den Petersplatz und verabscheute wieder einmal diese pompöse Kulisse, die mit dem Geld erbaut worden war, das die im sechzehnten Jahrhundert in ganz Europa verkauften Ablässe eingebracht hatten, bis ein deutscher Mönch namens Luther diesen unlauteren Handel anprangerte und damit die Reformation lostrat. Noch nie hatte das Unterfangen eines Menschen derart gründlich das unterhöhlt, was es zu festigen versuchte: die Hegemonie Roms über alle Christen. In ähnlicher Weise traf das auch auf die Kirche Jesu zu, deren sichtbarste Siege sich in Niederlagen verwandelten, weil ihre einzigen wahren Siege in ihren offenkundigen Niederlagen bestanden. Wie sollte Emmanuel es je schaffen, heiteren Sinns für einen so unberechenbaren Herrn zu arbeiten? Er schrieb Gott gern eine Eigenschaft zu, die von allen Theologen verkannt wurde: eine Art schwarzen Humor, Gefallen am Paradoxen, was ihn seltsam menschlich, vertraut und zugänglich machte.

Ohne sich die Muße zu gönnen, seine durcheinandergeratenen Gedanken zu entwirren, eilte Emmanuel zu seiner Verabredung. Weil er nicht in der Soutane herumlaufen wollte, machte er einen Umweg über die Piazza del Risorgimento. Dort hatte er eine winzige möblierte Wohnung in einem Bürgerhaus mit prächtiger Treppe und hohen Decken aus dem vorigen Jahrhundert gemietet. Man könnte meinen, damals hätten die Leute den Großteil ihrer Zeit im Treppenhaus zugebracht und an die Decke gestarrt, um einander nicht in die Augen sehen zu müssen. Da diese Unterkunft wenig Komfort bot und laut war, überstieg die Miete nur unwesentlich Emmanuels bescheidene Einnahmen, die er durch zu hohe Spenden noch schmälerte. Wie alle, die sich ihrer Armut schämten, wohnte er über seine Verhältnisse, kleidete sich ihnen gemäß und ernährte sich schlecht.

Hastig zog er sich um, ohne sich Zeit zum Duschen zu nehmen. Wie Colombe fürchtete auch er Theos Ungeduld. Selbst heute, mit beinahe fünfzig Jahren, lebte er noch im Schatten dieses unnachsichtigen älteren Bruders, dessen Unerbittlichkeit die Strenge der väterlichen Erziehung noch übertraf. Ein Wiedersehen mit Theo war stets eine Wiederbegegnung mit dem Vater.

Nachdem Emmanuel vergebens auf ein Taxi gewartet hatte, erfuhr er schließlich von einem Passanten, daß sie streikten. Er verwünschte sich, weil er sich nie die Zeit nahm, die Nachrichten zu hören. So bestieg er nach erneutem, unerträglichem Warten einen Bus, der ihn binnen weniger Minuten in die Via della Scrofa brachte. Als er sich dem Restaurant näherte, konnte er bereits durch die Gardine die angespannten Gesichter seines Bruders und seiner Schwester erkennen. Sie hatten sich wohl, wie üblich, gestritten. Jede Zusammenkunft der Geschwister de Fully begann mit einem stummen Begleichen alter Rechnungen.

Theo empfing Emmanuel mit den Worten, die zwischen den beiden Brüdern schon zum Ritual gehörten:

«Guten Tag, du Sachwalter des Ungewissen.»

Und Emmanuel antwortete gemäß ihrer brüderlichen Tradition:

«Sei mir gegrüßt, du Haarspalter.»

Dann umarmte er Colombe. Ihr fiel auf, daß die Brüder einander nicht einmal die Hand gereicht hatten. Alle Männer der Familie legten diesen Widerwillen gegen körperliche Berührung mit ihresgleichen an den Tag. Die Jungen wuchsen wie unter einer unsichtbaren Käseglocke heran, die sie isolierte und ihnen gestattete, ihre großen Ziele zu verfolgen oder ihre kleinen Marotten zu pflegen, ohne durch die körperliche Wärme anderer abgelenkt zu werden. Sie gestanden höchstens den Frauen der Familie den Anschein zärtlicher Gesten zu. Womöglich versuchten sie auch nur, Zuneigung zu mimen.

Nach dieser Einleitung, die Colombe durchaus erwartet hatte, wunderte sie sich allerdings über den Dialog, der sich entspann.

«Es ist dreizehnhundertzwei, plus oder minus vierundzwanzig Jahre», sagte Theo.

«Ich hoffe, du machst keine Scherze», antwortete Emmanuel.

Darauf schwiegen die beiden Brüder wieder. Theo lächelte, doch Emmanuel wirkte noch erregter als bei seiner Ankunft.

«Vielleicht könntet ihr mir eure rätselhaften Äußerungen erklären», bat Colombe.

Der herbeieilende Oberkellner unterbrach Theo, der zu einem seiner üblichen Vorträge ansetzte. Der Auftakt zu ihrem Essen duldete keinen Aufschub, denn es handelte sich um *fettuccine al triplo burro maestose*, um breite Nudeln, die erst bei Tisch auf das köstlichste mit Butter, Sahne und Parmesan vermengt wurden. Wie gut das gelang, hing allein von der Geschicklichkeit des Oberkellners ab, dem diese Prozedur vorbehalten war. Seine eindrucksvollen Gebärden machten das schlichte Vermischen von Nudeln, Butter und Käse zu einem opernreifen Auftritt, und er zelebrierte es in einer Schüssel aus weißem Porzellan auf eine Weise, daß man erwartete, er werde im nächsten Augenblick eine Belcanto-Arie anstimmen. Als er fertig war, bekamen Theo und Colombe einen Teller *fettuccine*, während die Schüssel, den Gepflogenheiten des Hauses entsprechend, Emmanuel vorgesetzt wurde, da er die Bestellung aufgegeben hatte.

«Essen wir erst einmal», erklärte er feierlich.

Die *fettuccine maestose* bestachen durch ihre Einfachheit: Mehl, Eier, Käse, Butter. In der Schweiz hätte man die gleichen Zutaten hastig zu klebrigen Käsenudeln zusammengemanscht, zu einem *étouffe-chrétien*, einem «Christenerstikker», wie man in frankophonen Regionen ein Gericht zu nennen pflegt, das nur den Magen füllt, ohne die Sinne anzuregen, und mit dem der Koch zum Ausdruck bringt, daß er seine Gäste verachtet oder gar haßt. Hier erlangten diese bescheidenen Zutaten dank sorgfältiger und liebevoller Zubereitung untadelige Konsistenz und vollendeten Geschmack. Die Düfte von Milch, Weizen und Eiern verschmolzen zu einer pastoralen Symphonie, die nach frischem Heu, Hühnerhof und Stall roch. Von einem kleinen Berg aus Nudeln in allen Nuancen von makellosem Weiß blickten den Geschwistern de Fully Jahrtausende bäuerlicher Tradition entgegen.

Die de Fullys trieben einen Kult mit dem Essen, jedoch unter der strikten Voraussetzung, daß es sorgsam zubereitet wurde. Alfredo alla Scrofa war eine gute Adresse für Teigwaren. Colombe zügelte ihre Neugierde und gab sich ganz und gar dem köstlichen Mahl hin. Während sie ihre *fettuccine* verzehrte, die auf der Zunge zergingen und die man eigentlich gar nicht zu kauen brauchte, schweiften ihre Gedanken in die Vergangenheit zurück. Sie entsann sich ihrer Kindheit in Fully, in dem Haus am Ufer der Rhône, und auch der Nudeln, die den Kindern abends aufgetischt wurden. Von Zeit zu Zeit schlürfte sie einen Schluck des *Cerveteri rosso*, den Theo autoritär bestellt hatte. Es war ein schlichter, redlicher Wein, aber sehr leicht, wie junge Leute ihn bevorzugen. Nachdem jeder andächtig seinen Teller geleert hatte, erschien der Oberkellner, um weitere Bestellungen aufzunehmen. Colombe enthielt sich, da sie ständig auf ihre Linie bedacht war, indes die beiden Brüder übereinkamen, eine *bistecca alla fiorentina*, ein auf Florentiner Art gegrilltes T-Bone-Steak, zu teilen. Die Zubereitung ließ Theo zehn Minuten Zeit für seine Erklärung.

«Der Vatikan hat mein Laboratorium beauftragt, mit der Radiokarbonmethode das Alter des Turiner Grabtuchs zu bestimmen, in das der Leichnam Jesu gehüllt gewesen sein soll, eine Reliquie, die seit über vierhundert Jahren im Dom San Giovanni Battista in Turin aufbewahrt wird. Das ermittelte Datum hätte im ersten Jahrhundert liegen müssen, doch das Stoffstück stammt aus dem vierzehnten Jahrhundert. Genauer gesagt, das ist die Zeit, die sich aus der Messung ableiten läßt.»

«Na und?» warf Colombe ein. «Es gibt so viele falsche Reliquien, daß das niemanden überrascht. Seit man in den letzten Jahren damit begonnen hat, die da und dort pietätvoll gehüteten Gebeine der Heiligen zu analysieren, hat man ja schon herausgefunden, daß es sich bei manchen nicht einmal um menschliche Knochen handelt. Jahrhundertelang haben sich die Leute ehrfürchtig vor Kalbs- oder Schweinerippen verneigt. Das amüsiert mich ungemein. Der Reliquienkult ist wirklich eine der schlimmsten mittelalterlichen Verirrungen, nichts als das blanke Fortleben heidnischer Bräuche. Die Kirchen haben einander die Reliquien streitig gemacht, manchmal sogar mit dem Schwert, weil sie Opfergaben einbrachten. Für mich ist das ein Kommerz der übelsten Sorte, ein unlauteres Geschäft. Du hast also Aufklärungsarbeit geleistet, mein lieber Theo, und ich verstehe nicht, warum Emmanuel so ein Gesicht zieht. Liegt dir ernsthaft etwas an Reliquien?»

«Nein», entgegnete Emmanuel. «Ich lege keinen besonderen Wert auf Reliquien. Ich wäre sogar bereit, sie alle in Museen zu stecken. Ein Gegenstand, der einem Heiligen gehört hat, kann von historischem Interesse sein, hat aber keinerlei religiöse Bedeutung, er besitzt weder übernatürliche Kraft, noch heilt seine Berührung Krankheiten. Das gilt für alle Reliquien außer – vielleicht – für das Turiner Grabtuch. Wäre es authentisch, dann wäre es der einzige materielle Beweis dafür, daß Jesus auf Erden geweilt hat. Mir scheint es plausibel, daß die Urkirche sein Grabtuch wie eine Kostbarkeit gehütet hat, weil es die einzige verfügbare Reliquie war, zumal seine Kleider ja an die Soldaten verteilt worden sind. Selbst wenn die Wissenschaft recht hat, so entzaubert sie doch einmal mehr eine Welt, die ohnehin schon allzu enttäuschend ist. Schade!»

Die Kellner stellten jedem der zwei Brüder einen Teller hin, auf dem ein schmales mit in Butter und Knoblauch geschwenktem Blattspinat garniertes Rippenstück lag. Die beiden aßen schweigend, und auch Colombe nahm das Gespräch nicht wieder auf. Keiner empfand das Bedürfnis zu reden, denn jeder überlegte, was die anderen wohl dachten.

Der Inhaber des Restaurants schritt durch sein halbleeres Lokal und kaute dabei an den Fingernägeln. Er trug einen grauen Anzug und eine blaue Krawatte mit roten Streifen. Ständig die an der Wand hängenden Fotos vor Augen, hatte er sich den Stil eines mittelmäßigen amerikanischen Schauspielers der fünfziger Jahre zu eigen gemacht.

Colombe nippte ab und zu an ihrem Wein und knabberte an einem Grissino, als ob ihr dieses Spatzenfutter beim Nachdenken helfen könnte.

«Bist du dir deiner Messungen wenigstens sicher?» fragte sie schließlich ihren Bruder.

Der Ausdruck empörten Erstaunens auf Theos Gesicht reizte Emmanuel, der lustlos in seinem Essen stocherte, beinahe zum Lachen.

«Hör zu», wandte sich Theo in dem ihm eigenen Tonfall des älteren Bruders hoheitsvoll an Colombe, ohne sich weiter um Emmanuel zu kümmern, der, wie er selbst eingestand, technischen Erklärungen nicht zu folgen vermochte. «Hör zu, du bist Ärztin und wie alle Ärzte daran gewöhnt, nicht nach strengen Regeln zu arbeiten, deshalb ist deine Frage verständlich, aber ich werde dafür bezahlt, daß ich präzise bin, das ist meine Daseinsberechtigung. Ich habe ein Stückchen Stoff erhalten, das fünfzig Milligramm wog. Das habe ich in zwei

Teile zerschnitten und die eine Hälfte aufgehoben, um sie mir nach Abschluß der ersten Meßserie vorzunehmen. Die andere Hälfte habe ich in drei Proben aufgeteilt. Die erste blieb völlig unbehandelt, während die zweite in verdünnter Salzsäure, dann in verdünnter Natronlauge und schließlich erneut in Säure eingeweicht wurde. Die dritte Probe wurde dem gleichen Verfahren unterzogen, allerdings mit erwärmten und höher konzentrierten Reagenzien. Sobald mir die Datierungen dieser ersten drei Proben vorlagen, habe ich die zweite Hälfte des Stoffes in zwei Teile zerschnitten und erneut zu messen begonnen, nachdem ich die beiden Gewebeproben vorher wieder eingeweicht hatte. Ich verfüge also insgesamt über fünf Meßergebnisse, deren mittlerer Wert ein Alter von sechshundertsechsundachtzig Jahren ergibt, mit einer Toleranz von vierundzwanzig Jahren. Die fünf Meßwerte stimmen überein. An der Zuverlässigkeit meiner Methode besteht kein Zweifel.»

«Ich nehme an, du hast deine Methode und deine Anlage anhand anderer Proben, deren Alter du kanntest, überprüft.»

«Selbstverständlich. Mir standen noch drei andere Proben zur Verfügung: ein Gewebe aus einem nubischen Grab, das den Inschriften zufolge aus dem zwölften Jahrhundert datiert, dann eins, das von einer Mumie aus der Zeit Christi stammt, und ein drittes von einem Chorrock aus dem dreizehnten Jahrhundert, der in der Basilika von Saint-Maximin aufbewahrt wird. Die Meßergebnisse dieser drei Proben entsprachen genau dem ihnen zugeschriebenen Alter. Meine Methode ist absolut zuverlässig. Weißt du eigentlich, daß mir das Laboratorium Oeschger in Bern Proben aufbereitet, die Bohrkernen aus dem Eis der Antarktis entnommen sind, und daß mir ein halbes Milligramm Kohlenstoff genügt, um arbeiten zu können? Genaugenommen zähle ich buchstäblich die einzelnen Atome, wobei ich auf der einen Seite den Kohlenstoff 14 und auf der anderen den Kohlenstoff 12 anordne. Das

Verhältnis zwischen beiden Sorten zeigt mir das Alter des Materials an, da man sowohl ihr ursprüngliches Verhältnis zueinander als auch die Zeitspanne kennt, innerhalb deren sich Kohlenstoff 14 in Kohlenstoff 12 verwandelt.»

«Bist du sicher, daß das Personal des Laboratoriums nicht das herausgefunden hat, was es herausfinden wollte oder wovon es wußte, daß es das herausfinden sollte?»

«Das ist unmöglich, denn die Proben waren mit einem Code versehen, den allein ich kannte, und ich habe die Messungen nicht selbst vorgenommen. Es sind alle Vorsichtsmaßnahmen getroffen worden. Was glaubst du denn?»

«Ich will dich nicht ärgern, Theo, ich möchte nur, daß du es für Emmanuel erklärst. Noch eine Frage: Woher bist du dir sicher, daß das Gewebe nicht schon in Turin ausgetauscht worden ist? Man hätte dir doch absichtlich ein Gewebe aus dem vierzehnten Jahrhundert schicken und behaupten können, es stamme vom Grabtuch.»

«Ausgeschlossen. Ich habe im Januar mitgeholfen, das Procedere festzulegen, nach dem am 21. April verfahren wurde. Die Probe ist unter der Aufsicht einer Kommission entnommen worden, die sich aus Vertretern verschiedener Laboratorien zusammensetzte und die Kardinal Ballestrero, der Erzbischof von Turin, geleitet hat. Der ganze Vorgang wurde fotografiert und gefilmt. Die Proben wurden in Aluminiumfolie eingewickelt und dann in Behälter aus rostfreiem Stahl gelegt, die man versiegelte. Von den anwesenden Personen hatte keiner ein Interesse daran, einen Betrug zu begehen. In Zürich habe ich selbst die Siegel gelöst.»

«Und wenn der Stoff in deinem Laboratorium in Zürich ausgetauscht wurde? Zum Beispiel von jemandem, der das Geheimnis deines Stahlbehälters kannte?»

«Gute Frage», räumte Theo ein. «In allen Laboratorien gibt es überaus beflissene, ehrgeizige oder auch gehässige Assistenten, die zu schummeln versuchen, wobei diejenigen mit den besten Absichten noch die gefährlichsten sind. Deshalb haben zwei weitere Laboratorien, eins an der Universität von Arizona und das andere in Oxford, ähnliche Messungen vorgenommen.»

«Und ihre Ergebnisse?» fragte Colombe.

«Darüber weiß ich nichts, und ich wollte auch nichts wissen, solange meine Messungen nicht abgeschlossen waren», antwortete Theo. «Alle beteiligten Personen unterliegen der beruflichen Schweigepflicht. Bisher ist nichts oder nur sehr wenig durchgesickert. Die Medien ahnen nicht einmal etwas von diesen Messungen. Das war eine *Conditio sine qua non* von Ballestrero. Wir hatten vereinbart, daß jedes der drei Laboratorien seine Ergebnisse an die Abteilung für Analyse und Auswertung des Britischen Museums schickt, wo man sie miteinander vergleichen und einen Durchschnittswert errechnen kann. Dadurch wäre jeder grobe Fehler, jeder Betrug in einem der Laboratorien sofort aufgedeckt worden. In Rom soll das endgültige Ergebnis dem Staatssekretariat zugestellt werden, das inzwischen sicher schon über die Resultate verfügt. Aller Wahrscheinlichkeit nach decken sich die Meßwerte der drei Laboratorien. Aber ganz privat kann ich euch verraten, daß mir etwas durch den Kopf spukt, was die Glaubenskongregation vielleicht interessiert. Hier ist mein Bericht, den Emmanuel an Kardinal Weiss weiterleiten wird.»

Colombe, die neben Emmanuel saß, legte ihm einen Arm um die Schultern.

«Schau mal, du mußt schließlich glauben, was Theo sagt. Das Ergebnis ist doch nicht so schlimm. Die Kirche hat schon ganz anderes erlebt. Die einzige Reliquie, an der dir etwas lag, ist unecht, wie alle anderen auch. Na und?»

Noch ehe Emmanuel darauf antworten konnte, schaltete sich Theo wieder ein:

«Ich habe aus gutem Grund nicht behauptet, die Reliquie sei unecht, ich habe lediglich gesagt, die Meßwerte ließen darauf schließen, daß es sich um einen Gegenstand aus dem vierzehnten Jahrhundert handelt. Ich bin mir der Qualität meiner Messungen gewiß und davon überzeugt, daß die Meßwerte aus Oxford und Arizona meine Ergebnisse bestätigen werden. Trotzdem glaube ich, daß die Reliquie authentisch ist. Aber das erkläre ich euch später, denn es ist schon drei Uhr durch, die Sache ist sehr vielschichtig, und wir haben alle Dringenderes zu tun. Emmanuel muß um vier Uhr wieder im Vatikan sein, ich habe vor, die Villa Giulia zu besichtigen, die ich noch nicht kenne, und Colombe muß den Nachtschlaf nachholen, der ihr fehlt.»

Nachdem er auf diese Weise über ihre Zeit verfügt hatte, trank er den Espresso, der ihm den Nachtisch ersetzte, klappte seinen elektronischen Terminkalender auf, um einzutragen, wann die Mahlzeit beendet war, und verlangte die Rechnung. Der Kellner, der schon vor Ungeduld verging, hatte sie bereits vorbereitet. Theo überprüfte sie mit seinem Taschencomputer, entdeckte einen Fehler zugunsten des Kellners, ließ ihn korrigieren und gab dem Mann zur Strafe kein Trinkgeld. Dann schaltete er seine Stoppuhr ein. In Gedanken war er bereits im etruskischen Museum der Villa Giulia.

An der Türschwelle besann er sich indes noch einmal und schwang sich zu der Erklärung auf, daß *scrofa* «Sau» bedeute und die Straße ihren Namen wahrscheinlich einem Wirtshaus aus dem Jahr 1445 verdanke, das eine Sau auf seinem Aushängeschild hatte, ohne daß man jedoch mit absoluter Sicherheit behaupten könnte, dieses Wirtshaus habe genau an der Stelle gestanden, an der sich nun das Alfredo befand. Aber vielleicht hatten sie gerade in einem der ältesten Restaurants der Welt gespeist. Colombe und Emmanuel heuchelten höfliches Interesse an dieser Information, der sie gleichwohl nichts abgewinnen konnten, und dann ging jeder seiner Wege: Theo, um seine Gelehrsamkeit zu mehren, Emmanuel, um still zu leiden, und Colombe, um sich der Liebe zu widmen.

2

❖❖❖❖❖❖

Colombe stand am Fenster und verhüllte mit dem Vorhang, einem herrlichen Seidendamast in Gelb und Silber, ihre Blöße, um keinen Anstoß zu erregen, während sie beobachtete, was sich vier Stockwerke tiefer auf dem Largo Febo abspielte. Die Bewohner des Viertels wurden von den unablässig wiederholten vier Tönen der Mehrklanghupe eines Sportwagens belästigt, der vergebens versuchte, sich mit geballter Motorkraft und wütendem Reifenknirschen zwischen einem anderen Auto und einem wider alle Vorschriften geparkten Kleinlaster durchzuzwängen. Von dem Lieferwagen wurden wohl Möbel für den Antiquitätenhändler gegenüber dem Hotel Raphael abgeladen. Die Auseinandersetzung zwischen den beiden Fahrern und dem Antiquar schwoll an, der Portier des Hotels versuchte zu beschwichtigen, und etliche Gaffer strömten zusammen, um sich das Spektakel nicht entgehen zu lassen. Jeder spielte eifrig seine Rolle, so daß sogar Colombe Lust verspürte, hinunterzulaufen und sich an dem Tohuwabohu zu beteiligen. Darüber vergaß sie Paolo, der in Slip und Unterhemd in der geheiligten Positur des Südländers auf dem Bett lag, geistesabwesend rauchte und an die Zimmerdecke starrte, da ihm seine Würde gebot, keinerlei Eile zu bekunden. Dennoch brachte er sich letzten Endes Colombes Aufmerksamkeit in Erinnerung.

«Meine Teuerste, bist du dir darüber im klaren, daß ich

ziemlich sicher Kardinal oder sogar Papst gewesen wäre, wenn wir in der Renaissance gelebt hätten? Schließlich bin ich der Urgroßneffe Eugenio Pacellis. Damals wäre ich wahrscheinlich sein Urenkel gewesen.»

«Pius XII. war kein Renaissancepapst», bemerkte Colombe, die sich immer noch aus dem Fenster beugte. «Im Vatikan ist man inzwischen seriöser geworden. Gewiß nicht mehr ganz so intelligent. Das geht für gewöhnlich Hand in Hand.»

«Schade, meine Liebe, schade! Wie alle Kardinäle hätte ich Pfründen besessen, nie gearbeitet, in einer Villa auf dem Pincio gewohnt und dich in so großem Stil empfangen, wie du es verdientest.»

«Ich wüßte einen Palast zwar zu schätzen, aber ich kann mich auch mit einer Herberge begnügen.»

«Und dann», fuhr Paolo, von diesem Zugeständnis ermutigt, fort, «hätten die Richter der Rota nach meiner Pfeife getanzt und bereitwillig deine Ehe annulliert.»

Wie gewöhnlich wurde er kindisch und vulgär. Ohne ihn anzusehen, wandte Colombe ein:

«Da du Kardinal gewesen wärst, hätte ich dich sowieso nicht heiraten können, also hätte das nichts genützt.»

«Doch, doch, meine Teuerste, ein Kardinal nahm sich lieber eine unverheiratete Frau als Mätresse. Schließlich brauchte er der Unzucht nicht noch den Ehebruch hinzuzufügen. Auch bei den Sünden gibt es Abstufungen, und man muß seine Sünden immer mit seinem Beichtvater besprechen. Ich hätte dir auch ein vortrefflicher Beichtvater sein können.»

«Ich beichte nicht, um mit Gott zu feilschen oder eine Absolution zu erzwingen.»

«Irrtum, Liebes! Ich wette, du hast einen Psychiater, wie alle Amerikanerinnen. Der ist sehr teuer, viel teurer als ein Beichtvater. Und dabei weniger effektiv. Du mußt ständig dasselbe erzählen, auf einer Couch liegen und stundenlang in deinem Gedächtnis wühlen. Schließlich mußt du dir selbst Absolution erteilen, weil es sonst niemanden gibt, der sie dir erteilen könnte. Das wird am Ende so kompliziert, daß dir nichts anderes übrigbleibt, als ein untadeliges Leben zu führen. Und weil es keiner schafft, vollkommen zu sein, verläßt der Patient eines Psychiaters so eine Sprechstunde noch verstörter, als er sie aufgesucht hat. Das erinnert mich an Coca-Cola.»

«Erst einmal bin ich keine Amerikanerin, sondern Schweizerin. Und was hat Coca-Cola damit zu tun?» fragte Colombe so belustigt, daß sie sich zu Paolo umwandte.

«Coca-Cola ist ein industriell hergestelltes Getränk. Na, und die Industrie muß in Massen produzieren. Würde Coca-Cola tatsächlich den Durst löschen, wäre der Markt schnell gesättigt. Also, was tun?»

«Ich trinke kein Coca-Cola.»

«Gut, sehr gut! Denn wenn du damit anfängst, hörst du nicht mehr auf. Das Geheimnis von Coca-Cola besteht nämlich darin, daß es eine bestimmte Säure enthält, die ... Ach, ich komme jetzt nicht auf ihren Namen ... »

«Phosphorsäure», ergänzte Colombe freundlich.

«Du sagst es, meine Teuerste. Es lag mir auf der Zunge. Diese Säure macht durstig. Je mehr du trinkst, desto mehr Durst kriegst du, und um so mehr willst du trinken. Das ist wie mit dem Psychiater: Er kann dich nicht heilen, er kann sich nur immer unentbehrlicher machen.»

Colombe wandte sich endgültig vom Fenster ab und lachte schallend.

«Ich bin selbst Psychiaterin, Paolo, aber ich behalte meine Patienten nie lange.»

Paolo hatte wenigstens Sinn für Humor. Er lachte ebenfalls und stellte dabei makellose Zähne zur Schau.

«Entschuldige, meine Liebe, ich dachte, du seist Ärztin.»

«Ja, ich bin Ärztin für Psychiatrie. Mein Fachgebiet ist es,

Sterbende zu betreuen und ihnen beizustehen. Deshalb behalte ich meine Patienten nie lange. Und im Moment brauche ich auch keinen Psychiater, den ersetzt du mir.»

Sie zögerte absichtlich den Augenblick der körperlichen Liebe hinaus. Um vier Uhr nachmittags in Rom, nach einem guten Essen, über die roten Ziegeldächer zu blicken und dabei auf die Liebe zu warten hieß, den Gipfel sinnlichen Glücks zu erreichen, eines zu kurzen Glücks. Die Lust war stets enttäuschender als die Vorfreude darauf.

Sie erhoffte sich nicht, eine echte Beziehung zu Paolo aufzubauen. Er war nur ein Luxus, den sie sich zweimal im Jahr während einer Reise oder in den Ferien gönnte. Im Krankenhaus von Berkeley hatte sie weder die Zeit, noch stand ihr der Sinn danach, sich einen Liebhaber zu nehmen. Man kann nicht einem Menschen beim Sterben beistehen und kurz danach einem Mann in die Arme sinken. Folglich lebte Colombe wie eine Nonne, die aus Gründen der Biohygiene in regelmäßigen Abständen ihre Schwesternhaube abnahm. Paolo stellte ein Mittel zum Zweck dar, mit dem sie sich von jeglichem Verlangen reinigte, ein läuterndes Wasser, um den Unflat ungestillter Begierden fortzuspülen, gewissermaßen ein großes Stück Seife, das sie in die Arme schloß. Dabei hatte sie keine sehr klare Vorstellung von dem, was sie für ihn bedeutete, denn sie trafen sich erst zum dritten Mal.

Sie wußte nicht viel über ihn. Er glich einem Studenten, der sich unentwegt auf Examen vorbereitete, die er nie bestand, einem Anwärter auf ein diplomatisches Amt, der für immer in Rom ausharren mußte, weil er seinen Mitbewerbern unterlag. Ein Sohn aus gutem Hause, den sein Vater regelmäßig verfluchte und dem er den Unterhalt strich. Er war wie einer, der an der Börse spekulierte oder wettete und seine Einsätze verlor, wie ein Journalist, dessen Artikel nie angenommen wurden, wie ein Mensch, der vielerlei Dinge anpackte, mit denen er auf der

Stelle Schiffbruch erlitt, wie ein Verkäufer von Luxuslimousinen, die andere wahrscheinlich gestohlen hatten, ein nonchalanter Frauenheld, der hinter edlen Röcken her war. Er hatte einen Körper wie Michelangelos David, einen markanten Kopf wie sein berühmter Urgroßonkel, einen leicht dekadenten Charme, und seine Liebespraktiken hatten große Ähnlichkeit mit einer wirksamen, seelenlosen Gymnastik. Außerdem war er fünfzehn Jahre jünger als Colombe und sicher ihr letzter Liebhaber. Er würde eine schöne Erinnerung abgeben. Falls es denn eine Sünde war, dann war es eine Sünde ohne Folgen, oberflächlich, luftig, unwägbar, flüchtig, eine Seifenblase, die im Wind gaukelte und in den Farben des Regenbogens schillerte, ehe sie zerplatzte und entschwand.

Colombe zögerte den Augenblick noch immer hinaus. Ihre Begierde wuchs, bis sie ihr wie Angst oder Schluchzen als großer Kloß im Hals saß, ein Knoten, den Paolo in wenigen Minuten lösen würde. Nach der Liebe würde sie sich von sechs Monaten Enthaltsamkeit und einigen Dutzend Todeskämpfen befreit fühlen, die sie durchgestanden hatte wie Entbindungen. Sie hatte nie Kinder gewollt, denn sie wußte zu gut, wie manches Leben endete. Wenn es darauf hinauslief, konnte sie es ebensogut gleich bleibenlassen und mit Anstand, Redlichkeit und klarem Kopf ihre Fortpflanzung vereiteln. Es reichte doch, ihren Hormonhaushalt auf die natürlichste Weise zu regulieren. Colombe versuchte sich einzureden, daß der Begierde zu zollen sei, was ihr zustand, wie dem Appetit, nicht mehr und nicht weniger. Wichtig sei nur, so sagte sie sich, weder die Fähigkeit, Tränen zu vergießen, noch die Freude am Lachen zu verlieren. «Wenn ich weinen möchte, denke ich an mein Sexualleben. Und wenn ich lachen möchte, denke ich auch an mein Sexualleben. Es gibt nichts, was ebenso ergötzlich, ebenso traurig und dabei ebenso komisch wäre.»

«Beglückwünschen Sie Professor de Fully zu seinem hervorragenden Deutsch. Für einen französischsprachigen Schweizer schreibt er es wirklich sehr gut. Er hat wohl, wie Sie, einen Teil seiner Studien in Einsiedeln absolviert.»

Das war der einzige spontane Kommentar des Kardinals zu Theos Bericht gewesen, den Emmanuel ihm, kaum daß er in den Vatikan zurückgekehrt war, überbracht hatte. Er hatte es als seine Pflicht angesehen, alles andere liegen- und stehenzulassen. Die Korrekturfahnen des *Communio* warteten als akkurat aufgeschichteter Papierstapel auf einer Ecke des Schreibtisches darauf, abgeholt zu werden. Inzwischen war es sechs Uhr, die Schatten wurden allmählich länger, und die abendliche Kühle linderte die drückende Hitze des Tages. Emmanuel meinte, es sei an ihm, die Debatte zu eröffnen.

«Was werden wir der Presse erzählen?»

«Gar nichts. Das interessiert wirklich niemanden. Das Britische Museum wird die Meldung in einer wissenschaftlichen Zeitschrift veröffentlichen, die ohnehin keiner liest, und damit ist die Sache erledigt. Im übrigen müssen noch die Ergebnisse der beiden anderen Laboratorien abgewartet werden, aber ich kann mir schon denken, wie das Gesamtresultat ausgefallen ist, das dem Kardinalstaatssekretär bereits vorliegen dürfte. Ich persönlich werde weder in die eine Falle tappen, die Ergebnisse auf spektakuläre Weise zu veröffentlichen, noch in die andere, sie zu verschleiern oder gar zu leugnen und trotz allem die Authentizität der Reliquie zu verkünden. Ich hätte mich gefreut, wenn sie echt gewesen wäre, bin aber nicht unglücklich darüber, daß sie es nicht ist.»

Emmanuel konnte seine Enttäuschung so schlecht verhehlen, daß Kardinal Weiss beinahe darüber lachen mußte und das Gesicht immerhin zu einem Lächeln verzog. Zum Zeichen äußerster Verbundenheit nannte er ihn sogar bei seinem Vornamen.

«Mein lieber Emmanuel, ich verstehe wirklich nicht, warum Ihnen diese Angelegenheit solchen Kummer bereitet. Sie haben einen anstrengenden Tag hinter sich. Mir ist nicht entgangen und ich habe es auch zu schätzen gewußt, wie sehr Sie sich heute morgen darum bemüht haben, daß ich diese sogenannte ökumenische Delegation aus der Schweiz empfange, die sich mit mir natürlich über Themen unterhalten wollte, die ich nicht zu erörtern wünsche: Eheschließungen zwischen Protestanten und Katholiken, Abendmahlsgemeinschaften, mein Verhalten gegenüber dem Theologen Hans Küng oder die Ernennung von Monsignore Haas zum Bischof von Chur, die im übrigen nicht in meine Zuständigkeit, sondern in die der Bischofskongregation fällt. Ich wäre mir wie eine Klagemauer vorgekommen, ein Angeklagter in einem Prozeß ohne Richter. Daran habe ich kein Interesse. Die katholische Kirche der Schweiz ist ziemlich krank, genauso wie die der Niederlande oder der Vereinigten Staaten.»

Ganz plötzlich war der gewinnende Tonfall des Kardinals in nur mühsam beherrschte Erregung umgeschlagen, der eben noch intellektuelle, besonnene Diskurs ins Stocken geraten. Die letzten Worte hatte er mit zusammengebissenen Zähnen gesprochen, als wollte er ihnen dadurch größeren Nachdruck verleihen oder als spürte er selbst, wie abgeschmackt sie waren.

«Kommen wir, wenn's Ihnen recht ist, auf diesen Bericht meines Bruders zurück», sagte Emmanuel seufzend. «Wie es aussieht, ist die Reliquie nicht echt.»

«Das Turiner Grabtuch hat nichts mit dem Glauben zu tun, Monsignore de Fully. Es zählt nicht zu unseren vordringlichen Anliegen. Wir bedürfen keiner materiellen Beweise, um an die Auferstehung Christi zu glauben, sondern tun es aus freier Überzeugung.»

«Trotzdem hätte es uns bei unserer Aufgabe helfen können, wenn es authentisch gewesen wäre», brachte Emmanuel kläglich vor. «Bei der uns bevorstehenden Aufgabe, die moderne Welt zu bekehren, wäre ein Zeichen schon willkommen gewesen. Jesus hat denen, die ihm folgten, doch ein Zeichen gesetzt. Warum sollte er nicht auch heute eins setzen, bei der Notlage, in der sich seine Kirche befindet? Meinem Bruder zufolge führen seine Messungen übrigens nicht zwangsläufig zu dem Schluß, daß die Reliquie unecht sei, aber er kam nicht mehr dazu, sich darüber auszulassen.»

Der Kardinal warf ihm unter seinen buschigen Augenbrauen einen durchdringenden Blick zu.

«Falls er tatsächlich etwas zu sagen hat, soll er herkommen. Ich werde ihn empfangen. Die Entscheidung überlasse ich Ihnen. Aber erliegen Sie bitte nicht Ihrer üblichen Sentimentalität. Ich habe keine Zeit zu vergeuden und möchte diese Kongregation keiner unnötigen Kontroverse aussetzen.»

«Zugegeben», begann Theo, «die Datierung des Gewebes nach der Kohlenstoff-14-Methode spricht dafür, daß das Linnen vom Anfang des vierzehnten Jahrhunderts stammt. Aber das ist die einzige sachliche Bewertung, die auf einen mittelalterlichen Ursprung des Grabtuchs schließen läßt. Alle anderen Elemente – und ich sage ausdrücklich: alle – deuten auf Authentizität hin. Wenn Kardinal Ballestrero und der Vatikan diesen Messungen so bereitwillig zugestimmt haben, dann doch wohl deshalb, weil sie sich des Ergebnisses so gut wie sicher waren. Sie hatten damit die einzigartige Chance, die Echtheit des Grabtuchs zu belegen und gewissermaßen den historischen Nachweis für die Auferstehung Jesu zu erbringen.»

Die Geschwister speisten zu dritt auf einer Terrasse der Piazza Navona. Das Mastrostefano zählte zwar nicht gerade zu ihren Lieblingsrestaurants, denn es diente vor allem dazu, Touristenmassen abzufüttern und zu tränken, doch gegen die Küche war nichts einzuwenden, der Blick auf den Brunnen von

Bernini rechtfertigte ein gastronomisches Opfer, und die quadratischen, weiß bespannten Sonnenschirme sowie die rosa Tischdecken verliehen der Terrasse etwas Jugendliches. Am Ende dieses heißen Tages verspürten die drei kaum Appetit. Sie hatten sich zu diesem Essen im Familienkreis nur zusammengefunden, weil sie auf Theos Erklärungen neugierig waren. Um sich nicht in einer reizlosen Speisekarte zu verlieren, hatten alle drei gebackene Tintenfische und dazu weißen eisgekühlten Frascati bestellt.

Vor ihnen ragte die dunkle Fassade der Kirche Sant'Agnese in Agone auf. Theo hatte sich nicht verkneifen können, darauf hinzuweisen, daß sie genau an der Stelle des römischen Bordells errichtet worden war, in dem man die heilige Agnes im Jahre 304 ihrer Kleider beraubt hatte, worauf ihre Haare augenblicks wuchsen, um sie züchtig zu bedecken. Jedesmal wenn sie auf der Terrasse des Mastrostefano saßen, erzählte Theo dieselbe Geschichte. Wie in einer Ehe beruht auch unter Geschwistern das gute Einvernehmen auf einer gewissen Toleranz beim Anhören sattsam bekannter Phrasen.

Scheinwerfer strahlten das Kirchenportal an, hinter dem sich irgendeine fragwürdige private Zeremonie vollzog, von der zwei Carabinieri in Galauniform die Gaffer abhielten. Ein Feuerschlucker spie Flammen zum Himmel empor, ohne großes Aufsehen zu erregen. Hier schien alles möglich zu sein, in dieser magischen Atmosphäre, die die Römer, diese ewigen Gaukler, die sie im Laufe der Jahrhunderte geworden sind, mit einigen Lampions zu schaffen verstehen.

«Falls das Grabtuch tatsächlich aus der Zeit um 1300 stammt, bliebe immer noch aufzuklären, wie es damals hergestellt wurde, und das wäre keine leichte Aufgabe. Fangen wir einmal mit dem Stoff selbst an. Ein Spezialist aus Gent, Gilbert Raes, hat ihn analysiert. Das Gewebe weist eine Fischgrat-Köperbindung auf, die zur Zeit Jesu in Palästina gebräuchlich war.

Diese Webart war im mittelalterlichen Europa unbekannt. Es handelt sich um Leinen, aber es finden sich auch Spuren von Baumwolle. Zur fraglichen Zeit wurde jedoch in Europa noch keine Baumwolle verwendet, während sie im Vorderen Orient bereits sechs Jahrhunderte vor Christus gängig war.»

«Das Grabtuch kommt also aus dem Vorderen Orient», schloß Emmanuel.

«Du hast mich verstanden», fuhr Theo fort. «Das ist der erste Punkt, und er ist nicht zu unterschätzen. Obendrein sind keinerlei Spuren von Wolle vorhanden, obwohl die meisten Webstühle gleichermaßen zum Weben von Leinen wie von Wolle benutzt wurden. Es gibt nur eine bekannte Ausnahme: die Webstühle der Juden, da das mosaische Gesetz es verbietet, tierische und pflanzliche Fasern zu mischen. Das Grabtuch ist demzufolge wahrscheinlich von einem Juden gewebt worden. Das ist der zweite Punkt. Aber es gibt etwas, was noch erstaunlicher ist. Normalerweise wird Leinen gebleicht, weil es sonst braun bleibt. Vor dem achten Jahrhundert unserer Zeitrechnung war es jedoch nicht möglich, Leinenfäden schon vor dem Weben zu bleichen, weil das ihre Widerstandsfähigkeit verminderte und sie rissen. Deshalb wurde das fertige Stoffstück gebleicht, wobei die Stellen, an denen Kett- und Schußfäden einander berührten, braun blieben. Genau das ist auch bei dem Leichentuch der Fall. Daraus ergibt sich, daß es entweder aus einer Zeit vor dem achten Jahrhundert stammt oder daß es sich um eine sehr geschickte Fälschung handelt. Das ist ein dritter Punkt.»

«Um das Jahr 1300 herum gab es noch nicht viele geschickte Fälscher», bemerkte Emmanuel.

«Schließlich kommt noch etwas hinzu, was mit allem anderen nichts zu tun hat: 1973 hat Max Frei … »

«Der Leiter des wissenschaftlichen Labors der Polizei von Zürich?» unterbrach ihn Colombe.

«Genau der», bestätigte Theo. «Er hat eine Analyse des Blütenstaubs vorgenommen, der sich im Grabtuch festgesetzt hat. Dabei hat er an die fünfzig Pollen identifiziert, von denen die meisten aus dem Vorderen Orient stammen. Für ihn gab es nicht einmal den Schatten eines Zweifels, daß sich das Grabtuch in Palästina und in der Türkei befunden hatte.»

«Für ihn ‹gab› es keinen Zweifel», hakte Colombe nach. «Weshalb benutzt du das Imperfekt? Hat er seine Meinung geändert?»

«Nein, aber er ist inzwischen gestorben. Folglich kennt er jetzt dic Wahrheit», antwortete Theo mit einem Anflug von Neid.

Für Theo stellte die Ewigkeit jenen Ort dar, an dem alle wissenschaftlichen Rätsel gelöst würden. Wenn er an seinen eigenen Tod dachte, überwog ein Gefühl der Neugierde. Flugs würden sich zwei oder drei Paradoxa aufklären, über denen die besten Physiker ihr Leben lang gebrütet hatten. Die Sache mit dem Grabtuch schien ihm von ebensolcher Natur zu sein, nur durch den besonderen Umstand erschwert, daß sein Geheimnis nicht irgendein zweitrangiges Phänomen betrifft, in dem Gott sich kundtut, wie etwa die Neutrinos oder die schwarzen Löcher, sondern seinen eigenen Aufenthalt auf Erden. Deshalb vermutete Theo, daß dieses Rätsel um so unergründlicher sein würde, daß es aber um so spannender wäre, zu seinem Kern vorzudringen. Er machte sich gern Albert Einsteins Meinung zu eigen, dessen Lieblingsspruch gelautet hatte: «Raffiniert ist der Herrgott, aber boshaft ist er nicht.» Gott offenbart sich in einem rätselhaften, seltsamerweise jedoch durchschaubaren Universum, vorausgesetzt, der Forscher geht mit Bedacht und Demut vor.

«Wenn ich deine Worte richtig zusammenfasse», sagte Emmanuel, «dann ist dieses Grabtuch, wie alt es auch sein mag, in einer im ersten Jahrhundert in Palästina angewandten Technik gewebt worden. Und obendrein hat es sich eine Zeitlang im Vorderen Orient befunden.»

«Ja», antwortete Theo, «das ist genau die Schlußfolgerung, die sich allein aus der Untersuchung des Stoffes ziehen läßt. Aber die Spuren, die der Leichnam auf dem Gewebe hinterlassen hat, sind noch auffälliger. Abgesehen vom Gesicht sind sie aus der Nähe betrachtet unklar. Tritt man jedoch ein Stück zurück, kann man zwei Abdrücke erkennen: den Leichnam von vorn gesehen und von hinten. Sie stammen von einem Körper, der auf dem Tuch gelegen hat, das danach umgeschlagen wurde, um ihn zu bedecken, weshalb sich sowohl seine Vorderseite als auch seine Rückseite gelblich abzeichnen. Es sind auch einige rotbraune Flecken vorhanden, deren Analyse ergeben hat, daß es sich dabei eindeutig um Blut der Blutgruppe AB und nicht um Farbe handelt.»

«Warum gibt es überhaupt einen Abdruck?» fragte Colombe.

«Lange hat man gemeint, diese Flecken rührten von einer chemischen Reaktion zwischen dem Körperschweiß und der Aloe her, die zum Einbalsamieren benutzt wurde, doch es ist nie gelungen, einen solchen Abdruck in einem Laboratorium zu reproduzieren. Die Verfärbung ist allerdings absolut oberflächlich, nur die äußerste Faserschicht des Leinenfadens weist einen gelben, stets gleichen Farbton auf. Die Schattierungen ergeben sich daraus, wie viele Fasern verfärbt und wie viele weiß geblieben sind. Man könnte meinen, der Stoff sei großer Hitze ausgesetzt gewesen, die ihn an den Stellen, an denen er den Leichnam berührte, versengt habe, als hätte der Leichnam eine hohe Temperatur erlangt.»

Für eine Weile trat zwischen den Geschwistern Schweigen ein. Colombe und Emmanuel hatten vor langer Zeit gelernt, Theo ernst zu nehmen. Bei der Ausübung seines Berufs war er die Unerbittlichkeit in Person, duldete weder Nachlässigkeit noch Schummelei. Sein Leben hätte keinen Sinn gehabt, wenn er anfinge, ihnen Märchen zu erzählen.

Sie schwiegen länger als erwartet. Der Tisch war inzwischen abgeräumt worden, und es gab eigentlich keinen Grund mehr, noch hier zu sitzen, es sei denn, um das Gespräch fortzuführen. Aber keiner wagte, das Schweigen zu brechen. Die Piazza Navona mutete wie ein riesiges Wohnzimmer an, in dem überall Tische standen. Spaziergänger flanierten in dieser typisch menschlichen Gangart, die keinerlei Lebensnotwendigkeit entsprach und auch keinen besonderen Zweck verfolgte, außer den eher theoretischen, sich seiner Bewegungsfähigkeit zu vergewissern. Man hörte das Wasser des Brunnens emporschießen und wieder herunterfallen. Ein Windstoß hatte die verpesteten Dunstschwaden weggeweht, trotz der Beleuchtung des Platzes waren die hellsten Sterne zu sehen, und ein dicker, rötlichgelber Mond segelte gleich einer Montgolfiere über den Himmel. Wie immer in Italien mutete alles wie eine Theaterkulisse an.

Colombe versuchte, wieder ein wenig klarer zu denken.

«Als Anwalt des Teufels würde ich sagen, diesen Abdruck hätte man mit einer leicht erhitzten Bronzestatue zustande bringen können.»

«Das ist keine schlechte Idee», gab Theo zu. «Aber diese sehr hypothetische Statue hätte eine Menge Details aufweisen müssen, die im vierzehnten Jahrhundert niemand so dargestellt hätte. Das bekannteste ist, daß die Nägel in die Handgelenke und nicht in die Hände eingeschlagen waren. Die gesamte christliche Ikonographie jener Epoche stellt den gekreuzigten Jesus mit Nägeln in den Handflächen dar. Anatomisch gesehen ist das barer Unsinn, denn die Handfläche würde unter dem Gewicht des Körpers schnell ausreißen. Die christlichen Künstler haben alle diesen Fehler gemacht, weil seit dem vierten Jahrhundert niemand mehr durch Kreuzigung hingerichtet wurde. Das hatte Kaiser Konstantin verboten. Deshalb konnten sie dieses von den Römern angewandte Verfahren nicht kennen und wußten nicht, daß der Nagel ins Handgelenk eingeschlagen wurde, was die Gewähr für eine solide Befestigung bot.»

«Ja, in die Gelenksfuge zwischen Kahnbein, Mondbein und Speiche», erklärte Colombe, um zu demonstrieren, daß sie auf dem Gebiet Theo überlegen war.

«Die Künstler jener Zeit wußten auch nicht, daß der an dieser Stelle eingeschlagene Nagel einen Nerv verletzt, wodurch sich der Daumen zur Handfläche hin krümmt. Das Grabtuch zeigt aber eindeutig das Abbild eines tatsächlich Gekreuzigten, mit Wunden in den Handgelenken und unsichtbaren Daumen. Außerdem gibt es noch präzisere und noch grauenvollere Einzelheiten: Die Wunden in den Handgelenken haben jeweils eine doppelte Blutspur hinterlassen, und die entspricht genau den zwei verschiedenen Körperhaltungen, die der Gekreuzigte einnahm, wenn er entweder nach vorne sank, bis er zu ersticken drohte, oder sein Gewicht auf die Füße stützte, um sich aufzurichten und wieder atmen zu können. Die Römer waren Spezialisten des Grauens. Eine Hinrichtung, die auf die Massen abschreckend wirken sollte, setzte voraus, daß das Opfer sich selbst quälen mußte. Jedesmal wenn es keine Luft mehr bekam, zog es sich an seinen Händen hoch und stützte sich auf die festgenagelten Füße, sackte jedoch gleich wieder zusammen, um dem von den Nägeln verursachten Schmerz zu entgehen. Daher stammen die zwei Blutspuren. Welcher Künstler hätte sich das ausdenken können?»

Colombe fühlte sich unbehaglich. Da sie selbst Sterbende betreute, konnte sie sich dieses Sterben vorstellen, das zur Abschreckung für die Massen so inszeniert wurde, daß ein spektakulärer Todeskampf stattfand. Ihr fiel der Aufstand des Spartakus ein, den die Konsuln niedergeschlagen hatten, indem sie entlang römischer Straßen Tausende von Sklaven kreuzigen ließen. Auch die Piazza Navona war einst ein unter Kaiser Domitian erbautes Stadion gewesen. Sicher hatte es damals als Folterstätte gedient. Colombe wurde von Theo aus ihrer bedrückenden Nachdenklichkeit gerissen, denn er redete unbeirrt weiter.

«Auch alle anderen Spuren stimmen genau mit der Passionsgeschichte überein. Der Rücken ist mit Hämatomen übersät, die von der Geißelung mit einer Peitsche herrühren, an deren Riemenenden bleierne, wie Hanteln geformte Zwillingskugeln befestigt waren. Man hat die Schläge zählen können. Es waren an die einhundertzwanzig, was in der römischen Armee einer vorschriftsmäßigen Auspeitschung entsprach. Schließlich findet man auch noch die Spuren der Dornenkrone und des Lanzenstichs in die rechte Seite, wodurch sich die Passion Jesu von unzähligen anderen Kreuzigungen in der römischen Geschichte unterschied. Man kann sogar die Spur des Serums erkennen, das aus dieser Wunde austrat, ‹des Wassers›, das in der Heiligen Schrift erwähnt wird. Manche Mediziner sind der Auffassung, der Gekreuzigte sei an einem Infarkt des Herzmuskels gestorben, der sich angeblich aus diesen Spuren diagnostizieren läßt. Aber man findet noch weitere erschütternde Einzelheiten, wie etwa die Beweise dafür, daß er auf die Knie gefallen ist, was Blutspuren, aber auch Reste von Erde und Hautpartikel bestätigen.»

Mit bei ihm ungewöhnlicher Leidenschaft fügte Theo hinzu:

«Ich frage euch: Welcher Fälscher des vierzehnten Jahrhunderts wäre imstande gewesen, all diese Details, die erst vor etwa einem Jahrhundert wiederentdeckt wurden, zu reproduzieren? Die einzige Hypothese – und die ist kaum haltbar – wäre die einer tatsächlichen Kreuzigung, die ein Sadist, der über unvorstellbares historisches Wissen verfügte, im vierzehnten Jahrhundert vorgenommen haben müßte. Er hätte ein Genie sein müssen und ziemlich überflüssige Sorgfalt an den Tag gelegt, falls es nur darum gegangen wäre, die unbedarften Massen seiner Epoche zu täuschen. Das erste historische Dokument, das dieses Grabtuch erwähnt, stammt aus dem Jahr 1357, in dem es sich in der Stiftskirche von Lirey befand. Zu jener Zeit verfügten die Nachkommen der Kreuzfahrer über keinen einzigen Stützpunkt mehr im Heiligen Land. Wer wäre also unter diesen fragwürdigen Umständen auf den Gedanken verfallen, in Palästina eine besonders sorgfältige Fälschung anfertigen zu lassen? Das Grabtuch wurde in Lirey nicht grundlos zur Schau gestellt. Es sollte, wie damals üblich, die Massen anlocken und Spendengelder einbringen. Wäre es nur um eine bewußte Täuschung gegangen, hätte es jeder beliebige, irgendwie beschmierte Leinenstoff getan.»

«Also», fragte Colombe, «was glaubst du wirklich?»

«Daß es nicht gefälscht ist. Kein Fälscher wäre mit derartiger Umsicht ans Werk gegangen. Und die Datierung nach der Radiokarbonmethode beweist gar nichts. Dennoch bleibt sie unerklärlich. Da es mein Beruf ist, das Alter von Dingen zu bestimmen, gibt es etwas, was ich im Moment nicht verstehe, und ich würde gern Mittel und Wege finden, es zu verstehen.»

Dann blickte er auf die Uhr, eine gewissermaßen krankhafte Geste, die er mechanisch wiederholte, wie andere schniefen oder unablässig ihren Adamsapfel bewegen.

«Zehn Uhr zwölf. Ich würde gern ab zehn Uhr dreißig schlafen. Wir reden morgen weiter. Emmanuel, du kannst Kardinal Weiss sagen, daß ich ihm in den nächsten drei Tagen zur Verfügung stehe, falls er mir Gehör zu schenken wünscht. Am Montag muß ich nach Zürich zurück.»

Theo winkte den Kellner heran, überprüfte die Rechnung wieder und entdeckte diesmal keinen Fehler. Er beglich den genauen Betrag mit einem Bündel schmuddeliger Banknoten und mit Fünfzig-Lire-Stücken. Angewidert zählte der Kellner das Geld nach, und Theo fragte ihn mit geheuchelter Naivität:

«*Servizio compreso?*»

«*Il servizio, si. La mancia, no.*»

Theo lächelte und rückte einen Zehntausend-Lire-Schein heraus. Dann kehrte er mit Colombe und Emmanuel zum Hotel zurück, das nur ein paar Dutzend Meter entfernt lag. Als sie am Bernini-Brunnen vorbeigingen, konnte er dem Vergnügen nicht widerstehen, abermals die Anekdote zu erzählen, die ihm beim Anblick des Bauwerks unausweichlich in den Sinn kam und die sich seine Geschwister gottergeben zum mindestens zehnten Mal anhörten: Die Kosten für den Brunnen hatten sich auf neunundzwanzigtausend Taler belaufen, eine für die damalige Zeit beachtliche Summe, die durch eine Sondersteuer auf das Brot eingetrieben wurde. Der stets aufsässige römische Pöbel belegte den Brunnen mit *lazzi*, mit frechen Sprüchen gegen die Obrigkeit, von denen der unverschämteste auf die Bibel anspielte: «Herr, gib, daß diese Steine Brot werden!»

Emmanuel umarmte Colombe vor der Hoteltür. Theo, der sich nach seiner Nachtruhe sehnte, machte sich unverzüglich auf den Weg in sein Zimmer. Sobald er im Fahrstuhl verschwunden war, ergriff Colombe Emmanuels Hand.

«Du scheinst nicht gerade in Form zu sein. Was ist denn los?»

«Das liegt an meinem Beruf. Falls man das einen Beruf nennen kann. Das Gezänk alter, in ihrem Egoismus ranzig gewordener Junggesellen mit eingefleischten Vorurteilen. Ach, du kannst mir glauben, die römische Kurie ist nicht gerade das Reich Gottes.»

«Es muß überall Hausmeister geben, selbst im Reich Gottes», sagte Colombe, ehe sie seine Hand losließ. «Aber du bist zu gut, um den Hausmeister oder was auch immer zu spielen.

Und das ist nichts Neues. Das erklärt noch nicht, warum du so ein Gesicht machst.»

Sie schwiegen eine Weile, und Emmanuels Lippen begannen zu zittern.

«Ich habe die Parkinsonsche Krankheit», gestand er schließlich. «Ich weiß es seit zwei Monaten. Ich habe dich nicht angerufen, weil ich ja wußte, daß du kommst. Kannst du mir erklären, was mich erwartet? Wie ich sterben werde?»

Wieder trat Schweigen ein. Unwillkürlich begann Colombe zu schlucken. Sie wurde kreidebleich.

«Verlang das nicht von mir, Emmanuel! Nicht von mir!» sagte sie und hastete zum Fahrstuhl, um ihre Tränen zu verbergen.

«Nicht mein Bruder!» dachte sie, während der Fahrstuhl sie in die oberste Etage brachte. «Er, der Gerechte, der ein Leben voller Aufopferung führte. Zuerst wird er die Herrschaft über seinen Körper verlieren und dann seinen Verstand. Er wird langsam dahinsiechen, in einem Altersheim für ehemalige Priester vor sich hin vegetieren. Welchen Sinn hat das alles?» Sie erinnerte sich daran, daß Theresia von Avila, nach einem Achsbruch an ihrem Wagen in einen eiskalten Bach gestürzt, einst ausgerufen haben soll: «Wenn man sieht, Herr, wie du deine Freunde behandelst, ist es nicht verwunderlich, daß du so wenige hast!»

Sekunden später fiel Colombe ein, daß es eine Behandlung gab, die noch erprobt wurde: die Transplantation von Zellen aus dem Gehirn eines Foetus. Sicher würde Emmanuel das ablehnen, und es war vielleicht besser, erst gar nicht darüber zu reden. Sie würde hinnehmen müssen, daß ihr Bruder starb, obwohl sie wußte, wie er zu retten wäre.

Emmanuel stand allein in der Eingangshalle des Hotels Raphael inmitten der tiefen, mit gelbem Samt bezogenen Fauteuils, der Vitrinen mit orientalischen Nippes und der Bronzestatuen. Ein Pianist spielte, wahrscheinlich etwas von Schubert, eine seiner Verfassung angemessene Musik mit zwei hartnäckig wiederkehrenden, klagenden Tönen, die Franz 1828, in seinem Todesjahr, geschrieben hatte, um seine Angst und seine heitere Gelassenheit auszudrücken.

Paolo wartete geduldig, lag wie immer in Slip und Unterhemd auf dem Bett und rauchte mit Inbrunst, als handle es sich um eine Medizin, die er einnehmen mußte, um sich von seinem Unbehagen am Leben zu kurieren. Als er Colombe sah, verdrehte er die Augen, senkte die Lider und mimte animalisches Verlangen. Dieses alberne Gehabe tröstete Colombe beinahe. Paolo ließ gewiß keinerlei Tragödie an sich heran. Er würde eines Tages sterben, ohne es überhaupt zu merken, zwischen einem Glas Alkohol und einer flüchtigen Umarmung, mit lautem, befreitem Lachen. Er würde seine unbekümmerte Seele aushauchen wie eine Seifenblase, die zum Himmel emporstieg, bis sie schließlich platzte und sich in nichts auflöste.

«Du hast mich lange warten lassen», beklagte sich die Seifenblase.

«Das Gespräch war so spannend», sagte Colombe zu ihrer Entschuldigung. «Theo hat mit Hilfe der Radiokarbonmethode das Alter einer Reliquie bestimmt, die in Turin aufbewahrt wird: das angebliche Grabtuch Jesu. Und das Ergebnis paßt nicht ins Bild.»

«Das mußt du mir erklären, Liebes, bevor wir Venus und dann Morpheus in die Arme sinken.»

Und Colombe berichtete ihm alles, was sie soeben erfahren hatte. Ein bißchen, um die Zeit zu füllen, ein bißchen, um sich interessant zu machen, ein bißchen aus Neugierde auf Paolos Reaktionen und ein bißchen aus Erschütterung über Emmanuels Krankheit. Es bedarf immer mehrerer schlechter Gründe, wenn es für etwas keinen einzigen guten gibt.

Gegen drei Uhr morgens stand sie auf und ging ins Badezimmer, um ein Glas Wasser zu trinken. Im Spiegel betrachtete sie ihr Gesicht. Wenn nur die Falten nicht wären und die grauen Haare! Und diese Tränensäcke! Es erschreckte sie, daß ihre Augen blutunterlaufen waren. Sie war nichts weiter als eine reiche Amerikanerin, die sich einen römischen Gigolo leistete. Ihr Leben im Krankenhaus, ihre Veröffentlichungen, die Seminare und Kurse, die sie abhielt, stellten eine trügerische Fassade dar, wie diese Barockkirchen, auf die man in Rom an jeder Straßenecke stößt und die man geistesabwesend ansieht, aber nie betritt, weil sie nur das bombastische Gepräge eines an seiner Siegesgewißheit gestorbenen Glaubens darstellen. Warum ließ sich die körperliche Liebe nicht einfach mit einer Gymnastik abtun? Warum schaffte sie, Colombe, es nicht, eine undurchlässige Wand zwischen den beiden Hälften ihres Lebens stehenzulassen? Warum gelang es ihr nicht, sich mit ihrem Beruf als Ärztin zufriedenzugeben, und warum mußte sie ihren brachliegenden Körper regelmäßig abweiden lassen?

Während der Nacht kam endlich das seit langem drohende Gewitter zum Ausbruch. Heftige Regengüsse drückten Abgase und Staub zu Boden. Am nächsten Tag strahlte die Sonne über einer Stadt, die so blankgewaschen war, daß sie wie neu aussah, und frische Luft atmete.

3

Wenn der Kardinal nicht immer die Verabredungen einhielt, die er zugesagt hatte, wolltc cr damit gewiß nicht nur lästige Bittsteller demütigen, sondern sich auch die Zeit für unvorhergesehene Besucher freihalten. Gleich am Freitag morgen erstattete Emmanuel ihm einen kurzen Bericht über das Gespräch mit Theo. Der Kardinal räumte ein, daß es die Mühe lohne, ihn unverzüglich zu treffen, zumal ihm mittlerweile das abschließende Gutachten von Dr. Tite aus dem Britischen Museum vorlag, von dem er lediglich das statistische, auf die Resultate der drei Laboratorien gestützte Endergebnis begriff, dem zufolge das Grabtuch aus einer Zeit zwischen 1260 und 1390 stammte. Die Berechnungen, mit denen der gelehrte Doktor Tite zu diesem Schluß gelangt war, blieben einem Theologen, für den die Mathematik erklärtermaßen ein Buch mit sieben Siegeln darstellte, unverständlich. Da mochten ihm die Erläuterungen von Professor de Fully ganz willkommen sein.

Emmanuel hinterließ an der Rezeption des Hotels Raphael eine Nachricht für Colombe und Theo und sagte das im Restaurant Ranieri vorgesehene Mittagessen ab. Statt dessen schlug er vor, daß alle drei sich um ein Uhr zu einer kleinen Mahlzeit in seiner Wohnung einfinden sollten.

An diesem Morgen war Theo wie üblich um sieben Uhr aufgestanden. Eine halbe Stunde lang las er eine höchst langweilige Dissertation, für die ein Kollege an der Universität in Neuchâtel ihn um seine Unterstützung gebeten hatte. Ein Anruf in Neuchâtel überraschte nämlichen Kollegen beim Frühstück und setzte ihn davon in Kenntnis, daß Theo es ablehne, an der Prüfungskommission teilzunehmen. Die Dissertation wanderte in den Papierkorb, und Theo stieg, von einer Bürde befreit, die Treppe zum Speisesaal hinunter. Colombe erwartete ihn bereits. Sie stierte in ihre Kaffeetasse, als könnte der darin enthaltene spärliche Bodensatz ihr vertraulichen Aufschluß über den Ablauf des Tages geben.

Theo überzeugte Colombe vom Reiz eines lehrreichen Gangs durch das im Süden der Piazza Navona gelegene Viertel zwischen der Barockkirche Sant' Andrea della Valle, in der Puccini den ersten Akt der «Tosca» angesiedelt hatte, und dem Palazzo Spada: alles in allem drei bis vier Stunden Besichtigung, wenn man weder das Museo Barracco noch den Campo de' Fiori oder den Palazzo Farnese aussparte.

Obwohl Colombe eine gewissermaßen körperliche Abneigung gegen Puccinis Musik empfand, stimmte sie dieser Führung zu, denn sie war gut gelaunt, auf jeden Fall willens, Theo zuzuhören, wenn er vor jeder Statue, jedem Brunnen, jeder Fassade dozierte. Er ließ es sich nicht entgehen, das zweifelhafte Andenken an die Männer und Frauen der Renaissance wachzurufen, die in diesem Viertel ihre Spuren hinterlassen hatten. Falls Colombe es vergessen haben sollte, wies er sie darauf hin, daß Rodrigo Borgia, ehe er Papst Alexander VI. wurde, hier Cesare und Lucrezia gezeugt hatte, die Kinder der schönen Vanozza dei Catanei, die ein bißchen gutbürgerlich und ein bißchen Kurtisane war. Auf der Piazza del Biscione hatte Benvenuto Cellini sich wegen der hübschen Augen der Grechetta, einer anderen Dirne, duelliert. Auf dem Campo de' Fiori hatte Kardinal Bellarmino am 17. Februar 1600 Giordano Bruno bei lebendigem Leib verbrennen lassen, weil er mit bedauerlicher Hartnäckigkeit behauptet hatte, daß die Erde nicht das Zentrum des Universums sei, daß es wahrscheinlich mehrere bewohnte Welten gebe, daß die Materie aus Atomen zusammengesetzt und die Verwandlung von Brot und Wein in Leib und Blut Jesu Christi demzufolge nicht möglich sei. Theo erlegte Colombe an der Stätte dieses Martyriums sogar eine Schweigeminute auf. Er selbst schloß die Augen und bewegte die Lippen in einem stummen Gebet. Da derlei Exhibitionismus bei Colombe stets Unmut auslöste, hielt er es für nötig hinzuzufügen:

«Heute nachmittag werde ich einen Nachfolger dieses Kardinals Bellarmino treffen. Ich fürchte sehr, daß er nichts vergessen und im Vergleich mit seinem Vorgänger nichts dazugelernt hat.»

Um halb zwölf hielt Colombe es für recht und billig, darüber zu klagen, daß ihr die Füße weh taten. Theo ließ sich herab, ihr die ausführliche Besichtigung des Palazzo Spada zu ersparen. Um indes nichts von seiner Bildung zu vergeuden und seiner jüngeren Schwester ein schlechtes Gewissen zu machen, beschrieb er ihr all die Pracht, die ihnen dadurch entging. Im Hotel fanden sie Emmanuels Nachricht vor und nahmen ein Taxi zur Piazza del Risorgimento. Der Hausmeister, dem sie angekündigt waren, schloß ihnen die Wohnungstür auf.

Als sie eintraten, bedrückte Colombe wie üblich die Trostlosigkeit dieser Junggesellenbehausung. Gewiß, Emmanuel hatte Mühe walten lassen. Weil es ihm an Geld mangelte, hatte er schließlich mit eigenen Händen die gräßliche vergilbte und fleckige Tapete aus dem vorigen Jahrhundert abgerissen und Wände und Decken weiß gestrichen, wahrscheinlich aus Angst, sich bei der Auswahl eines Farbtons zu vergreifen. Da er ungeschickt war, hatte die mangelhaft angerührte, mal zu dicke und mal zu dünne Farbe Klumpen und Nasen gebildet. Der zwar laute, aber helle Raum mit Blick auf die Piazza diente sowohl als Wohnzimmer als auch als Eßzimmer und, dank eines in einem Schrank verborgenen Kochers, sogar als Küche. Ein Paravent tarnte den Ausguß, in den nur ein spärlicher Strahl kalten, vom Rost in den Rohrleitungen sichtbar verfärbten Wassers floß. Den zweiten, an der Rückseite des Hauses gelegenen Raum hatte Emmanuel als eine Kombination aus Schlafzimmer und Büro eingerichtet. Der in einer Ecke stehende Diwan mit einer billigen, grellbunten Steppdecke diente Emmanuel als Bett. Auf dem Boden lag ein Teppich aus Kokosfasern, der preiswerteste, den er hatte auftreiben können. Es gab kein Badezimmer, und die Toilette befand sich im Treppenflur. Überall roch es nach kaltem Rauch, Kohlsuppe und schmutziger Wäsche. Die Wände zierten Reproduktionen von Gemälden und Skulpturen. Eine stellte das Gesicht Jesu dar, wie es sich auf dem Grabtuch abgezeichnet hatte, und Colombe fiel auf, daß es in dem Raum keine weitere Abbildung Christi gab.

Colombe und Theo begannen das Essen vorzubereiten. Dazu bedienten sie sich der Vorräte aus dem Kühlschrank, dessen Tür schlecht schloß und aus dem ein zweifelhaftes Rinnsal sickerte. Colombe machte ein *carpaccio alla verdura*, indem sie eine Gurke, einen Zucchino und eine Fenchelknolle aufschnitt, sie kunstvoll auf drei flachen Tellern anordnete, mit einer Vinaigrette übergoß und mit geriebenem Parmesan bestreute. Es waren auch noch einige Blättchen Basilikum da, die sie auf den Tellern verteilte, so daß ein abstraktes Motiv entstand, eher ein Augenschmaus denn eine Gaumenfreude, da das Gemüse nicht mehr besonders frisch war.

Inzwischen nahm Theo ein Hähnchen in Angriff. Über einem Schmortopf preßte er zwei Zitronen aus und legte das mit Salz und Pfeffer eingeriebene und mit schwarzen Oliven gefüllte Hähnchen hinein. Dann fügte er ein Glas Marsala und einen Eßlöffel Olivenöl hinzu und stellte den Topf auf eine Kochplatte, um alles langsam garen zu lassen. Dabei vermählten Zitrone und Olive ihre Wohlgerüche, bis sie die Illusion eines sehr heißen Sommertags in einem Garten am Mittelmeer heraufbeschworen, einer Siesta unter duftenden, von der Sonne ausgedörrten Bäumen.

Auf der anderen Platte kochte Colombe in einem Liter rotem Cerasuolo, dem sie braunen Zucker, Zimtrinde, Pfefferkörner sowie einige Nelken zugesetzt hatte, drei ganze, aber vorher geschälte Pastorenbirnen. Ihre Herbheit verlor sich im Aroma der Gewürze und des Weins, und das Fruchtfleisch nahm eine violette, für das Mahl eines Prälaten durchaus passende Farbe an.

Als Emmanuel Schlag ein Uhr die Wohnung betrat, war der Tisch gedeckt und die Papierservietten steckten gefaltet in den Gläsern, während Colombe und Theo in den zwei vorhandenen Sesseln saßen. Emmanuel stiegen Tränen in die Augen. In der Familie de Fully, in der man mit freundlichen Worten und zärtlichen Gesten geizte, wurden Botschaften auf andere Weise übermittelt, stillschweigend. Eine dieser Möglichkeiten war die Eßkultur, vor allem dann, wenn sie in kurzer Zeit und mit bescheidenen Mitteln improvisiert wurde. Ehe die beiden Brüder sich der Unterredung stellten, die ihnen am Nachmittag bevorstand, wappneten sie Körper und Geist dagegen, indem sie ruhig und andächtig kauten.

Colombe ließ sie von dannen ziehen, denn sie war zu dieser Audienz selbstverständlich nicht geladen. Also band sie sich eine Küchenschürze um, spülte das Geschirr, wischte Staub, wusch Wäsche, stopfte Strümpfe, nähte Knöpfe an, trug den Müll hinunter und kaufte neue Handtücher und Laken. Auch wenn sie es nicht für richtig hielt, daß ein Mann ohne Gefährtin lebte, war sie zwangsläufig die einzige Frau in Emmanuels Leben. In diesem Punkt pflichtete sie voll und ganz den Worten des Herrn bei, wie sie im zweiten Kapitel der Genesis überliefert sind: «Es ist nicht gut, daß der Mensch allein sei.» Gleichermaßen verurteilte sie den befremdlichen Schluß, den die Anhänger des Zölibats für Geistliche daraus gezogen hatten.

«Wie kann man sich bei Messungen nach der Radiokarbonmethode irren?» fragte der Kardinal behutsam.

«Klammern wir einmal Fehler in der Einstellung des Geräts aus», antwortete Theo. «Darin können Sie mir vertrauen, um so mehr, als zur selben Zeit die Proben verschiedener Gewebe gemessen wurden. Ich kann nämlich an die vierzig Proben auf einem Träger plazieren und in einer einzigen Meßreihe untersuchen, indem ich das Verfahren mehrmals wiederhole. Das schließt eine Fehlerhaftigkeit des Geräts aus, zumal die anderen Proben eine absolut plausible Datierung ergeben haben. Der Bericht von Tite, den Sie mir soeben gezeigt haben, läßt keinen Zweifel aufkommen: Die drei Laboratorien haben nahezu gleiche Resultate erzielt. Die von Oxford sind nicht so genau wie die von Zürich und von Tucson, aber das ist normal und sogar beruhigend, denn die Engländer begnügen sich in allen Dingen mit einem gewissen Dilettantismus.»

«Wenn die Messung stimmt – und ich würde nicht wagen, Ihre Kompetenz oder Ihre berufliche Gewissenhaftigkeit in Frage zu stellen», beeilte sich der Kardinal angesichts Theos gekränkter Miene hinzuzufügen –, «dann besagt sie, daß der Flachs im vierzehnten Jahrhundert geerntet wurde. Doch die Abdrücke auf dem Grabtuch widersprechen dieser Datierung oder machen sie zumindest höchst unwahrscheinlich. Wie erklären Sie sich diesen Widerspruch? Im großen und ganzen stimmen alle Beweise überein, bis auf den objektivsten, der sie Lügen straft. Wie bringen Sie diesen Beweis mit den anderen in Einklang?»

Theo gab sich noch professoraler als üblich. Einen Moment

lang konnte Emmanuel nicht umhin, ihn komisch zu finden. Der Herr Professor Doktor als Karikatur seiner selbst. Sein ganzes Wesen ging in einer einzigen Idee auf, die zur Besessenheit wurde. Er hörte auf, ein Mensch zu sein, bis er nur noch der Träger eines Gedankens war.

«Man kann mehrere Hypothesen aufzählen, aber die einfachsten sind nicht die besten. Die nächstliegende wäre, daß die aus dem Saum des Grabtuchs herausgeschnittenen Proben nicht vom Originalgewebe stammen. Ich erinnere Sie daran, daß das Grabtuch 1532 beinahe einem Brand in der Kapelle von Chambery zum Opfer gefallen wäre und daß die Stellen, die dabei Schaden genommen haben, ausgebessert worden sein könnten. Die Geduld von Frauen, die sich aufs Stopfen verstehen, ist unendlich: Fromme Nonnen wären in ihrem hehren Bemühen, das Tuch wiederherzustellen, imstande gewesen, Leinenfäden des gleichen Farbtons, der gleichen Struktur und der gleichen Stärke zu suchen. Diese Hypothese muß jedoch ausgeschlossen werden, denn die unsichtbaren Flächen zwischen Kett- und Schußfäden sind nicht gebleicht, und das war auch bei den Proben der Fall. Das heißt, daß diese Proben Bestandteil des am Stück gebleichten Gewebes waren und nicht aus einer nachträglich gestopften Stelle stammten.»

«Verlieren wir keine Zeit mit all den Hypothesen, die Sie aus guten Gründen bereits ausgeschlossen haben», wandte der Kardinal ein, wobei er die Augen zusammenkniff und seine Brauen struppiger denn je aussahen. «Kommen Sie doch gleich zu Ihrer endgültigen Schlußfolgerung. Ich werde noch bei einer Versammlung erwartet.»

«Der Kern des Problems besteht darin, das Meßergebnis in ein Datum zu übersetzen. Man muß das Problem an seiner Basis anpacken. Wissen Sie, Eminenz, woher dieser berühmte Kohlenstoff 14 kommt, auf den wir uns bei dieser Sache stützen?»

«Falls ich es gewußt habe, tun Sie so, als hätte ich es vergessen», entgegnete Seine Eminenz ausweichend und stieß einen kaum hörbaren Seufzer aus.

Theo leckte sich unwillkürlich die Lippen. Einem Nachfolger Kardinal Bellarminos einen Vortrag über elementare Erkenntnisse der Kernphysik zu halten stellte offensichtlich einen Höhepunkt seiner Existenz dar. Er konnte sich nicht verkneifen, den Zeigefinger zu erheben.

«Kohlenstoff tritt in Form von sechs Isotopen auf. Ich gestatte mir, Ihnen in Erinnerung zu rufen, daß diese Isotope im chemischen Sinn stets Kohlenstoff sind. Ihr Atomkern, der immer aus sechs Protonen besteht, kann jedoch mehr oder weniger Neutronen enthalten, und zwar vier bis neun. Ihre Anzahl definiert die sechs verschiedenen, mit den Zahlen 10 bis 15 numerierten Isotope. Die Isotope 12 und 13 sind stabil, während die anderen schnell zerfallen, mit Ausnahme des Kohlenstoffs 14, dessen Halbwertszeit fünftausendsiebenhundertdreißig Jahre beträgt. Der gewöhnliche, am häufigsten vorkommende Kohlenstoff besteht aus C-12-Isotopen, die nahezu neunundneunzig Prozent des gesamten Kohlenstoffs auf unserem Planeten ausmachen.»

Theo, der ein ausgezeichneter Lehrer war, behielt den Kardinal unwillkürlich im Auge, um sich zu vergewissern, daß er seinen Erklärungen folgen konnte. Dessen unbewegtes Gesicht gab ihm darüber jedoch nur wenig Aufschluß. Deshalb holte er sicherheitshalber weiter aus.

«Die Halbwertszeit besagt, daß sich von einer Probe, die ein Gramm Kohlenstoff 14 enthielt, nach fünftausendsiebenhundertdreißig Jahren die Hälfte, also fünfhundert Milligramm, in Kohlenstoff 12 umgewandelt hat. Da man das ursprüngliche Verhältnis von Kohlenstoff 12 zu Kohlenstoff 14 kennt, kann man das Alter der Probe feststellen, indem man zu gegebener Zeit das Verhältnis zwischen den beiden Isotopen ermittelt.

Handelt es sich dabei um eine Pflanze wie den Flachs, entspricht das errechnete Datum dem Jahr, in dem sie geerntet wurde. Der Kohlenstoff, der sich in einer Pflanze befindet, kommt nämlich aus der Atmosphäre. Mit anderen Worten: Eine Pflanze gibt in dem Moment, in dem man sie erntet, das Verhältnis zwischen den beiden Isotopen wieder, das in diesem Augenblick in der Atmosphäre herrscht, und dieses Verhältnis verschiebt sich mit zunehmendem Alter des Gewebes in dem Maß, in dem Kohlenstoff 14 zu Kohlenstoff 12 zerfällt. Da die Gesetzmäßigkeit dieses Zerfalls genau bekannt ist, kann man aus einer Messung des Verhältnisses der Isotope das Jahr der Ernte errechnen.»

Der Kardinal fiel ihm ins Wort:

«Wenn der Kohlenstoff 14 innerhalb dieses Zeitraums zerfällt, wie kommt es dann, daß in der Atmosphäre noch immer welcher vorhanden ist? Es muß also eine Quelle geben für dieses Isotop, wie Sie, Herr Professor, es nennen.»

Theo war überrascht. Er hatte seinen Gesprächspartner unterschätzt. Er bewertete nämlich die Spezialisten verschiedener Disziplinen von vornherein nach einer Hierarchie, deren oberste Stufe die Physiker und Mathematiker einnahmen, denen auf den mittleren Rängen Juristen und Mediziner folgten und ganz unten die Philosophen, Soziologen und Theologen. Die Fähigkeit zu wissenschaftlicher Recherche, ihre Nützlichkeit für die Gesellschaft und die Intelligenz der Forscher bildeten die Kriterien dieser Klassifizierung. Bisweilen schämte er sich dafür, diese Art Bildungsrassismus zu pflegen, doch seine Gespräche mit verschiedenen Kollegen bestärkten ausnahmslos seine schändliche Auffassung. Angenehm enttäuscht, wie man in seinem Land sagte, sah er sein Gegenüber mit anderen, weniger strengen Augen und erklärte:

«Das ist der Stickstoff. Der Stickstoff der Atmosphäre enthält pro Kern sieben Neutronen. Unter dem Einfluß kosmischer Strahlen verwandelt er sich in Kohlenstoff-14-Atome. Sie können diese Gleichung nachprüfen.»

Autoritär schrieb er die Gleichung der Kernreaktion auf einen Notizblock, der auf dem Schreibtisch lag, riß ein Blatt ab und reichte es dem Kardinal, der es betrachtete wie eine Henne, die ein Entenküken ausgebrütet hat.

«Demnach bleibt über alle Epochen hinweg der Bestand an Kohlenstoff 14 auf dem Planeten und sein Verhältnis zur vorhandenen Menge an Kohlenstoff 12 nahezu konstant, weil sich ebensoviel neu bildet wie zerfällt. Das ist wie eine Badewanne, in die aus einem Hahn genausoviel Wasser einströmt wie durch den Abfluß ausläuft. Es stimmt nicht ganz, da die Sonne Zyklen unterschiedlicher Aktivität unterworfen ist, doch dabei handelt es sich um einen zweitrangigen Effekt, den man anhand wohlbekannter Meßkurven ausgleichen kann. Es gibt auch, je nach Pflanzentyp, biologische Auswirkungen darauf, wieviel Kohlenstoff 14 in ihnen gebunden wird, doch all diese Einschränkungen sind bestens bekannt. Diese Vorbehalte dürfen das zentrale Ergebnis nicht trüben. Nachdem alle Korrekturen vorgenommen wurden, entspricht die in der analysierten Probe des Grabtuchs enthaltene Menge an Kohlenstoff 14 derjenigen in Flachsfasern, die zu Beginn des vierzehnten Jahrhunderts geerntet wurden. Es sei denn ... »

«Es sei denn was?» fragte der Kardinal.

«Es sei denn, dieser Flachs ist tatsächlich zu Beginn des ersten Jahrhunderts geerntet worden, aber ein parasitäres Phänomen hat seinen Gehalt an Kohlenstoff 14 verändert.»

«Welches Phänomen?» wollte der Kardinal wissen, der augenscheinlich an Theos Lippen hing.

«Man könnte sich eine Verseuchung vorstellen, das heißt Fremdkörper wie etwa Pilze, Schimmel, Staub oder Ruß, die sich in jüngerer Zeit im Grabtuch festgesetzt haben und das Meßergebnis verfälschen. Aber die sehr sorgfältige Reinigung der Proben und ihre Kontrolle unter dem Mikroskop schalten diese Fehlerquelle aus. Es gibt etwas viel Einfacheres, viel Näherliegendes, wenn man für einen Augenblick die Hypothese der Authentizität gelten läßt, anstatt sie *a priori* zu verwerfen, was für die subjektive Einstellung meiner verehrten Kollegen zutraf, die gezielt darauf hingearbeitet haben, eine mittelalterliche Fälschung nachzuweisen. Unter den für die Messungen Verantwortlichen bin ich der einzige Gläubige. Ich sehe also die Dinge auf meine Weise. Das bedeutet nicht, daß ich versuche, die Messungen zu verfälschen, sondern daß ich dazu neige, ihnen eine Deutung zu geben, die sich aus dem erklärt, woran ich glaube.»

Theo war es gelungen, die Spannung zu erzeugen und aufrechtzuerhalten, die er stets in seinen Vorträgen einsetzte und auf der ein Teil seines Rufs beruhte. Der Kardinal wagte nicht, ihn zu unterbrechen, betrachtete ihn jedoch mit zunehmend inquisitorischem Blick.

«Falls es sich tatsächlich um das authentische Grabtuch handelt, dann hat es den Leichnam Jesu vor der Auferstehung eingehüllt. Es ist absurd, anzunehmen, das Phänomen der Auferstehung habe das physikalische Umfeld des Leichnams nicht verändert, der sich, sofern man der Heiligen Schrift glaubt, vollständig verflüchtigt hat.»

«Die Evangelien sagen nichts dergleichen aus, Herr Professor», fiel ihm der Kardinal gereizt ins Wort.

«Die Evangelien bezeugen, daß das Grab und das Leichentuch leer waren», entgegnete Theo leidenschaftlich. «Entweder verschwand der Leichnam Jesu aufgrund einer menschlichen Intervention, dann sind wir, Sie und ich, Eminenz, die elendesten unter allen Menschen, wie der heilige Paulus es so treffend gesagt hat, weil wir einer Täuschung erlegen sind, oder der Leichnam Jesu hat unsere Welt infolge eines Phänomens verlassen, das wir nicht kennen, das wir nie sonstwo beobachtet haben, das aber dennoch der Realität angehört. Immerhin kann Materie tatsächlich verschwinden. Das steht unserer Kenntnis der Physik nicht entgegen: Jeden Tag verschwinden in Beschleunigern Partikel von Materie, wenn sie auf Partikel von Antimaterie stoßen, wobei sie Energie freisetzen. Selbstverständlich erklären diese Experimente, die in bezug auf Temperatur, Druck und Geschwindigkeit unter besonderen Bedingungen erfolgen, nichts von dem, was sich zwischen Freitag, dem 7. April des Jahres 30, abends und der Morgendämmerung am Sonntag, dem 9. April, zugetragen hat. Doch ihnen kommt in den Augen dessen, der zugleich Physiker und Christ ist, trotzdem das Verdienst zu, das Ostermysterium außerhalb des schieren, schlichten Wunders anzusiedeln, dieses Wunders, das die volkstümlichen Überlieferungen daraus gemacht haben. Da ich wirklich an die Auferstehung Jesu glaube, muß ich die Hypothese in Betracht ziehen, daß das Grabtuch, das ihn eingehüllt hat, möglicherweise unter dem Einfluß von Strahlen verändert wurde. Falls dieser unbekannte Effekt den ursprünglichen Anteil an Kohlenstoff 14 im Grabtuch nennenswert erhöht hat, dann ist es nicht erstaunlich, wenn der Flachs bei einer Messung zweitausend Jahre danach den Anschein erweckt, er sei in jüngerer Zeit geerntet worden.»

Der Kardinal, der alle Anzeichen lebhafter Entrüstung erkennen ließ, fiel Theo erneut ins Wort:

«Herr Professor, die wesentliche Mission der Kirche besteht darin, sich zur Auferstehung Christi zu bekennen. Ich bin insbesondere damit betraut, über die Doktrin zu wachen und dem Papst unmittelbar Rechenschaft über meinen Auftrag abzulegen. Wir sind nicht bereit, das Dogma dem Ergebnis eines Laborversuchs zu unterwerfen und das Ostermysterium auf einen unbekannten physikalischen Effekt zu reduzieren. Daß wir da nichts durcheinanderbringen! Jeder bleibe in seinem

Metier! Wüßte ich nicht, mit wem ich es zu tun habe, und würde ich Sie nicht durch Ihren Bruder kennen, hielte ich Ihre Äußerungen für blasphemisch. Wie dem auch sei, es ist an der Zeit, daß ich zu meiner Versammlung gehe. Belassen wir es dabei, wenn es Ihnen beliebt.»

Emmanuel fühlte sich verpflichtet einzugreifen. Wenn die Audienz so endete, würde Kardinal Weiss die Sache als erledigt ansehen und sich weigern, darauf zurückzukommen. Es galt zu verhindern, daß Theo verabschiedet wurde, ohne weitere Erklärungen abgeben zu können. Deshalb legte Emmanuel dem Kardinal nahe, die Unterredung auf dem Weg durch die Gärten des Vatikan fortzusetzen, während er sich zur Casina Pius' IV. begab, zum Sitz der päpstlichen Akademie der Wissenschaften, in der die Versammlung stattfand. Obwohl Emmanuel befürchtet hatte, sein Vorschlag werde abgelehnt, nahm der Kardinal ihn recht bereitwillig an. Schließlich pflegte er bei seiner Arbeit nichts übers Knie zu brechen und schloß die Akten erst, nachdem er auch alle abwegigen Aspekte erforscht hatte. Offenbar ließ ihm die Sache doch keine Ruhe.

Trotz seines kleinen Wuchses bewegte sich der Kardinal sehr schnell durch das südlich der Peterskirche gelegene Labyrinth aus Höfen. Das war nicht der direkte Weg zur Akademie, zu der man an der Rückseite der Basilika schneller gelangt wäre. Emmanuel schloß daraus, daß der Kardinal sich Zeit zum Nachdenken nehmen wollte. Sie wechselten kein Wort, ehe sie nicht die Gärten erreicht hatten, in denen sie ein Tempo anschlugen, das einem Gespräch förderlicher war. Emmanuel bemühte sich, das Eis zwischen den beiden Männern zu brechen, deren Dickköpfigkeit und Stolz er aus Erfahrung kannte.

«Eminenz, ich habe mich sehr lange mit meinem Bruder unterhalten, und ich glaube nicht, daß ich seine Denkweise mißdeute, wenn ich sage, daß sie von größter Ehrfurcht vor dem Ostermysterium durchdrungen ist, dem Dogma nicht widerspricht und es so ernst nimmt, daß er nach experimentellen Beweisen sucht.»

«Genau das stört mich», gab der Kardinal zu. «Jesus von Nazareth hat in einer Zeit und unter Umständen gelebt, unter denen ihn niemand fotografieren, filmen, seine Stimme aufzeichnen oder ihn mit einem Stethoskop abhorchen, ja nicht einmal Texte nach seinem Diktat aufnehmen konnte. Er hat sich nicht in unserer in des Wortes ursprünglicher Bedeutung diabolischen Zeit inkarniert. Das heißt in einer in sich gespaltenen Zeit, Herr Professor», meinte er erklären zu müssen, als würde Theo, nur weil er Physiker war, zwangsläufig die Bedeutung des griechischen Wortes *diabolos* nicht kennen.

«Ich habe Griechisch gelernt», brummte Theo aufsässig. Er war schlecht gelaunt und nicht willens, sich auf irgendeinem Gebiet Unwissenheit unterstellen zu lassen. Emmanuel griff abermals ein, um den drohenden Brand zu ersticken.

«Eminenz, damit sind wir beim Kern der Debatte. Entweder nehmen wir die Wissenschaft in ihrem höchsten Streben, im Ergründen der Schöpfung ernst, oder wir schmähen sie weiterhin, das heißt, wir fürchten uns vor ihr, als müßte sie notwendigerweise den Glauben seines Inhalts entleeren. Und wenn ich ‹wir› sage, meine ich alle Theologen und insbesondere uns in der Kongregation für die Glaubenslehre. Solange wir die Auffassung vertreten, eine experimentelle Messung, eine wissenschaftliche Theorie oder eine methodologische Betrachtung drohten dem Glauben seine Substanz zu entziehen, bedeutet das, daß wir von seiner Zuverlässigkeit nicht überzeugt sind, um den Ausdruck aufzunehmen, den Lukas in der Einleitung zu seinem Evangelium benutzt hat.»

Die drei Männer gingen eine Weile schweigend weiter. Auf dem kleinen, mit Marmor belegten Platz vor der Casina

Pius' IV. angekommen, deutete der Kardinal mit einer Handbewegung an, daß er sich auf eine Bank zu setzen wünsche.

«Ich bin zu früh dran, wir haben noch einige Minuten Zeit. Auf dem Weg hierher habe ich darum gebetet, zu erkennen, ob es noch sinnvoll ist, Ihnen weiter zuzuhören, Herr Professor.»

Nach kurzem Schweigen fuhr er fort:

«Irgend etwas oder irgendwer sagt mir, daß Sie sich nicht ganz und gar im Irrtum befinden, aber ich verstehe nicht, worauf Sie hinauswollen. Die Kirche ist im Umgang mit dem Ostermysterium stets äußerst zurückhaltend gewesen. Da es sich dabei um den wichtigsten, den kostbarsten und den am schwersten durchschaubaren Gehalt unseres Glaubens handelt, ist kein ernsthafter Mensch je auf den Gedanken gekommen, ihn zu erklären, zu deuten oder auf rationale Überlegungen zu reduzieren. Selbstverständlich lehne ich diese ganze liberale Theologie ab, die die Auferstehung Jesu bestreitet, sie für ein symbolisches Bild hält und damit eine Position außerhalb des katholischen Glaubens einnimmt. Aus der Heiligen Schrift wissen wir nur, daß das Grab Jesu am Ostermorgen leer war und daß diese Entdeckung den Aposteln die Augen öffnete, sie von der Auferstehung ihres Herrn überzeugte und sie in ihrem Glauben bestärkte, zu dem sie sich bis hin zum Martyrium bekannten. Das ist die einzige in der Heiligen Schrift und in der Überlieferung bezeugte Realität. Wann und wie sich diese Auferstehung ereignete, davon wissen wir nichts, und ich möchte hinzufügen, daß wir es auch nicht zu wissen brauchen. In Ihrem Verhalten spüre ich jedoch einen Versuch, eine Neigung, den Kern des christlichen Glaubens auf eine physikalische Theorie zu reduzieren. Ich kann und will Sie nicht daran hindern, Ihre Arbeit fortzusetzen oder Ihre Hypothesen zu veröffentlichen. Seien Sie sich aber darüber im klaren, daß die Kongregation, für die ich die Verantwortung trage, Ihre Schlußfolgerungen nie bestätigen und nie entkräften wird.

Wir haben einen ersten Fehler begangen, als wir gestatteten, das Alter des Grabtuchs zu bestimmen, wir werden nicht den zweiten begehen, uns auf eine Kontroverse einzulassen.»

Darauf sah er Theo durchdringend an, der seinem Blick mit einer Scheu standhielt, die Emmanuel an ihm kaum kannte.

«Wir arbeiten auf verschiedenen Gebieten, Herr Professor. Doch die vereinten Anstrengungen aller Gelehrten dieser Welt können das kostbare Gut der Offenbarung, dessen oberster Hüter ich bin, weder schmälern noch ihm etwas hinzufügen. Warum beharren Sie also darauf? Was hoffen Sie zu beweisen?»

Erneut brach Schweigen aus, als hätten die drei Männer beschlossen, ihre Gedanken besser wortlos auszutauschen. Ein Vogel stimmte seinen Herbstgesang an, nicht um die Liebe herbeizuzwitschern wie im Frühling, sondern aus Gewohnheit, ohne rechte Überzeugung. Sobald er seine Stimmübung beendet hatte, hoben der Kardinal und Theo gleichzeitig den Blick, und das Gespräch setzte wieder ein.

«Eminenz, lassen wir einmal einen Moment lang die interessanteste Hypothese gelten: Es handelt sich tatsächlich um das Leichentuch, das Jesus vom Einbruch der Dunkelheit am Freitag, dem 7. April des Jahres 30, bis zu jenem unbekannten Zeitpunkt eingehüllt hat, zu dem er verschwunden ist und Grab und Tuch so leer zurückgelassen hat, wie sie von Maria aus Magdala und später von Petrus und Johannes vorgefunden wurden. Die Frage ist ganz einfach, Ihnen brauche ich sie erst gar nicht zu stellen, so klar liegt die Antwort selbst für den ungebildetsten Christen auf der Hand: War der Leib Jesu wirklich der eines Menschen, das heißt aus Zellen, Aminosäuren, Kohlenstoffatomen, Protonen und Elektronen zusammengesetzt? Die Kirche hat diese Frage stets bejaht, selbst wenn ihre Sprache nicht immer diejenige der modernen Wissenschaft war, die ich benutze. Die Ketzerei der Doketen in den ersten

Jahrhunderten ging allerdings davon aus, der Körper Jesu könne nur eine Erscheinung gewesen sein, weil allein die Vorstellung, daß Gott sich inkarniere, der antiken Geisteshaltung derart widerstrebte. Die Christen, deren Erben wir sind, bekannten sich hingegen zur Inkarnation als Mysterium, das dem von Ostern vorausging und es ankündigte, wobei Jesus nicht etwa nur vortäuschte, ein Mensch zu sein, sondern tatsächlich von einer Frau geboren wurde und heranwuchs wie andere Kinder. Nun gestatte ich mir denn doch, Sie zu fragen, ob ein leibhaftiger Mensch aus einem Grab verschwinden und den Jüngern wieder erscheinen kann, ohne daß damit ein physikalisches Phänomen einhergeht, ein zwar seltenes, verblüffendes Phänomen, aber ein nach den Gesetzen des Weltalls, die wir mittlerweile entdeckt haben, durchaus reales Phänomen?»

«Für Gott ist nichts unmöglich», entgegnete der Kardinal unwirsch, als wollte er Theo eine Stelle aus dem Katechismus in Erinnerung rufen, die er vergessen hatte.

«Für Gott ist nichts unmöglich», wiederholte Theo in aller Ruhe, «aber das bedeutet nicht, daß er sich irgendwelche Phantastereien herausnähme. Er bemüht sich sogar, seine Schöpfung für den Menschen verständlich zu machen. Auf unmotivierte, spektakuläre Zauberkunststückchen legt er keinen Wert. Wenn Sie mir dieses Bild erlauben, benimmt er sich wie ein konstitutioneller Monarch und bleibt im Rahmen der ein für allemal festgelegten Naturgesetze. Die alten Griechen und Römer stellten sich ihre Götter als launenhafte, sittenlose Tyrannen vor, und sogar die Hebräer haben in den ältesten Texten der Bibel angefangen, Jahwe als einen Despoten zu schildern. Für uns sind die Wunder keine Taschenspielertricks, sondern Naturerscheinungen, selbst wenn sie so selten geschehen, daß ihnen deshalb etwas Übersinnliches anhaftet. Sie besagen jedoch in keinem Fall, daß Gott die Naturgesetze aufhebt.»

Den Blick auf den Boden gerichtet, murmelte er wie zu sich selbst:

«Sonst höre ich entweder auf, Physiker zu sein, oder ich höre auf, Christ zu sein.»

Das kam gewissermaßen einer Ächtung der Antike gleich. Emmanuel überlegte, daß Theo von jeher das Format eines dieser starrsinnigen, unerträglichen Patriarchen aus dem Alten Testament hatte, die ihre Ziele letzten Endes nicht durch Zustimmung erreichten, sondern dadurch, daß sie die Menschen in ihrer Umgebung zuerst zur Verzweiflung und danach in die Resignation trieben.

Störrisch beobachtete der Kardinal eine Ameise, die einen Krümel in ihren Bau schleppte, dann hob er schließlich den Blick und deutete diese beinahe schmerzliche Verzerrung des Gesichts an, die bei ihm als Lächeln galt.

«Nicht, daß Sie mich überzeugt hätten, aber Sie haben mich ins Wanken gebracht. Ich möchte Sie morgen wiedersehen, denn die Zeit drängt. Jeden Moment kann das Staatssekretariat mich um Rat fragen, welche Haltung wir in dieser Angelegenheit einnehmen sollen. Überlegen Sie genau, was Sie mir zumuten wollen und was machbar ist. Ich bitte Sie insbesondere, mir den schwächsten Punkt des Dossiers aufzuzeigen: Über die Radiokarbondatierung hinaus gibt es sicher in dem gesamten Komplex noch das eine oder andere Element, das ebenfalls für die Hypothese einer Fälschung spricht. Ich muß jetzt zu meiner Sitzung. Reden Sie mit niemandem darüber. Bis morgen, um elf Uhr in meinem Büro.»

Er erhob sich und ging weg, ohne auch nur Theos Antwort abzuwarten. Die beiden Brüder blieben vor der Bank stehen, bis die kleine Gestalt des Kardinals verschwunden war.

Sogleich zog Theo aus seiner Aktenmappe einen Plan der Gärten des Vatikan heraus, in denen er sich noch nie hatte umsehen können, und hielt Emmanuel bis zum Einbruch der

Dunkelheit in Trab. Er fragte ihn nicht einmal, ob er vielleicht andere Verpflichtungen habe. Es war eine zu günstige Gelegenheit, seine Kenntnisse Roms zu ergänzen. Sie besichtigten die päpstliche Akademie der Wissenschaften und den kleinen Palast Leos XIII., statteten der Madonna della Guardia einen Besuch ab und ließen sich auch die Nachbildung der Grotte von Lourdes nicht entgehen, ein Geschenk französischer Katholiken, bei dem die beiden Brüder schnell übereinkamen, daß sie das häßlichste Bauwerk im ganzen Vatikan sei.

Seit vierundzwanzig Stunden hatte Paolo Pacelli seine Lagerstatt im Hotel Raphael kaum verlassen, es sei denn, um dem Zimmermädchen Gelegenheit zu geben, das Bett zu machen. Er hatte sich auch alle Mahlzeiten hier servieren lassen, obwohl er eine Abneigung gegen Hotelküchen hegte und ihnen Restaurants vorzog, doch er besaß keinen roten Heller mehr und die Mahlzeiten im Hotel wurden von Colombe bezahlt. Überdies hatte er alle Wäsche, die er in einer Reisetasche mitgebracht hatte, waschen und bügeln lassen. Diese Tasche war sein einziges Gepäckstück und barg seine gesamte Habe.

In den Mußestunden hatte er ferngesehen, mit unzähligen Bekannten telefoniert, Zeitungen gelesen, gedöst, die Minibar des Zimmers geleert und eine Zigarette nach der anderen geraucht. Eigentlich fühlte er sich wohl, wenn er davon absah, daß er den Kellnern, die ihn mit Mahlzeiten, Getränken und Tabak versorgten, nicht einmal einen Tausend-Lire-Schein Trinkgeld geben konnte.

Er befand sich gerade in einer verzwickten Lage, der schlimmsten seit geraumer Zeit: keine feste Bleibe, keine Beschäftigung, für die er sich nicht zu schämen brauchte, verschuldet bei allen, die er in der Stadt kannte, und deren gab es viele. Colombes Aufenthalte in Rom waren da wie Sauerstoffballons, die ihm gestatteten, ein wenig Atem zu schöpfen.

Aber sie bescherten ihm nur vorübergehend Linderung. Bisweilen, wenn er im Halbschlaf lag, liebäugelte er mit dem fabelhaften Plan, sie zu heiraten, was ihm ein gewissermaßen magisches Papier verschaffen würde: einen amerikanischen oder einen Schweizer Paß, da Colombe beide Staatsbürgerschaften besaß. Doch schon der bloße Gedanke, Rom zu verlassen, erschreckte ihn. Ein einziges Mal war er in New York gewesen, und der Anblick dieses tristen Ameisenhaufens hatte ihm das Blut in den Adern gefrieren lassen.

Europa blieb der einzige Kulturraum, in dem es nach wie vor möglich war zu leben, ohne zu arbeiten. Paolo entstammte Kreisen, in denen Werktätigkeit den einzigen unauslöschlichen Makel darstellte, diesen Makel, der einen Mann in den Mittelstand einstufte, in die Klasse dieser Emporkömmlinge der Demokratie und der Sozialversicherung, dieser Aufkäufer einer Macht, die ihnen nach göttlichem Recht niemals zustehen würde. Paolo Pacelli war noch immer davon überzeugt, daß er eines Tages Italien, der katholischen Kirche, seiner Familie, einer Bank oder den Künsten einen herausragenden Dienst erweisen würde. Wem, das war ihm im Grunde egal, und er empfand auch keinerlei Ungeduld, so sehr vertraute er auf seine vornehme Herkunft, seinen Stand und auf den Erfolg von Freunden, die ein bißchen früher als er ein bißchen mehr Glück gehabt hatten. Er lag also weiterhin auf der Lauer, selbst wenn er im Unterhemd, mit einer Zigarette zwischen den Lippen, in einem Zimmer der obersten Etage des Hotels Raphael vor sich hin döste.

Oft hielt Paolo sich für die vollkommene Inkarnation des römischen *menefreghismo*, dieser nicht zu überbietenden Gleichgültigkeit gegenüber der Meinung anderer. Diese Haltung gaben die Bewohner der alten Hauptstädte von Generation zu Generation weiter, als hätten die enteilenden Jahrhunderte jedwede Scham erschöpft. Er betrachtete sich als vom Glück begünstigten Hochstapler, weil er die Vorzüge aus den zwei größten Blendwerken aller Zeiten in sich vereinigte: aus einem Kaiserreich, dem es gelungen war, der herrschenden Ordnung den Stempel der Rechtmäßigkeit aufzudrücken, und einer Kirche, die erreicht hatte, daß gute Organisation als Beweis dafür angesehen wurde, von Gott auserwählt zu sein.

Der Einfall, durch eine Heirat mit Colombe einen ehrbaren Status zu erlangen, erschien ihm, gemessen an diesen Ambitionen, schäbig. Dann hätte er wirklich das Gefühl, zu betrügen und sich auf das Niveau eines Zuchthengstes herabzuwürdigen, dessen Beschälungen vergütet wurden. Da war seine derzeitige Stellung ehrenhafter, denn er spielte eine vielschichtige Rolle, er war alles in einem: Begleitschutz, Fremdenführer, Chauffeur, Liebhaber, Privatsekretär, und das unbezahlt, lediglich bei freier Verpflegung. Im eigentlichen Sinn des Wortes hatte er nie Geld von ihr bekommen, direkt von Hand zu Hand. Colombe hatte ihm höchstens ein paar Kleidungsstücke gekauft sowie ein Diplomatenköfferchen aus braunem Leder und eine goldene Uhr. Es war ihm sehr schwer gefallen, diese zwei letzten Geschenke wieder zu verkaufen. Colombe hatte er später erklärt, sie seien ihm aus seinem Auto gestohlen worden.

«Ich lasse mich aushalten», brummte er in diesem Stadium seiner dumpfen Grübelei in sich hinein.

Noch nie war er in seiner elementaren Selbsterkenntnis weitergegangen. Einmal hätte er in Harry's Bar in der Via Veneto beinahe einen Journalisten erwürgt, weil der ihn in einer Klatschspalte als «würdevollsten Gigolo, den Rom seit seinen Anfängen hervorbrachte», tituliert hatte. Seither war ihm der Zutritt zu dieser Bar verwehrt, was ihn in Verlegenheit brachte, sobald sich jemand dort mit ihm verabreden wollte und er jedesmal eine neue Ausrede erfinden mußte, um einen anderen Ort vorzuschlagen. Aber wenigstens hatte er die Beleidigung nicht hingenommen, sie nicht auf sich sitzenlassen. Um sich die erforderliche Selbstachtung zu bewahren, ohne die er dem Alkohol, Drogen oder dem Wahnsinn verfiele, mußte er sich ständig beweisen, er stehe aus freien Stücken zu dieser seltsamen Liebe, die ihn mit Colombe verband. Er mußte ein klein wenig übertreiben, damit er nicht das Gefühl hatte, er sei gezwungen, um das Notwendigste zu betteln.

Da stießen seine Überlegungen an ein Hindernis, dem er nicht auszuweichen vermochte: Eigentlich sollte er Colombe unverzüglich etwas schenken, eine Kleinigkeit, etwas Symbolisches, die alte Ausgabe eines Buchs, eine silberne Schale, einen Kupferstich von Rom, zum Beispiel einen echten Piranesi. Zunächst dachte Paolo daran, seiner Patentante einen Besuch abzustatten, die einen Palast in dem Viertel am Fuße der Piazza di Spagna bewohnte. Da sie so gut wie taub und blind war, würde sie nicht einmal merken, wenn in der Zimmerflucht ihrer drei Salons, die ein wahres Museum bildeten, ein Stück fehlte. Doch die Vorstellung, erneut eine Anleihe auf sein Erbe zu machen, verletzte seinen Sinn für Schicklichkeit. Das Geschenk für Colombe mußte vielmehr ein Beweis seiner Autonomie sein, das heißt seiner Fähigkeit, Geld auszugeben, das er zuvor verdient hatte.

Er zündete die fünfzigste Zigarette dieses Tages an und stützte sich mit den Ellbogen auf das Fensterbrett, um nachzudenken. In der Dachrinne des Gebäudes auf der anderen Seite des Largo Febo spazierte eine Katze. Paolo beneidete das Tier, weil es keine Geldsorgen kannte. Dann ging er in Gedanken noch einmal ganz genau die in Colombes Gesellschaft zugebrachten Stunden durch. Er hielt bei der Geschichte mit dem Grabtuch inne, die sie ihm mit einer Fülle nichtiger Einzelheiten erzählt hatte. Bei einem Detail hatte er flüchtig die Ohren gespitzt. Jetzt bereitete es ihm einige Mühe, sich daran zu erinnern, doch letzten Endes stand es in blendender Klarheit vor ihm: Kardinal Weiss hegte keinerlei Absicht, das wahre

Alter des Grabtuchs zu veröffentlichen, als handle es sich dabei um eine Nebensache. Im Nichtgesagten steckte jedoch gerade das, was zu sagen am wichtigsten wäre. Paolo kannte die Kirche gut genug, um zu wissen, daß jede Information genau in dem Maß verschleiert oder heruntergespielt wurde, in dem sie, im Sinne der Presse, von Belang war, das heißt in dem Maß, in dem sie eine Schlagzeile verdiente – und bares Geld einbrachte.

Es war bereits fünf Uhr nachmittags. Colombe konnte jeden Augenblick zurückkehren. Da Paolo nur noch wenig Zeit blieb, beschloß er, die Redaktion der am nächsten gelegenen Zeitung aufzusuchen: *Il popolo.* Telefonisch verabredete er sich mit einem Journalisten, den er kannte. Der ging erleichtert auf seinen Vorschlag ein, denn er plagte sich gerade zum hundertsten Mal, mit geheuchelter Entrüstung einen Artikel über die letzten ruchbar gewordenen Beziehungen zwischen der sizilianischen Mafia und der christdemokratischen Partei zu verfassen.

Nach kurzem Feilschen nahm Paolo einen Betrag von achtzigtausend Lire in Empfang. Der Journalist erhoffte sich, diese Summe – und sogar noch mehr – wieder einzutreiben, indem er vorgab, er verdanke die Information der gedankenlosen Geschwätzigkeit eines Monsignore aus dem Vatikan während eines Abendessens in trauter Zweisamkeit bei Passetto. Zufällig besaß er noch eine Rechnung über einhundertfünfunddreißigtausend Lire für ein Abendessen in diesem Restaurant, zu dem er in Wirklichkeit eine schlechte feministische Schriftstellerin eingeladen hatte. Obwohl der zuletzt erschienene Roman der betreffenden Dame der Vorwand für dieses Essen gewesen war, hatte der Journalist insgeheim gehofft, sie zu verführen, was jedoch mißlang, weil die Schriftstellerin häßlicher, dümmer und zäher als erwartet war. Bei einem erfolgreichen Liebesabenteuer nahm er die Restaurantrechnung stets auf seine Kappe, dagegen gab er die Spesen für seine amourösen Fehlschläge unter dem einen oder anderen Vorwand an die Zeitung weiter. Dann verblaßte die Enttäuschung für Gemüt oder Sinne dank des Triumphes über eine kleine Gaunerei.

Der Ablauf der Ereignisse ergab sich also aus dem Zusammentreffen einiger Zufälle: einer Siesta, in der Paolo sein Gewissen erforschte, der Veröffentlichung des mittelmäßigen Romans einer Frau ohne jeglichen Charme und der ambivalenten Pflichtauffassung eines römischen Journalisten, der dringend einen Artikel brauchte.

4

❖❖❖❖❖❖

Als Kinder hatten Theo, Emmanuel und Colombe immer miteinander gespielt, was bei dem geringen Altersunterschied zwischen ihnen nahelag.

Auf das Recht des Erstgeborenen pochend, riß Theo dabei das Privileg an sich, die Regeln zu erfinden, die um so strenger und unumstößlicher ausfielen, je verwegener die von Charles Perrault, Jules Verne oder dem Geschichtsbuch inspirierten Spiele waren, die er sich ausdachte. Es galt unentwegt, böse Zauber zu bannen, Länder zu entdecken oder mit knapper Not aussichtslose Schlachten zu gewinnen. Auf gleichermaßen unwandelbaren Voraussetzungen beruhte auch, was die Kinder «ein großes Abenteuer» nannten. Welchen Verlauf die Handlungen auch nahmen, stets schimmerte die Herausforderung einer Aufgabe durch, die bis an die Grenzen des Möglichen ging und übermenschliche Fähigkeiten an Intelligenz (Theo vorbehalten) oder an Mut (Colombe zugestanden) oder gar das freiwillig auf sich genommene Opfer eines Helden erforderte (meistens Emmanuel), der den Rückzug der anderen deckte und damit ihre Rettung sicherstellte.

Das höchste Glück dieser Rollenspiele gipfelte in der Verherrlichung der heiligen Johanna. Gemäß der Aufgabenverteilung zwischen den Geschwistern fiel dabei Colombe die Hauptrolle zu. Weil sie den Scheiterhaufen erklimmen mußte (ein mit einer Taschenlampe rot beleuchtetes großes Reisigbündel), erwarb sie sich das Recht, in den Himmel aufzusteigen (ein hoher Ast des Kirschbaums), in den ihre zwei Brüder sie tatkräftig mit Hilfe eines Seils hinaufzogen, das über eine Rolle lief. Oben angekommen, sang Colombe hinreißend das *Salve Regina*, dem die beiden Jungen auf Knien lauschten.

Theo träumte davon, das Schauspiel auszufeilen, einen echten Scheiterhaufen in Brand zu stecken und Colombe mit einem der Dorffeuerwehr von Fully entwendeten Asbestanzug vor den Flammen zu schützen. Dieser kühne Plan wurde jedoch dank eines unvorhergesehenen Ereignisses nie ausgeführt. Bei einer Probe ohne Feuer fiel Colombe der schlecht befestigten Seilrolle zum Opfer und vom Kirschbaum. Dabei brach sie sich einen Arm und mußte ihn für den Rest der Ferien in Gips tragen.

Monsieur de Fully geriet darüber derart außer sich, daß er Emmanuel ohrfeigte, den er wegen seiner übertriebenen Neigung zur Religiosität zu Unrecht für den Alleinschuldigen an diesem Drama hielt. Ins Internat des Klosters Einsiedeln verbannt, verbesserte Emmanuel dort seine Deutschkenntnisse und fand zu seiner Berufung. Monsieur de Fully erhob dagegen kaum Einwände, denn er erkannte gern an, daß es jeder Generation seiner Familie wohl anstand, einen Novizen für den Klerus zu stellen. Zumal Theo begabter zu sein schien als Emmanuel, wog das Opfer nicht so schwer. Was Gott gebührte, war der Familie de Fully heilig, wurde jedoch, wenn möglich, aus dem ausgewählt, wessen die Menschen nicht bedurften. Man gab, aber mit Berechnung. Die Generationen überlieferten einander eine im Haus vertraute Redensart: «Was Gott befohlen, mag das Feuer holen.»

Nach Theos Unterredung mit Kardinal Weiss trafen sich die Geschwister noch am selben Abend in einem ihrer bevorzugten Schlupfwinkel, im Restaurant Al Moro. Alle großen Abenteuer begannen mit einem rituellen Mahl an einem verschwiegenen Ort.

Zwei Schritt von der von Touristen belagerten Fontana di Trevi entfernt, auf halber Höhe einer düsteren Gasse, tut sich unter einem unleserlich gewordenen Schild eine unscheinbare Tür auf. Sie führt zu mehreren kleinen Räumen mit je zwei bis drei Tischen. Das Menü wird mit den Kellnern ausgehandelt, die über die Stärken der Küche und die Schwächen der Gäste gut Bescheid wissen. Der Schmuck der Wände hat sich im Laufe der Jahre ergeben, eher zufällig, durch eine wahllose Ansammlung von Bildern und Stichen, mit denen unter Geldmangel leidende Künstler ihre Zeche bezahlt hatten. Es gab auch Andenken an erlauchte Besucher: vergilbte Fotos und Speisekarten mit Widmung. Theo nahm sich insgeheim vor, falls er dereinst den Nobelpreis erhielt, hierherzukommen und sein Foto zu signieren, um eine Spur zu hinterlassen, wenn schon nicht in der Erinnerung der Menschen, dann wenigstens an der Wand eines Restaurants, das noch sehr lange zu bestehen versprach.

Als Vorspeise bestellten sie ein Pilzgericht, und danach einigten sie sich auf die *trippa alla romana*, Kutteln auf römische Art. Während sie auf den ersten Gang warteten, faßte Emmanuel den Stand der Dinge kurz zusammen:

«Ich habe mir meine eigene Meinung über die wahren Absichten bei dieser Radiokarbondatierung gebildet. Obwohl mein Chef Gleichgültigkeit vorschützt, ist die Entscheidung für diese Untersuchung sicher bei einem Gespräch auf höchster Ebene gefallen, zwischen Ballestrero, Casaroli, Weiss und sogar Woytila selbst. Die historischen Indizien paßten so gut zusammen, daß nicht die leisesten Bedenken bestanden: Das Grabtuch mußte echt sein. Die Aufgabe der Laboratorien bestand also nicht darin, das tatsächliche Alter des Grabtuchs zu bestimmen, sondern ein für allemal dessen Echtheit zu bestätigen. Indem sich die Kirche der Überprüfung durch die Wissenschaft unterzog, tat sie kund, daß sie keine Furcht vor ihr hatte, daß sie bereit war, sie sich zur Verbündeten zu machen und den zentralen Glaubensartikel des Christentums mit einer Laboranalyse zu rechtfertigen. Unterstellen wir einmal einen Moment lang, die Datierung hätte bescheinigt, daß das Grabtuch an die zweitausend Jahre alt ist, wie die Schriften von Qumran, wer hätte dann noch am Wahrheitsgehalt der Bibel zweifeln können? Dann hätte es nicht einmal mehr den Schatten eines Zweifels gegeben, daß Jesus tatsächlich auferstanden ist, zumal das Tuch keine Verwesungsspuren aufweist und ihm noch Reste von geronnenem Blut anhaften. Es hätte auch keinen Zweifel mehr gegeben, daß der in dieses Grabtuch gehüllte Leichnam mit den authentischen Merkmalen der Passion Jesu auf übernatürliche Weise verschwunden ist. Niemand hätte Ostern mehr für eine von der Urkirche erfundene Legende halten können.»

«Könnte sich die Kurie denn nicht um dringendere und praktischere Probleme kümmern?» wandte Colombe ein. «Zum Beispiel die Empfängnisverhütung freigeben, das Priesteramt für Frauen zulassen oder die Wahl der Bischöfe durch das Volk organisieren?»

«Du bist gehässig. All das ist doch zweitrangig, das sind Probleme der ekklesiastischen Disziplin. Die könnte leicht von einem Tag auf den anderen geändert werden. Das brächte große Überschriften in den Zeitungen ein, ohne das eigentliche Drama auch nur zu streifen. Du machst dir keinen Begriff davon, wie verheerend die liberale Theologie den Glauben im Innersten erschüttert hat. Schon 1926 hat Bultmann, ein protestantischer Theologe, eine wahre Brandschrift unter dem Titel ‹Jesus› veröffentlicht. Ein Buch über Mythologie und Entmythologisierung, das erst 1968 auf französisch erschien und in dem das Evangelium als mythische, präwissenschaftliche Darstellung des Lebens Jesu ausgelegt wird. Seither hat die Lektüre dieses übrigens sehr gut geschriebenen und wissenschaftlich plausiblen Buchs zur Folge gehabt, daß aus den Reihen des Klerus unendlich viele abtrünnig geworden sind. Denjenigen, die das Priestergewand abgelegt haben, ging es nicht in erster Linie darum, den Zölibat für Geistliche in Frage zu stellen. Das ist blanke Feuilletonpsychologie. Es war vielmehr eine Welle des Zweifels an der Göttlichkeit Jesu, die faktisch in archaischer Gläubigkeit verwurzelte Überzeugungen Berufener hinweggespült hat.»

«Dann meinst du also, der katholische, das heißt unser Glaube sei ein Aberglaube?» fragte Colombe.

«Nein. Es gibt eine historische Tatsache: die Gründung einer christlichen Kirche. Im Gegensatz zu dem, was Bultmann behauptet, waren die Zeichen, in denen sich Gott am deutlichsten offenbarte, nicht überflüssig, um zu erreichen, daß die Menge Jesus als Sohn Gottes ausrief und das zur zentralen Glaubensaussage der ersten christlichen Gemeinden wurde. Bestimmt haben die im Volk kursierenden Gerüchte die Wunder ausgeschmückt, ihnen übernatürliche Details hinzugefügt und damit Legenden geschaffen. Um das Jahr 30 herum mußte sich dennoch etwas ereignet haben, was so eindrucksvoll war, daß es die Zeitgenossen überzeugte. Für mich, wie für viele andere, hat die Auferstehung Jesu diese entscheidende Rolle gespielt. Darum dreht sich heute die Diskussion in der Kirche. Sollte sich Bultmanns These durchsetzen, wird das Christentum auf eine kühne und gewagte humanistische Philosophie reduziert, die vielleicht von einem göttlichen Plan ausgeht, aber von einem Propheten ersonnen wurde, von Jesus von Nazareth, gleich Moses oder Mohammed ein erleuchteter Mensch, aber eben nur ein Mensch. Dann ist Gott nicht fleischgeworden, sondern bleibt in unendlicher Ferne, abstrakt, undurchschaubar, unzugänglich. Falls es die Menschen waren, die sich auf die Suche nach Gott begeben haben, mußten sie ihn sich letzten Endes ausdenken, ihn erfinden, ihn konstruieren. Dann ist es nicht mehr Gott, der den Menschen erschaffen hat, sondern der Mensch hat Gott erschaffen. Gott hat sich nicht inkarniert, sondern die Menschen haben einen Propheten vergöttlicht.»

«Dieser Gott wäre alles in allem nichts weiter als eine intellektuelle Metapher», kommentierte Theo. Emmanuel nickte, dann fuhr er fort:

«Wenn der Kern unseres Glaubens nicht gegen diesen Angriff geschützt wird, droht das ganze Gebäude einzustürzen. 1968 hat die Kirchenleitung zum Beispiel bei der vom französischen Klerus vielgelesenen Zeitschrift *La Croix* interveniert, damit die Werbung der Éditions du Seuil für Bultmanns Buch nicht mehr auf der ersten Seite erscheint. Andersrum ist das Turiner Grabtuch nicht ohne Grund einer Überprüfung in Laboratorien unterzogen worden, aber das Ergebnis könnte sich, falls es der Öffentlichkeit schlecht präsentiert wird, als katastrophal herausstellen. Dann hätten Renan und Loisy, später Bultmann und jetzt Professor Theo de Fully, in seinem Fall ohne es zu wollen, Gott nach und nach aus der Menschheitsgeschichte hinausgedrängt, indem sie erklärten und bewiesen, daß er nie in sie eingedrungen war.»

Von diesem für ihn ungewöhnlichen Redeschwall erschöpft, verstummte Emmanuel. Sie aßen ihre Pilze mit Appetit: Wenn die Seele wankt, ist es gut, sich auf den Körper zu stützen. Es waren wilde, auf den Hügeln um Rom gesammelte Pilze, deren herber Duft einen an Unterholz und an das vom Herbstregen nasse Fell der Tiere denken ließ. Darin lag mehr Realität als im Hader der Theologen, dieser ranzig gewordenen, in den klösterlichen Refektorien schlecht ernährten alten Junggesellen. Lustlose Mahlzeiten ziehen unerquickliche Gedanken nach sich.

In dem Raum stand nur noch ein anderer Tisch, an dem das Personal einer Autowerkstatt die Pensionierung eines Angestellten feierte. Typische kleine Leute aus Rom, über einen vom Betrieb bezahlten Festschmaus hocherfreute Tippfräulein, Mechaniker, Autoverkäufer, die nach Herzenslust aßen und tranken, meilenweit von allen quälenden, metaphysischen Überlegungen entfernt. Theo beneidete sie instinktiv. Er beneidete immer die Menschen, die er als normal bezeichnete, das heißt jene, die sich weder mit Physik noch mit Theologie oder Medizin beschäftigten. Für ihn traf die Erbsünde nur jene, die sich der Suche nach Erkenntnis verschrieben haben.

Zwischen Vorspeise und Hauptgericht wagte er einen Einwand:

«Grundsätzlich ziehe ich Erklärungen in Zweifel, die von einer heimlichen Absprache ausgehen. Ich kann mir nicht vorstellen, daß sich einige Kardinäle in einem Saal der päpstlichen Akademie der Wissenschaften um den Pontifex scharen und dort die Datierung des Grabtuchs aushecken, um damit die öffentliche Meinung zu manipulieren.»

«Da hast du recht», räumte Emmanuel ein. «So einfach ist es auch nicht. Die Beratungen waren bereits während des ganzen Jahres 1986 in vollem Gang, und damals hat niemand die Gründe für die Datierung so deutlich ausgesprochen, wie ich das soeben getan habe. Glaubt mir oder glaubt mir nicht, aber im Vatikan werden viele Entscheidungen getroffen, ohne daß die Beteiligten begreifen, was sie wirklich dazu treibt, das wird ihnen nicht bewußt. Ich kann mir recht gut vorstellen, was im Kopf von Weiss vorgeht, und analog dazu kann ich Rückschlüsse auf die Beweggründe der anderen ziehen. Der Kardinalpräfekt der Kongregation für die Glaubenslehre ist nicht immer der gewissenhafte Hüter einer erstarrten Orthodoxie gewesen. 1969 war er schlicht und einfach jener Professor Weiss, der ein Manifest für die Freiheit der theologischen Forschung unterzeichnete, und zwar gemeinsam mit Küng und Schillebeeckx, mit ebendenen, die er heute zum Schweigen zu bringen versucht. Nach seinem Amtsantritt in Rom hat er sich von Grund auf gewandelt. Er ist sich darüber klargeworden, daß die intellektuellen Spekulationen eines Forschers – Hypothesen über Hypothesen – Gefahr laufen, für bare Münze genommen zu werden, und, von den stets nach Aufsehenerregendem, Skandalträchtigem und Unerhörtem schielenden Medien zusätzlich verzerrt, an das Volk weitergegeben werden könnten.»

«Das stimmt allerdings», bemerkte Colombe. «Die von den Kanzeln gepredigte Wahrheit bildet nur noch ein dürftiges Gegengewicht zu den Fernsehschirmen. Mit Langeweile kommt man eben gegen die Dummheit nicht an!»

«Dann wirst du verstehen», fuhr Emmanuel fort, «daß die einzige Möglichkeit, wieder ein klares Bild der Kirche herzustellen, darin besteht, ihre Position zu erhärten, ihrer Unnachgiebigkeit Geltung zu verschaffen und zu betonen, daß ihre Botschaft von Dauer ist. Die intellektuellen Diskussionen haben nur Verwirrung gestiftet. Es ist an der Zeit, zu schlichten Gedanken zurückzukehren. Unbewußt bedauert Weiss, daß er einmal auf dem Gebiet der Theologie geforscht hat. Er möchte diesen einst gerühmten Drang nach Unabhängigkeit ausmerzen, der das letzte Konzil geprägt hat und der alles beinahe in eine riesige Katastrophe gestürzt hätte.»

«Mit anderen Worten: Er nimmt Schuldzuweisungen vor», erklärte Colombe erbarmungslos.

«Wenn du so willst. Seither ist ihm jedes Mittel recht. Angesichts der allgemeinen Streitbarkeit stellt die Datierung des Grabtuchs auf dem gigantischen Schachbrett, auf dem das Lehramt Roms seine Autorität ausübt, nur einen von vielen vorgeschobenen Bauern dar. Vor zwei Jahren war Weiss damit einverstanden, ihn aufs Spiel zu setzen; heute ahnt er, daß er ihn vielleicht opfern muß. Wird er geschlagen, ist ein Bauer kein großer Verlust. Also keine Publizität, keine Erklärungen an die Presse, vorgeschützte Gleichgültigkeit. Sollte dagegen einer der Forscher, Theo zum Beispiel, die Aussagekraft seiner eigenen Messungen in Frage stellen, dann kann, wie beim Schach, der aufs Spiel gesetzte Bauer jenseits aller Vorsicht auf die Dame losgehen und die Partie gewinnen. Das sind die Gründe, die Theo eine gewisse Chance einräumen, sein Vorhaben zu verteidigen. Er ist am Zug!»

Schweigend genossen sie die Kutteln. In der Familie de Fully wußte man Gerichte aus bescheidenen Zutaten besonders zu schätzen. Nur Emporkömmlinge legen Wert auf Kaviar, Trüffeln und Gänseleber, die bloß kostspielig sind. Wahre Eßkultur zeigt sich in der Kunst, alltägliche Speisen so zuzubereiten, daß ihnen ein Hauch von Genie anhaftet. Innereien erfordern wahre Virtuosität. Sie sind die Tonleitern eines echten Kochs. Der Küchenchef des Al Moro war nicht aus der Übung gekommen. Die Geschwister versuchten, sich an die früheren Gelegenheiten zu erinnern, bei denen sie diesem Gericht zugesprochen hatten, und zankten sich ein wenig darüber, wann es wie gut war.

Dann, beim Nachtisch, einer göttlichen, weil leichten und dennoch gehaltvollen Zabaione mit Marsala, die nach in der Sonne gereiften Weintrauben duftete, kamen sie auf ihr Hauptthema zurück. Theo klappte ein großes, brandneues Heft mit grünem Einband und karierten Seiten auf und begann Emmanuels Ausführungen zusammenzufassen. Sobald er ein neues Projekt in Angriff nahm, machte er sich in der unbeständigen Phase, in der es noch in der Schwebe hing, immer die Mühe, vorausgehende Gespräche sofort schriftlich festzuhalten. Abends las er diese Berichte noch einmal in Ruhe durch, um sicherzustellen, daß er nur das im Gedächtnis behielt, was tatsächlich gesagt worden war, so sehr mißtraute er sich selbst noch mehr als anderen. Man hört doch nur, was man hören will, und zensiert in der Erinnerung das, was der vorgefaßten Meinung zuwiderläuft.

Colombe und Emmanuel kannten die rituelle Bedeutung dieses Heftes gut genug, um die ganze Tragweite des Augenblicks zu ermessen. Sie wahrten respektvolles Schweigen, während Theo die letzten Sätze aufschrieb. Dann wandte er sich mit dem gleichen tiefen Ernst, den er am Katheder in Zürich vor dreihundert Studenten an den Tag gelegt hätte, seinen Geschwistern zu.

«Meine ganze Theorie beruht auf dem negativen und dreidimensionalen Charakter des Abdrucks. Mit ‹negativ› meine ich, daß das Bild auf dem Grabtuch zuerst umgekehrt werden muß, das heißt, das Dunkle muß hell und das Helle muß dunkel werden, um Details erkennen zu können. Danach sehen die Vertiefungen, zum Beispiel die Augenhöhlen, dunkel aus, während die Wangen hell sind und man ein Gesicht entdeckt, das so aussieht, als sei es von außen beleuchtet, vom Tageslicht oder von einer Lampe. Handelte es sich um ein Gemälde, wäre es nur natürlich gewesen, dieses Prinzip anzuwenden. Aber auf dem Grabtuch ist es genau umgekehrt, als wäre der Leichnam von innen beleuchtet gewesen, von einer starken Lichtquelle, die das Gewebe an der Oberfläche versengt hat. Je dichter der Stoff am Leichnam war, desto dunkler ist er verfärbt. Um es noch genauer zu sagen: Die Intensität der Färbung ist umgekehrt proportional zum Quadrat der Entfernung. Dessen ist man sich eigentlich erst 1974 bewußt geworden. Paul Gastineau hat diesen dreidimensionalen Charakter entdeckt, indem er das Bild digitalisiert hat. Die dritte Dimension ergibt sich aus der jeweiligen Farbintensität jedes einzelnen Punktes. Mit Hilfe der elektronischen Bildbearbeitung erhält man nicht nur eine zweidimensionale, sondern eine wirklich plastische Darstellung des Kopfes Christi.»

«Überspring doch die Zwischenschritte und komm gleich zu deinem Ergebnis», wandte Colombe freundlich ein.

«Gewiß nicht. Im derzeitigen Stadium handelt es sich nur um eine Arbeitshypothese, von der ich nachweisen möchte, daß sie die wenigsten Schwachstellen hat, weil sie den meisten wahrnehmbaren Fakten Rechnung trägt. Aber zurück zum Bildnis, so wie es ist. Die Hypothese, es sei gemalt, kann man gleich ausschließen. Zum einen finden sich keine Spuren von Farbpigmenten oder Bindemitteln, und zum anderen war damals noch kein Künstler mit negativer oder dreidimensionaler Darstellung vertraut. Von daher bleibt nur eine vertretbare Hypothese übrig: Der Abdruck stammt von einem dreidimensionalen Körper, von einem echten oder künstlichen, tot oder lebendig. Vittorio Delfino hat die Hypothese aufgestellt, man habe eine Statue auf etwa zweihundert Grad erhitzt und lange genug mit einem Leinentuch bedeckt, um den Stoff anzusengen, ihn aber nicht zu verbrennen. Es gibt jedoch ein Element, das Delfinos Annahme widerlegt: Die mit Blut oder Serum getränkten Fasern sind nicht versengt, als wären sie vor der Hitzeeinwirkung geschützt gewesen, und das Blut ist dabei nicht verkohlt.»

«Die Hypothese mit der Statue ist also nicht haltbar», schlußfolgerte Emmanuel.

«Absolut nicht», fuhr Theo fort. «Nächste Hypothese: Eine chemische Reaktion zwischen Schweiß, Blut und den pflanzlichen Substanzen, die zum Einbalsamieren des Leichnams verwendet wurden. Diese Theorie taugt auch nicht mehr. Wären die hinterlassenen Spuren nämlich auf diese Art entstanden, hätte der Druck zwischen Leichnam und Tuch dabei eine Rolle gespielt. Bei einem Toten, der normalerweise auf den Rücken gelegt wird, müßte dessen Abdruck deutlicher sein als der Abdruck der Brust. Dem ist aber nicht so. Ganz zu schweigen von den Falten, die entstehen, wenn man einen

Leichnam einhüllt, und die auf der Abbildung nirgendwo zu sehen sind. Von daher erhebt sich die Frage, warum man meine Vermutung nicht in Betracht ziehen sollte. Sie bietet sich geradezu an, wenn man davon ausgeht, daß der Tote auferstanden ist. All jene – übrigens die überwiegende Mehrheit –, die nicht einen Augenblick lang die Möglichkeit gelten lassen, daß eine Auferstehung stattgefunden hat, haben diese Hypothese von vornherein ausgeschlossen. Ein guter Forscher schließt aber keine Hypothese *a priori* aus.»

«Und du bist natürlich ein guter Forscher!» bemerkte Colombe spöttisch.

Theo sprach unbeirrt weiter.

«Meine Hypothese sieht folgendermaßen aus: Der Leichnam eines gegeißelten und gekreuzigten Menschen ist in das Grabtuch eingehüllt worden und hat auf ihm die Blut- und Serumflecken hinterlassen, die von seiner Leidensgeschichte zeugen. Er ist nicht in Verwesung übergegangen, da sich davon keinerlei Spuren finden, und in den zwei darauffolgenden Tagen ist er verschwunden, wobei er durch einen uns unbekannten physikalischen Vorgang, den man nie zu reproduzieren vermochte, ein Negativbild auf das Gewebe übertragen hat. Der Leichnam ist nicht aus dem Grabtuch herausgeholt worden, denn dabei wäre das geronnene Blut nicht am Gewebe haftengeblieben.»

Theo hielt einen Moment inne und stierte auf den Bodensatz in seiner Kaffeetasse, als könnte er aus ihm des Rätsels Lösung herauslesen. Dann fuhr er in vertraulichem Ton fort:

«Angesichts des Grabtuchs, das tatsächlich existiert, das kein Hirngespinst ist, kein Trugbild, besteht die Erklärung mit den wenigsten Schwachstellen, das heißt die einfachste, in der Annahme, daß die Evangelien die Wahrheit sagen. Jesus ist wirklich auferstanden, sein Leichnam ist von einer Realität aus Zeit und Raum, die wir kennen, in eine andere, ebenfalls physikalische Realität übergegangen, die bei seinen Erscheinungen für die Jünger wahrnehmbar wurde.»

«Einverstanden», sagte Emmanuel, «aber es handelt sich dennoch um ein Wunder, um das Wunder schlechthin, auf das sich kein Naturgesetz anwenden läßt. Du bringst Natürliches und Übernatürliches durcheinander. Du verursachst mir wirklich Unbehagen. Allmählich reagiere ich unwillkürlich genauso wie Weiss.»

«Und du verursachst mir Unbehagen», erwiderte Theo schroff, «du und deinesgleichen. Manche Theologen haben die Menschwerdung Gottes auf eine philosophische Metapher reduziert, und im Grunde neigen sie alle zum Doketismus. Der unverfälschten Lehre zufolge ist der Leib Jesu aber real, menschlich, aus Fleisch und Blut. Deshalb kann er nicht allein aufgrund einer dogmatischen Aussage verschwinden. Sein Übertritt in eine andere Realität gehorcht physikalischen Gesetzen, meinetwegen auch nur einem Gesetz, das sich bloß ein einziges Mal ausgewirkt hat und das sich in einem Laboratorium nicht reproduzieren läßt, etwa so, wie es auch äußerst seltene und daher schwer zu erklärende astronomische Phänomene gibt. Ein Phänomen darf aber, nur weil es selten auftritt, nicht ignoriert oder als Ausnahme eingestuft werden.»

Er zögerte einen Moment, dann fuhr er fort:

«Das ist ein Reflex der Theologen, weil sie bei ihren Vorstellungen vom Prinzip der Physik von der einzigen Wissenschaft ausgehen, die sie einigermaßen kennen, von der Philologie. Um ihr Metier auszuüben, mußten sie drei oder vier tote archaische Sprachen lernen: Latein, Griechisch, Hebräisch, Aramäisch. Das führt letzten Endes zu einem intellektuellen Automatismus, der herkömmlicher Grammatik entstammt. Demnach werden alle Sprachen von Regeln beherrscht, die leider einige Ausnahmen mit sich bringen, zum Beispiel Fehler, die sich in der Überlieferung gehalten oder durch einen nachlässigen Umgang mit der Sprache in sie eingeschlichen haben. Deswegen beruht die Meinung, die Theologen von der Physik haben, auf ihrer Anwendung normativer Grammatiken, auf ihrem System aus Regeln und Ausnahmen, die sie Naturgesetzen und Wundern gleichstellen.»

Er hielt inne, um sich zu vergewissern, daß seine Zuhörer ihm noch folgten, dann sprach er weiter:

«Die Regeln der Grammatik existieren nur in den Köpfen der Sprachgelehrten; desgleichen sind die sogenannten Naturgesetze Schemata, die sich die Physiker ausgedacht haben. Für mich gibt es aber nicht einerseits natürliche, normale, durch physikalische Gesetze legitimierte Phänomene und andererseits übernatürliche, anormale, ungesetzmäßige, wundersame, mit einem Wort magische Phänomene. Es gibt nur alltägliche Phänomene und solche, die seltener auftreten. Die ersten stellten das Betätigungsfeld der Physik in ihren Anfängen dar, die anderen bilden den Bereich der heutigen Physik. Daher ist es für den von der Schweizerischen Eidgenossenschaft bezahlten Professor de Fully durchaus legitim, sich mit dem Grabtuch zu beschäftigen, einem realen Gegenstand, der im Augenblick noch viele Fragen aufwirft. So schockierend das auch anmuten mag, ebendiesem Menschen, der als Christ an die Auferstehung glaubt, steht es gleichermaßen zu, eine Verbindung zwischen diesem Phänomen und jenem Gegenstand herzustellen, anstatt um jeden Preis zu versuchen, sie auseinanderzuhalten. Als ob der Leichnam Jesu aus unserer Realität hätte verschwinden müssen, ohne Materie in Energie umzuwandeln! Als ob die Auferstehung überzeugender und größerer Ehrfurcht würdig wäre, wenn sie ein physikalisches Gesetz gebrochen hätte!»

Nach einer Weile fügte er erregt hinzu:

«Als ob der menschgewordene Gott unaufhörlich mit den Gesetzen unserer Welt sein Spiel triebe, indem er eine Zeitlang vorgab, sich ihnen zu unterwerfen, um sie dann in dem Moment, in dem er aus ihr schied, theatralisch zu brechen. Als ob die Schöpfung im Grunde nur eine gewaltige Stümperei wäre, aus der man sich beliebig zurückziehen dürfte und sollte.»

Der Wein, das Essen, der vertraute Anblick der Kellner und die gute Laune am Nachbartisch hatten Emmanuel geholfen, sich während der Diskussion zu entspannen. Ohne mit der Wimper zu zucken, nahm er Colombes leicht aggressiven Einwurf hin:

«Ich will dich ja nicht kränken, Emmanuel, aber ich habe nie begriffen, was die Theologie eigentlich ist. Für mich steht alles im *Vaterunser*, im *Ave-Maria* und im *Glaubensbekenntnis*, in dem der Apostel, nicht im Nizäischen, aus dem hört man schon den Streit der Intellektuellen heraus. Du nimmst am Ende noch den Standpunkt der Schreiber und Schriftgelehrten ein, die Jesus übel gesinnt waren, weil er zu anschaulich, zu volkstümlich, zu nahe am Leben gepredigt hatte.»

Sie dachte einen Moment nach, dann fuhr sie in beherrschtem Ton fort:

«Am Ostermorgen waren die Jünger entweder auf der Flucht, oder sie ergingen sich in müßigen Diskussionen. Aber sie taten nichts, sie waren im Begriff aufzugeben. Dafür gingen einige Frauen, von ihrem praktischen Verstand getrieben, an das Grab und wollten den Toten sorgfältig balsamieren, wollten bessere Voraussetzungen für sein ungewisses Weiterleben schaffen. Ein mitleiderregender Versuch, den Leichnam ein bißchen länger zu erhalten, was doch beweist, daß sie nicht an die angekündigte Auferstehung geglaubt haben. Aber erst dank dieser praktischen Initiative ist die Auferstehung überhaupt entdeckt worden. Theos Bemühen zielt in dieselbe Richtung. Deshalb stimme ich mit ihm überein und bin bereit, ihm zu helfen.»

Sie hielt von neuem inne, ehe sie mit leiser Stimme, als erforsche sie ihr Gewissen, weitersprach.

«Zu meinem Beruf gehört es, Sterbenden beizustehen. Das ist etwas sehr Konkretes. Ich halte ihnen keine Predigten, ich nehme ihnen keine Beichte ab, und ich gebe ihnen nicht die Letzte Ölung. Ich führe ihnen Flüssigkeit und Nahrung zu, ich beatme sie, ich wasche sie, anstatt ihrem Leben mit einer Spritze ein Ende zu setzen, weil ich glaube, daß manche von ihnen nicht sterben, weil ich der Auffassung bin, daß sie in dem Maß, in dem ihr Körper seine Funktionen einstellt, auferstehen und dieser Übergang sacht erfolgen muß. Ich spüre es gewissermaßen physisch. Deshalb möchte ich gern wissen, was in einem solchen Moment geschieht. Oh, ich hüte mich sehr, ihnen etwas von Hypostase, Kerygma oder Hesychasmus zu erzählen, ich meide diesen Jargon, den ihr ständig im Munde führt, um euch das Mysterium des Todes besser vom Leibe halten zu können. Für mich ist der Tod eine Realität, und die Auferstehung ist es nicht minder.»

Emmanuel erhob keine Einwände. Bei der Vorbereitung eines großen Abenteuers gab es immer einen Augenblick der Wahrheit, in dem die Triade sich zu einem gemeinsamen Projekt zusammenschweißen mußte. Derjenige, der die größten Vorbehalte hatte, mußte den beiden anderen vertrauen. Emmanuel wußte aus Erfahrung, daß es für ihn weitreichende Folgen haben mochte, wenn er sich darauf einließ. In der Vergangenheit hatte es schon eine Trekking-Tour im Himalaya gegeben, auf die Colombe verfallen war, und einen Verlag für Poesie der französischen Schweiz, für den Theo sich stark gemacht hatte, was jeweils ein sehr übles Ende genommen hatte. Ein großes Abenteuer für Erwachsene bedeutete zumindest, daß man dabei seinen Ruf oder sein Leben aufs Spiel setzte. Emmanuel spürte, daß diesmal beides bedroht sein würde. Um die Entscheidung hinauszuzögern, versuchte er es mit einer Anekdote:

«Kennt ihr die beste Definition des Wunders? Es ist eine

jiddische Geschichte. Sarah gibt ihrem vierjährigen Sohn jeden Nachmittag ein Marmeladebrot, das er regelmäßig fallen läßt. Einem wohlbekannten Gesetz zufolge landet das Brot ebenso regelmäßig auf der mit Marmelade bestrichenen Seite. Eines Tages fällt es jedoch auf die andere Seite. Sarah stößt einen Freudenschrei aus, läuft zum Rabbi und berichtet ihm, daß ein Wunder geschehen sei. Der Rabbi macht ein bedenkliches Gesicht und warnt Sarah vor einem so voreiligen Schluß. Er verspricht ihr aber, sich dieses theologische Problem, das sie da aufwirft, durch den Kopf gehen zu lassen und dessen Lösung am nächsten Sabbat in der Synagoge zu verkünden. Am betreffenden Tag tritt der Rabbi ans Lesepult und ergreift das Wort: ‹Liebe Brüder, liebe Schwestern, ich habe euch ein außerordentliches Ereignis mitzuteilen, das unsere Freundin Sarah bezeugen kann: Ein Marmeladebrot ist nicht auf die mit Marmelade bestrichene Seite gefallen. Das scheint in der Tat ein Wunder zu sein. Sollte es Jahwe gefallen haben, sich in unserer Gemeinde zu offenbaren? Ich habe lange darüber nachgedacht, ich habe um Erleuchtung gebetet, und ich habe einige Amtsbrüder befragt, die gelehrter und weiser sind als ich. Ich kann euch jetzt eine Erklärung dafür geben. Nein, Jahwe hat uns nicht seiner Aufmerksamkeit für würdig befunden. Die Wahrheit ist viel einfacher: Sarah hat die Marmelade auf die falsche Seite der Brotschnitte gestrichen!›»

«Die Geschichte kannte ich nicht», gab Theo zu, «aber sie ist ausgezeichnet.»

Ehe Emmanuel in Theos Projekt einwilligte, wollte er immerhin herausfinden, bis wohin er seinem Bruder Gefolgschaft leisten sollte.

«Was willst du wirklich unternehmen?»

«Mein Problem ist das aller Physiker, denen ein Meßwert vorliegt, der als einziger nicht in ein Gesamtgefüge paßt. In diesem Fall ist es ein Grabtuch, an dem alles auf das erste Jahrhundert hindeutet, mit Ausnahme der Radiokarbondatierung, die das vierzehnte Jahrhundert ergibt. Meine Arbeitshypothese beruht auf der Vermutung, daß das ursprüngliche Verhältnis zwischen Kohlenstoff 14 und Kohlenstoff 12 durch das physikalische Phänomen der Auferstehung so verändert wurde, daß eine jetzt vorgenommene Messung auf ein viel jüngeres Datum schließen läßt, weil noch zuviel Kohlenstoff 14 vorhanden ist.»

«Du vergißt ein wichtiges Detail», bemerkte Colombe maliziös. «Diese geheimnisvolle Veränderung des ursprünglichen Verhältnisses zwischen den beiden Kohlenstoffsorten soll ausgerechnet in einer Weise erfolgt sein, die den Eindruck erweckt, das Grabtuch stamme genau aus der Zeit, in der seine Existenz zum erstenmal in historischen Dokumenten bestätigt wird. Immerhin ein überraschender Zufall, oder?»

«Das ist der schwächste und zugleich stärkste Punkt meiner Hypothese», räumte Theo ein. «Selbstverständlich ist es ein erstaunlicher Zufall, daß sich das Linnen um 1350 im Besitz von Geoffroy de Charny befand und die Radiokarbondatierung seine Herstellung Anfang des vierzehnten Jahrhunderts vermuten läßt.»

«Das ist also eine Schwachstelle deiner Theorie», sagte Colombe.

«Allerdings handelt es sich dabei auch um eine Stärke. Nimm einmal einen Augenblick lang an, die Untersuchung hätte das vom Vatikan erhoffte Datum ergeben. Dann hätte man eine Art Beweis für die Auferstehung in Händen gehabt. Ein Wunder muß aber ein für den Gläubigen wahrnehmbares und für den Skeptiker undurchsichtiges Zeichen bleiben. Von daher war zu erwarten, daß ein Spielraum für den Zweifel fortbestehen würde. Und wie wäre er besser zu gewährleisten als gerade durch eine Veränderung im Verhältnis zwischen den Isotopen, um diesen Spielraum zu erhalten?»

«Das wäre freilich ein außergewöhnliches Beispiel für den

Humor Gottes», bemerkte Emmanuel geistesabwesend, als rede er mit sich selbst.

«Ich wußte zwar um die Liebe Gottes», warf Colombe ein, «doch mir war nicht bekannt, daß er auch zu Humor fähig sei.»

Emmanuel antwortete ihr beinahe mechanisch:

«Die Achtung, die Gott uns entgegenbringt, offenbart sich in dem Humor, mit dem er uns behandelt. Wie kann er sich weigern, den Menschen untrügliche Beweise für seine Existenz zu liefern, und sich ihnen dennoch mitteilen, wenn nicht dadurch, daß er ihnen versteckte, der Interpretation bedürfende Zeichen schickt und sie dazu verleitet, diese Zeichen zu erkennen und zu deuten? Er muß gleichzeitig anwesend und abwesend sein. Die Natur, das Grabtuch eingeschlossen, kann nur ein Rätsel sein, eine Frage ohne Antwort, ein Zeichen ohne augenfällige Gewißheit. Jedes andere Ergebnis bei der Datierung wäre ein Beweis für die Auferstehung gewesen.»

Theo pflichtete ihm bei.

«Der Humor Gottes, wie ein Physiker ihn täglich entdeckt, tut sich in paradoxen Ergebnissen kund, die mich kaum überraschen, sondern eher entzücken. Still und leise löst er nicht nachprüfbare Wunder aus, ganz so, wie er in seiner Lehre von dieser unaufdringlichen literarischen Form Gebrauch macht, die sich Gleichnis nennt. Ich werde deshalb nicht versuchen, einen aufsehenerregenden Nachweis für die Existenz Gottes oder die Realität der Auferstehung zu erbringen, sondern ich werde in diesen Dialog eintreten, den mir die Ereignisse bieten. Sollte Gott sich dabei mitteilen wollen, weiß ich schon jetzt, daß seine Sprache zweideutig sein wird. Ich habe keine Angst vor der Antwort, aber sie wird unerwartet ausfallen, überraschend. Also interessant.»

«Ich bin kein sehr gläubiger Mann, du taugst da mehr als ich», gestand Emmanuel leise. «Meinetwegen magst du die

Dinge so sehen. Aber was willst du wirklich unternehmen? Wohin führst du uns? Bei einem großen Abenteuer wissen wir immer, von wo wir aufbrechen, aber wir können nie vorhersehen, wie es ausgeht.»

Theo beugte sich vor und senkte die Stimme, als befürchtete er, noch von jemand anderem als von seinen Geschwistern gehört zu werden. Er setzte sich so weit über seine Hemmungen hinweg, daß er eine Hand auf Emmanuels Schulter und die andere auf Colombes Arm legte, womit er die drei zu einem Wesen vereinen wollte.

«Ich weiß es wirklich nicht, aber daran erkennt man ein gutes Forschungsprojekt. Ich weiß nur, womit ich anfangen werde, aber ich weiß nicht, wohin ich gelange. Wenn möglich, fange ich damit an, daß ich versuche, an eine weitere Materialprobe zu kommen, um meine Hypothese zu erhärten. Falls das physikalische Phänomen der Auferstehung einen Neutronenstrom ausgelöst hat, wie die kosmische Strahlung das tut, und dadurch aus dem Stickstoff der Luft ein Übermaß an Kohlenstoff 14 entstanden ist, dann hat alles, was sich im Grab befand, also nicht nur das Linnen, sondern auch das Schweißtuch, der Boden, der Fels, die Pollen, der Humus, eine Dosis Kohlenstoff 14 abbekommen. Dann kann auch die Isotopenzusammensetzung der anderen Teile des Grabes verändert worden sein. Ich möchte deshalb weiter nichts als das Heilige Grab finden.»

«Aber über dem Heiligen Grab ist eine ganze Basilika errichtet worden», wandte Emmanuel ein.

«Die ist das Werk von Menschen. Das Forschungsgebiet liegt darunter. Es gibt einen absolut ermutigenden Präzedenzfall. 1940, als Pius XII. die ersten Ausgrabungen unter der Peterskirche in die Wege leitete, da dachte niemand, daß sie wirklich über dem Grab des Apostels errichtet worden sei. Man mußte vierzehn Jahre lang bis in eine Tiefe von sieben Metern unter dem heutigen Pflaster graben, um herauszufinden, daß das Martyrium Petri und seine Bestattung auf dem Monte Vaticano nicht bloß eine Legende sind. In einer Mauer aus der Zeit Konstantins stieß man auf eine versiegelte Nische, die Gebeine – vielleicht wirklich die des heiligen Petrus – sowie ein Grabtuch barg, dessen Alter übrigens nie bestimmt wurde. Es lohnt also die Mühe, an dem Ort, an dem Jesus angeblich beigesetzt wurde, die gleiche Aktion zu starten.»

Schweigend hingen sie ihren Gedanken nach. Dann blickte Theo auf die Uhr und stellte fest, daß er sich sputen mußte, wenn er seine Nachtruhe zu der in seinem Stundenplan vorgesehenen Zeit antreten wollte. Für die Verabredung mit dem Kardinal sollte er sich am nächsten Morgen ausgeruht fühlen. Großes Abenteuer hin oder her, sein Schlaf ging vor. Er bestellte ein Taxi, das Emmanuel an der Piazza del Risorgimento absetzte und ihn sowie Colombe zum Hotel Raphael brachte.

Als Colombe ihr Zimmer betrat, erlebte sie die Überraschung des Abends. Paolo schlief bereits leise schnarchend, hatte ihr aber ein Päckchen auf den Nachttisch gelegt, das ein Seidentuch von Hermès enthielt oder, genauer gesagt, eine für fünfundsiebzigtausend Lire erstandene geschickte Fälschung. Colombe fragte sich nicht, wo es herkommen mochte, sondern küßte Paolo sanft, der seufzte, ohne dabei aufzuwachen. Dann sank sie in einen traumlosen Schlummer, aus dem sie um drei Uhr morgens durch das Klingeln des Telefons gerissen wurde. Da griff Paolo ungeachtet aller Diskretion bereits schlaftrunken zum Hörer:

«Hier Pacelli.»

Ein halbes Jahrhundert davor hatte sich sein berühmter Urgroßonkel auf diese Weise am Telefon gemeldet, wenn er einen seiner Mitarbeiter anrief. Und die Fama berichtet, manche von ihnen seien dabei auf die Knie gesunken.

Emmanuel litt in dieser Nacht Todesqualen. Das widerfuhr ihm in unregelmäßigen Abständen, ohne daß er den Zeitpunkt hätte vorhersagen können. Für gewöhnlich schrieb er diese plötzlich auftretenden Angstzustände seiner übergroßen Einsamkeit zu, und deshalb hätte er sich dank Colombes und Theos Anwesenheit in Rom eigentlich sicher fühlen müssen. Doch nach der abendlichen Diskussion über die Auferstehung des Herrn erhob sich für ihn wieder die Frage, die ihm keine Ruhe mehr ließ: Würde er, Emmanuel, auferstehen, ja oder nein? Einer klaren Erkenntnis vermochte er nicht länger zu entrinnen: Er hatte Angst vor dem Sterben, dies um so mehr, als er sein Ende absehen und sich dessen Verlauf ausmalen konnte. Die Anfälle, vor der Diagnose noch selten, waren seither häufiger aufgetreten. Vielleicht waren sie früher Warnsignale gewesen, die ersten Vorboten der Krankheit, nur ihre Ankündigung, mehr seelisch als körperlich. Aber vielleicht war es auch umgekehrt, war das Leiden nur sein auf den Körper übertragenes Unbehagen am Leben.

Selbstverständlich hatte er sich über die Parkinsonsche Krankheit informiert. Durch Ausbildung und Beruf daran gewöhnt, zog er automatisch jedesmal Enzyklopädien zu Rate, sobald er sich mit einem vollkommen neuen Problem konfrontiert sah. Und weil die Fragen der Bioethik derzeit zum täglichen Brot der Glaubenskongregation gehörten, umfaßte die Bibliothek auch die neuesten medizinischen Werke: Die Verpflanzung embryonaler Zellen füllte ein ganzes Dossier. Emmanuel studierte es mit der gleichen Sorgfalt, die er auch anderen Dossiers angedeihen ließ, nur gelang es ihm nicht, dabei so teilnahmslos zu bleiben wie sonst. In diesem Fall stand ihm sein eigener Tod vor Augen, und zwischen den Zeilen las er die moralische Verpflichtung heraus, ihn nicht zu überlisten.

Also beobachtete er Tag für Tag, wie seine Hände zuweilen von einem Zittern befallen wurden, das er nicht unterdrücken konnte und das allmählich auf den ganzen Körper übergreifen und nicht mehr aufhören würde. Er malte sich aus, wie sein Gesicht immer unbewegter und ausdrucksloser wurde, der Kopf sich neigte, der Oberkörper nach vorn beugte und seine Daumen sich von selbst nach innen krümmten, zu den Handflächen hin. Darin sah Emmanuel ein Zeichen: Das kam den Daumen des Gekreuzigten gleich, die ebenfalls nach innen gekehrt waren, sobald die Nägel in den Handgelenken die Nerven gelähmt hatten.

Emmanuel sprach schlecht auf die Behandlung an. Sie setzte sich aus einer ganzen Reihe von Medikamenten zusammen, von denen jedes einen Teil der Nebenwirkungen des vorherigen aufhob, aber dafür andere Beschwerden auslöste. Beim zweiten Besuch hatte der Arzt ein langes Gesicht gemacht und der Liste von Medikamenten weitere hinzugefügt, ohne Erklärungen abzugeben. Als Emmanuel tags darauf die medizinische Literatur durchgekämmt hatte, war ihm klargeworden, daß sein Parkinson-Syndrom zur unheilbaren Kategorie gehörte und er nur noch einige Jahre, wenn nicht gar nur Monate zu leben hatte.

Er kannte das Endstadium gut, das ihm bevorstand, denn einer seiner ehemaligen Professoren in Fribourg war an der Parkinsonschen Krankheit gestorben. Nur noch Haut und Knochen, weil er nicht mehr essen konnte, mit getrübtem Verstand und schon drei Jahre lang bettlägerig, hatte er sich einen Oberschenkelhalsbruch zugezogen, der nicht mehr zu operieren war. Auf seinem Rücken, eine einzige Wunde, zerfraß ein um sich greifender Schorf die Haut, und bei der kleinsten Bewegung schrie der alte Mann auf. Er war vor Emmanuels Augen verschieden. Zuletzt hatte er nur noch unverständliche Worte gekrächzt und inbrünstig ein Kruzifix umklammert. Der Todeskampf war ihm nicht erleichtert worden in seinem Altersheim für Geistliche, eine durch die Pein der Dahinsiechenden, denen man Betäubungsmittel vorenthielt, überaus erhebende Sterbestätte.

Die Frage, die er am vergangenen Abend Colombe gestellt hatte, galt also nicht einer medizinischen Beschreibung dessen, worauf er sich gefaßt machen mußte, denn das wußte er genau, sondern der psychologischen Herausforderung durch diese langsam fortschreitende Qual. Emmanuel wußte auch, daß er nicht gerade tapfer war. Wie sollte er seinen Todeskampf ertragen, ohne aufzubegehren? Was konnte er psychologisch an die Stelle des Gebets setzen, wenn ihm das Beten nicht mehr gelang?

Bisher hatte er noch jeden Gedanken daran, sich embryonale Gehirnzellen einpflanzen zu lassen, von sich geschoben. Die Methode war kürzlich von den amerikanischen Gesundheitsbehörden untersagt worden, weil damit weder eine beachtliche noch eine dauerhafte Besserung erzielt wurde. Gleichwohl führten Ärzteteams in Frankreich, in den Vereinigten Staaten und in Schweden trotz der Rückschläge und Verbote die Forschungen fort. Allem Anschein nach wurden die Zellen den Föten nach freiwilligen Schwangerschaftsabbrüchen entnommen. Da fiel es Emmanuel nicht allzu schwer, sich dem Verbot zu fügen, denn er hegte spontanen Widerwillen gegen Abtreibungen. Aber die Versuchung, deren er sich kaum bewußt war, ließ ihn nicht los.

Sein sich zersetzendes Gehirn käute Tag und Nacht diese Gedanken wieder, ohne daß er imstande gewesen wäre, ihnen Einhalt zu gebieten. Sobald er die dumpfe Grübelei unterbrach, um zu arbeiten oder seine Geschwister zu treffen, bahnten sich die Zwangsvorstellungen auf dunklen Pfaden einen anderen Weg und traten dann mit um so größerer Heftigkeit von neuem auf. Gleich einem Staudamm, dessen Abfluß bei einem Hochwasser nicht geöffnet wurde, erreichte Emmanuel an diesem Freitagabend einen kritischen Punkt, an dem etwas in ihm barst. Durch die Medikamente zusätzlich erregt, war er um elf Uhr abends derart überreizt, daß er jedwede Hoffnung auf baldigen Schlaf aufgab. In diesen Fällen wußte er sich nicht anders zu helfen, als zu Fuß durch Rom zu laufen. Er zog einen alten Trenchcoat an und knöpfte das Revers zu, um seinen dunkelgrauen Anzug und den Priesterkragen zu verbergen.

Er ging stets dieselbe Strecke. Von der Piazza del Risorgimento aus schlug er den kürzesten Weg zum Tiber ein, auf den er am Ponte Vittorio Emanuele stieß. Dort blieb er auf dem rechten Ufer und schritt den Lungotevere entlang, bis zur Tiberinsel. Die überquerte er, um ans linke Ufer zu gelangen, wo er der Kirche Santa Maria in Cosmedin zustrebte. Selbstverständlich war sie um diese Zeit geschlossen, aber Emmanuel interessierte sich nicht für das Heiligtum selbst.

Nach einem hastigen Fußmarsch entlang des Flusses, der nur noch ein übelriechendes Rinnsal bildete, eine wahre Kloake unter freiem Himmel, fand sich Emmanuel, wie sonst, auch diesmal endlich vor der Bocca della Verità wieder, dem Mund der Wahrheit, der die Fassade der Kirche ziert: eine große runde Steinplatte in Form eines Gesichts mit geöffnetem Mund, der durch einen Spalt dargestellt wird. Im Mittelalter benutzte man das Basrelief für ein abgefeimtes Gottesurteil, das darin bestand, daß jemand in dem Augenblick, in dem er ein Zeugnis ablegte, seine Hand in diesen Schlitz schieben mußte. Sprach der Betreffende eine Lüge aus, würde sich, so hieß es, der Mund schließen und ihm die Finger abhacken. Die Methode diente dazu, des Ehebruchs beschuldigte Frauen auf die Probe zu stellen. Die Geschichte überlieferte zwar keinen einzigen Fall, in dem sich der Mund je geschlossen hätte, doch die Prüfung erfüllte dennoch vollauf ihren Zweck: Die Ehebrecherin weigerte sich in der Regel, ihre Hand in den Mund zu legen, und gestand ihre Missetat, während die schuldlose Frau sich lächelnd dem Gottesurteil stellte. Dann kehrte sie in ihr Haus zurück, mit entspannten Zügen und unversehrter Hand, von Gott selbst gerechtfertigt, der bei Bedarf sicher ein Wunder vollbracht hätte. Die Bevölkerung Roms, in der sich keineswegs alle hinters Licht führen ließen, gestand auf diese Weise nicht abergläubischen Frauen das Recht auf Ehebruch zu. Und die Männer waren ohnehin über jeden Vorwurf erhaben.

Emmanuel hatte die Bocca della Verità nach seinem ersten Jahr als Seminarist auf einer Gruppenreise nach Rom entdeckt. Damals hatte er einen Moment vor ihr verweilt, bis seine Kameraden wieder in den Bus eingestiegen waren, es dann gewagt, seine Hand in diesen schrecklichen Mund zu schieben, und dabei gesagt: «Ich glaube an Gott.» Das Götzenbild hatte sich nicht gerührt. Emmanuel, seltsam zufrieden mit sich selbst, war zu seiner Gruppe zurückgekehrt. Den ganzen Tag war er so aufgeregt gewesen, als hätte er sich vor einem Tribunal im antiken Rom zum Gott Israels bekannt.

An diesem Abend empfand er nun das Bedürfnis, ein Zeugnis spezifischerer Art abzulegen. Er schob seine Hand in die Öffnung, dann sprach er sehr langsam und mit lauter Stimme in die stille Nacht hinein: «Ich glaube an die Auferstehung des Leibes.» Doch noch ehe er den Satz beendet hatte, zog er die Hand instinktiv zurück. Er rang sich zu einem erneuten Versuch durch, aber erst beim dritten Mal zwang er sich, bis zum Ende durchzuhalten, indem er das rechte Handgelenk mit der linken Hand umklammerte. Ihm war klar, daß er gemogelt hatte, jedoch brachte er nicht mehr die Kraft auf, die Prüfung noch einmal zu wiederholen. Schließlich kehrte er der grauenvollen römischen Gottheit den Rücken.

Inmitten eines von der sommerlichen Trockenheit ramponierten Rasens konnte er die zwei kleinen Tempel der Vesta und der Fortuna Virilis erkennen. Hier dachte niemand daran, den Rasen zu sprengen. Dieser Luxus war Sache der reichen

Leute des Nordens. In Rom befand man sich beinahe in Afrika, das Wasser war zu kostbar, um es zu vergeuden, und die Arbeit stand der Natur der Menschen zu sehr entgegen, um mehr als das absolut Nötige zu tun.

Da es erst fünf Tage nach Vollmond war, ergoß das Gestirn der Diana seine Strahlen auf die unwirklich anmutende Kulisse der alten Häuser am Ufer des versiegenden Flusses, den seine Aufgabe, die unersättliche Stadt mit Wasser zu versorgen, ausgetrocknet hatte. Emmanuel stützte sich auf die Kaimauer des Lungotevere dei Cenci. Er fühlte sich erschöpft, doch ihm war noch immer nicht nach Schlaf zumute. Dennoch mußte er nach Hause, und vielleicht zerstreute ja der Fußmarsch seine Ängste. Aber wie viele Male würde er diesen rituellen Spaziergang in seinen von Zweifeln geplagten Nächten noch schaffen, ehe ihn die Lähmung übermannte?

Er kehrte am linken Ufer zurück. Auch nach Mitternacht hatte der Verkehr kaum nachgelassen. Die Autos holten ihn ein, eins nach dem anderen, und warfen seinen immer riesiger werdenden Schatten an die Hauswände, bis er in dem Moment, in dem sie an ihm vorüberfuhren, jäh verschwand.

Emmanuel schritt zügig aus. Doch in der Nähe des Ponte Mazzini erlitt er einen Schwächeanfall, der sicher auf die nachlassende Wirkung der Medikamente zurückzuführen war. Er kam nur noch trippelnd voran und versuchte, seinen Gang zu beschleunigen, indem er den Oberkörper immer weiter nach vorn beugte und seinem Schwerpunkt folgte. Im Medizinerjargon heißt das Festination. Schon bald würde er sich nur noch auf diese groteske Weise fortbewegen können, bis er in den Rollstuhl verbannt wurde. Schließlich kam er gar nicht mehr voran und ließ sich auf eine Bank sinken. Er schwitzte heftig und begann zu weinen, ohne auch nur das Gesicht zu verbergen.

Sein Leben, das sich einem ruhmlosen Ende zuneigte, hatte

in seinen Augen keinen Sinn. Warum hatte er, der fleißige und unauffällige Schüler am Gymnasium, der von seinem Vater nicht übermäßig geliebt wurde und seine Mutter nie gekannt hatte, weil sie bei Colombes Geburt gestorben war, sich überhaupt dazu entschlossen, Priester zu werden? Wahrscheinlich, um sich aufzuwerten, wenn schon nicht in den Augen der anderen, dann wenigstens in seinen eigenen. Nach einem ganzen Jahrzehnt Studium, abgeschnitten von jeglicher Realität, war sein erstes Amt als Vikar in Brig ein halber Erfolg oder ein halber Mißerfolg gewesen. Ihm kam es dabei so vor, als stellten die alltäglichsten Dinge für ihn unüberwindliche Hindernisse dar. Mit keinem sehr zuverlässigen Gehör gesegnet, sang er eher schlecht, und mehr als einmal mußte er sich mitten in einer Messe verbessern, was in der versammelten Gemeinde Lächeln oder Grimassen auslöste. Den düsteren, muffigen Beichtstuhl ertrug er auch nicht, weil er in ihm Anfälle von Klaustrophobie bekam. Aber das schlimmste war, Sterbende zu begleiten: In ihrer Gegenwart wie gelähmt, begriff er allmählich, daß er den Gedanken an seinen eigenen Tod nie akzeptiert hatte und gewissermaßen ein Kind geblieben war, das an seine irdische Unsterblichkeit glaubte. Er wußte wohl, daß er eines Tages sterben mußte, aber es war so unausdenkbar, daß er sich verzweifelt an die Auferstehung des Leibes klammerte, um sich gegen das Unvermeidliche zu wehren.

Angesichts seiner mangelnden seelsorgerischen Fähigkeiten hatte ihn sein Bischof aus heller Verzweiflung an die Pontificia Accademia Ecclesiastica, die päpstliche Diplomatenschule, geschickt, um wenigstens aus seinen Sprachkenntnissen Nutzen zu ziehen. Nach zwei Jahren in Rom hatte er zunächst ein Amt in der Nuntiatur von Abidjan angetreten, bei dem seine Hauptaufgabe darin zu bestehen schien, Präsident Houphouët Boigny den Bau der Basilika in Yamoussoukro auszureden: unter dem Vorwand, nicht das Geld zu verschwenden, das für die

Entwicklung der Elfenbeinküste verwendet werden könnte. Aber in Wirklichkeit sollte er es deshalb tun, weil eine Basilika, die größer sein würde als die Peterskirche, afrikanische Prälaten auf dumme Gedanken bringen könnte, zum Beispiel auf die Gründung einer unabhängigen afrikanischen Kirche mit einem Patriarchen von schwarzer Hautfarbe. Da Emmanuel das Projekt der Elfenbeinküste jedoch gut fand, bereitete es ihm einige Mühe, dagegen anzukämpfen.

Danach hatte man ihn nach Beirut entsandt, wo er drei Monate den Bombardements standhielt, ehe er wegen nervöser Depressionen zurückberufen werden mußte. Ostentativ seufzend hatte Kardinal Agostino Casaroli ihn für eine Viertelstunde empfangen und ihm vorgeschlagen, seiner diplomatischen Laufbahn ein Ende zu setzen und in der unbeschwerteren Atmosphäre der Kongregation für die Glaubenslehre zu arbeiten. Kardinal Weiss hatte ihn sehr schlecht aufgenommen, weil er einen von Emmanuel unterzeichneten Artikel in *Lumière et vie* aus dem Jahr 1969 gefunden hatte, der offenkundige Vorbehalte des Autors gegen die Enzyklika *Humanae vitae* enthielt.

Mit dem den Deutschen eigenen Sinn für gepflegten Sadismus hatte der Kardinal ihm das Dossier über Empfängnisverhütung zugewiesen und ihn Material für das künftige apostolische Schreiben *Familiaris consortio* sammeln lassen, das schließlich 1981 veröffentlicht wurde. Emmanuels Aufgabe bestand darin, in den Schriften von Bischöfen und Theologen systematisch nach Stellungnahmen zugunsten der Empfängnisverhütung zu suchen und diese vom rechten Weg Abgewichenen zu denunzieren. So hatte Emmanuel bis zum Erbrechen alle Argumente für und wider gelesen und aufs neue gelesen, sie schließlich numeriert und katalogisiert.

Wenn er diese Arbeit gegen seine Überzeugung ausgeführt hatte, dann war es … Ach, wie gründlich er sein Gewissen manchmal auch erforscht haben mochte, noch nie hatte er gemeint, sich seine Nichtswürdigkeit so deutlich eingestehen zu müssen wie in dieser Nacht: Um seine Angst vor dem Tod zu verdrängen, hatte er sich vom Machthunger verschlingen lassen, von diesem Ersatz für das wahre Leben, das er nicht kennengelernt hatte. Hätte er weniger Angst vor seinem Tod, wenn er ihm mit einem Bischofsring am Finger gegenübertreten könnte?

Nein, er hatte dem Herrn nicht gedient, sondern sich seiner bedient. Er wollte Karriere machen, sein täglich Brot sichern, sich in seinen eigenen Augen erhöhen, in den Augen anderer Eindruck schinden, seine Angst besiegen. Und nun blickte er in den Abgrund, der sich gähnend vor ihm auftat. Gott ließ sich nicht benutzen, er weigerte sich, als psychologische Krücke herzuhalten; er forderte alles und gab nichts, weder innere Ruhe noch Mut, noch Gewißheit oder Trost. Emmanuel brauchte nicht einmal zu fragen, warum der Vater ihn verlassen hatte. Konnte er denn etwas anderes erwarten?

Er hatte seine Karriere zwar nicht mit Blick auf die Bischofswürde angelegt, aber er hatte dennoch alles vermieden, was ihr hätte hinderlich sein können: keine verfänglichen Publikationen mehr, keinerlei Einwand gegen Kardinal Weiss' Marotten, nur noch sachliche Äußerungen. Darüber hinaus hatte er gelernt, das Timbre seiner Stimme zu verändern und ihr eine gedämpfte, angenehme Tonlage zu verleihen, die selbst im harmlosesten Satz wohlwollende Vertrautheit anklingen ließ.

Dem Dienstalter nach käme er zwangsläufig als Kandidat in Frage, sobald der Bischofssitz von Sion oder der von Fribourg verwaist sein würde. Manchmal, in Anwandlungen von äußerster Niedertracht, frönte er selbstgefällig dem Vergnügen, in Gedanken die Gemächer dieses oder jenes Prälaten der französischen Schweiz, der noch in Amt und Würden war, nach seinem Geschmack einzurichten. Er vertröstete sich mit der

Feststellung, daß Priesterstand und Episkopat kaum noch Anwärter fanden, und wollte sich, auf bessere Zeiten hoffend, gewissermaßen in ständiger Bereitschaft halten, ungeachtet seiner mittelmäßigen Verdienste und seiner fragwürdigen Begabungen. Alles in allem würde er sich ganz klein machen, bis zur Bedeutungslosigkeit schrumpfen, um das Paradies zu erlangen.

Doch in dieser Nacht zog der Herr ihn zur Rechenschaft wie in dem Gleichnis von den Talenten. Emmanuel hatte das wenige, das ihm zuteil geworden war, vergraben und diejenigen, die ihr Können einsetzten, gerichtet und angeprangert. Er war mitschuldig geworden an dem Versuch, die Stimmen der fähigsten Theologen seiner Generation zu ersticken. Er hatte den Plänen Kardinal Weiss' gedient, obwohl er sie verurteilte. Er war seinem Gewissen untreu geworden, weil er in Rom sein Plätzchen gefunden hatte. In einigen Monaten, in einem oder höchstens zwei Jahren würde er gerichtet werden. Sein eigenes Gewissen würde mit blendender Klarheit bis auf den tiefsten Grund seines Unterbewußtseins blicken. Daß er sich so inbrünstig eine zufriedenstellende Datierung des Grabtuchs erhofft hatte, bewies nur sein Mißtrauen gegenüber dem Herrn und war ebenso blasphemisch wie die schändlichen Gottesurteile der Bocca della Verità. Alles paßte zusammen.

Diese Welt war für ihn zu hart und zu kompliziert. Er fühlte sich gleichermaßen zu schwach und zu beschränkt. Er bedauerte alles Böse, was er je in dem Glauben, Gutes zu tun, begangen hatte, und sehnte sich nach dem Guten, das er unterlassen hatte, weil er es für böse hielt. Er befahl sich der Gnade des Herrn und schaffte es endlich, halblaut ein Gebet zu sprechen: «Himmel und Erde werden vergehen ...» Dann verlor er die Besinnung.

Er wohnte in einem von großer Not heimgesuchten Land. Die Regierung hatte errechnet, daß im bevorstehenden Winter ein

Drittel der Bevölkerung verhungern würde. Die besten Fachleute hatten einen Überlebensplan ausgearbeitet, der vorsah, die Zahl der Überlebenden zu optimieren, indem man Freiwilligen die Möglichkeit des vorbeugenden Selbstmords vorschlug. Mit ihren eingesparten Rationen könnten Kinder, Jugendliche und schwangere Frauen ernährt werden. Um die Proteine und Fette in den Körpern derer, die sich geopfert hatten, nicht zu vergeuden, würde man sie mit geeigneten industriellen Verfahren zu Nahrungsmitteln verarbeiten.

Natürlich hatte es eine heftige Debatte gegeben, und das kirchliche Lehramt in Rom sollte sich zur Moralität eines solchen Plans äußern. Emmanuel hatte das Schlußdokument *In magnam penuriam* verfaßt. Darin wurde ohne Umschweife festgestellt, daß ein derartiges Opfer nichts mit Selbstmord zu tun habe, sondern eher dem Martyrium zuzurechnen sei. Die chemische Behandlung der Leichen reiche aus, jeden Verdacht auf Kannibalismus zu zerstreuen. Die Freiwilligen durften nur nicht unter Druck gesetzt werden und keine finanzielle Entschädigung erhalten. Es sei auch angebracht, daß sie die Tötung nicht selbst vornehmen, sondern daß diese von einem ebenfalls freiwilligen Fachmann ausgeführt werde. Ärzte, Militär und Polizei hatten sich für nicht zuständig erklärt. Nur das Personal der Schlachthöfe war damit einverstanden, seinem alltäglichen Gewerbe nachzukommen und es an Menschen statt an Tieren auszuüben.

Bei einem denkwürdigen Gespräch legte Kardinal Weiss Emmanuel nahe, mit gutem Beispiel voranzugehen: Die aus ihren gewohnten Überzeugungen aufgeschreckten Christen würden diese Kehrtwendung nicht begreifen, wenn der Autor des Textes der Enzyklika sein eigenes Handeln nicht in Einklang mit seinen Schriften bringe. Im übrigen sei die Übervölkerung des Planeten, die Ursache der Hungersnot, das Ergebnis früherer Schriften Emmanuels, in denen er jedwede

Empfängnisverhütung kategorisch abgelehnt habe. Ehe Emmanuel sich's versah, hatte er zugestimmt.

Nun befand er sich mit einem Dutzend Freiwilliger in der Schlachthalle. Vollkommen nackt saß er auf einem eisernen Stuhl. Zwei überzählige Freiwillige warteten stehend darauf, daß ein Stuhl frei wurde. An der Wand reihten sich die verchromten Stahlhaken aneinander, an denen die Leichen zum Zerlegen aufgehängt werden sollten.

Der Schlachter betrat den Raum, und die Metalltür schloß sich mit lautem Knall. Er hatte ein derbes, gelangweiltes Gesicht und ausdruckslose Augen, die jedes seiner nächsten Opfer eindringlich musterten. Er hielt den Schußapparat in der Hand, einen Tubus, durch den, von einer Feder herausgeschleudert, ein Bolzen glitt. Dann lud er diese Pistole, setzte sie dem ersten in der Reihe an die Stirn und drückte auf den Abzug. Mit dumpfem Laut durchschlug der Bolzen das Gehirn.

Da stand Emmanuel auf und überließ seinen Platz einem der wartenden Freiwilligen. Er erklärte, daß er es sich anders überlegt habe. Man gab ihm seine Kleider zurück, und er verließ den Schlachthof. Am wolkenlosen Himmel ging gerade die Sonne unter, der Winter war vorüber, und an den Bäumen des Boulevards zeigten sich die ersten zartgrünen Blätter. Ihm stieg ein kräftiger Duft in die Nase, den er tief einsog.

«Nachts darf man nicht draußen rumliegen, du holst dir ja den Tod.»

Eine Frau beugte sich über Emmanuel, hielt ein mit Eau de Toilette getränktes Taschentuch in der Hand und betupfte ihm die Stirn. Dann knöpfte sie seinen Trenchcoat auf und entdeckte den römischen Kragen.

«Ach, du bist Priester! Hast du einem, der abgekratzt ist, die Sakramente gespendet?»

Emmanuel schüttelte den Kopf. Nun sah er das über ihn gebeugte Gesicht genauer, das maßlos geschminkte, beinahe maskenhafte Gesicht einer Prostituierten. Sie war nicht mehr ganz jung, hatte ein leichtes Doppelkinn, Falten und unglaublich blondes Haar. Sie setzte sich neben ihn und betrachtete ihn aufmerksam.

«Was treibst du denn um diese Zeit im Freien?»

«Ich habe mich nicht wohl gefühlt und wollte Luft schnappen, da muß mir übel geworden sein», stammelte Emmanuel.

Die Frau dachte nach. Dabei runzelte sie so angestrengt die Stirn, daß die Schminke abblätterte. Dann versuchte sie wortlos, Emmanuel auf die Beine zu stellen, doch er vermochte das Gleichgewicht nicht zu halten.

«So kannst du hier nicht bleiben. Soll ich einen Krankenwagen rufen und dich ins Gemelli bringen lassen?»

Aus früheren Erfahrungen mußte sie gewußt haben, daß dieses Hospital die Mitarbeiter des Vatikan behandelte, dem dieser Priester, der ein Italienisch mit französischem Akzent sprach, sicher angehörte. Emmanuel lehnte entschieden ab. Er sah sich schon mit dieser Frau an seiner Seite in der Notaufnahme. Morgen früh würde der ganze Vatikan vor Gerüchten schwirren. In seiner Situation reichte das womöglich für das Ende seiner Karriere, an der er, seit er dem Leben wiedergegeben war, mit erneuter Macht zu hängen schien.

«Du kannst nicht allein bleiben», stellte die Frau energisch fest. «Aber du kannst auch nicht zu mir kommen. Hast du keine Verwandten? Oder einen Freund?»

Emmanuel griff nach dem rettenden Strohhalm:

«Meine Schwester wohnt im Hotel Raphael.»

Die Prostituierte winkte ein Taxi heran, das Emmanuel einige Minuten später am Largo Febo absetzte. Von der Frau gestützt, wankte er unter den entsetzten Blicken des Nachtportiers in die Hotelhalle. Der Mann weigerte sich hartnäckig, ihm die Zimmernummer von Signora de Fully zu nennen. Erst nachdem er Emmanuels Priesterkragen entdeckt hatte, war er bereit, in ihrem Zimmer anzurufen. Dann reichte er ihm mit undurchdringlicher Miene den Hörer. Emmanuel, der sich an die Theke der Rezeption gelehnt hatte, mußte sich gleich noch fester dagegenlehnen, als er am anderen Ende der Leitung die wohltönende Stimme eines Römers hörte:

«Hier Pacelli.»

Noch immer benommen, fragte er sich, ob er von einem Alptraum in den nächsten geraten war, ohne jemals aufgewacht zu sein. Er begann zu stottern. Aber die Stimme Colombes, die nach dem Hörer gegriffen hatte, machte ihm wieder Mut:

«Was ist denn los, Emmanuel? Ich komme sofort runter.»

Als Colombe, in den vom Hotel bereitgestellten Bademantel aus weißem Frottee gehüllt, dem Fahrstuhl entstieg, war die Prostituierte bereits gegangen. Emmanuel hatte sie nach ihrem Namen gefragt, um ihr die Kosten für die Taxifahrt erstatten zu können, doch sie hatte nur den Kopf geschüttelt und gesagt: «Ich habe keinen Namen mehr», ehe sie verschwand.

Mit einem Blick erfaßte Colombe die Situation: Es kam überhaupt nicht in Frage, Emmanuel, der zusammengesunken in einem Sessel saß, in ein Krankenhaus zu bringen. Sie wandte sich an die Rezeption, wo der Portier beteuerte, er habe kein Zimmer mehr frei. Also rief Colombe in ihrem Zimmer an. Das im Flüsterton geführte Gespräch dauerte lange, klang aber sehr entschieden. Zehn Minuten später stieg Paolo Pacelli mit seiner Reisetasche aus dem Fahrstuhl. Vor der Tür erwartete ihn bereits ein Taxi. Er gab Colombe einen diskreten Kuß und stellte sich unbekümmert Emmanuel vor, der, verstört in seinem Sessel kauernd, nicht begriff, was er von dieser nächtlichen Begegnung mit dem jugendlichen Doppelgänger eines verstorbenen Papstes in Bluejeans und Lederjacke halten sollte.

Colombe blickte Paolo nach, bis er das Hotel verlassen

hatte. Mit der Hilfe des Nachtportiers brachte sie Emmanuel in ihr Zimmer und legte ihn auf das Bett, bevor er von neuem die Besinnung verlor.

Als er wieder zu sich kam, sprach er bedächtig eine klare Bitte aus:

«Ich will nicht sterben. Du mußt mir die Namen der Krankenhäuser nennen, die fötale Zellen verpflanzen.»

Dann schlief er zufrieden ein.

5

Am Samstag wurde Theo, wie vorgesehen, um elf Uhr vormittags in das Büro des Kardinals geführt, allerdings ohne Emmanuel, dem es zwar wieder besserging, dem Colombe aber unerbittlich Ruhe verordnet hatte. Kardinal Weiss hielt Theo sofort die letzte Ausgabe des *Popolo* unter die Nase.

«Man könnte meinen, diese Wände hätten Ohren, Herr Professor. Beinahe habe ich schon an Ihrer Diskretion oder an der Ihrer Kollegen in Oxford oder Arizona gezweifelt. Der Verfasser dieses Artikels weiß über sämtliche Ergebnisse Bescheid. Zum Glück konnte mich der Chefredakteur des *Popolo* beruhigen. Einer seiner Journalisten hat gestern abend mit einem Monsignore bei Ranieri gespeist. Wie ich in Erfahrung gebracht habe, ist der einzige Prälat, der sich gestern in diesem Luxusrestaurant ernährt hat, in dem er übrigens nichts zu suchen hatte, ein Mitarbeiter aus dem Staatssekretariat. Ich habe gleich heute morgen dafür gesorgt, daß er in die Nuntiatur von Zaire versetzt wird. Dort kann er der Kirche weniger Schaden zufügen, und die Schwierigkeiten des Lebens in Afrika werden ihm sicher wieder eine gesündere Auffassung von den Dingen beibringen.»

Theo überflog den Artikel, der auf dem Gebiet der Physik die klassischen Fehler enthielt, mit denen man bei einem Laien rechnen mußte. Doch die Aussage war unmißverständlich: Der

Vatikan hatte eine Datierung des Turiner Grabtuchs vornehmen lassen und traf nun Vorkehrungen, die Ergebnisse nicht zu veröffentlichen, alldieweil sie seinen Erwartungen nicht entsprachen. Sobald Theo den Blick von dieser Lektüre hob, erklärte der Kardinal:

«Das ändert unsere Haltung. Obwohl es nun nicht mehr möglich ist, die Bedeutung der erzielten Ergebnisse für die Echtheit des Grabtuchs zu unterschätzen oder außer acht zu lassen, bleibt es dagegen wünschenswert, bei dieser Gelegenheit die Öffnung der Kirche für die Wissenschaft zu demonstrieren. Wir haben bereits eine Pressekonferenz in Turin angekündigt, die Kardinal Ballestrero und sein Berater, Professor Gonella, am Donnerstag, dem 13. Oktober, abhalten werden. Tags darauf wird in London eine weitere von Ihren Kollegen Hall, Tite und Hedge veranstaltete Pressekonferenz stattfinden. Der Tenor wird einfach sein: Wir stellen die Richtigkeit der Resultate nicht in Frage und ziehen weder die Redlichkeit noch die Kompetenz der Wissenschaftler in Zweifel. Trotzdem behält das Grabtuch für uns den Wert einer Ikone und sogar einer Reliquie, wenigstens einer mittelalterlichen. Wir verteidigen zwar nicht ausdrücklich die Behauptung, es handle sich um das Grabtuch, das den Leichnam Jesu eingehüllt habe, schließen sie aber auch weiterhin nicht aus. Im übrigen haben wir sie nie zu einem Glaubenssatz erhoben. Ganz im Gegenteil! Eine Bulle Clemens' VII. aus dem Jahr 1390 gestattete die Zurschaustellung der Reliquie nur unter der Voraussetzung, daß dabei ausdrücklich erklärt wurde, es handle sich lediglich um eine Nachbildung des echten Grabtuchs. Kurzum, der Streit wird bis auf weiteres beigelegt, das heißt bis eventuell neue Erkenntnisse vorliegen, zu denen Sie gelangen werden. Ich werde Ihnen also zuhören, möchte aber, daß Sie zuerst auf meine Frage von gestern eingehen: Was ist, von der Radiokarbondatierung abgesehen, der schwächste Punkt in diesem Dossier?»

Theo hatte reichlich Zeit gehabt, über seine Antwort nachzudenken.

«Eine sehr sorgfältige Analyse des Bildnisses zeigt, daß nicht die Lider, sondern zwei Münzen die Augen verschließen. Das wäre ein archäologisches Argument für die Echtheit, denn es gab in der Tat einen alten hebräischen Brauch, manchen Toten Geldstücke auf die Augen zu legen, ohne daß man übrigens wüßte, was dieser Brauch besagte und warum er nicht allgemein verbreitet war. Aber einem Fälscher im Mittelalter hätte er bekannt sein können. Schließlich wußte er so viel, daß er über eine Menge Dinge bestens informiert gewesen sein mußte. Er hat bisher keine Fehler gemacht. Das Problem ist nur, daß eine dieser Münzen, ein sogenannter *lepton*, eine plumpe Fälschung ist. Das Geldstück auf dem linken Auge war ein unter Pilatus im Jahr 29 geprägter *lepton*, mit einer Widmung an Julia, die Mutter Kaiser Tiberius'. Dieses Bild ist korrekt. Dafür lag auf dem rechten Auge ein *dilepton lituus*, ein Geldstück mit der Abbildung des Augurenstabes, den die Römer *lituus* nannten. Die Inschrift lautet jedoch *Tiberiou Caisaros*, bei der das *C* eigentlich ein *K* sein müßte, um mit der römischen Schreibweise jener Zeit übereinzustimmen. Der Fälscher hat also einen Orthographiefehler gemacht, der den Römern beim Prägen ihrer Münzen sicher nicht unterlaufen wäre.»

Der Kardinal ließ ihn nicht weiterreden. Er erhob sich, holte ein schon recht abgegriffenes Lexikon der Numismatik aus seinem Bücherschrank und schlug es nach einigem Suchen bei dem Foto einer römischen Münze mit der strittigen Inschrift auf.

«Das ist kein Beweis für eine Fälschung, sondern eher ein Beweis für Echtheit. In der Antike wurde das Prägen von Münzen dafür ausersehenen Handwerkern anvertraut und nicht, wie Sie sich das vielleicht vorstellen, einem offiziellen Geldinstitut. Die unter Pilatus geprägten Münzen waren von mittelmäßiger Qualität, und eine von ihnen wies tatsächlich diesen Fehler auf. Man hat mindestens zwei Exemplare einer solchen Münze gefunden. Das würde mich nicht an der Echtheit des Grabtuchs zweifeln lassen, ganz im Gegenteil. Dafür gefällt mir Ihre Doppelzüngigkeit nicht, Herr Professor.»

Theo, der für sein Phlegma berühmt war, verlor derart die Fassung, daß es ihm die Sprache verschlug. Also ergriff der Kardinal wieder das Wort, mit einem sarkastischen Lächeln, als habe er ein Kind bei einer dummen Lüge ertappt:

«Warum bilden Sie sich ein, daß allein die Physiker imstande seien, ihre Arbeit gewissenhaft auszuführen? Sie hätten mir die Ehre erweisen können, anzunehmen, daß ich meine Dossiers gründlich lese. Schließlich war ich einmal ein Kollege von Ihnen, ich war Professor für Exegese in München. Sie hätten sich denken können, daß ich über einige Kenntnisse in der Numismatik jener Epoche verfüge. Sie hätten voraussetzen können, daß das komplette Dossier dieser Angelegenheit, das ich geduldig selbst durchgesehen habe, auch eine 1982 erschienene Publikation enthält, in der Professor Filas von der Loyola University in Chicago das Rätsel des Orthographiefehlers bereits aufgeklärt hat. Falls Sie also im Sinn hatten, mir ein Argument gegen die Echtheit zu liefern, um es danach zu widerlegen und mich besser manipulieren zu können, dann sind Sie an der falschen Adresse.»

Theo senkte den Kopf. Einen Moment lang sah er sich in Gedanken in einem Beichtstuhl knien, der Inquisition Kardinal Weiss' unterworfen. Dieser Mann deckte Vergehen auf, deren Theo sich nicht einmal so deutlich bewußt war. Obwohl er sich diesen Schachzug wirklich nicht in aller Klarheit überlegt hatte, lag, wenn er's recht bedachte, bei ihm schon eine gewisse Doppelzüngigkeit vor. Da er sich jedoch nicht dazu überwinden konnte, es zuzugeben, schwieg er weiter. Und der Kardinal fuhr fort:

«Ich weiß, wie die Menschen sind, selbst die besten. Ich schätze Sie nicht minder, nur weil ich Sie bei einem Fehler ertappt habe. Ich mache auch Fehler, mit oder ohne Absicht. In der heiklen Materie, mit der wir es zu tun haben, dürfen Sie allerdings mich, Ihren Gewährsmann beim Heiligen Stuhl, nicht überlisten wollen. Sind Sie bereit, in unseren Beziehungen größte Offenheit zu wahren, als stünden Sie unter Eid, als sprächen Sie mit Ihrem Beichtvater? Mit den gleichen Konsequenzen für Ihr Seelenheil, falls Sie lügen? Verzeihen Sie bitte, daß ich Sie das frage, aber wenn Sie sich dazu nicht verpflichten, komme ich erst gar nicht zur Sache. Bei der Datierung des Grabtuchs haben wir den großen Fehler begangen, die Mitarbeit atheistischer, gleichgültiger oder der Kirche feindlich gesinnter Gelehrter zuzulassen. So wie die Dinge sich entwickelt haben, schließe ich die Hypothese einer gehässigen Machenschaft nicht aus, die darauf abzielt, unsere Glaubwürdigkeit zu untergraben, das heißt den Glauben anzugreifen. Deshalb werde ich nicht unreine Hände an das Grab Christi rühren lassen.»

Dieser letzte Satz traf Theo wie ein Blitz. Er hatte über sein Vorhaben, das Heilige Grab aufzuspüren, nur mit Emmanuel und Colombe gesprochen. Keiner von beiden hatte seither mit dem Kardinal geredet. Aber der hatte anscheinend die Weisheit gepachtet und sah alles voraus. Es hätte von schlechtem Geschmack gezeugt, ihn zu fragen, woher er dieses allumfassende Wissen besaß. Theo kapitulierte bedingungslos.

«Ich verpflichte mich dazu», sagte er mit tonloser Stimme.

Die nächste Frage überraschte ihn erst recht:

«Wie viele Kinder haben Sie?»

«Keins.»

«Warum?»

Völlig verblüfft antwortete Theo mechanisch:

«Ich bin nicht verheiratet!»

«Leben Sie im Konkubinat?»

«Keineswegs, ich lebe allein, ich habe keine Liebschaften. Aber ich verstehe nicht, was das damit zu tun hat ... »

«Ich verstehe es, und das muß Ihnen genügen. Sind Sie homosexuell?»

«Nein.»

«Sie haben also immer Keuschheit bewahrt, Ihr ganzes Leben lang?»

«Ich habe einmal eine Liebschaft gehabt, eine recht kurze, als ich Student war, in den Vereinigten Staaten. Das hat mir gereicht oder mich entmutigt, wie Sie wollen.»

Der Kardinal schwieg lange. Theo saß wie auf glühenden Kohlen. Er hatte noch nie mit jemandem über sein Gefühlsleben oder vielmehr über seine Lücken auf diesem Gebiet gesprochen. Kardinal Weiss fixierte Theo, und sein Blick zwang ihn, ihm standzuhalten.

«Ich glaube Ihnen. Und ich sehe darin ein Zeichen. Die Reinheit Ihres Privatlebens ist eine Gewähr für die Lauterkeit Ihrer Absichten. Vergessen Sie diese Unterredung, wir werden das Thema nie wieder aufgreifen, erzählen Sie mir nun von Ihren Plänen.»

Theo schluckte mühsam.

«Ich möchte gern das Heilige Grab suchen.»

Emmanuel saß in einem seiner zwei Sessel, Colombe im anderen. Er hatte sich wieder erholt. Im Laufe des Vormittags hatte seine Schwester ihn in einem Taxi zur Piazza del Risorgimento zurückgebracht, dann hatte sie zum Telefon gegriffen und sich auf englisch mit seinem Arzt auseinandergesetzt, um die Anzahl der verschiedenen Medikamente, die Emmanuel täglich einnahm, von acht auf vier zu reduzieren. Nach dem Gespräch hatte sie ihrem Bruder erklärt, daß er den Arzt wechseln sollte und daß sein Anfall von der Kombination nicht aufeinander abgestimmter Medikamente ausgelöst worden sei. Sie faßte ihre Meinung über die römische Medizin in einem lapidaren Satz zusammen:

«Du lebst in der Dritten Welt, mein armer Emmanuel!»

Er fand den Mut, auf seine Bitte zurückzukommen, die er nachts geäußert und die sie nicht mehr erwähnt hatte:

«Könnte man denn nicht embryonale Zellen verpflanzen, die von einer Fehlgeburt stammen? Dann hätte ich kein ethisches Problem wie bei einem abgetriebenen Fötus. Schließlich meine ich ...»

Ohne ein einziges Wort zu sagen, brachte Colombe die verschiedensten Gefühle zum Ausdruck, die von Verwunderung über Spott bis zum Zorn reichten. Sie sprang auf, schlug mit der Faust auf den Tisch, versetzte der Tür einen Fußtritt, trank ein großes Glas Wasser, streckte Emmanuel die Zunge heraus, dann öffnete sie das Fenster, um tief Luft zu schöpfen, und schloß es wieder, um den Verkehrslärm auszusperren. Da Emmanuel an gelegentliche Ausbrüche dieser Art gewöhnt war, wartete er geduldig, bis Colombe sich wieder hingesetzt hatte. Sie rückte ihren Sessel näher an den ihres Bruders heran und begann, ihm die Sache zu erklären:

«Zuallererst ist das unter medizinischen Gesichtspunkten vollkommen sinnlos. Einer Fehlgeburt liegt immer irgendein Problem zugrunde, eine Infektion oder eine angeborene Mißbildung, und ein spontaner Abortus ereignet sich nicht in der Sterilität eines Operationssaals. Kein seriöser Arzt würde sich bereit erklären, Zellen zu verpflanzen, die nicht unter optimalen Bedingungen gewonnen wurden, und schon gar nicht für eine Therapie im Versuchsstadium, bei der man ohnehin nur schwer begreift, was geschieht. Darüber hinaus würde das keines deiner Gewissensprobleme lösen, höchstens in dem Maß, in dem du die Augen vor der Wirklichkeit verschließt. Die Entscheidung, die eine Frau trifft, wenn sie abtreiben läßt, ist ihre

Sache und wird ihr von Umständen diktiert, die nichts mit einer nachträglichen Entnahme von Zellen zu tun haben. In den Vereinigten Staaten wie in England oder in Schweden holt man die Genehmigung der Mutter zur Zellentnahme ein, nachdem ihre Entscheidung zum Abtreiben gefallen ist, und sie bekommt dafür keinerlei Vergütung. Es wird also keine Schwangerschaft abgebrochen, um fötales Gewebe zu gewinnen. Nach freiwilligen Abtreibungen ist es möglich, den Fötus zu vernichten oder ihm einige Zellen zu entnehmen, um Kranke zu heilen. Für einen Arzt stellt diese Wahl keinerlei ethisches Problem dar. Das Leben eines Menschen ist heilig, und es verdient den Einsatz aller verfügbaren Mittel, solange dadurch keinem anderen geschadet wird. Ich weiß, woher dieses Scheinproblem kommt, aber es ist nur eine Frage der Definition. Wenn du dich nicht behandeln läßt, obwohl das Heilmittel in Reichweite liegt, verursacht dir das keinen Gewissenskonflikt? Vielleicht nur einen anderen, aber ebenso ernsten?»

Emmanuel dachte lange nach, dann sagte er endlich:

«Ich kann mir nicht zugestehen, das zu tun, was ich anderen verweigere.»

«Nein, natürlich nicht. Falls du dich dazu entschließt, dich behandeln zu lassen, mußt du dich auch dazu bekennen, daß diese Art der Behandlung legitim ist.»

«Damit wäre der Kardinal nie einverstanden.»

«Das kann ich mir denken. Aber dann bleibt dir nichts anderes übrig, als aus einer Institution auszuscheiden, die das Gegenteil dessen verkündigt, was dir dein Gewissen gebietet. Das scheint mir einleuchtend, oder?»

«Es ist nicht so einfach.»

«Ach, nein, es ist nicht so einfach! Aber sterben ist auch nicht einfacher.»

Sie wurde wieder milder und nahm eine Hand Emmanuels zwischen ihre Hände.

«Du hast das Recht oder sogar die Pflicht, dein Leben Ideen zu opfern, wenn du an sie glaubst. Dabei spielt es keine Rolle, ob sie falsch oder richtig und überhaupt realistisch sind. Andersrum handelst du dir natürlich psychologische Probleme ein, wenn du dein Leben für Ideen preisgibst, an die du nicht glaubst, an die du nur zu glauben vorgibst, um dir dein Amt zu erhalten. Wer von sich verlangt, zwei einander widersprechende Regeln einzuhalten, wird schizophren. Ruhig sterben kann ein Mensch nur dann, wenn er mit sich selbst im reinen ist. Diese Erfahrung mache ich Tag für Tag. Der Zustand der Gnade, mit dem man uns im Religionsunterricht die Ohren vollgesungen hat, heißt in den Worten unserer Zeit, daß Unterbewußtsein und Bewußtsein miteinander im Einklang stehen müssen. Heiligkeit ist der Zustand vollkommener innerer Harmonie. Du bist nicht der erste Priester, den ich in dieser Situation antreffe. Ich würde sogar sagen, ich gerate zu oft an Priester oder Nonnen, die unüberwindliche Angst vor dem Tod haben. Lange habe ich gedacht, daß ihnen die Erkenntnis der eigenen Unwürdigkeit zu schaffen mache, daß sie alles in allem luzider seien als gewöhnlich Sterbliche. Heute neige ich zu der Auffassung, daß sie hin und her gerissen sind zwischen ihren eigenen Überzeugungen und den unrealistischen Verkündigungen der Institution, der sie Gehorsam gelobt haben. Dabei ist das, was Jesus gesagt hat, völlig klar: Du sollst nicht einem starren Gesetz gehorchen, sondern deinem Gewissen, was viel schwieriger ist. Solange du in einer Institution mitwirkst, die sich zwar Heiliges Offizium nennt, aber anmaßt, bis in die kleinste Kleinigkeit festzulegen, wie die Gebote anzuwenden sind, so lange eiferst du nicht mehr Jesus nach, sondern den Schriftgelehrten und Pharisäern.»

Eine Weile herrschte Schweigen. Dann versuchte Emmanuel es auf andere Art:

«Ich habe gehört, es gibt extrauterine Schwangerschaften,

die abgebrochen werden müssen, weil sie auf keinen Fall ausgetragen werden können und die Mutter großen Gefahren aussetzen. Könnte man nicht Zellen verwenden, die von diesen Föten stammen?»

Zum zweiten Mal machte Colombe wortlos ihrem Ärger Luft. Diesen Ausbruch beendete sie damit, daß sie ein großes Glas Wein trank. Dann legte sie los:

«Bist du kindisch, bist du blöd oder bist du scheinheilig? Wenn ein gewöhnlicher Patient mir mit einem solchen Vorschlag kommt, lehne ich es ab, mich mit ihm zu beschäftigen, bis er aufhört, mir etwas vorzumachen.»

Vor Zorn außer Atem geraten, hielt sie einen Moment inne, dann fuhr sie sanfter fort:

«Du bist mein Bruder. Deshalb werde ich versuchen, es dir in Ruhe zu erklären. Falls du es nicht begreifst oder nicht begreifen willst, reden wir nie mehr darüber. Du versuchst, durch die Maschen eines Netzes zu schlüpfen, das du selbst geknüpft hast. Wenn ein Arzt aus guten Gründen eine extrauterine Schwangerschaft abbricht, nimmt er eine Abtreibung vor, die nach kirchlichem Recht nicht mehr und nicht minder verwerflich ist als irgendeine andere Abtreibung. Ich habe deine Institution nie verkünden hören, man müsse, wenn es zwischen dem Leben der Mutter und dem des Kindes zu entscheiden gilt, automatisch die Mutter retten. In der Praxis geschieht das selbstverständlich, und die ekklesiastische Obrigkeit drückt die Augen zu. Dasselbe gilt für Schwangerschaften nach einer Vergewaltigung oder bei Inzest. Der gesunde Menschenverstand, der sich nicht von der Barmherzigkeit unterscheidet, weist klar und deutlich den richtigen Weg. In der medizinischen Praxis gibt es Schwangerschaftsabbrüche, die unvermeidlich sind. Aber davon will dein Heiliges Offizium nichts hören. Sie ziehen es vor, jede Abtreibung in Bausch und Bogen abzulehnen, zumal das einfacher ist, und erklären sie zur schweren Sünde. Da sie keinen vernünftigen Standpunkt vertreten, sind sie nicht mehr glaubwürdig und keiner hört mehr auf sie.»

Colombe schwieg eine Weile, als zögere sie noch, dann sprach sie weiter:

«Es steht fest, daß es bei den Katholiken in Kalifornien mehr Abtreibungen gibt als bei den Protestanten. Weil die Empfängnisverhütung als Todsünde gilt, entscheiden sich die armen Mexikanerinnen und Irinnen, die eure Lehre noch ernst nehmen, nicht für die kleinere der beiden Sünden, sondern für die weniger stetige, wenn ich mich so ausdrücken darf. Eine Abtreibung braucht man nur einmal zu beichten, während man jeden Monat beichten müßte, daß man die Pille genommen hat, um dann zu versprechen, es im nächsten Monat nicht wieder zu tun. Also treibt man von Zeit zu Zeit ab. Das, mein lieber klerikaler Bruder, ist nicht Moraltheologie, sondern medizinischer Alltag! Das kapiert man schnell, wenn man in einem Krankenhaus arbeitet, aber das kapiert man nie, wenn man faul in einem Büro hockt!»

Erneut verstummte sie, dann stellte sie etwas leiser fest:

«Und du, du versuchst dir Absolution aus Mangel an Beweisen zu erteilen. Danach fragt dich aber keiner, sondern du mußt im grellen Licht, in dem des Jüngsten Gerichts, für das einstehen, was du getan hast. Dann werden dir deine jetzigen Finten abscheulich vorkommen und die ekklesiastischen Machenschaften des Vatikan lächerlich. Du wirst nackt vor deinen Schöpfer treten, ohne Soutane und lila Schärpe, ohne Diplome, ohne Empfehlungsschreiben, ohne Auszeichnungen, ohne Ablässe, ohne geistiges Kapital, ohne deinen Scherflein um Scherflein im Himmel angesammelten Schatz, alldem wirst du Stück für Stück entsagen müssen. Du weißt es, und das macht dir angst.»

Emmanuel seufzte tief, als wollte er einen Schwall giftiger Ausdünstungen aus seiner Lunge hinausblasen.

«Du hast sicher recht. Reden wir nicht mehr darüber. Was rätst du mir?»

Colombe kratzte sich an der Schläfe, dann sagte sie entschieden:

«Komm sofort mit mir nach San Francisco. Ich kenne dort Leute, die sich mit der Parkinsonschen Krankheit auskennen. Sie werden zuerst eine zuverlässigere Bilanz ziehen als diese Scharlatane im Gemelli-Krankenhaus. Dann kann man eine geeignete Therapie festlegen. Entweder eine wohlüberlegte Behandlung mit Medikamenten oder eine Transplantation. Selbst wenn die Regierung sie der Form halber untersagt, um es sich mit ihrer konservativen Wählerschaft nicht zu verscherzen, gehen die Versuche an den Universitätskliniken weiter.»

Wieder schwieg sie eine Weile, dachte nach und erklärte schließlich:

«Die Parkinsonsche Krankheit hat auch eine psychiatrische Komponente, die aus der Beschädigung des Nervensystems resultiert. Manche meinen sogar, das könnte eine ihrer Ursachen sein. Davon verstehe ich nichts. Aber weil ich dir keine Heilung versprechen kann, möchte ich auf jeden Fall, daß es dir vor allem gelingt, dich leichter mit der Aussicht auf deinen Tod abzufinden. Und das ist mein Metier. Natürlich kann ich es nicht selbst an dir ausüben, aber ich habe eine ausgezeichnete Assistentin. Du wirst mit den anderen Patienten an den Gruppensitzungen teilnehmen, die ich abhalte, und meine Mitarbeiterin wird die Einzelgespräche mit dir führen ...»

«Hast du keinen männlichen Mitarbeiter?»

«Doch, aber ich schlage dir die bestmögliche Hilfe vor. Von jetzt an fügst du dich, ohne Wenn und Aber. Du fällst mir allmählich auf die Nerven! Ich bezahle dir das Flugticket und du kannst bei mir wohnen. Die Behandlung wird kostenlos sein.

Du brauchst dir also keine materiellen Sorgen zu machen. Laß dich drauf ein und quäl dich nicht lange. Sonst stirbst du noch aus Angst oder erfrierst, während du nachts durch die Straßen Roms läufst wie ein ausgebüxter Jugendlicher.»

Da Emmanuel nicht darauf antwortete, fügte sie keinen Widerspruch duldend hinzu:

«Hör auf, den kleinen Jungen zu spielen!»

Emmanuel meinte seine Mutter zu hören, an die er keinerlei Erinnerung hatte, und willigte ein.

Am späten Nachmittag, als Emmanuel ruhiger wirkte, entschloß Colombe sich plötzlich, in die Peterskirche zur Beichte zu gehen. Sie war daran gewöhnt, derart spontanen Regungen nachzugeben. Je unerwarteter ihr ein Einfall kam, ohne Vorwarnung und ohne Grund, desto verlockender erschien er ihr. Anders als Theo – wahrscheinlich um sich gegen ihn abzugrenzen – plante sie nur soviel wie unbedingt notwendig und improvisierte den Rest.

Obgleich sie nicht recht wußte warum, schlenderte sie also durch die lärmerfüllte, staubige Via di Porta Angelica am Fuße der Mauern des Vatikan, trat einige Minuten später auf den Petersplatz hinaus, über den sie, ohne anzuhalten, geradewegs bis zur Vorhalle der Basilika ging. In der Zeit, die sie dazu brauchte, hatte sie auch Gelegenheit, in sich hineinzuhorchen: Sie kam hierher, weil sie tags darauf zurückfliegen würde und Angst vor Flugreisen hatte. Sie würde sich sicherer fühlen, wenn nichts auf ihrem Gewissen lastete. Eine erleichterte Seele ist auch ein Luxus, den man sich nie versagen sollte.

Als sie das Heiligtum betrat, wurde sie wieder einmal von einer Mischung aus Bewunderung und Unmut überwältigt: Die Virtuosität der Baumeister sowie der Maler und Bildhauer beeindruckte sie tief, doch es gelang ihr nicht, zu vergessen, daß sie ihre Kunst in den Dienst einer zwiespältigen Sache gestellt hatten, der weltlichen Macht der Päpste, ja sogar der Verleugnung ihres geistlichen Amtes. Die Decke war zu hoch, um sie als bedrückend zu empfinden, und dazu geeignet, insgeheim heidnisch gebliebene Gemüter zu bewegen. Und Colombe war Gefangene ihrer Erziehung geblieben. Sie kam hierher, um sich in barocker Kulisse eine prächtige Absolution erteilen zu lassen.

Im linken Querschiff erspähte sie einen Beichtstuhl mit dem Hinweis, daß der Priester Französisch verstehe, stürzte hinein und vermied es, allzuviel darüber nachzudenken. Der Beichtvater prunkte mit einem Priesterkragen, einer Brille mit Goldrand, einer Stola und dem Ansatz einer Glatze. Ohne Colombe anzublicken, spitzte er die Ohren.

«Ich bekenne mich schuldig, sexuelle Beziehungen mit einem Mann gehabt zu haben, den ich nicht wirklich liebe.»

Darauf verstummte Colombe. Sie hatte die Grenze dessen erreicht, was sie sich als Geständnis abzuringen vermochte. Schweigen. Schließlich bewegte sich die Goldrandbrille ein wenig.

«Ist das alles?»

Der Beichtvater hatte einen ausgeprägten spanischen Akzent. Ein wenig zaghaft sagte Colombe:

«Ja.»

«Wie oft?»

«Seit letztem Donnerstag ... »

«Das ist nicht die Antwort auf meine Frage. Ich frage Sie, wie oft Sie die Tat begangen haben?»

«Daran erinnere ich mich nicht mehr genau», log Colombe, die nicht willens war, ihre Orgasmen zu zählen.

«Sie sind mit diesem Mann nicht verheiratet, nicht wahr?»

«Nein.»

«Sie wissen genau, daß darin Ihre Sünde liegt. Selbst wenn

Sie einen Mann lieben, gibt Ihnen das nicht das Recht, mit ihm sexuelle Beziehungen einzugehen. Allein die Ehe zählt. Sind Sie verheiratet?»

«Nein.»

«Sind Sie Witwe?»

«Nein, ich bin geschieden. Seit fünfzehn Jahren.»

«Hat Ihr Mann Sie verlassen, weil Sie damals schon Ehebruch begingen?»

Colombe wäre beinahe geplatzt und aus dem Beichtstuhl gelaufen. Sie zitterte am ganzen Leib, schaffte es aber, sich zu beherrschen.

«Nein. Es war umgekehrt. Er betrog mich. Ich war ihm treu. Ich habe ihn verlassen, als die Situation unerträglich wurde.»

«Haben Sie beantragt, Ihre Ehe für nichtig erklären zu lassen?»

«Sie ist von meiner Diözese in San Francisco für nichtig erklärt worden, doch die Richter der Rota haben dieses erste Urteil nicht bestätigt.»

«Unter diesen Umständen sind Sie immer noch die Ehefrau Ihres Mannes und schulden ihm Treue ...»

«Aber er, er hat wieder geheiratet.»

«Das ändert nichts. Wenn Sie Beziehungen mit einem anderen Mann unterhalten, begehen Sie Ehebruch. Das ist Ihre Sünde.»

Dann schwieg er, damit Colombe nachdenken konnte. Er verhielt sich so reglos wie eine Statue. Allein die leichte Bewegung der Brille, die einen Sonnenstrahl einfing und ihn widerspiegelte, zeugte davon, daß er der Welt der Lebenden angehörte. Colombe hatte Zeit, zu begreifen, daß er wohl dem Opus Dei angehörte, was sein spanischer Akzent und sein Schulfranzösisch vermuten ließen, und daß sie sich unbesonnenerweise in den falschen Beichtstuhl gestürzt hatte.

«Bereuen Sie Ihren Ehebruch?»

«Ich kann nicht bereuen, einem Mann untreu zu sein, der mir nichts mehr bedeutet. Ich bereue meinen Mangel an Nächstenliebe. Ich bereue, daß ich mich auf diese Beziehung mit einem Mann eingelassen habe, der jünger ist als ich und den ich ausgehalten habe, damit er mit mir schläft. Ich habe ihn benutzt ...»

«Das hat nichts mit Nächstenliebe zu tun. Es geht um Ihren Gehorsam gegen eine von der Kirche erlassene Regel. Sie bereuen Ihre Tat aus den falschen Gründen, aber Sie bereuen sie immerhin. Ich werde Ihnen Absolution erteilen, wenn Sie den festen Entschluß fassen, es nicht wieder zu tun.»

«Das weiß ich nicht.»

Die Goldrandbrille bebte in blankem Entsetzen.

«Was? Sie wissen es nicht! Warum beichten Sie dann?»

«Ich kann nicht darauf verzichten, Beziehungen mit einem Mann zu haben. Ich bemühe mich, es zu vermeiden, aber bisweilen erliege ich meiner Begierde.»

«Man verlangt nicht von Ihnen, daß Sie versichern, nie wieder eine Sünde zu begehen, man verlangt von Ihnen, daß Sie den festen Entschluß fassen, von nun an Rückfälle zu vermeiden.»

«Heute ist das der Fall, aber ich weiß, daß es nicht immer so sein wird.»

Gedämpftes Seufzen jenseits des Gitters, dann eine tiefere, veränderte Stimme, als käme sie von einem ganz anderen Menschen:

«Ich erteile Ihnen Absolution. Der Ehebruch Ihres Mannes ist das Kreuz, das Jesus Sie bis zum Kalvarienberg mit ihm tragen heißt. Wenn das Leben mit diesem Mann unmöglich geworden ist, haben Sie das Recht, sich von ihm zu trennen, unter der Voraussetzung, daß Sie Keuschheit bewahren. Sie stellt keine Strafe dar, sondern ist ein Zustand der Vollkommenheit, den Ihnen die Umstände auferlegt haben, während Priester und Nonnen ihn aus freier Entscheidung wählen. Es war nicht Ihre Berufung, das wird es erst, weil Gott Sie dazu auffordert. Man nimmt dieses Angebot Gottes an oder lehnt es ab. Darin liegt für einen Christen die einzige Frage. Sprechen Sie das Reuegebet, sagen Sie zur Buße zehn Ave-Maria auf und denken Sie dabei an die Reinheit der Jungfrau Maria!»

Colombe verließ den Beichtstuhl, wobei sie sich fragte, ob sie nicht rot bis an die Ohren war. Wie im Traum ging sie in die Krypta der Kirche hinunter und kniete sich, zwischen Wut und Erleichterung schwankend, auf den Marmorboden vor dem Grabe Petri. Nachdem sie die zehn Ave-Maria aufgesagt hatte, fühlte sie sich durch die Kühle der Krypta neu gestärkt. Sie betete noch eine Weile weiter, dann erhob sie sich und stieg unglaublich beschwingt die Treppe wieder hinauf. Ihr kam es so vor, als beginne sie neu zu leben.

Dann machte sie sich auf den Weg zum Hotel Raphael, wo sie sich vor dem Abendessen noch umziehen wollte. Sie verspürte auch das Bedürfnis nach einer ausgiebigen Dusche, nach viel warmem Wasser, Seife und Eau de Toilette. Auf dem Corso Vittorio Emanuele reizte sie das Schaufenster einer Boutique, und sie kaufte sich neue Dessous, denn es schien ihr höchst notwendig, an diesem Abend Wäsche zu tragen, die noch nie jemand getragen hatte. Bis sie den Largo Febo erreichte, war sie zu dem Entschluß gelangt, ihre Wohnung in Berkeley neu streichen zu lassen und sich ein anderes Auto zu kaufen.

Von ihrem Zimmer aus rief sie Paolo an, der zu seiner Erbtante geflüchtet war, und erklärte ihm, daß sie vor der Abreise ihren Bruder nicht mehr allein lassen könne. Paolo bot ihr an, sie zum Flugplatz zu fahren, zumal er sein Taxi wiederhatte, doch unter dem Vorwand, ihre beiden Brüder würden sie begleiten, gelang es Colombe abzulehnen, was Paolo bereitwillig hinnahm. Er versprach von sich aus, Colombe in den Vereinigten Staaten anzurufen, sobald er die nächste Telefonzelle ausfindig gemacht habe, die so manipuliert war, daß er kostenlose Ferngespräche führen konnte. Da wußte Colombe, sie würde ihn trotz allem wiedersehen. Zwar bemühte sie sich, in ihrer Stimme nichts dergleichen anklingen zu lassen, täuschte aber damit Paolo ebensowenig wie sich selbst.

Theo traf verspätet bei Piperno ein, wo Colombe und Emmanuel schon zwanzig Minuten über die von ihrem älteren Bruder feierlich festgesetzte Zeit hinaus auf ihn warteten. Diese Tatsache verblüffte sie so sehr, daß sie sich bereits in düstersten Mutmaßungen darüber ergangen hatten, wie viele Unfälle wohl in Rom passierten.

Er kam lächelnd an, was bei ihm ebenfalls ungewöhnlich war. Er habe einen ausgezeichneten Tag hinter sich, sagte er kurz zu seiner Entschuldigung. Pausenlos habe er Eminenzen getroffen: aus der Kongregation für die orientalischen Kirchen, mit denen man sich verständigen müsse, aus der Vermögensverwaltung des Apostolischen Stuhls, der die Mittel für die Grabungen bereitstellen werde, und aus dem Staatssekretariat, das mit den schwierigen Beziehungen zu Israel betraut sei. Theo war zum «Projektleiter» ernannt und unmittelbar Kardinal Weiss unterstellt worden. Die Nuntiatur von Bern würde Kontakt zum Schweizer Bundesrat aufnehmen, dem Theo als Beamter unterstand, um seine Beurlaubung zu erwirken. Emmanuel würde seine Verbindung mit Rom gewährleisten. Kurzum, Theo war mit Riesenschritten vorangekommen, dürfe aber, wie er mit geheimnisvoller Miene hinzufügte, über manches nicht sprechen.

Sie schwiegen, während sie bedächtig die Speisekarte studierten. Die Vorspeise war unstrittig. Piperno pflegte eine lange Tradition mit seinen *carciofi alla giudea*, fritierten Artischocken, die wahrscheinlich auf die Zeit zurückgingen, da das ganze Viertel um den Monte de' Cenci ein Teil des jüdischen Ghettos war. Eine überschwengliche Beschreibung des Gerichts besagte: «*I carciofi sono aperitivi, provocano i sudori, purificano la massa del sangue; ma svegliano indubbiamente gli ardori di Venere ai non coniugati. Convengono nei tempi freddi ai vecchi e ai temperamenti flemmatici. Piperno con quell'arte sopraffina degna d'un mago, d'un prestigatore manipola il carciofo in cucina e lo trasforma in petali di fiore.*» (Die Artischocken regen die Verdauung an, fördern die Transpiration und reinigen das Blut; aber sie wecken bei Unverheirateten unweigerlich die Feuer der Venus. Bei kaltem Wetter sind sie vor allem alten Menschen und apathischen Gemütern zuträglich. Mit der raffinierten Kunst eines Magiers oder eines Zauberers verwandelt Piperno die Artischocke in der Küche in Blütenblätter.) Obwohl es nicht kalt war und sich von den Geschwistern de Fully keiner alt oder träge fühlte, bestellten alle drei die gleiche Vorspeise.

Als die Artischocken auf den Tisch kamen, waren sie zart und knusprig, außen schön karamelbraun, und das Fritieren hatte ihren Duft verstärkt. Ein nahezu magisches Gericht, das Emmanuel immer aufwühlte, wahrscheinlich weil das Restaurant ganz in der Nähe der Kirche Santa Maria in Cosmedin lag, der Stätte all seiner uneingestandenen Gottesurteile, der Niederungen seines religiösen Glaubens.

Danach schieden sich die Geister. Theo ließ sich zu deftiger Kost verleiten, zu *coda di bue*, einem Ochsenschwanzragout, dessen herrlicher Geschmack dem Namen alle Ehre machte. Emmanuel fühlte sich verpflichtet, eine *frittura di cervella* zu nehmen, in der Hoffnung, daß der Genuß von gebackenem Hirn den Zerfall seiner eigenen Hirnzellen bremsen würde. Colombe, weniger exzentrisch, begnügte sich mit einem Lammbraten. Diese österliche Speise paßte gut zu ihrem Anflug von Frömmigkeit.

Nach dem Essen konnte Theo nicht mehr an sich halten und plauderte einige Geheimnisse aus, zum Beispiel die Indiskretion, zu der ein Journalist des *Popolo* einen Monsignore aus dem Staatssekretariat hatte bewegen können. Darauf ließ sich Emmanuel wortreich über die Karrieresucht junger Prälaten aus, die auf Empfängen des diplomatischen Korps herumscharwenzelten, und sie lachten herzlich, als sie sich den streberhaften Geistlichen in seiner Verbannung in Kinshasa ausmalten. Dank dieser Falschmeldung verdächtigte Colombe keinen Augenblick lang Paolo Pacelli.

Theo erzählte Emmanuel, daß sie beide am kommenden Donnerstag zu der Pressekonferenz Kardinal Ballestreros in Turin beordert seien. Er würde also einige Tage länger in Rom bleiben, um die für sein Projekt erforderlichen Beziehungen zu knüpfen, und erst Ende der Woche nach Zürich zurückkehren.

Nachdem er die Rechnung überprüft und wieder einen Fehler zugunsten des Kellners entdeckt hatte, bestiegen sie zu dritt dasselbe Taxi, das Emmanuel vor seiner Wohnung absetzte und dann die beiden anderen zum Hotel Raphael zurückbrachte. Als Theo an der Rezeption seinen Zimmerschlüssel in Empfang genommen hatte, kamen Colombe doch Bedenken. Eine halbe Stunde lang berichtete sie Theo von Emmanuels Krankheit und von der Behandlung, die sie ihm zugedacht hatte. Theo nahm diese Informationen zur Kenntnis und bot seine finanzielle Hilfe für Emmanuels Reise nach Amerika an. Sie redeten lange miteinander, wie Eltern, die für einen schwierigen Jungen verantwortlich waren, indes der Pianist, der an diesem Abend Dienst hatte, sich mit der Sonate Nummer 29 von Beethoven abmühte. Gleich bei ihrem Beginn hatte Theo mechanisch seine Stoppuhr in Gang gesetzt, während er mit halbem Ohr Colombe zuhörte. Am Ende stellte er fest, daß die Interpretation sechsundfünfzig Minuten und zwanzig Sekunden gedauert hatte, also sechs Minuten und elf

Sekunden länger als die Einspielung Daniel Barenboims für die Deutsche Grammophon. Das war viel zu langsam. Da die Zeit, um die Theo zu Bett gehen wollte, unausweichlich näher rückte, verabschiedete er sich von Colombe.

6

❖❖❖❖❖❖

Bei der Pressekonferenz am 13. Oktober in Turin setzten sich Emmanuel und Theo wohlweislich in die letzte Reihe. Sie waren zum Zuhören und Beobachten gekommen, um Bericht zu erstatten und nicht, um in ein Geschehen einzugreifen, das ohnehin schon verworren genug war. Kardinal Ballestrero verlas salbungsvoll einen spitzfindigen, geradezu sibyllinischen Text, an dessen Ende er mächtig das Weihrauchfaß schwenkte:

«Indem die Heilige Kirche die Bewertung dieser Ergebnisse der Wissenschaft überläßt, bekräftigt sie aufs neue ihre Achtung und Ehrfurcht vor dieser verehrungswürdigen Ikone Christi, die für die Gläubigen ein Kultgegenstand bleibt, im Sinne der hinsichtlich des heiligen Grabtuchs stets zum Ausdruck gebrachten Haltung, bei der die Bedeutung des Bildnisses die mögliche historische Bedeutung überwiegt, eine Haltung, die die müßigen Schlußfolgerungen theologischer Natur zu Fall bringt, die in den Bereich einer nur als ausschließlich und streng wissenschaftlich angelegten Untersuchung vorgedrungen sind.»

«Was will er damit sagen?» flüsterte Theo Emmanuel zu.

«Nichts und alles. Er bemüht sich, nichts zu sagen, um alle Interpretationen offenzulassen», antwortete Emmanuel ebenso leise, denn der recht kurzatmige Kardinal hatte wieder Luft geschöpft und sprach weiter:

«Damit geht einher, daß die Probleme in bezug auf die Herkunft des Bildnisses und seine Konservierung noch großenteils ungelöst bleiben und daß sie späterer Untersuchungen und weiterer Studien bedürfen werden, denen die Heilige Kirche die gleiche von der Liebe zur Wahrheit inspirierte Aufgeschlossenheit entgegenbringen wird, die sie gezeigt hat, als sie die Radiokarbondatierung zuließ, sobald man ihr dazu ein vernünftiges Arbeitsprogramm vorgelegt hatte. Die Tatsache, daß Informationen über diese wissenschaftliche Untersuchung in der Presse vorweggenommen wurden, bietet Anlaß zu persönlichem Bedauern, denn das hat sogar der keineswegs unpolemischen Unterstellung Vorschub geleistet, die Heilige Kirche habe Angst vor der Wissenschaft und versuche, deren Ergebnisse zu verheimlichen, eine Anschuldigung, die in offenkundigem Widerspruch zu der Haltung steht, welche die Heilige Kirche sich selbst unter diesen Umständen mit Entschiedenheit bewahrt hat.»

Darauf schwieg er, faltete seine feisten Hände, schloß die schweren Augenlider und wartete auf die Fragen der Journalisten wie der heilige Sebastian auf die Pfeile der römischen Soldaten. Ein amerikanischer Journalist, noch ein Neuling in seinem Metier und baß erstaunt über dieses schwammige Kommuniqué, stellte unbeholfen die Frage, die allen auf der Zunge lag.

«Eminenz, ich habe nicht verstanden, ob Sie sagen wollten, daß dieses Tuch echt ist oder das Gegenteil. Ist es ohne jeden Zweifel gefälscht?»

Der Kardinal lächelte selbstgefällig, denn er hatte mit dieser Unverfrorenheit gerechnet und sich eine Antwort zurechtgelegt, der nicht beizukommen war:

«Diese Frage ist keineswegs relevant, sie ist absolut nicht sachdienlich, da das Grabtuch in der Einschätzung als existente Ikone seine eigene Authentizität besitzt.»

Der amerikanische Journalist zog unwillkürlich eine Grimasse, mit der er auf belustigende Weise seine Skepsis bekundete. Die Ausbildung an seiner Journalistenschule hatte ihn auf derartige Manöver nicht vorbereitet. Dann wurde die Frage etwas taktvoller von einem Engländer wiederaufgenommen, einem ständigen Berichterstatter des *National Catholic Reporter*, sicher einem der besten Experten in ekklesiastischer Phrasendrescherei.

«Kann man das Grabtuch nach einem Ergebnis dieser Art noch als Reliquie bezeichnen? Um eine Reliquie Christi zu sein, hätte es seinen Leichnam einhüllen müssen, andernfalls ist es nur eine bemalte Leinwand, ein Kunstwerk.»

Der Kardinal ließ sich mit seiner Antwort Zeit, strich mit der Zunge dreimal über seine Lippen, dann legte er los:

«Ohne in wahrlich komplizierte Erörterungen einzutreten, denn der Begriff Reliquie ist fortan und ganz allgemein ein pluralistischer Begriff, scheint mir, was das Bildnis betrifft, daß man es eine Ikone nennen kann. Es ist ein Bildnis, das uns sichtbar ein Antlitz offenbart, ein Antlitz von religiöser wie spiritueller Bedeutsamkeit, und ich würde sagen, der angemessene Terminus sei eben, es Bildnis oder Ikone des Antlitzes Christi, der Person Christi zu nennen. Mit diesem Terminus dringen wir ein wenig in die Gesetzmäßigkeit der Ikonen ein, in ihrer Eigenschaft als den kirchlichen Kultus betreffendes Faktum. Ich sehe da keinerlei Problem. Für mich liegt der wahre Wert in der Ikone; um behaupten zu können, es sei eine Reliquie, müßte ich mit Bestimmtheit Dinge wissen, die ich nicht weiß.»

Der amerikanische Grünschnabel ergriff dreist noch einmal das Wort, ohne darum zu bitten:

«Wollen Sie damit sagen, daß Sie keinerlei Zutrauen zu den heute veröffentlichten Ergebnissen haben?»

«Niemand soll mir in den Mund legen, ich hieße diese Ergebnisse gut. Das habe ich nicht gesagt, und das sage ich auch nicht, weil mir das nicht zukommt, ich bin nicht der Richter über die Wissenschaft. Nicht etwa, daß der Umstand, der Wissenschaft Gehör geschenkt zu haben, die Heilige Kirche nichts gekostet habe, doch sie bleibt gelassen, sie hat bestätigt und sie bestätigt noch, daß der Kult des Turiner Grabtuchs fortdauert und die Verehrung dieses geheiligten Linnens eines der kostbarsten Güter unserer Kirche bleibt. Und darin liegt auch der Grund für meine Gelassenheit, selbst wenn die Erklärungen anläßlich der Veröffentlichung dieser Ergebnisse mitunter offenbar als Einverständnis der Heiligen Kirche gewertet wurde, das sie in Wirklichkeit nie gegeben hat, weder geben konnte noch sollte und das … »

Ohne jedwede Scheu fiel ihm der Amerikaner ins Wort:

«Wollen Sie damit sagen, daß die Proben ohne Ihre Zustimmung entnommen wurden?»

Der Kardinal stellte sich taub, und die erfahrenen Journalisten klappten ihre Notizbücher zu. Heute würden sie nichts mehr herausbekommen, und sie waren nicht willens, sich noch der Brandrede des Presse-Attachés des Vatikan auszusetzen, eines Spaniers, der dem Opus Dei angehörte.

Theo und Emmanuel nahmen sich die Zeit, gemeinsam im Gatto Nero, einem in seiner Strenge und Kargheit nahezu helvetischen Fischrestaurant, zu Mittag zu essen. Hier waren sie weit von Rom und seinem Nährboden entfernt. Am Fuße der Alpen war der Einfluß Nordeuropas bereits spürbar. Während er immer noch über den fad schmeckenden *dolcetto* knurrte, den er sich aus Gründen des Lokalkolorits bestellt hatte, kam Theo unweigerlich auf den Verlauf der Rede des Kardinals zurück.

«Solche Reden kenne ich sonst nur von kommunistischen Parteien. Warum drückt er sich nicht klar aus? Meint er denn, die Journalisten lassen sich von unendlich langen Sätzen täuschen, in denen widersprüchliche Dinge behauptet werden?»

Emmanuel seufzte in sich hinein, denn diese Frage erinnerte ihn wieder an sein eigenes Problem.

«Das merkt er selbst gar nicht mehr, es ist ihm zur zweiten Natur geworden, wie mir übrigens auch. Am Ende hält man das, was man sagt, und das, was man denkt, vollkommen auseinander. Es werden vorgefertigte Formulierungen ausgesprochen, die es so geschickt aneinanderzureihen gilt, daß die Rede nicht zusammenhanglos wirkt. Sie soll den unaufmerksamen Zuhörer zufriedenstellen und den hellwachen verwirren. Wer fähig ist, die Botschaft zu entschlüsseln, soll verstehen, daß Ballestrero in seinem Glauben an die Echtheit des Grabtuchs durch einen wie auch immer gearteten Laborversuch absolut nicht erschüttert wird. Die Wahrheit der Wissenschaft bleibt der Wahrheit des Glaubens untergeordnet.»

«Niemand hat je behauptet, bei dem Grabtuch handle es sich um einen Bestandteil des Glaubens im eigentlichen Sinn, im Sinne eines Dogmas oder eines Artikels aus dem Glaubensbekenntnis», fiel ihm Theo ins Wort.

«Ja und nein. Seine unmittelbare Umgebung bewirkt, daß es im Prinzip echt bleibt. So, wie nicht jedes Wort des Papstes unfehlbar ist, aber jedes Wort einen Hauch von Unfehlbarkeit hat, wenn es von einem Mann kommt, der unter bestimmten Umständen als unfehlbar gilt. Natürlich ist Ballestrero nicht der Papst; bei seinem Alter wird er es wahrscheinlich auch nicht mehr werden, aber er hätte es werden können und er hat im letzten Konklave einen Papst gewählt. Deshalb fühlt er sich sozusagen ebenfalls ein ganz kleines bißchen unfehlbar. Und in gewisser Weise hat er recht, selbst wenn er, objektiv gesehen, unrecht hat, denn seine Wahrheit fällt in eine Kategorie, die nicht diskutabel ist und sich nur den Gläubigen erschließt. Folglich braucht er sich nicht zu rechtfertigen, wie dieser Einfaltspinsel von einem amerikanischen Journalisten angenommen hat.»

Das Gespräch ging nicht weiter, denn Emmanuel mußte sich unverzüglich auf den Weg nach Mailand machen, um sein Flugzeug in die Vereinigten Staaten zu erreichen. Die Restaurantrechnung war fehlerlos, was Theo eher enttäuschte.

Im Zug, der die unter einem Herbstregen triefende Po-Ebene durchquerte, hielt Theo es für richtig, ein anderes Thema anzuschneiden:

«Colombe hat ihre Zeit in Rom in Gesellschaft eines Gigolos verbracht, der sich in ihrem Zimmer eingenistet hatte.»

Er sagte es im Ton der ernüchterten Feststellung des älteren Bruders, der angesichts der Verfehlungen seiner jüngeren Schwester resigniert hat.

«Woher weißt du das?»

«Ich habe mich nicht darum gerissen, es zu erfahren. Mein Zimmer lag im ersten Stock, und ich pflege Colombe nicht in ihrem zu besuchen. Aber ein Zimmermädchen wollte mir ‹sehr Wichtiges enthüllen› und Geld aus der Tasche ziehen. Ich bin nicht darauf eingegangen und habe mich geweigert, ihr zehntausend Lire zu geben, selbst wenn es zum Wohle meiner Schwester gewesen wäre, wie sie mehrmals beteuert hat. Da hat sie mir aus Wut die Information ins Gesicht geschleudert, um sich zu rächen, um mir weh zu tun.»

«Die Verdorbenheit der Italiener erstreckt sich in alle Gesellschaftsschichten. Sie sind wirklich das lasterhafteste Volk, das ich kenne», seufzte Emmanuel, gab jedoch zu der Neuigkeit, die sein Bruder ihm hinterbracht hatte, keinen weiteren Kommentar ab.

Theo hatte indes gehofft, Emmanuel würde sich über Colombes Benehmen entrüsten, und war nun derart enttäuscht, daß er sich zurückzog und den Mund nicht mehr aufmachte, bis sie sich am Flugplatz voneinander verabschiedeten. Erst im letzten Moment wurde er weich, umarmte seinen Bruder sogar und flüsterte ihm ins Ohr:

«Paß gut auf dich auf. Ich bete für dich.»

Dann ging er weg, weil ihm die Tränen kamen. Am Abend besuchte er in der Scala eine Aufführung der «Traviata», bei der es ihm keinen Augenblick gelang, Emmanuels gequältes Gesicht zu vergessen.

Am nächsten Tag traf Theo gegen sechs Uhr abends in seinem Appartement in Zürich ein. Er bewohnte die oberste Etage eines Hauses am Weinplatz, mit Blick auf die Limmat. Da er dort allein lebte, hatte er sich nach eigenen, sehr fest gefügten Vorstellungen einrichten können. Ein großer Raum diente zugleich als Wohnzimmer und als Büro, und drei kleine Kammern erfüllten ihren Zweck als Küche, Schlafstube und Badezimmer. Er hatte nie jemanden dahin eingeladen, und außer ihm selbst betrat lediglich die Putzfrau sein Refugium. Vor dem Tisch stand deshalb auch nur ein Stuhl und vor dem Kamin nur ein einziger Sessel.

Nachdem er die Tür hinter sich geschlossen hatte, zog er die Schuhe aus und schlüpfte in Espadrilles, dann streifte er sich einen weißen Handschuh über, der in der Garderobe lag, und begann zu überprüfen, ob auf den Büchern, Ziergegenständen und Bildern Staub gewischt worden war. Er maß den Stand des Portweins in der Karaffe und stellte mit düsterer Genugtuung fest, daß Trudi erneut ihrer Neigung zum Alkohol gefrönt hatte. Im Vergleich zu diesem schweren Vergehen erschienen ihm ihre unzähligen kleinen Sünden, auf die er sonst noch stieß, verzeihlich. Er ertrug die praktische Notwendigkeit, ihr den Zutritt zu seinem Allerheiligsten zu gewähren, so schlecht, daß er sich jedesmal freute, wenn er entdeckte, wie unwürdig sie dessen war.

Schließlich packte er seine Koffer aus, sortierte die schmutzige Wäsche, setzte die Waschmaschine in Gang und schaltete den Computer ein, der ihm, solange er sich in seiner Wohnung aufhielt, die nötigen akustischen Signale gab und ihn nun gleich darauf hinwies, daß es an der Zeit sei, mit den Vorbereitungen für das Abendessen zu beginnen.

Den Erfordernissen des immerwährenden, im Computer programmierten Speisenplans folgend, holte Theo eine Aluminiumschale mit einem Eintopf aus dem Gefrierschrank. Um achtzehn Uhr fünfundzwanzig schob er das Gericht in den Mikrowellenherd. Fünf Minuten lang hatte er Zeit, den Tisch zu decken, eine Flasche Chiroubles zu öffnen, sich die Hände zu waschen und eine Aufnahme des Elias-Oratoriums von Mendelssohn in den CD-Spieler zu legen.

Bedächtig aß er den Eintopf und anschließend noch eine Williamsbirne, während er der Musik lauschte, dann gönnte er sich eine meditative Ruhepause, nachdem er den Tisch abgeräumt und das Geschirr in die Spülmaschine gestellt hatte. Ihm standen ein Samstag und ein Sonntag zur Verfügung, um sich auf die Arbeit vorzubereiten, die ihn ab Montag erwartete.

Dabei fühlte er sich in der gleichen geistigen Verfassung wie Christoph Kolumbus am 3. August 1492, als er aus dem Hafen von Palos auslief. Theo schiffte sich auf einem Ozean ein, von dem er nur einen Küstensaum kannte, um etwas zu entdecken, von dem er nicht wußte, was es sein würde. Dreimal war er bereits in gleicher Weise aufgebrochen, bei der Erfindung der Cäsiumuhr, beim Ausarbeiten der Dendrochronologie und schließlich beim Einsatz der Massenspektroskopie für die Datierung. Wie Kolumbus war er dabei jedesmal an einem unvorhergesehenen Ort angelangt, und wie der berühmte Seefahrer hatte er sich vom Heiligen Geist gelenkt gefühlt, der weht, wo er will, wann er will und wie er will.

Diese Seefahrt verhieß aufregend zu werden. Sie begann ganz genau um neunzehn Uhr mit einem gebieterischen Signal des Computers, in dem das Thema der «Goldberg-Variationen» anklang. Theo sah seine Post durch. Darin fand er Bücher vor, die er telefonisch von Rom aus bestellt hatte. Auf der Stelle vertiefte er sich in die Lektüre eines Standardwerks über das Heilige Grab. Kurz nach zwanzig Uhr hatte er die hundert Seiten des Buchs überflogen und fing an, sich auszumalen, was bei diesen Grabungen auf ihn zukommen mochte.

Ihm wurde plötzlich klar, daß er sich anschickte, an einem Ort, an dem er noch nie gewesen war, ein Grab zu suchen, das vielleicht nicht mehr existierte.

Es gab wenig Zweifel über die Stätte selbst: Golgatha lag zwischen der zweiten und dritten Stadtmauer des antiken Jerusalem, doch gerade wegen ihrer Bedeutung war sie Opfer allen erdenklichen Frevels geworden. Nach dem zweiten jüdischen Aufstand zwischen 131 und 134 n. Chr. beschloß Kaiser Hadrian, die Stadt Jerusalem, die Quelle unlösbarer politischer wie religiöser Konflikte, nach dem klassischen Muster einer römischen Kolonie neu aufzubauen und ihr einen römischer klingenden Namen zu geben: Aelia Capitolina. Zur Durchsetzung dieser Zwangsmaßnahme ließ er das Forum ausgerechnet in Golgatha anlegen, über dem jüdischen Friedhof, den er damit verschwinden lassen wollte. Die Stätte wurde geschleift und so aufgefüllt, daß eine ebene Fläche entstand. Im dritten Jahrhundert erwähnten die christlichen Pilger das Grab Jesu nicht mehr, das unter diesem Forum verborgen gewesen sein mußte.

Im Jahre 330 n. Chr. ließ Konstantin das Forum zerstören und den Schutt aus Golgatha fortschaffen. Er stieß auf den jüdischen Friedhof aus dem ersten Jahrhundert und wählte irgendein Grab aus, über dem er eine Basilika erbauen ließ. Darin lag Theos einzige Hoffnung auf Erfolg. Es gab gute Gründe für die Annahme, daß die zum Grab Christi erklärte Felsenhöhle nicht die richtige war: Wie hätte man sie auch unter vielen anderen inmitten eines Friedhofs herausfinden können, der zweihundert Jahre lang zugeschüttet war? In der damals vorherrschenden Geisteshaltung hatte man wahrscheinlich irgendein Gottesurteil angewendet, demjenigen vergleichbar, mit dessen Hilfe Helena, die Mutter Konstantins, das angeblich echte Kreuz wiedergefunden hatte: An diesem traditionellen Richtplatz waren noch mehrere umgestürzte Kreuze vorhanden, und der goldenen Legende zufolge sah man einen Toten, den man nacheinander auf diese Kreuze legte, auferstehen, sobald er mit dem Kreuz Jesu in Berührung kam. Mit ähnlicher Zauberkunst hatte man wohl das «wahre» Grab Christi bestimmt.

Im Jahre 614 gelang es den Persern, Jerusalem von den Byzantinern zu erobern, und sie machten es sich zur Aufgabe, Konstantins Basilika, das Symbol christlicher Präsenz, niederzubrennen. Doch das war noch nichts dagegen, wie der Kalif Hakim sie 1009 vollends schändete. Die Hacken der Zerstörer rissen nicht nur die Kirche ein, sondern verwüsteten auch das Felsengrab. Am 15. Juli 1099, als die Kreuzfahrer in Jerusalem Einzug hielten, war die Basilika nur noch ein Ruinenfeld, in dessen Mitte ein Grabmal aufragte, das die kleine christliche Gemeinde, die es in der Heiligen Stadt noch gab, in ihrer Frömmigkeit rekonstruiert hatte. Die Kreuzfahrer errichteten eine romanische Kirche, die einhundertfünfzig Jahre nach der Eroberung Jerusalems eingeweiht wurde. Ihr Mauerwerk hatte acht Jahrhunderte lang Erdbeben und Brände überlebt, doch 1808 wurde jedweder Anreiz, das Grab selbst zu erforschen, endgültig zunichte gemacht, denn da wurde es bis auf den Fels abgetragen und durch einen abscheulichen Kiosk in maurischem Stil ersetzt, in dessen Umkreis sich heute Latiner, Griechen, Armenier, Kopten, Syrer und Abessinier um jeden noch so nichtigen Quadratzentimeter Pflaster streiten. Der großherzige Spender dieses Taubenschlags war kein anderer als der tapfere französische General Mac-Mahon.

Das bedeutete also, daß Theo keinerlei Chance hatte, falls

die Grabeskirche tatsächlich an der Stätte errichtet worden war, die er suchte. Dagegen bestanden noch gute Aussichten auf Erfolg, wenn sich die Baumeister Konstantins geirrt hatten und es Theo gelang, das gesamte Areal zu erforschen, dort noch unversehrte Gräber aufzuspüren und zu ihnen vorzudringen. Die Basilika liegt jedoch mitten in der Stadt, ihre ganze Umgebung ist bebaut, und der Ort ist von so großer symbolischer Bedeutung für alle Religionen und Konfessionen, die sich um Jerusalem zanken, daß das bloße Ansinnen, dort zu graben, leidenschaftliche Auseinandersetzungen ohne Ende auslösen würde. Ein Parcours zwischen dem Staat Israel, den Palästinensern, dem Vatikan und den Fundamentalisten jeglicher Richtung müßte fehlerfrei überwunden werden. Und der erste Fehler wäre schon, von Ausgrabungen zu sprechen. Den würde Theo nicht begehen.

Der beste Vorwand wäre sicher eine Verstärkung der Grundmauern der Kirche. Er müßte sich der Beihilfe und Diskretion der für das Bauwerk zuständigen Architekten und Ingenieure vergewissern, Himmel und Erde in Bewegung setzen, dabei jedoch unauffällig vorgehen und sich den Anschein des neutralen Fachmannes geben. Das lag ganz und gar auf Theos bevorzugter Linie. Das für zehn Uhr programmierte Signal seines Computers riß ihn aus der Arbeit. Vor dem Zubettgehen hatte er noch drei Pflichten zu erfüllen, für die jeweils zehn Minuten eingeplant waren: die Abendtoilette, die Meditation und das Gebet.

Theos Meditation verlief unerwartet. Er hatte sich vorgenommen, darüber nachzudenken und herauszufinden, was ihn dazu bewogen hatte, sich auf dieses neue Unterfangen einzulassen. Aus Erfahrung wußte er, daß jeder Forscher zunächst auf der Suche nach sich selbst ist, ungeachtet der wissenschaftlichen Disziplin, mit der er sein Ziel zu verfolgen gedenkt. Es kam also darauf an, daß er seine geheimsten Absichten begriff und sie sich selbst eingestand. Der Einsatz war hoch. Mit dem Ostermysterium beschäftigt man sich nicht in zwielichtiger Gesinnung. Konnte er bis auf den tiefsten Grund seiner Seele hinabsteigen?

Es fiel ihm nicht schwer, offenkundige Beweggründe zu finden, und er bekannte sich mühelos zu ihnen: die wissenschaftliche Neugierde, der Reiz des Ruhms, der Wunsch, seine Überzeugung kundzutun sowie Emmanuel und Colombe zu beeindrucken. Aber auch und vor allem das Verlangen, seinen Glauben an die Auferstehung zu festigen. An diesem Punkt angelangt, gestand er sich den geheimen Drang ein, seinen eigenen Tod in Abrede zu stellen, nicht nur theoretisch durch eine religiöse Metapher, sondern auch praktisch durch eine experimentelle Untersuchung. Niemand war je aus dem Jenseits wiedergekehrt, doch Theo konnte vielleicht dessen Realität beweisen. Ihm fiel das müßige Geschwätz der Zeitgenossen Dantes ein, die am Ende wirklich geglaubt hatten, der Dichter habe Himmel, Fegefeuer und Hölle besichtigt.

Warum gelang es ihm nicht, das natürliche Phänomen seines Todes zu akzeptieren, ohne Ausflüchte zu suchen? Wie viele schlichte Menschen starben, ohne jemandem etwas vorzugaukeln und ohne zu hadern, in der offensichtlichen Gewißheit ihres Weiterlebens! Nach einem erfüllten Dasein, das aus Arbeit und Liebschaften bestanden hatte, aus Festessen und sonntäglichen Familienspaziergängen, traten sie ab, wie sie gekommen waren, entschuldigten sich noch, daß sie so viele Leute mit ihrer Beerdigung behelligten, und bedauerten, daß sie das Sparbuch um die Kosten für Bier, Leichenwagen und Totenfeier schmälerten. Sie versuchten nicht, das Leben, das sie geführt hatten, seine Widersprüche und Ungereimtheiten zu verstehen. Sie waren unglücklich gewesen, und sie starben, ohne Trara, weil sie das vollkommen normal fanden.

Theo stürzte sich dagegen in dieses überaus gewagte Unternehmen, um damit alle anderen zu übertreffen. Nie hatte er jemandem die hoffärtige Devise seiner Jugendjahre verraten: «Keiner ist so gut wie ich.» Ein einziges Mal hatte er den Satz in ein Schmierheft gekritzelt, dann mit schamrotem Kopf die Seite herausgerissen und zu Konfetti zerzupft. Das war am Tag vor einer Mathematikarbeit gewesen, ein Juniabend in der Klosterschule von Saint-Maurice, kurz bevor er vierzehn wurde. Die tiefstehende Sonne flimmerte über den Pausenhof und überflutete das Studierzimmer. Der junge Kanoniker, der von seinem Podium herab an die fünfzig Zöglinge beaufsichtigte, war angesichts dieses verdächtigen Gebarens stutzig geworden. Er konfiszierte die Papierschnipsel und mühte sich ab, das Puzzle wieder zusammenzusetzen, weil er darin irgendeinen Liebesbrief wähnte. Er fand jedoch nichts heraus, denn Theo hatte die verfänglichen Teile geschluckt. Tags darauf schaffte er eine fehlerlose Klassenarbeit, und so blieb das bis zu seinem Abitur, zunächst in Mathematik und in den naturwissenschaftlichen Fächern, dann, vom Erfolg angespornt, auch in Latein, Griechisch, Französisch, Deutsch und Geschichte.

Je weiter sich Theo der Vollkommenheit näherte, desto größere Besorgnis beschlich seine klösterlichen Lehrer. Erst bangten sie nur um seine Gesundheit, dann um sein inneres Gleichgewicht und schließlich um sein Seelenheil. Zu letzterem Punkt mußte er peinlich genaue Verhöre durch seinen Beichtvater über sich ergehen lassen, der ihn ausführlich nach seinem Lebenswandel befragte. Theos mustergültige Reinheit verschlug ihm den Atem und weckte seinen Neid, bis Theo ihm unter dem feierlichen Siegel der Verschwiegenheit seine Methode anvertraute: Er verdrängte unreine Gedanken durch eine geistige Übung, indem er im Kopf die Quadratwurzel aus sechsstelligen Zahlen zog. Vergebens mühte sich der Beichtvater, ihn davon zu überzeugen, daß das Gebet auf orthodoxere

Weise das gleiche Ergebnis zeitigen würde. Theo erwies sich als unbeugsam: «Wenn ich rechne, identifiziere ich mich ganz und gar mit einem Algorithmus. Und ein Algorithmus kann nicht sündigen.»

Mit achtzehn Jahren verließ Theo die Klosterschule, die Arme voll schöner Bücher mit rot-goldenem Einband. Nachdem der Rektor ihm auf dem Podium des Festsaals all diese Preise für seine ausgezeichneten Leistungen überreicht hatte, forderte er ihn doch noch zu einem Gespräch unter vier Augen auf, in dem er ihn davor warnte, hochmütig zu werden. Dabei spürte er, wie skeptisch Theo blieb, brachte ihn zum Reden, hörte ihm aufmerksam zu und gelangte schließlich zu der Überzeugung, daß er es mit einer Art Naturphänomen zu tun habe. Es war schwierig, in einem so geordneten, strebsamen, disziplinierten, strengen und nach innen gerichteten Geist Eitelkeit aufzudecken. Trotzdem konnte der Rektor einwenden, daß Theos geringes Interesse an seinen Mitschülern einen gewissen Mangel an Nächstenliebe verriet. «Ich liebe sie wie mich selbst», antwortete Theo, «das heißt aus der Ferne.» Der Rektor seufzte unwillkürlich und empfahl Theo, er solle sich selbst so lieben, wie er sei, trotz seiner Vollkommenheit. «Das ist ein kluger Rat», gab Theo zu, «aber er widerspricht dem, der uns empfiehlt, so vollkommen zu werden wie unser himmlischer Vater.»

Dann zog er seine Brieftasche heraus und präsentierte dem Rektor ein mittlerweile fünf Jahre altes Erinnerungsfoto von seiner Firmung. Es wurde von einem frommen Spruch geziert: «Ohne Pein zu sterben erfordert, ohne Lust zu leben.» Mit unterdrücktem Seufzen erklärte der Rektor, daß diese Devise eher einem Stoiker denn einem Christen entspreche. Theo entgegnete, ihm sei kein Kriterium vermittelt worden, um den Unterschied festzustellen. Jetzt seufzte der Rektor unverhohlen und murmelte ganz leise, daß das Ziel der Erziehung verfehlt sei, wenn die Schüler die ihnen erteilten Ratschläge wörtlich nähmen. Beinahe hätte Theo auch darauf geantwortet, biß sich aber rechtzeitig auf die Zunge.

Über Sommer blieb er in Fully und verschlang Lehrbücher, mit denen er sich auf sein Physikstudium an der Eidgenössischen Technischen Hochschule in Zürich vorbereitete, ohne sich um Emmanuel und Colombe zu kümmern, denen nichts anderes übrigblieb, als stundenlang miteinander Schach zu spielen. Nachdem Theo sich ein einziges Mal am Schachbrett versucht hatte und von seiner Schwester geschlagen wurde, befand er, daß Spiele aller Art den Geist ohne intellektuellen Nutzen erschöpften, legte am Familientisch den Eid ab, sie künftig zu unterlassen, und hielt darin genauso Wort wie in allem anderen. Sein Vater machte sich ebensolche Sorgen wie die Kanoniker in Saint-Maurice, als Theo auf den Gedanken verfiel, mit der linken Hand zu essen, damit er die rechte frei hatte, um während der Mahlzeiten weiterzurechnen. Allerdings entschuldigte er sich jedesmal dafür und bat mit äußerster Höflichkeit um die Erlaubnis, «mit der linken Hand essen zu dürfen». In der Familie wurde das zu einem geflügelten Wort.

In Zürich berauschte er sich an der Arbeit wie andere an Bier. Mehr als einmal passierte es ihm, daß er vom geistumwehten Hügel, auf dem die Lehre verkündet wurde, die Pfade zur Künstlergasse und zum Ufer der Limmat hinunterstieg, ohne sich dessen bewußt zu sein. Er konnte den letzten Vorlesungen von Wolfgang Pauli folgen, als wären sie ein Pontifikalamt. Die Welt hatte einen Sinn, der sich nicht nur auf übernatürliche Weise in religiösen Offenbarungen erschloß, sondern auch den greifbarsten Dingen innewohnte. Wie in einem offenen Buch las Theo sowohl in der Bibel als auch in der Natur, gleich jenen Gelehrten, die zwei lückenhafte alte Handschriften miteinander vergleichen, um einen verlorengegangenen Text authentisch wiederherzustellen. Das in der Natur durchschimmernde Antlitz Gottes, sein halb verborgenes Wesen überraschten ihn immer wieder: vielschichtig ohne Unordnung, streng ohne Härte, hintergründig ohne Bosheit, freigebig ohne Verschwendung. Und Theo lief den Hirschgraben ebenso benommen entlang, wie Moses vom Sinai herabgestiegen war. Dann gönnte er sich ab und zu in einem überhängenden, auf die Limmat hinausgehenden *tea-room* ein Eis, weil ihn bisweilen Naschsucht plagte.

Auch an jenem Nachmittag, an dem er die letzte Prüfung für sein Diplom abgelegt hatte, genehmigte er sich diese Abweichung von der Regel, und während er ein Johannisbeersorbet verspeiste, fiel ihm eine Studentin auf, die eifrig ihre Notizen durchsah. Der Algorithmus seines Lebens ließ mittlerweile die Option für eine Eheschließung zu, da er bereits einen Assistentenvertrag in der Tasche hatte, der es ihm gestatten würde, den Unterhalt einer Familie zu bestreiten. Er redete sich ein, daß er sich mit einiger Willensanstrengung verlieben könnte, konzentrierte sich darauf, während er noch einen Espresso bestellte, und als er überzeugt war, daß er diese erforderliche Empfindung in sich geweckt hatte, sprach er das Mädchen unter dem naheliegenden Vorwand an, ihr einige nützliche Tips für das Examen zu geben. Er begleitete sie bis an die Tür des Prüfers, dann lud er sie zum Essen in ein italienisches Restaurant ein. Noch am selben Abend, so gegen zehn, machte er ihr über den Resten einer *zuppa inglese* einen höflichen, aber angemessen leidenschaftlichen Heiratsantrag. Die junge Dame stammte aus dem Tessin, hieß Clara und blickte ihn mit verwunderten Rehaugen an, ohne ja oder nein zu sagen.

Von diesem sprachlosen Staunen ermutigt, hielt Theo sich tatsächlich für verlobt. Er fuhr nach Fully zurück und tat seiner verblüfften Familie die Neuigkeit kund. Dann ging er daran, zu diesem Heiratsprojekt ein Dossier anzulegen: Studium des

Eherechts, Auskünfte von Versicherungsgesellschaften, ärztliche Untersuchung und spirituelle Einkehr in Saint-Maurice. Als er zu dem heiklen Thema der Beziehungen zwischen Ehegatten die Bibliothek des Klosters zu Rate zog, stieß er auf gewisse Widersprüche zwischen den Kasuisten des siebzehnten Jahrhunderts und den zeitgenössischen Moralisten unter dem Einfluß der Jugendbewegung. Erstere hegten ein entschiedenes Vorurteil gegen jedwede Lust der Sinne, sogar zwischen Ehegatten: Sexuelles Vergnügen erschien ihnen höchstens aus der Notwendigkeit zur Fortpflanzung der Menschheit verzeihlich. Letztere sangen dagegen geradezu ein Loblied auf die Ekstase der Liebe unter der Voraussetzung, daß die Beteiligten rechtmäßige Eheleute seien und der Fortpflanzung nicht zuwiderhandelten. Eine einzige Konstante zog sich durch fünf Jahrhunderte theologischer Betrachtungen über die Ehe: Während es nicht vorstellbar war, ohne Lust zu zeugen, war es nicht Rechtens, ohne zu zeugen Lust zu empfinden.

In dieser untadeligen Moral gab es indes noch eine nicht hinreichend beleuchtete Unklarheit: die Beziehungen zwischen Verlobten, denen es seit der Mitte des zwanzigsten Jahrhunderts gestattet war, «sich gegenseitig ihre Zärtlichkeit zu zeigen», ohne dabei «volles Vergnügen» zu empfinden. Diese Vorschrift stürzte Theo in tiefe Ratlosigkeit. Es erschien ihm unmöglich, Clara nicht letzten Endes zu küssen, schließlich sah man das in jedem Film, und die Hoffnung, dem zu entrinnen, wäre wohl vermessen gewesen. Darüber hinaus konnte er dieser Geste nicht wie einer bloßen Förmlichkeit nachkommen, ohne daran einen gewissen Gefallen zu finden oder das immerhin zu riskieren. Selbst für den Fall, daß er nichts fühlte, erforderte es der Anstand, dabei Vergnügen vorzutäuschen.

Er sprach sich mit seinem Beichtvater über das Dilemma aus. Dabei legte er ihm insbesondere einen Kalender vor, in den er, systematisch ansteigend, die geplanten Bekundungen seiner Zuneigung eingetragen hatte: Küsse von dreißig Sekunden Dauer; erster Kuß drei Monate nachdem sie sich kennengelernt hatten, dann ein halbes Jahr lang ein Kuß pro Monat, danach ein Kuß pro Woche bis zur Hochzeit; Vollzug der Ehe drei Tage nach der Zeremonie, im Gedenken an Tobias.

Der Beichtvater wurde allmählich zornig, denn er nahm an, Theo mache sich über ihn lustig. Er brauchte eine Weile, bis er merkte, daß sein Beichtkind nicht im geringsten scherzte. Also bemühte er sich, die Bedeutung der Moralliteratur, mit der Theo sich vergiftet hatte, herunterzuspielen: Es handle sich dabei um zwar achtenswerte, aber nicht unfehlbare theologische Meinungen; Theo sei von durchaus rechtschaffenen Absichten durchdrungen, er laufe jedoch Gefahr, Clara zu kränken; er müsse immerhin der Gesellschaft, in der er lebe, Rechnung tragen. Unerbittlich hielt Theo die Diskussion vier Stunden lang in Gang, zitierte mit Bedacht Thomas von Aquin, Augustinus, Alfonso de Liguori, Thomas Sanchez und Blaise Pascal. Am Ende seiner Kraft, bezeichnete der Beichtvater die Abhandlungen der Theologen als die Beschreibung eines Idealzustands, der erklärtermaßen von einem gewöhnlichen Sünder nicht erreicht werden könne. «Eben», erwiderte Theo, «ich möchte aber ohne Sünde leben.» – «Das ist», so wurde ihm unverblümt entgegnet, «die größte Sünde, die der Hoffart, wenn man nicht anerkennt, ein Sünder zu sein.»

Dieses Paradoxon faszinierte Theo, denn er war mit Axiomen vertraut, mit diesen Grundsätzen der Logik und Mathematik, die sich weder aus anderen Sätzen ableiten noch beweisen lassen, aber gleichwohl stimmen und als Beweise herangezogen werden. In diesem Sinne gelang es dem mit der Erbsünde behafteten Menschen also nicht, einem Leben in Sünde zu entrinnen, denn ohne Fehl und Tadel sein zu wollen hieß bereits sündigen. Bei der übermenschlichen Anstrengung, die Theo aufbot, um sich über seine sündige Natur zu erheben, tat er bereits Böses, indem er danach trachtete, es zu vermeiden.

Voller Demut korrigierte er daraufhin seinen Kußkalender nach oben und sah einen ersten Kuß für den 15. September vor, das heißt schon nach sechs Wochen statt nach drei Monaten. Er rief in Lugano an, um Clara für diesen Septembersonntag nach Fully einzuladen und ihr die Liste der Termine vorzulesen, die er für weitere Gefühlsausbrüche festgelegt hatte. Nach zwei Minuten hörte er völlig verdutzt ein Schluchzen, dann einen Schrei, wie von einem verwundeten Tier, und die Verbindung riß ab.

Er begriff nicht einmal, daß dieser Schrei als Ende ihrer Beziehung zu werten war. Seine Briefe kamen ungeöffnet zurück, die Telefonnummer in Lugano wurde geändert. Er verstand es noch immer nicht und schrieb diese Kommunikationsstörungen der Postverwaltung zu. Dann merkte er allmählich, daß die andere Seite die Auflösung der Verlobung beschlossen hatte. Und da begann er, Clara für verrückt zu halten, denn wie hätte ein Mädchen von gesundem Verstand einen so außergewöhnlichen Menschen wie ihn zurückweisen können?

Weil ihm das jedoch ein bißchen einfach vorkam, versuchte er, sich davon zu überzeugen, daß er selbst gar nicht verliebt war. Zufällig arbeitete einer seiner Kommilitonen, ein Chemiker, auf dem Gebiet der Drüsensekretion, und der Theorie in dessen Doktorarbeit zufolge sind bei einer Liebesbeziehung drei Etappen zu unterscheiden: In der ersten, der Zeit der Anziehung, scheidet der Körper Phenyläthylamin aus; in der zweiten, der Zeit der Zuneigung, produziert er Endorphine, die dieses angenehme Gefühl der Euphorie hervorrufen, das manche im Morphium suchen; und schließlich, in der Phase der Intimität, sondert die Hypophyse Oxytozin ab. Nach erfolgter Messung erfuhr Theo, in seinem Blut habe keine dieser verschiedenen Substanzen einen signifikanten Wert erreicht. Damit hatte er sich den Beweis geliefert, daß er nie verliebt gewesen war, und beglückwünschte sich zu seiner auf die fortschrittlichsten Erkenntnisse der Chemie gestützten Einsicht.

Während er nun, ein Vierteljahrhundert später, darüber nachdachte, konnte er nicht mehr begreifen, warum er damals nichts begriffen hatte. Wieso war er mit dreiundzwanzig Jahren noch so gefühlskalt, so unreif, anderen gegenüber so verständnislos gewesen? Das war nicht er, Theo, der Pedant, der diese Dummheit begangen hatte, sondern eine Art eitles Monster, das er mit zunehmender Reife abgestreift zu haben hoffte. Doch dann rief er sich einen Satz von Sainte-Beuve in Erinnerung: «Man reift nicht, man verdirbt an einigen Stellen und verhärtet an anderen.»

Nachdem er Clara verloren hatte, stürzte er sich auf seine Dissertation, die ihn vier Jahre lang in Zürich in Anspruch nahm, ehe er mit einem Stipendium nach Berkeley aufbrach, wo Colombe sich auf ihre Magisterarbeit in Psychiatrie vorbereitete. Sie mieteten gemeinsam eine Wohnung, und Theo lernte die vielen Freundinnen und Freunde kennen, die Colombe anzog. Eines Abends, mit einer verführerischen Bostoner Jüdin namens Judith allein gelassen, fand Theo sich über kurz oder lang in ihren Armen wieder. Danach fühlte er sich verpflichtet, sie nach Hause zu begleiten, denn die Straßen von Berkeley sind nachts nicht sicher. Er ließ sich zu einem letzten Glas verleiten, die Zärtlichkeiten begannen von neuem, und bevor er recht begriff, wie ihm geschah, verlor Theo seine Unschuld.

Nun war er es, der zur Bestürzung des Mädchens aus Boston einen Schrei wie ein verwundetes Tier ausstieß. Unter einem Hagel wüster Beschimpfungen zog er sich hastig an und suchte wortlos das Weite. Er setzte sich vor einer Kirche auf den Boden und wartete darauf, daß um sechs Uhr morgens die Türen aufgingen, damit er beichten konnte. Sollte ihn in dieser Nacht ein jäher Tod ereilen, dann hätte er wenigstens seine Bußfertigkeit gezeigt. Er brachte die Zeit damit zu, über die Unbarmherzigkeit der Prophetin Judith nachzusinnen, von der in der Bibel berichtet wird. Wie konnte sich diese moderne Judith erdreisten, um eines lächerlichen Vergnügens willen seine unsterbliche Seele in Gefahr zu bringen?

Theo bemühte sich, in der Bewertung des Vergnügens, das er zum erstenmal genossen hatte, objektiv zu sein, und maß es an edlen Weinen aus dem Bordelais. Er siedelte den Orgasmus deutlich unterhalb eines *premier grand cru*, etwa eines Château Haut-Brion, an, sicher über einem *cru bourgeois*, vielleicht auf derselben Stufe wie einen Château la Lagune. Einen guten Saint-Emilion zu trinken kostete allerdings nicht mehr als dreißig Dollar und barg keinerlei spirituelles Risiko. Die Sache war also klar, auch er hatte sein Erstgeburtsrecht für ein Linsengericht verwirkt, er war in schändlicher Weise von einer Jüdin aufs Kreuz gelegt worden.

Um sechs Uhr stürzte Theo in den erstbesten Beichtstuhl und erleichterte sein Gewissen. Er ärgerte sich über das allerdings durch einen angenehmen irischen Akzent gemilderte Phlegma des Priesters, der ihm die Beichte abnahm und ihn nur aufforderte, zehn bescheidene Ave-Maria und ein Vaterunser zu beten. Darüber empört, erlegte Theo sich selbst eine Novene auf: neun Tage hintereinander den ganzen Rosenkranz. Er hatte das Gefühl, mehr als eine unerwartete Episode erlebt zu haben, und die Buße mußte sich nach dem Vergehen kosmischen Ausmaßes richten, das er begangen hatte.

Während er nun wieder darüber nachdachte, erkannte er wahrscheinlich zum erstenmal, daß seine Eitelkeit stärker verletzt worden war als seine sittliche Reinheit. Nach zwei Erfahrungen, bei denen er damals wohl gespürt hatte, daß er sich lächerlich machte, und deren abscheuliche Seite er erst heute empfand, hatte er sich zurückgezogen wie eine Auster in ihre

Schale. Er wies seinem Gefühlsleben den Stellenwert unwichtiger Betätigungen zu, mit der Betonung auf dem Adjektiv, das heißt, er sprach ihm die Fähigkeit ab, seiner Existenz irgendeinen Sinn zu verleihen. Mit einem zusätzlichen Bedürfnis nach Sexualität hätte er das, was ohnehin schon nur allzu kompliziert war, noch weiter erschwert. Es gab andere Methoden, ein scheinbar sinnloses Leben dennoch sinnvoll zu gestalten. Ein guter Physiker beschränkt sich allein auf sachdienliche Parameter: Leidenschaftliche Liebe zerstört das Gleichgewicht eines auf klare Strukturen ausgerichteten Gehirns; eheliche Liebe ist anscheinend zu schwer zu bemessen und zu kontrollieren, um in ein Lebensmuster einbezogen zu werden.

Teilnahmslos und sogar mit gewisser Schadenfreude beobachtete Theo die Schwierigkeiten jüngerer Forscher seiner Generation, die danach strebten, die Bürde einer Familie mit der ganzen Hingabe in Einklang zu bringen, die eine wettbewerbsfähige Forschung voraussetzt. Er, Theo, vergeudete keine Zeit damit, Fläschchen vorzubereiten, Windeln zu wechseln oder nachts aufzustehen, um ein weinendes Baby zu beruhigen. Er kam nach einer ungestörten Nacht frisch und ausgeruht an, ohne Geldsorgen, ohne durch die maßlose Anstrengung, einer Frau zu gefallen, Schaden an seinem Seelenleben zu nehmen. Bisweilen stellte er sich vor, daß der Samen, den er nicht in einen unreinen Schoß ergoß, ihm ins Gehirn stieg und es befruchtete.

Theo war sich des Vorteils bewußt, den er im Vergleich zu seinen Kollegen genoß, er baute seine Karriere auf Arbeitswut und mustergültiger Biohygiene auf: genau berechnete Diät, bescheidener Konsum von Wein und Kaffee, geregelter Schlaf, maßvolle körperliche Ertüchtigung, völlige Enthaltsamkeit in bezug auf Tabak, Drogen und Sex, Verzicht auf jedwede Geselligkeit, Beschränkung auf einen kleinen und ausschließlich männlichen Freundeskreis, ausgewählte Lektüre, erlesene

Theatervorstellungen. Keine Frau hätte diese Askese ertragen. Theos Ideal bestand in einem klösterlichen Leben innerhalb der heimischen vier Wände, in denen er sein eigener Abt war.

Da ihn sein Einzelgängertum bisweilen dennoch kränkte und gute Psychologiebücher ihn alarmiert hatten, meldete er sich schließlich bei einem Psychiater an, einem strikten Anhänger Jungs, wie das in Zürich unvermeidlich war. Nach zwei Monaten regelmäßiger Gespräche befand er, daß er genug bezahlt habe, und nötigte ihm eine Diagnose ab. Der Seelenarzt gab ihm zu verstehen, daß Theo das Opfer einer besonderen Art von Kastration sei, die weitaus ungewöhnlicher sei als eine chirurgische oder chemische Entmannung. Sie könnte die Folge der Erziehung sein, die ihm in Saint-Maurice zuteil geworden war, oder der Begeisterung für wissenschaftliches Forschen. Alles in allem war Theo entweder ein religiöser Kastrat oder ein mathematischer Eunuch.

Sein Leben war aus Egoismus gewebt. Aber das war alltäglich. Alle Menschen dachten an sich und gaben nur vor, an andere zu denken. Mit Ausnahme der Heiligen, aber da kannte Theo keinen. Er hatte stets das Mausoleum der hehrsten Tugenden in seinem Inneren erstürmt und war bis in dessen weißgetünchte Gruft vorgedrungen. Welches schlecht gekalkte Grab mochte nun seiner harren, während er noch inmitten der reichsten Stadt der Welt in seinem einzigen Sessel saß?

Für Egoismus gab es immer eine Entschuldigung: Familie, Vaterland, Wissenschaft, Vermögen, Macht. Nichts von alledem interessierte ihn wirklich. Er lebte in der eigensinnigen Vorstellung, die Zeit zu messen, und räumte gleichwohl ein, daß es sich dabei nur um einen von vielen Parametern eines vergänglichen Universums handelte. Verglichen mit der Ewigkeit, war diese Zeit belanglos. Er konnte sich also gegen seine eigene Abwesenheit austauschen. Mit Hilfe eines Zahlungsmittels, das unaufhaltsam an Wert verlor, war es möglich, einen beständigen Schatz zu erwerben. Angesichts des ewigen Lebens war das endliche Leben nicht wert, gelebt zu werden. Es war besser, nicht zu leben, als sich in den Fallstricken des Daseins zu verfangen. Himmel und Erde werden vergehen ... Mögen sie schnell vergehen! So schnell wie möglich, gleich einer verpfuschten Examensarbeit.

Er hatte Angst vor dem Leben, er hatte von jeher Angst vor dem Leben gehabt. Sein Beichtvater in Saint-Maurice hatte es ihm immer wieder gesagt, aber das war eben die Art von Botschaft gewesen, deren Theo damals spottete, weil er glaubte, sich Hoffnungen auf ein ewiges Leben machen zu können. Die Wahrheit, seine Wahrheit, die er nun an der Schwelle zu seinen letzten kreativen Jahren erforschte, lag genau darin, in einer totalen, hartnäckigen, unerbittlichen Absage an ein normales Leben.

Was nützt es einem Menschen, wenn er die ganze Welt gewinnt, dabei aber Schaden nimmt an seiner Seele? Das war seine Devise gewesen. Er hatte seine Seele in einer übersinnlichen Bank verwahrt, er hatte sie in einen spirituellen Schrein eingeschlossen. Er hatte sich nicht der Gefahr ausgesetzt, Böses zu tun, und er hatte nicht gelebt.

Daß er sich selbst aus dieser Welt ausgesperrt hatte, mußte er nun damit rechtfertigen, daß er die Existenz einer anderen Welt bewies. So banal war das. Er war an den Ausgangspunkt seiner Meditation zurückgekehrt, zu seiner Angst vor dem Sterben, aber er sah sie jetzt in gleißendem Licht: Sie war nicht mehr das abgedroschene Denkmuster für eine Meditation, sondern wurde zur bedrückendsten Realität. Eines Tages würde er tot sein, und er ertrug diesen Gedanken nicht leichter als andere, selbst wenn und vor allem weil er vorgab, sich mit unerschütterlichem Glauben gegen diese Furcht zu verwahren. Er verlangte Rechenschaft von Gott, greifbare Beweise, die dem Ausmaß seiner Entsagungen gerecht wurden, dies um so mehr, als er der einzige war, der sie dank des Opfers, das er gebracht hatte, erlangen, begreifen und abschätzen konnte. Ja, er begab sich wirklich auf die Suche nach einem Beweis für Ostern, selbst wenn er das Gegenteil behauptete. Er wollte den Herrn zwingen, eine deutliche Sprache zu sprechen. Das letzte Ziel des großen Abenteuers bestand nicht darin, ein Grab freizulegen, sondern in sein eigenes Innerstes vorzudringen, das nur eine übertünchte Totengrube war.

Die ersten Takte der «Goldberg-Variationen» rissen ihn aus seiner Meditation und bedeuteten ihm, daß es an der Zeit sei, die letzte Phase des Tages zu beginnen. Er kniete sich auf den Schemel in seinem Schlafzimmer und versuchte, während der zehn Minuten, die wie jeden Abend für diese spirituelle Übung eingeplant waren, zu beten. Ebenso regelmäßig waren jeden Morgen zehn Minuten für Gymnastik vorgesehen. Bei Tagesanbruch widmete Theo sich seinem Körper, in der Abenddämmerung hielt er seine Seele instand.

Punkt sieben Uhr wurde er von einer Scarlatti-Sonate geweckt. Jeden Morgen war es eine andere. Dank Scott Ross, der das Gesamtwerk dieses Komponisten eingespielt hatte, wachte Theo seit zwei Jahren bei immer anderer Musik auf. Er hatte gut geschlafen. Er war bester Laune. Unwiderstehlich drängte sich ihm ein spontanes, inniges Gebet auf. Gott war ihm gnädig. Er schien ihm nicht zu zürnen. Er beurteilte Theo weniger streng, als Theo sich selbst beurteilte. Er betrachtete ihn, wie eine Mutter ihr Kind betrachtet, das in seinem Bemühen, etwas richtig zu machen, eine riesige Dummheit begangen hat.

Theo nahm an der Achtuhrmesse der pseudobyzantinischen Kirche in der Leonhardstraße teil. Dann versuchte er, in der Krypta zu beichten, aber der Priester verstand von seinen abstrakten Erklärungen kein Wort und entließ ihn ein wenig erzürnt. Darüber äußerst verstimmt, stieg Theo wieder in das

Kirchenschiff hinauf. Die Chronisten berichteten, daß die Kreuzfahrer zur Beichte und zur Kommunion gegangen waren, ehe sie die Festungswälle Jerusalems erstürmten. Theo konnte sich ausmalen, was diese fränkischen Haudegen hauptsächlich zu beichten gehabt hatten: Morde, Plünderungen, Vergewaltigungen, Gotteslästerungen. Grobkörnige Schuld, auch für einen noch so ungeübten Tastsinn wahrnehmbar. Sie brauchten nicht in sich hineinzuhorchen. Für sie nahm Jesus den gleichen Platz ein wie Wotan oder Jupiter für ihre Vorfahren, ein Gott, ebenso unbestreitbar wie die Sonne, die allmorgendlich im Osten aufgeht. Damals mußte ein Beichtvater Seele und Körper miteinander versöhnen, eine Justierung, zu der jeder beliebige geistige Hufschmied imstande war. Bei Theo gab es heute keinen Körper mehr zu versöhnen: Ein Stück Seele mußte mit einem Bruchteil Verstand in Einklang gebracht werden. Eine intellektuelle Uhrmacherarbeit, die, selbst in der Schweiz, nicht vom erstbesten Vikar geleistet werden konnte.

Vor Mittag hatte Theo noch Zeit, drei Werke zu modernen Verfahren der Geländeuntersuchung zu überfliegen. Für das Terrain, das er erforschen mußte, würde sich wahrscheinlich die Technik der Echographie am besten eignen. Wenn man eine Vibrationsquelle aufstellt und an verschiedenen Punkten aufzeichnet, wie sich die Schwingungen ausbreiten, ist es möglich, unterirdische Inhomogenitäten wie Risse, Verwerfungen und Erdöl- oder Wasservorkommen zu orten. Zur Zeit suchte ein englischer Forscher in der Gegend von Qumran nach noch unbekannten Höhlen, wobei er einen Lastwagen als Vibrationsquelle benutzte. Theo notierte sich den Hinweis und wollte gleich Montag früh mit ihm Kontakt aufnehmen.

Auf dieselbe Art könnte er sogar mitten in einer Stadt zwei oder drei Meter unter der Erdoberfläche gelegene, von Gräbern gebildete Hohlräume entdecken. Das Grab Jesu wird in den Evangelien recht genau beschrieben: Man konnte sich hineinbeugen, ohne hineinzugehen. Johannes berichtet, daß er sich bücken mußte, um in das Innere des Grabes zu sehen. Der Eingang in das Grab war also niedrig, wahrscheinlich nicht einmal einen Meter hoch, und er wurde von einem Stein verschlossen, den man davorgewälzt hatte. Das Grab selbst enthielt eine Art Bank, einen steinernen Sockel unter einem halbkreisförmigen Gewölbe, einem «Arkosolium», wie es in der Fachsprache der Archäologen heißt. Auf dieser Bank entdeckten Petrus und Johannes das Leichentuch, das den Leichnam Jesu eingehüllt hatte, und das Schweißtuch, das ihm ums Haupt gebunden war. Falls diese Bank noch existierte, falls noch Reste des Schweißtuches vorhanden waren, könnte Theo ihren Gehalt an Kohlenstoff 14 messen.

Selbst die geringste Chance dazu war es wert, ergriffen zu werden. Vor zwanzig Jahrhunderten hatte Jesus es nicht versäumt, ein sichtbares Zeichen für Ostern zu setzen. Warum sollte er es heute verweigern, da die Skeptiker zahlreicher geworden waren und in ihrer Skepsis weiter bestärkt wurden? Warum diese Inkarnation in einer dunklen Vergangenheit, in der es weder ernsthafte Historiker noch Journalisten oder Kameras gegeben hatte? Was wollte Christus damit bezwecken: Zweifel säen oder Glauben stiften?

7

❖❖❖❖❖❖

Weiter kann man nicht fliehen», sagte Colombe zu Emmanuel. «Zwischen dem Wallis und Kalifornien liegen ein Ozean und ein Kontinent. Und wenn man den Pazifik überquert, erreicht man Asien, und dann liegt immer noch ein Kontinent zwischen China und dem Wallis. Es gibt keinen besseren Ort, an den man fliehen könnte, als Kalifornien. Hier muten die Regeln, die wir gelernt haben, lächerlich an. Bei uns ist das Böse bös und das Gute gut, dazwischen existiert nichts. Alles, was nicht verboten ist, ist obligatorisch, und alles, was nicht obligatorisch ist, ist verboten. Schließlich begreifst du, daß diese Grundregeln vom Boden, vom Klima, von der Geschichte Europas bestimmt wurden. Hier ist der Boden gleichzeitig fruchtbar und frei. Es gibt keine Jahreszeiten, die Atmosphäre selbst scheint klimatisiert zu sein. Die Geschichte muß erst noch geschrieben werden. Hier kann man die Illusion nähren, daß wir die Fehler der Alten Welt nicht machen werden. Auf diesem weniger kargen Boden und in diesem milderen Klima könnten wir sicher glücklich leben. Manchmal sage ich den Kaliforniern, daß sie schon tot sind, daß sie sich alle im Paradies befinden, aber es nicht wissen. Allerdings ist anscheinend nichts schwerer zu ertragen als offensichtliches Glück. Ohne erkennbare Gründe zum Unglücklichsein muß der Mensch sie in sich selbst entdecken. Und eigentlich ist es immer nur ein einziger Grund, die unerträgliche Gewißheit des eigenen Todes. In mildem Klima, in einer reichen Gesellschaft überschattet sie die Tage und Stunden. Hier muß man mehr als andernorts an die Auferstehung glauben.»

Colombe verstummte und blickte auf den Pazifik, der hundert Meter weiter unten seine Grundseen in gewaltigen, parallel verlaufenden Brechern auf den Strand warf. Emmanuel beeindruckten diese Wellen, die ihre Kraft aus dem größten Gewässer des Planeten geschöpft hatten. Sie ließen einen an die Generationen von Menschen denken, die von nirgendwo herkamen und am Strand der verrinnenden Zeit zerschellten.

Die Geschwister standen auf einem Kliff etwas nördlich von San Francisco. Es waren kaum Menschen zu sehen, nur riesige Möwen mit gekrümmtem Schnabel und einige Drachenflieger, die ihnen Konkurrenz machten. Ein einziges Haus war in Sicht, eine Art Holzbaracke am Straßenrand. Dort hatten sie Tee getrunken, der köstlich gewesen war, und dazu Apfelkuchen gegessen, der zuviel Zimt und Stärkemehl enthalten hatte, wie immer in den Vereinigten Staaten. Das Gebäude war allein in dem Bestreben errichtet worden, so preiswert wie möglich Obdach zu schaffen. Die Farbe blätterte ab, hinter dem Haus stapelten sich Benzinkanister und alte Autoreifen, und die Andeutung eines Gartens kümmerte in der Gleichgültigkeit der Bewohner vor sich hin. Emmanuel begriff einen der Gründe für sein Unbehagen, seit er tags zuvor in den Vereinigten Staaten eingetroffen war: In amerikanischen Gärten gibt es keine Blumen, nicht nur, weil sie Pflege brauchen, sondern auch, weil die Leute kein Bedürfnis nach ihnen haben. Das Problem bestand nicht darin, selbst auf Blumen zu verzichten, sondern darin, den Umgang mit Menschen zu ertragen, die nicht darunter litten, keine Blumen zu haben.

«Morgen um acht», fuhr Colombe fort, «kommst du mit zur Einführung in das Seminar. Außer meinen Mitarbeitern werden zweiundsechzig Personen dasein, von denen jede einen sehr guten Grund hat, daran teilzunehmen. Die einen werden in den nächsten Monaten oder sogar schon in den nächsten Wochen sterben, andere können noch nicht sagen, wann es mit ihnen zu Ende gehen wird, wissen aber, daß sie einen Zeitzünder in sich tragen, ihre HIV-Infektion oder ihre Parkinsonsche Krankheit. Wieder andere ertragen den Gedanken nicht, daß ein naher Angehöriger bald stirbt oder schon gestorben ist, weil ihnen dadurch klar wird, daß sie letzten Endes auch sterben werden. Jeder muß sich mit rückhaltloser Offenheit vorstellen, du auch. Es kommt also nicht in Frage, daß du deine Identität oder deine Tätigkeit verschleierst. Du mußt lernen, in der Wahrheit zu leben, um deiner Krankheit zu trotzen. Du bist hier, damit du lernst, nicht mehr zu lügen und dich nicht mehr hinter den Tricks deines Berufs zu verschanzen, hinter geistigen Vorbehalten. Im übrigen wird das, was die anderen sagen, dich reden lehren. Komm jetzt. Ich brauche den ganzen Nachmittag, um mich vorzubereiten.»

Sie kehrten auf der schmalen, gewundenen Küstenstraße zurück. Im Hügelland westlich der Bucht bewohnte Colombe ein schönes Haus aus rotbraunem, wohlriechendem Sequoiaholz. Emmanuel verbrachte den Rest des Tages allein in seinem sehr hellen, sehr sauberen Zimmer, das so geschichtslos war wie die Landschaft. Er las «Alice im Wunderland» wieder und ließ sich von der unbezwinglichen Logik totaler Absurdität mitreißen. Nachts träumte er vom Leichentuch, vom Heiligen Grab und von der Auferstehung des Herrn. Aber er träumte nicht von seiner eigenen Auferstehung.

Man muß nicht in die Ewigkeit eingehen, um außerhalb der Zeit anderer zu leben. Selbst auf dem Planeten Erde weichen die Uhren voneinander ab. Wenn in San Francisco Mittag ist, dann ist es in Zürich bereits neun Uhr abends. Nachdem Theo sich mit technischer Lektüre zur Untersuchung felsigen Terrains vollgestopft hatte, empfand er kurz vor dem Zubettgehen das Bedürfnis, auf die Quellen zurückzugreifen. Was sagte die Bibel eigentlich genau über die Auferstehung Jesu aus? Stellten diese Dokumente aus der Anfangszeit einen ausreichenden Zusammenhang her, so daß er ihnen trauen konnte? Begab er sich nicht auf die Suche nach dem Goldenen Vlies? War das alles nicht nur Mythologie?

Also las er die einige Dutzend umfassenden Zeilen wieder, die anerkanntermaßen das einzige Zeugnis dessen darstellten, was sich zugetragen hatte. Der erste Bericht war der des Paulus im Brief an die Korinther, der im Jahr 55 verfaßt wurde, also fünfundzwanzig Jahre nach dem Ereignis: *«Christus ist begraben worden. Er ist am dritten Tage auferstanden, gemäß der Schrift. Er erschien dem Petrus, dann den Zwölf. Danach erschien er mehr als fünfhundert Brüdern zugleich; die meisten von ihnen sind noch am Leben, einige sind entschlafen. Danach erschien er dem Jakobus, dann allen Aposteln. Als letztem von allen erschien er auch mir.»*

Dann kamen die drei synoptischen Berichte, der wahrscheinlich im Jahr 70 verfaßte des Markus und die des Lukas und des Matthäus aus dem Jahr 80, und schließlich der des Johannes aus dem Jahr 90. Vergleicht ein heutiger Leser die vier Versionen der Entdeckung des leeren Grabes, so fällt ihm am deutlichsten auf, daß sie keineswegs übereinstimmen, es sei denn in einem scheinbar belanglosen Punkt. Die Verfasser hatten sich nicht abgesprochen und folglich in ihrer entscheidenden Aussage auch nicht in gegenseitigem Einvernehmen gelogen, zumal sie sich nicht die Mühe gemacht hatten, ihre Abweichungen in den Details auszumerzen.

Stellt man die Texte einander gegenüber, findet man nicht heraus, wer wirklich als erster entdeckt hat, daß das Grab leer war. Nach Markus gingen Maria aus Magdala, Maria, die Mutter des Jakobus, und Salome am ersten Tag der Woche in aller

Frühe zum Grab, als eben die Sonne aufging. Nach Lukas kamen am ersten Tag der Woche in aller Frühe Maria aus Magdala, Johanna und Maria, die Mutter des Jakobus, zum Grab. Nach Matthäus kamen Maria aus Magdala und die andere Maria, um nach dem Grab zu sehen. Und nach Johannes begab sich Maria von Magdala am ersten Tag der Woche frühmorgens, als es noch dunkel war, zum Grab. Wie soll man Zeugen, deren Identität von einem Bericht zum anderen wechselt, Glauben schenken? Da entdeckte Theo in einer Fußnote, daß das für die Juden ohnehin keine Bedeutung hatte, weil die Zeugenaussage einer Frau unter juristischem Gesichtspunkt als wertlos galt. Ein Zug göttlichen Humors, bei dem es eines Zeitabstands von zwanzig Jahrhunderten bedurfte, um ihn voll auszukosten. Wenn Jesus seine Auferstehung zuerst Frauen offenbart hatte, tadelte er damit gewissermaßen den Status, den man ihnen zugedachte?

In der wissenschaftlichen Forschung gibt es wie bei der Lösung eines Kriminalfalles kein belangloses Detail, und oft steckt in einem läppischen Ereignis das entscheidende Indiz. Das Geheimnis um den weggewälzten Stein stellt das einzige gemeinsame Detail der vier Berichte dar. Bei Markus: « … *sahen sie, daß der Stein bereits weggewälzt war* … »; bei Lukas: « … *sie fanden den Stein vom Grabe weggewälzt*»; bei Matthäus: « … *ein Engel des Herrn … wälzte den Stein weg* … »; bei Johannes: «*Maria von Magdala … sah, daß der Stein vom Grabe weggenommen war.*» Ein eher verwirrendes Detail denn ein Beweis: Der weggewälzte Stein läßt die Vermutung aufkommen, der Leichnam sei aus dem Grab entfernt worden und nicht auferstanden. Wenn Jesus bei verschlossenen Türen im Abendmahlssaal zu erscheinen vermag, warum hat er es dann nötig, daß der Stein vom Eingang des Grabes weggewälzt wird?

Der weggewälzte Stein sollte anscheinend nur darauf aufmerksam machen, daß das Grab leer war. Das hätten die

Frauen allerdings auf jeden Fall entdeckt, da sie die Absicht hatten, den Leichnam Jesu zu balsamieren und deshalb gezwungen gewesen wären, diesen in jeder Hinsicht lästigen Stein wegzuwälzen oder wegwälzen zu lassen. Wenn sie das Grab aber entgegen aller Logik offen vorgefunden haben, wer hatte dann den Stein weggewälzt? Ein Mensch oder ein Engel?

Mit seinem Engel, der vom Himmel herabstieg und vor den Augen der erstaunten Wächter den Stein wegrollte, hatte Matthäus der Versuchung des Wunderbaren nicht widerstehen können. Er erwähnte die Anwesenheit der Wächter, als hätte sich die Auferstehung, um die ungläubigen Juden zu überzeugen, nach den strengen Regeln eines Gerichtsprotokolls vollziehen müssen. Bei seiner übertriebenen Vorliebe für anschauliche Beweisführung entschied er sich für göttliches Eingreifen, ohne zu bedenken, daß dies doppeldeutig war: Warum dieser weggewälzte Stein, wenn damit nur die Auferstehung offenbar werden sollte? Die Ökonomie der Mittel hätte hier erfordert, daß der Leichnam aus einem hermetisch verschlossenen Grab verschwand. Theo konnte also nicht ausschließen, daß es ein Mensch war, der den Stein weggerollt hatte, um den Leichnam herauszuholen, daß er verblüfft festgestellt hatte, daß er verschwunden war, und dann die Flucht ergriff, ohne es jemandem zu erzählen.

Einer anderen Fußnote entnahm Theo, daß die Schändung einer Grabstätte in der Antike ein kriminelles Delikt darstellte. Welcher der Jünger oder wer sonst hätte sein eigenes Leben aufs Spiel gesetzt, um sich an der Grabstätte eines Gekreuzigten zu vergehen, in der sich gewiß keine Wertgegenstände fanden, die in den Gräbern der Reichen so verlockend waren? Und wenn man bedenkt, daß die Jünger anscheinend nicht den Mut hatten, sich während der Passion Jesu zu ihm zu bekennen, sondern sich versteckt hielten, bis sie sich zerstreuten, warum hätten sie da kurz vor Ostern ihr Leben riskieren und seinen Leichnam aus dem Grab holen sollen, um die These einer Auferstehung zu verbreiten, die sie selbst nicht erwartet hatten und die sie überraschte? Trotzdem gaben sie nach Ostern beherzt ihr Leben hin, um die Auferstehung zu bezeugen. Sie sind also durch gewisse Ereignisse bekehrt worden. Durch welche? Es war unmöglich, die Wirklichkeit zu rekonstruieren, weil die Umstände verworren und unbeholfen berichtet wurden, wie das bei Zeugenaussagen von Leuten aus dem Volk immer der Fall ist.

Theo hatte diese Rechtfertigung seit der ersten Zeit seiner religiösen Erziehung zu hören bekommen und verinnerlicht. Die Argumentation erschien ihm an diesem Abend noch genauso stichhaltig wie vor fünfunddreißig Jahren im Religionsunterricht in Saint-Maurice. Wären die Evangelien Propagandaschriften gewesen, hätten sie die Angst und die Flucht der Jünger unterschlagen. Hätten die schlichten Leute, die sie niedergeschrieben haben, sich das Recht herausgenommen, Beliebiges zu erfinden, dann hätten sie die Rolle Petri ausgeschmückt, um seine Autorität zu untermauern oder, ganz einfach, um dem nach dem Munde zu reden, der das Sagen hatte.

Theo sann weiter über die Bescheidenheit nach, die in ihren Berichten zum Ausdruck kam. Und auch über die Engel: Nach Markus sahen die Frauen einen jungen Mann sitzen, der mit einem weißen Gewand bekleidet war; nach Lukas traten zwei Männer in leuchtenden Gewändern zu ihnen; nach Matthäus kam ein Engel des Herrn vom Himmel herab, trat an das Grab, wälzte den Stein weg und setzte sich darauf. Seine Gestalt leuchtete wie ein Blitz, und sein Gewand war weiß wie Schnee. Bei Johannes wird kein Engel erwähnt. Er dürfte der Intellektuelle unter den Jüngern gewesen sein. Bleibt dennoch die Frage, wie viele Engel es waren. Zwei, einer oder keiner? Stieß man in Jerusalem so oft auf Engel, daß man schließlich vergaß, sie zu zählen oder ihr Erscheinen überhaupt zu erwähnen? Ein

Vergleich der vier Berichte in diesem Punkt verlieh ihnen etwas Liebevolles, Wunderbares und Doppeldeutiges, wie es eines Jean Giraudoux nicht unwürdig gewesen wäre.

Einer Fußnote zufolge sagte Johannes anscheinend die Wahrheit: Es hatte überhaupt keinen Engel gegeben, ihre Erwähnung bei den Synoptikern entsprach hebräischem Literaturverständnis und täuschte die Leser jener Zeit keineswegs. Hierin zeigte sich die Wahrhaftigkeit im Bericht des Johannes, des einzigen Augenzeugen unter den vier Chronisten. Die anderen gaben Erzählungen wieder, die zwei oder drei Jahrzehnte lang mündlich überliefert und nach und nach verändert worden waren. Im Bericht des Johannes fanden sich anekdotische Details, die nicht trogen, die nicht durch mündliche Überlieferung hinzugedichtet worden waren und die seine Authentizität belegten, denn niemand hätte sie erfunden, um damit irgend etwas zu rechtfertigen. Zum Beispiel, wie Johannes und Petrus zum Grab laufen: Johannes trifft als erster ein, weil er jünger und wendiger ist, geht aber nicht hinein und kann noch nicht erkennen, daß das Grab leer ist, denn der Zugang zu Gräbern jener Zeit war zu niedrig, um von draußen ihr Inneres einzusehen. Schließlich kommt Petrus an und geht hinein, zumal er der Ältere und Ranghöhere ist. Nach ihm tritt auch Johannes ein und entdeckt, daß das Grab leer ist. *«Er sah und glaubte.»* Aber erst in diesem Augenblick. Keiner der Jünger hatte an die Auferstehung Jesu geglaubt, nicht einmal an seine Göttlichkeit, so sehr widerstrebte das dem Grundprinzip des jüdischen Glaubens, das heißt dem übersinnlichen Charakter Jahwes. Und Johannes war da keine Ausnahme.

Zwanzig Jahrhunderte lang hatte der Glaube unter dem Räsonieren von Hoftheologen, unter irregeleiteten Wundertätern, paranoiden Ketzern, ekklesiastischen Funktionären, törichten Katecheten und Theoretikern des Christentums gelitten. Theo war es auferlegt, im Geist des zwanzigsten Jahrhunderts zu glauben, um seine Gläubigkeit und seinen Verstand vollkommen miteinander in Einklang zu bringen, ohne Hintergedanken und ohne etwas zu verschweigen. Was er auch entdecken mochte, er würde auch dann noch keinen schlüssigen Beweis in Händen halten, das ahnte er bereits. Denn die gemeinsame Botschaft der vier Evangelien war klar: Jesus war nicht auferstanden, weil das Grab leer war, sondern das Grab war leer, weil Jesus auferstanden war. Theo würde Sichtbares erforschen, aber nie dessen Sinn enthüllen.

An der Tür der zweckentfremdeten Turnhalle hing ein Pappschild, auf dem in pseudogotischen Buchstaben ein einziges Wort stand: «*Transition*». Der Raum enthielt nur drei Reihen im Halbkreis aufgestellter Stühle. Es waren Sitzmöbel von überraschender Häßlichkeit, stabil gebaut, stapelbar und preiswert, ohne daß ihr Erfinder auch nur die geringste Konzession an die Ästhetik gemacht hätte: Metallgestelle in einem verwaschenen Goldton mit plump geformten, dünn gepolsterten Sitzflächen aus rotem Plastik. Sicher gab es keine billigere Möglichkeit, vielen Leuten einen Sitzplatz zu bieten. Saß man erst einmal auf dem Stuhl, konnte man seine Häßlichkeit vergessen. Die Wände der Turnhalle waren in einer dementsprechend undefinierbaren Farbe zwischen Gelb und Braun gestrichen, dazu angetan, nur neutrale Gefühle zu wecken.

Der Raum füllte sich schnell mit Zuhörern, die einen Querschnitt durch die amerikanische Bevölkerung bildeten: blonde nordische Typen, keltische mit schwarzem Haar, dunkelhäutige Italiener, Chinesen mit Brille, sehr wenige Afrikaner. Ebenso viele Frauen wie Männer. Junge und auch sehr alte Leute. Anscheinend war das Leben zwischen diesen beiden Extremen leichter zu ertragen, denn man sah kaum welche um die Vierzig. Manche hielten den Blick gesenkt, einige wirkten geistesabwesend, keiner sprach. Während für gewöhnlich eine

Ansammlung von Amerikanern vor allem durch ihre Fähigkeit auffällt, unablässig irgend etwas Eßbares in sich hineinzustopfen, kaute hier niemand. Emmanuel schaffte es nicht, diejenigen herauszufinden, die bald sterben würden. Er wußte nicht recht, in welche Kategorie er sich selbst einordnen sollte. Er wußte nur, daß er alles tun würde, um nicht zu sterben. Falls er diese Art von Zeremonie über sich ergehen lassen mußte, um Colombe zufriedenzustellen und die beste Behandlung zu bekommen, dann war er bereit, sich diesem anstößigen Strudel elementarer Gefühle auszusetzen.

Der Halbkreis wurde durch drei Tische geschlossen, an denen sicher Colombe und ihre Assistentinnen Platz nehmen würden. Vor den Tischen befand sich ein sonderbarer Gegenstand: eine Matratze, mit robustem weißem Tuch bezogen, wie man es in Klöstern, Krankenhäusern, Kasernen oder Internaten verwendete; an einem Ende stapelten sich Telefonbücher, und obendrauf lag ein Gummiknüppel. Die in den Vereinigten Staaten benutzten Gummiknüppel wirken im Vergleich zu denen einer europäischen Polizei übermäßig groß, fast so lang wie Spazierstöcke, als wäre es bei einem Tumult erforderlich, zwischen Unruhestiftern und Ordnungshütern einen größeren Abstand als sonstwo zu halten.

Colombe trat ein. Sie trug einen weißen Kittel, wie ihre drei Assistentinnen, von denen zwei, ihrem Häubchen nach zu urteilen, Krankenschwestern waren. Eine von ihnen war schwarz. Keine der Frauen lächelte, und obgleich sie die Augen nicht niederschlugen, blickte keine in die Runde. Zwei oder drei der Anwesenden standen auf, sahen sich verlegen um und setzten sich schließlich wieder.

Mit lauter Stimme fragte Colombe, wer *«Swing low, sweet chariot»* singen konnte. Außer Emmanuel hoben alle die Hand. Da stimmte eine der Assistentinnen im weißen Kittel mit einem sehr reinen Sopran das Lied an, und alle fielen ein. Das machte einen Heidenlärm, sie sangen nicht immer richtig, aber mit Begeisterung. Aufmerksam lauschte Emmanuel dem Text.

Swing low, sweet chariot,
Coming for to carry me home.
Swing low, sweet chariot,
Coming for to carry me home.
I have never been to heaven but I have been told
Coming for to carry me home,
That the streets in heaven are paved with gold
Coming for to carry me home.

Nach dem Gesang entspannte sich die Atmosphäre ein wenig, einige lachten sogar und zeigten eine gewisse Bereitschaft, miteinander zu reden. Colombe wartete, bis sich das Gemurmel gelegt hatte, dann ergriff sie wieder das Wort und forderte die Teilnehmer auf, einzeln aufzustehen, sich vorzustellen und die Gründe zu nennen, aus denen sie hier waren. Emmanuel merkte, daß Colombe ihren fanzösischen Akzent ein wenig übertrieb. Wollte sie damit ihre Anspannung mildern oder die Ausländerin herauskehren, um fremdartig zu wirken?

Die erste, die sich vorstellte, war eine Frau von etwa fünfzig Jahren, ein bißchen zu gut gekleidet für diesen Kreis, in dem Trainingsanzüge und Turnschuhe überwogen. Außer einem vagen Unbehagen am Leben hatte sie keinen Grund, hier zu sein, drei Scheidungen und mehrere Leibrenten enthoben sie der Notwendigkeit zu arbeiten. Alles in allem hatte sie Angst vor dem Sterben, weil sie ein zu bequemes Leben führte. Manche lachten darüber. Emmanuel wurde nervös.

Der zweite, der sich zu Wort meldete, löste sofort unerträgliche Spannung aus. Er war homosexuell, HIV-positiv, und er hatte einen Freund bis zu dessen Ende betreut. In gewisser Weise hatte er seinen eigenen Tod vorweggenommen, kannte jede Phase und brachte nicht genügend Mut auf, sich ihm zu stellen. Mehrmals wiederholte er: «Ich will nicht sterben», halb als Feststellung, halb als Beschwörung.

Die dritte war eine junge Frau mit goldgeränderter Brille, sicher eine Lehrerin, was aus ihrer sanften und klaren Stimme, ihrer gepflegten Aussprache und ihrem nüchternen, präzisen Bericht zu schließen war. Eine Witwe mit drei Kindern. Ihr Mann war an den Folgen eines dummen Autounfalls gestorben. Drei Tage hatte er noch in der Intensivstation gelegen, bis seine Frau ganz allein die Entscheidung treffen mußte, die Apparate abzuschalten und ihm Organe für Transplantationen entnehmen zu lassen. Ihr Mann war ohne Lunge, ohne Herz, ohne Nieren und ohne Augen beerdigt worden. Einzelne Teile von ihm lebten also weiter, und sie kam nicht darüber hinweg.

Die Litanei setzte sich fort. Alles erdenkliche Elend war vertreten: Menschen, die an Krebs oder Aids litten und einen langen Todeskampf vor Augen hatten; Greise, die einem schleichenden Zerfall entgegensahen; Liebschaften, die kaum aufgekeimt wieder in die Brüche gegangen waren; Eltern, die ihre Kinder verloren hatten; Soldaten, die einen in Vietnam gefallenen Kameraden nicht vergessen konnten. Und auch mancher Wohlstandskummer. Aber beim Zuhören spürte man, daß auch dieses vermeintliche Unglück nicht minder schwer wog. Als Emmanuel an die Reihe kam, stand er auf, und obwohl es ihm die Kehle zuschnürte, begann er mit seinem Bekenntnis:

«Ich bin Schweizer, Junggeselle und katholischer Priester. Ich arbeite im Vatikan. Ich leide an der Parkinsonschen Krankheit. Die mir verordneten Medikamente wirken nicht. Wenn ich keine andere Behandlung bekomme, werde ich in einem oder höchstens zwei Jahren sterben, wahrscheinlich gelähmt. Die Behandlung, die mir vorgeschlagen wurde, besteht in der Verpflanzung von Zellen eines abgetriebenen Fötus. Wahrscheinlich werde ich sie akzeptieren, aber ich fühle mich dabei schuldig. Und ich akzeptiere sie nur, weil ich vor dem Tod noch größere Angst habe als vor der Sünde. Ich glaube an das ewige Leben, aber ich fürchte mich vor dem Jüngsten Gericht. Ich bin davon überzeugt, daß ich wegen meiner Karriere in der Kirche schwere Sünden begangen habe. Ich habe so viele begangen, daß ich mich an ihre Zahl nicht mehr erinnern kann. Es gelingt mir nicht, sie zu bereuen, weil ich an meiner Karriere noch mehr hänge als an meinem Leben.»

Nach kurzem Zögern fügte er mühsam hinzu:

«Ich fühle mich minderwertig. Ich verzeihe mir selbst nicht, daß ich mein Leben so vergeudet habe. Ich möchte mein Leben von neuem beginnen. Ich möchte wenigstens noch so lange leben, bis ich versucht habe, all das Böse, das ich anderen zugefügt habe, wiedergutzumachen, aber ich befürchte, daß ich das nie schaffen werde. Meine Kirche hat mich mit einem für den Glauben aller Christen sehr wichtigen Dossier beauftragt, aber ich zweifle selbst an diesem Glauben. Ich bin hier, um wieder Vertrauen zu Gott zu fassen. Sonst werde ich nicht gesund.»

Er setzte sich wieder und weinte wie die meisten anderen vor ihm. Er spürte die Blicke der anderen auf sich gerichtet, und die Tränen, die er in ihren Augen sah, brannten ihn ebenso wie seine eigenen.

Als sich jeder vorgestellt hatte, war es kurz vor Mittag. Ohne ein Wort zu sagen, forderte Colombe die Gruppe mit einem Handzeichen auf, sich zu erheben und hinauszugehen. Es herrschte absolute Stille. Emmanuel merkte, wie sehr jeder Teilnehmer darauf achtete, nicht an die Stühle zu stoßen und den anderen die Tür aufzuhalten. Das Essen im Speisesaal war äußerst bescheiden: Bohnen und eine Wurst, danach ein Stück Apfelkuchen. Als einziges Getränk gab es dünnen Kaffee, dem man Milch und Süßstoff zugesetzt hatte, um ihm wenigstens ein bißchen Geschmack und Farbe zu verleihen. Da und dort entspannen sich Unterhaltungen im Flüsterton. Dann kündigte eine Assistentin an, daß nun ein einstündiger Spaziergang in den Wäldern vorgesehen sei, ehe man um zwei Uhr die Veranstaltung fortsetzen würde.

Während des Spaziergangs gelang es Colombe, jedem ein paar persönliche Worte zu sagen. Um keine Ausnahme zu machen, lief sie auch einige Schritte neben Emmanuel her, der als erster zu sprechen begann:

«Das ist wie eine Beichte, aber man klagt sich dabei nicht an. Man legt sich Rechenschaft über sein Unglück ab.»

Colombe antwortete schlicht:

«Die erste Sünde eines jeden besteht darin, daß er Gott und den Menschen nicht verzeiht, was sie ihm angetan haben. Wenn man ihnen etwas vorzuwerfen hat, muß man damit beginnen, es laut auszusprechen. Sofern man das schafft!»

Das war alles. Dann ging sie weiter.

Der Nachmittag war noch ergreifender als der Vormittag. Sobald alle Platz genommen hatten, fragte Colombe nur, wer anfangen möchte. Dann schwieg sie. Niemand rührte sich. Das Schweigen wurde immer drückender. Emmanuel beobachtete den Sekundenzeiger seiner Armbanduhr, um die Fassung zu bewahren und das Warten besser zu ertragen, das in immer beklemmenderer Stille zwölf Minuten anhielt. Nach und nach begriffen die Teilnehmer, daß Colombe bereit war, notfalls den ganzen Nachmittag zu warten.

Schließlich erhob sich eine Frau um die Fünfzig und kniete sich auf die Matratze zu Colombes Füßen. Eine Assistentin nahm ihr die Brille ab und zog ihr die Schuhe aus. Die Frau war häßlich, ziemlich vulgär in ihrer Aufmachung, hatte schlecht geschnittenes Haar, ein derbes Gesicht und war so fettleibig wie viele Amerikanerinnen, die sich falsch ernähren. In den zu engen Jeans erinnerten ihre Oberschenkel an jene Schinken, die man früher in Stoffbeuteln konserviert hatte. Sie begann mit tonloser Stimme zu sprechen:

«Ich hasse meine Mutter. Sie wird bald sterben. Sie liegt im Krankenhaus, und ich habe es nicht ein einziges Mal fertiggebracht, sie zu besuchen. Als ich noch ein junges Mädchen war, hat sie mir dauernd gesagt, daß ich häßlich bin, daß es sich für mich erst gar nicht lohnt, mit Jungen auszugehen, weil sie vielleicht mit mir schlafen würden, aber mich doch keiner heiraten würde. Und dann zog sie über meinen Vater her, der sie verlassen hatte und den ich nie kennengelernt habe. Warum bin ich überhaupt geboren? Meine Eltern haben einander nicht geliebt. Wahrscheinlich waren sie so dumm, daß sie nicht gewußt haben, wie sie es anstellen müssen, um Babys zu vermeiden. Und zu einer Abtreibung haben sie nicht den Mut gehabt. Ich habe mich nicht darum gerissen zu leben. Meine Mutter wollte nicht, daß ich auf die Welt komme, und sie hat sich an mir gerächt ...»

In diesem Ton ging das Lamento weiter, lange, sehr lange, ohne daß Colombe, die mit unbewegter Miene zuhörte, Anstalten machte einzugreifen. Die Frau erregte sich immer mehr. Nach etwa zehn Minuten begann sie vor Wut zu kreischen:

«Ich wünschte, ich wäre schon tot. Ich will nicht auf dieser Welt bleiben. Aber ich habe Angst vor dem Tag des Jüngsten Gerichts. Jesus wird mir meinen Haß vorwerfen. Ich will nicht mehr weiterleben, und ich habe Angst vor dem Sterben, ich weiß nicht mehr ein und aus.»

Und plötzlich schrie sie mit furchtbarer Stimme:

«Mein Leben ist eine Hölle, und nach meinem Tod komme ich auch in die Hölle. Ich werde die ganze Ewigkeit lang noch mehr leiden, als ich schon auf Erden gelitten habe.»

Sie zitterte an allen Gliedern. Eine Assistentin drückte ihr den Gummiknüppel in die Hand und legte vor ihr auf der Matratze drei Telefonbücher übereinander. Da packte die muskulöse Frau, die vermutlich vom Land kam, den Knüppel und hieb mit solcher Wucht auf die Bücher ein, daß sie in Fetzen gingen. Sie schwang den Knüppel wie ein Holzfäller seine Axt und erschlug ihren Kummer im gleichmäßigen Rhythmus eines Schwerarbeiters. Als von den Telefonbüchern nichts mehr übrig war, legte sie den Knüppel sorgsam beiseite. Die Assistentin, die in ihrer Nähe geblieben war, reichte ihr ein Kissen. Sie drückte es an sich, als wäre sie ein kleines Mädchen, das sein Plüschtier in den Arm nimmt. Bereitwillig ließ sie sich in einen angrenzenden Raum führen, in dem ebenfalls eine Matratze und eine Decke lagen, in ein «Zimmer der Tränen», um dort ihren Schmerz abklingen zu lassen.

Im Laufe des Nachmittags knieten ein Dutzend Teilnehmer nacheinander zu Colombes Füßen. Bisweilen warf sie einen kurzen Satz ein: «Sagen Sie ihm, was Sie nie gewagt haben, ihm zu sagen» oder «Nehmen Sie das Kind, das Sie einmal waren, in den Arm und wiegen Sie es.»

Es waren zwei oder drei Homosexuelle dabei, die ihre Kindheit schilderten, in der man sie gehänselt und gedemütigt hatte. Sie berichteten von den ständigen Gewissensbissen, wider die Natur zu verstoßen, vom Ausschluß aus der Armee, vom Verlust des Arbeitsplatzes, vom Bruch mit der Familie, von der Ehescheidung, als die Wahrheit herauskam, von den Ermahnungen der Pastoren und Priester, vom Tod eines an Aids erkrankten Partners und davon, wie sie erfahren haben, selbst HIV-positiv zu sein, oder den Todeskampf anderer Aidskranker miterlebt haben, die mit Geschwüren übersät waren wie die vom Herrn verstoßenen Aussätzigen in der Bibel. Von anderen abgelehnt, lehnten sie sich auch selbst ab.

Es gab Eltern, deren Kinder durch eine Krankheit oder durch einen Unfall ums Leben gekommen waren. Am schrecklichsten war der Bericht einer Mutter, deren kleine Tochter vor ihren Augen am Fenster der in Flammen stehenden Wohnung verbrannt war. Ein Feuerwehrmann war bei dem Versuch, sie zu retten, von den Trümmern des einstürzenden Dachs erschlagen worden. Die junge Frau kam zu dem scheinbar einleuchtenden Schluß: «Wenn es Gott gibt, weshalb läßt er dann zu, daß solche Dinge passieren?»

Colombe hatte offensichtlich auf diesen Satz gewartet, der wohl in jeder Sitzung irgendwann ausgesprochen wurde. Zum erstenmal schaltete sie sich ein und erzählte eine Geschichte, die Geschichte des jüdischen Studenten, der eine Rabbinerschule besucht. Immer wieder stellt er dem Lehrer dieselbe Frage: «Wie konnte Gott nur eine so schlechte Welt erschaffen?» Eines Tages stellt der Lehrer, am Ende seiner Kraft, ihm eine Gegenfrage: «Glaubst du, daß es möglich ist, eine bessere Welt zu erschaffen?» Der Student antwortet, daß das doch auf der Hand liege, zumal ein Mensch sie sich vorstellen könne. «Na schön», entgegnet da der Lehrer, «wenn du wirklich meinst, daß man es besser machen kann als Gott, dann verlaß diesen Unterricht, gehe hin und tue es!»

Nach dieser Anekdote enthielt sich Colombe jeglichen Kommentars, aber die Frage wurde im weiteren Verlauf nie mehr erhoben.

Es waren auch Todgeweihte anwesend. All jene, die nach den Erkenntnissen der modernen Medizin das Ende ihres Lebens genau beschreiben konnten. All die Krebskranken, deren geschwächtes Immunsystem zuließ, daß ihr Körper sich zersetzte. All jene, die den statistischen Bodensatz der Medizin bildeten, mit bekannten Mitteln unheilbar, und die eine einzige Frage stellten: «Warum ich?»

Am ersten Tag brachte Emmanuel nicht den Mut auf, sich ebenfalls zu Colombes Füßen hinzuknien.

Gegen Ende des Nachmittags, nach acht Stunden Anspannung, schloß Colombe die Sitzung und kündigte an, daß sie am nächsten Morgen um acht Uhr fortgesetzt werde. Einige Teilnehmer, die in der Nähe wohnten, fuhren nach Hause. Die meisten kamen jedoch von weit her, und da sie bereits viel Geld für das Seminar bezahlt hatten, wurden sie in einem gemeinsamen Schlafsaal untergebracht. Zwei von Colombes Assistentinnen würden die Nacht über bei ihnen bleiben und sie am Abend mit Liedern und Geschichten aufmuntern. Es gab eine strenge Auflage: kein Fernsehen, kein Alkohol, kein Tabak, kein Sex.

Colombe kehrte mit Emmanuel in ihre Wohnung zurück. Allerdings machte sie einen Umweg durch das Gewirr aus sich kreuzenden Autobahnen im Norden der Bucht von San Francisco, um noch einmal nach Stinson Beach zu fahren, wohin sie Emmanuel bereits tags zuvor geführt hatte. Das gehörte wohl zu ihren Ritualen. Lange stand sie da und blickte im schwächer werdenden Tageslicht auf die Wellen hinunter, die am Strand ausliefen. Schließlich begann Emmanuel zu reden, um das absolute Schweigen zu brechen, das sie auf der ganzen Fahrt gewahrt hatte:

«Das ist sehr schwer. Darüber war ich mir nicht im klaren, obwohl du diesen Beruf schon seit Jahren ausübst. Warum tust du das?»

Colombe war entsetzlich müde. Ohne ihren Unmut im Zaum zu halten, antwortete sie mit dennoch tonloser Stimme:

«Ich tue es, weil du es nicht tust. Hunderte von Ärzten auf der ganzen Welt leisten das, was eigentlich Priester und Pastoren leisten müßten. Früher war es deren Aufgabe, Sterbende von einem Ufer zum anderen zu begleiten. Noch vor zwei Jahrhunderten starben die Armen auf dem Land an allem und an nichts, manchmal sehr jung, ohne echte medizinische Versorgung, ohne Zuflucht, und nur die Hoffnung auf das Himmelreich half ihnen, ihre Pein zu ertragen. O ja, für die Armen war das ihr Opium. Das war nämlich das einzige, was sie hatten, und genau in diesem Sinn nennt Marx die Religion das Opium des Volkes. Und dann kamen die wirksamen Schmerzmittel und die Intensivstationen. Und ihr habt euch in eure Pfarrhäuser zurückgezogen, überzeugt von eurer wachsenden Nutzlosigkeit. Ihr habt vergessen, daß eure wichtigste Aufgabe nicht darin besteht, einen fehlenden oder unfähigen Arzt zu ersetzen, sondern jeden Menschen mit dem Gedanken an seinen eigenen Tod auszusöhnen. Ihr seid auf weltliche Stadtverwaltungen hereingefallen, die Friedhöfe in erbärmliche Randgebiete verbannten, zwischen ein Gaswerk und eine Kläranlage. Ihr habt Christenmenschen wie Hunde sterben lassen, in aseptischen Krankenhäusern, an Schläuche angeschlossen, nur noch ein Packen Zellen, den medizinisches Personal technisch versorgt hat. Ihr habt gedacht, eure Aufgabe zu erfüllen, wenn ihr ihnen eine auf die einfachste Form gebrachte Beichte abnehmt und schnell noch eine Letzte Ölung spendet. Aber was meint ihr denn wirklich damit, wenn ihr vom ewigen Leben redet oder von der Auferstehung des Fleisches? Manchmal, auf dem Umweg über einen theologischen Text, kommt man dazu, sich zu fragen, ob ihr darin nicht nur blanke Metaphorik seht. Die Wissenschaft hat eure kategorischen Behauptungen so oft als parasitäre Fehlurteile entlarvt, daß ihr selbst schon an allem zweifelt, sogar am Wesentlichen, am Unvergänglichen, und ihr legt euch Schlupflöcher an, die ihr mit Phrasen tarnt.»

Sie hielt kurz inne und fuhr dann sehr sanft fort, als sie sich direkt an Emmanuel wandte:

«Deine Krankheit hat einen Sinn, wie alles Unangenehme, das uns widerfährt. Denk an deine Position, an den Plan, den Theo verfolgt, und an die Ergebnisse, die dabei herauskommen könnten. Ihr werdet die Auferstehung des Herrn nicht nachweisen, weil das unmöglich ist. Aber ihr riskiert Kunstfehler und falsche Interpretationen. Du mußt stark werden, um der Prüfung standzuhalten. Deshalb bist du hier. Das große Abenteuer geht weiter!»

Für gewöhnlich nahm Emmanuel Colombes Schimpfkanonaden nicht besonders ernst. Sie gehörten der literarischen Gattung der Schmährede an, auf die seine Schwester gern zurückgriff, um Politiker, Priester oder Männer im allgemeinen zu verwünschen. Was er an diesem Nachmittag gesehen und gehört hatte, ließ ihn jedoch Colombe mit anderen Augen betrachten. Letzten Endes wußte sie viel mehr als er von dem, was das Hauptanliegen seiner Tätigkeit hätte sein müssen. Deshalb antwortete er sehr verhalten:

«Zugegeben, ich betreibe mein Handwerk ziemlich schlecht. Ich suche Ausflüchte, um dem Wesentlichen auszuweichen, weil ich ratlos bin, wenn ich es mit Sterbenden zu tun habe. Als ich Vikar war, habe ich mich auf die Riten verlegt, um meine wahren Gefühle nicht zeigen zu müssen, meine panische Angst, meine Ohnmacht. Ich glaube, dir würde es besser gelingen, eine neue Liturgie zu erfinden und zu improvisieren. Aber du hast meine Frage noch nicht beantwortet. Warum du? Warum haben die anderen Ärzte, die so etwas machen, das auf sich genommen? Das könnten doch Sozialarbeiter tun. Warum Ärzte?»

«Weil Ärzte, Psychologen und vor allem Krankenschwestern täglich mit diesem Problem konfrontiert werden. Die meisten reagieren übrigens in verschiedener Hinsicht sehr schlecht darauf, entweder therapieren sie wie besessen, oder sie verfallen ins Gegenteil und preisen die Euthanasie. Beides ist falsch, und wenn sich diese Reaktionen auch scheinbar widersprechen, entspringen sie doch dem gleichen Wunsch, den Tod in erster Linie aus dem Wahrnehmungsbereich des Arztes hinauszudrängen. Er ist selbst nicht bereit zu sterben, er stellt sich nicht vor, daß es eines Tages soweit sein könnte, weil er Knoten in seiner Seele hat, was ihr kurz Sünden nennt. Aber die ganze

Sitzung dieses Nachmittags hat dir doch gezeigt, solange ein Mensch nicht mit sich und anderen im reinen ist, klammert er sich an sein Leben, in der pathetischen Hoffnung, seinen Konflikt doch noch zu lösen. Aber er weiß, daß er Gefahr läuft, zu sterben, ohne es zu schaffen. Deshalb gerät er in Panik und blockiert sich noch mehr. Und deshalb kann auch ein Arzt, der sich nicht damit abfindet, selbst einmal zu sterben, anderen nicht helfen. Begreifen Ärzte oder Krankenschwestern dagegen, woher ihre Blockaden kommen, können sie versuchen, sie zu überwinden, und schaffen es oft, diese psychologische Arbeit an sich selbst zu erproben. Dann befinden sie sich in einer ganz anderen Position, in der gleichen, die einst Priester, Zauberer und Schamanen einnahmen, weil sie die Kunst, Sterbende zu begleiten, von der Pike auf erlernt hatten.»

Sie schwieg eine Weile, um dann mit sehr sanfter Stimme fortzufahren:

«Du kannst nicht wirklich Priester sein, wenn du den Gedanken an deinen eigenen Tod nicht erträgst, wenn du mit Theo zweifelsfreien Beweisen für die Auferstehung Jesu nachjagst. Ihr seid zwar stattliche Männer und habt euch eure Hirne mit allem möglichen Zeug vollgestopft, aber ihr seid im Grunde beide Kinder geblieben. Du hast hier die Gelegenheit, erwachsen zu werden. Deshalb mußtest du so weit wie möglich von Rom fort, von dieser Bewahranstalt für überalterte Pennäler. Was sich hinter einem großen Abenteuer verbirgt, zeigt sich nie auf den ersten Blick. Ihr habt euch vorgestellt, auf die Suche nach archäologischen Indizien zu gehen, und du entdeckst nun, daß du auf der Suche nach dir selbst bist. Vielleicht ist das der Sinn dieses Abenteuers. Warten wir's ab! Gott allein weiß, wohin uns das alles führen mag. Womöglich viel weiter, als wir es uns jetzt ausmalen können. Der Weg nach Jerusalem führt über San Francisco, und vielleicht setzt er sich bis Rom fort.»

Schweigend betrachtete Emmanuel die Wellen, die unablässig auf den Strand rollten, so regelmäßig wie der Schlag eines Herzens. Schon lange bevor in Amerika Menschen lebten, waren sie im gleichen Rhythmus aufgebrandet, und das würden sie auch noch tun, wenn es dereinst auf dem Planeten längst keine Menschen mehr gab.

Noch zwei Tage lang hielt Emmanuel stand, hörte den Bekenntnissen der anderen zu und hätte schwören können, daß keins geheuchelt war. Niemand trieb ein falsches Spiel, weil die anderen es nicht versuchten und weil diejenigen, die ihre Beichte hinter sich hatten, wirklich beruhigt aus dem «Zimmer der Tränen» herauskamen. Die Methode war bestechend einfach und wirksam. Wer sich auf die Matratze kniete, konnte nicht darauf hoffen, die Anwesenden zu täuschen, und hätte sich allein durch den Versuch in den eigenen Augen abgewertet.

Emmanuel hielt stand, weil ihm das Verfahren wie eine Parodie vorkam, zwar wirksam, aber ein Frevel am Sakrament der Buße. Die Sünden wurden tatsächlich vergeben, obwohl Colombe niemandem ausdrücklich Absolution erteilte. Es war die Gemeinschaft, die diesen Einfluß ausübte, ohne andere Gebete als die *negro spirituels*, die zu Beginn und am Ende jeder Sitzung rituell angestimmt wurden.

Am Mittwoch abend waren es nur noch wenige, die die Matratze gemieden hatten. Emmanuel zählte sie, um sich seine Chancen auszurechnen, ob er die Woche überstehen könnte, ohne der letzte zu sein, der Widerstand leistete. In dieser Restgruppe befanden sich außer ihm und zwei Nonnen alle weltlichen Müßiggänger, deren Probleme sie anscheinend nicht genug bedrückten, als daß sie ihr Herz hätten ausschütten wollen. Sie alle waren leicht auszumachen, denn nur sie trugen noch verkniffene Gesichter zur Schau, während die anderen vor guter Laune unübersehbar strahlten.

Bei Einbruch der Dämmerung fuhr Colombe, wie mittlerweile üblich, abermals mit Emmanuel an den Strand. Unterwegs sprach sie nicht mit ihm, und als sie wieder auf die Wellen blickten, fühlte er sich verpflichtet, etwas zu sagen.

«Ist es unbedingt notwendig, daß ich mich auch auf die Matratze knie?»

«Diese Frage mußt du selbst beantworten.»

Erneutes endloses Schweigen.

«Es ist mir peinlich.»

«Darauf kann ich nur erwidern, was schon im Katechismus steht. Man braucht sich vor den Menschen nicht dessen zu schämen, was Gott ohnehin weiß.»

«Ich sehe nicht ein, warum ich vor bunt zusammengewürfelten Leuten, denen jemand vorsitzt, der kein anerkanntes Priesteramt ausübt, etwas bekennen soll, was ich wahrscheinlich für immer meinen Beichtvätern verschweigen werde.»

«Ist es dir meinetwegen peinlich, weil ich deine Schwester bin? Ich hätte dich zu einer Sitzung unter der Leitung von Elizabeth Kübler-Ross in ihrem Refugium in Wappingers Falls anmelden können. Sie hat diese Methode entwickelt. Aber du bist mir in Rom so zerbrechlich vorgekommen, daß ich gemeint habe, ich müßte dich in meiner Nähe behalten, selbst wenn das die Dinge nicht vereinfacht.»

«Nein, das macht mir nichts aus, im Gegenteil. Die gleiche Sitzung ohne dich wäre mir von Anfang an widerwärtig oder lächerlich vorgekommen, und ich hätte sie sofort verlassen. Was mich wirklich stört, ist die Furcht, an einer frevelhaften Parodie eines Ritus teilzunehmen.»

«Weil sie wirksam ist?»

«Ja.»

«Das ist es also. Emmanuel, erinnere dich daran, was die Pharisäer bereits Jesus vorwarfen, als er einen Gelähmten am Sabbat heilte, das heißt wider die Vorschriften und ohne Befehl, und denk dran, was er ihnen geantwortet hat. Ist das, was du hier erlebt hast, das Werk des Teufels? Ist es nicht eher das Werk des Heiligen Geistes? Braucht der etwa die Genehmigung des Vatikan, um einzugreifen? Das hat alles mit einer Initiative von Elizabeth Kübler-Ross begonnen, weil sie wahrscheinlich eine echte Veranlagung zur Priesterin hat, aber eure Regeln ihr das nicht gestatten. Denkst du denn wirklich, daß sich das Seelenheil der Menschen von ein paar mit Gesetzessammlungen, Wörterbüchern und Karteikästen vollgestopften Büros in Rom schulmeistern läßt? Du kennst die Antwort: Das geht weder prinzipiell noch tatsächlich. Hast du dir nie die Frage gestellt, ob ihr, du und deinesgleichen, heute nicht die Rolle spielt, die einst die Pharisäer gespielt haben, die übrigens großartige Männer waren, intelligent, selbstlos, zuverlässig und so weiter. Sie hatten nur einen Fehler: Sie glaubten, einen direkten Draht zu Jahwe zu haben und das Monopol auf die Tugend, auf die Unfehlbarkeit in der Auslegung der Heiligen Schrift zu besitzen. Und das ist die subtilste Sünde, weil derjenige, der sie begeht, es nicht merkt. Da steckt das Werk des Teufels dahinter. Beurteile es nach seinen Früchten: leere Kirchen. Im Stich gelassene Christen. Erschöpfte, vereinsamte, entmutigte Priester. Die besten Theologen mit einem Redeverbot belegt und des Lehramts enthoben. Mittelmäßige und ängstliche Bischöfe. Theoretisch beteuert die Kirche die allumfassende Liebe, sie praktiziert sie aber nicht einmal in den eigenen Reihen.»

Colombe ereiferte sich immer mehr. Sie begann an der Steilküste entlangzulaufen und packte Emmanuel am Arm, um ihn mitzuzerren.

«Du weißt doch, daß ich dich liebe, wie eine Schwester ihren Bruder liebt, und daß das, was ich dir sage, der Ausdruck dieser Liebe ist. Bist du davon auch wirklich überzeugt?»

«Ja.»

«Sag es noch einmal, lauter, und schau mir dabei in die Augen!»

«Ja.»

«Dann hör mir zu, weil ich es nicht wiederholen werde. Ich kann den Knoten in deinem Innersten nicht lösen. Der stammt, wie üblich, von deiner Beziehung zu unseren Eltern. Darum wird sich meine Assistentin kümmern. Aber ich kann versuchen, die Abwehr zu zerstören, die du zum Schutz dieses Knotens aufgebaut hast, denn diese Abwehr haben die meisten Priester, auf die ich in meinen Sitzungen stoße, miteinander gemein. Um tiefe Unsicherheit oder Angst zu kompensieren, flüchtet ihr euch in euer Amt, ihr verleiht ihm einen sakralen Charakter, weil es die einzige Grundlage eures Daseins ist. Als diese Pathologie der Geistlichen gegen Ende des Mittelalters einsetzte, entwickelte sie sich rasch und schlug sich in zahlreichen Regeln nieder, wie etwa in der Verpflichtung zum Zölibat, der ihnen verbietet, eine Familie zu gründen und die Verantwortung für sie zu übernehmen. Die meisten Priester, die zu meinen Sitzungen kommen, können den Gedanken an ihren eigenen Tod nicht ertragen und um so weniger ihren Gläubigen dabei helfen, sich mit ihm abzufinden. Im Gegenteil, sie verbreiten bei den Menschen, die ihrem Ende entgegensehen, noch Panik. Sie haben nicht den Mut zu sterben, weil sie nie den Mut gehabt haben zu leben. Und den Mut zu leben haben sie nicht aufgebracht, weil sie von Anfang an nicht den Mut zu lieben hatten, höchstens in der Theorie. Ihre Erziehung zur Liebe – wenn ich das so nennen darf – bestand im Priesterseminar darin, die Flucht zu erlernen. Ich sage es dir mit allem Nachdruck: Das ist eine Perversion des Geistes, die oft auf mehr oder minder sonderbare, aber stets verderbliche sexuelle Abwege führt.»

Sie hielt inne und blickte ihren Bruder streng an. Sollte er es wagen, irgend etwas dagegen einzuwenden? Zufrieden mit dem, was sie sah, kehrte sie sehr langsam zum Auto zurück, fuhr dabei in ihrer Rede fort und blieb von Zeit zu Zeit stehen, um den heiklen Punkten mehr Gewicht zu verleihen:

«Mich interessiert nicht im geringsten, ob ich und meinesgleichen von der Kirche sanktioniert werden oder nicht. Wir brauchen niemanden um Erlaubnis zu bitten. Wir nehmen den Menschen die Angst vor dem Ende ihres Lebens. Wir versöhnen sie mit sich selbst. Wir erklären ihnen, daß sie auferstehen werden: Warte bis morgen, dann wirst du merken, was das bedeutet. Wer das, was wir tun, im Namen des Gesetzes verdammt, der stellt sich auf eine Stufe mit den Pharisäern. Wer uns beschuldigt, Handlanger des Teufels zu sein, der benutzt nur das gleiche Argument wieder, das sie schon gegenüber Jesus benutzt haben. Die Kirche, für die du arbeitest, ist eine Institution, deren heutige Funktion hauptsächlich in dem Versuch besteht, die Arbeit des Heiligen Geistes zu phagozytieren.»

«Zu was?»

«Phagozytieren nennt man in der Biologie die Fähigkeit bestimmter Zellen, andere, den Organismus bedrohende Zellen aufzufressen. Nichts kann eine etablierte Gesellschaft so sehr erschüttern wie die Kernaussage des Christentums, und es gibt nichts Abgefeimteres, als von den Kirchen selbst zu verlangen, daß sie den Geist zersetzen, den sie eigentlich verbreiten sollten. Genau das ist das Werk des Teufels: sich für Gott auszugeben.»

Sie verstummte und schloß die Wagentüren auf. Auch Emmanuel schwieg. Dazu hatte er nichts zu sagen.

Am Donnerstag morgen nahm ein Mann in einem weißen Kittel am selben Tisch Platz wie Colombe, die niemanden aufforderte, sich auf die Matratze zu knien. Sie kündigte an, daß Doktor Rudy den Anwesenden etwas erzählen werde und sie ihn alles fragen könnten, was ihnen in den Sinn käme. Fürs erste sollten sie ihm jedoch zuhören, ohne ihn zu unterbrechen.

Doktor Rudy begann zu sprechen, ein wenig stockend, wofür er sich entschuldigte: Das sei die Folge der Herzattacke, die er erlitten habe und über die er berichten werde. Er stellte jedoch sogleich klar, daß er es nie schaffen würde, mit Worten das wiederzugeben, was er erlebt habe. Dabei legte er besonderen Nachdruck auf das Wort «erlebt».

Er war ein Mann um die Fünfzig, rotgesichtig, mit schlohweißem Haar und porzellanblauen Augen. Er sprach bedächtig, benutzte häufig ein wenig verwirrende medizinische Ausdrücke, bei denen man deutlich spürte, daß sie ihm ganz selbstverständlich über die Lippen kamen, weil sie zu seinem beruflichen Vokabular gehörten, und er keineswegs versuchte, seine Zuhörer damit zu beeindrucken.

Doktor Rudy erzählte eine Art Märchen, nur mit dem Unterschied, daß er versicherte, es sei ihm selbst widerfahren: Er befand sich damals in seinem Büro in dem Krankenhaus, in dem er Leiter der Kinderstation war. Schon seit einiger Zeit litt er an Herzrhythmusstörungen, weshalb ihm ein Schrittmacher eingesetzt werden sollte. Doch ehe es soweit war, begann sein Herz eines Tages plötzlich zu flimmern. Er konnte gerade noch um Hilfe rufen, bevor er die Besinnung verlor. Man schaffte ihn in den Reanimationssaal, wo man ihn etwa eine Stunde lang allen nur erdenklichen Behandlungen unterzog, um sein Herz wieder zum Schlagen zu bringen.

Er selbst konnte diese Vorgänge, die ihm vertraut waren, gewissermaßen teilnahmslos von einem Punkt an der Zimmerdecke aus beobachten. Dabei registrierte er die Fehler und Ungeschicklichkeiten, die dem einen oder anderen unterliefen. So tauchte zum Beispiel der Leiter der Inneren Medizin auf, um die Herzmassage vorzunehmen, ohne daß er die sterilen Schuhe angezogen hätte, die vorgeschrieben waren. Doktor

Rudy vermochte sogar genau zu sagen, daß er braune Wildlederschuhe trug, auf denen Blutspritzer Flecken hinterlassen hatten. Von da aus, wo er sich befand, konnte Doktor Rudy mit einer Art Zoomeffekt, den er sich nur zu wünschen brauchte, alle Einzelheiten wie aus unmittelbarer Nähe wahrnehmen. Auch die wenigen Sätze, die seine Kollegen mit den ihnen assistierenden Krankenschwestern wechselten, hörte er ganz deutlich. Er war sogar imstande, ihre Gedanken zu lesen. Eine der Schwestern aus seiner Abteilung, die er wegen zahlreicher Nachlässigkeiten hatte tadeln müssen, hoffte insgeheim, daß er das Bewußtsein nicht mehr erlangen würde, und hatte deswegen zugleich ein schlechtes Gewissen.

Letzten Endes dachte der Chefarzt der Inneren Medizin erst, was er kurz danach aussprach: «Der arme Rudy ist tot.» Und Doktor Rudy wußte, daß er wirklich tot war. Er empfand keinerlei Schmerz und auch kein Bedauern. Er stellte nur die Tatsache fest und wurde von einer unbeschreiblichen Mischung aus Neugierde, Gelassenheit und Liebe erfaßt. Diese Liebe, so betonte er, war nicht mit der Liebe vergleichbar, die er zu Lebzeiten seiner Frau, seinen Kindern, seinen Eltern oder seinen besten Freunden entgegengebracht hatte. Sie zog ihn in ihren Bann.

In diesem Moment verlor Doktor Rudy den Reanimationssaal aus den Augen und hörte, von völliger Dunkelheit umgeben, ein etwas unangenehmes, schrilles Läuten. Es erinnerte ihn an das Klingelzeichen, das in einem Theater die Zuschauer auffordert, ihre Plätze einzunehmen. Allmählich glomm in der Dunkelheit ein heller Punkt auf, der ihm unendlich weit entfernt vorkam und langsam größer wurde, wie das Ende eines Tunnels, auf das man zugeht.

Schließlich erreichte Doktor Rudy den Tunnelausgang und trat in eine Landschaft voller Licht hinaus. Obwohl ihm die richtigen Worte fehlten, sie zu beschreiben, konnte er sie sich immer noch in allen Einzelheiten ins Gedächtnis zurückrufen. Dort erwartete ihn seine seit langem verstorbene Mutter, nicht so, wie sie ihm von ihrem Totenbett in Erinnerung war, sondern jünger, als er sie je gekannt hatte, so jung wie auf den Fotos kurz vor ihrer Hochzeit.

Rasch fand sich die gesamte Familie ein: Großeltern, Cousins, Onkel, Tanten und entfernte Verwandte, die Doktor Rudy nie wirklich kennengelernt hatte, weil sie schon während seiner Kindheit gestorben waren. Sie scharten sich um ihn und gaben ihm, während er langsam auf die Lichtquelle zuschritt, das Geleit, wie am Tage seiner Hochzeit.

Das Licht strahlte heller als das gleißendste Licht, das Doktor Rudy jemals gesehen hatte, blendete ihn aber nicht. Von ihm ging diese Liebe aus, die ihn durchströmte, und es schien ihm der Quell einer Wahrheit zu sein, nach der er als Arzt sein Leben lang gesucht hatte. Es war für ihn da, um ihm alles zu erklären, was er schon immer hatte wissen wollen.

Dann zog sein Leben noch einmal an ihm vorüber, wie im Zeitraffer, doch unglaublich klar. Einzelheiten, die seit langem in den Tiefen seines Gedächtnisses schlummerten, tauchten wieder auf: Zum Beispiel jene Szene, in deren Verlauf er mit seiner ersten Liebe Schluß gemacht und ihr äußerst vernünftige Dinge gesagt hatte, um seine wahren Gründe zu verschleiern, die er nun messerscharf erkannte. Das Licht lächelte, vielleicht ein wenig spöttisch, aber voller Nachsicht.

Während er sein Leben Revue passieren ließ, kam alles zum Vorschein, alle Schliche, Betrügereien und auch alle Illusionen, die er sich über sich selbst gemacht hatte. Dann gelangte er an einen Fluß, der die Landschaft durchschnitt. Hier erwartete ihn eine Barke. Doktor Rudy hatte die Geistesgegenwart, den Fährmann zu fragen, ob er Charon heiße, doch er antwortete ihm nicht.

In diesem Moment dachte Doktor Rudy intensiv an seinen

jüngsten Sohn, dem er jeden Abend bei den Hausaufgaben geholfen hatte, weil das Kind in der Schule ziemlich unaufmerksam war. Ihm kam es so vor, als riefe sein Sohn nach ihm. Da kehrte er der Barke den Rücken und entfernte sich wieder vom Ufer des Flusses. Im nächsten Augenblick befand er sich erneut im Reanimationssaal, aber diesmal wieder innerhalb seines Körpers. Wie durch einen Nebel hindurch nahm er die über ihn gebeugten Gesichter wahr, die ihm zulächelten. Und er begann dem verlorenen Paradies nachzutrauern.

«Diese Geschichte ist nicht ungewöhnlich», kommentierte Colombe. «Sie entspricht der Erfahrung, die etwa ein Drittel aller Patienten gemacht haben, die irgendwann für klinisch tot erklärt und dann doch noch reanimiert wurden.» Sie hatte als ersten einen Arzt zu Wort kommen lassen, damit die Teilnehmer des Seminars seinen Bericht auch ernst nahmen, schlug jedoch vor, noch zwei weitere anzuhören.

So erzählten im Laufe des Vormittags noch zwei vom Tod Errettete mit ihren Worten, daß sie ähnliches wie Doktor Rudy erlebt hatten. Emmanuel hörte ihnen fasziniert zu. Was er als Theorie gepredigt hatte, stimmte mit einer Wirklichkeit überein, die sich zum erstenmal vor ihm auftat. Der Glaube an die Auferstehung war im stillen aus unzähligen Geschichten dieser Art erwachsen, die abends am Feuer erzählt wurden. Also hatte das Volk aus Erfahrung bereits gewußt, was die Theologen später in dürre Thesen ummünzten. Das Grabtuch war echt, das spürte er auf einmal ganz deutlich.

Die drei in manchen Einzelheiten identischen Berichte lehrten in aller Objektivität, daß es ein Weiterleben nach dem Tod gab, weil mehrere Menschen die gleiche Erfahrung gemacht hatten. Das war Colombes letzter Kommentar vor dem Mittagessen. Gleich danach sah sie die schwarze Krankenschwester auffordernd an.

Es war eine Frau um die Vierzig, ziemlich korpulent, mit

tiefer Stimme. Sie stand auf und ließ ihren Blick langsam über die Zuhörer schweifen, als erbitte sie deren Zustimmung. Dann breitete sie die Arme aus und begann laut zu singen:

Sit down, servant
I can't sit down
Sit down, servant
I can't sit down
My soul is so happy
That I can't sit down.

Diesen Refrain wiederholten alle im Chor, ehe die Solistin die erste Strophe anstimmte:

My Lord, you know
That you promised me,
Promised me a long white robe
And a pair of shoes.
– Go yonder, angel,
Fetch me a pair of shoes,
Place them on my servant's feet.
Now, servant, please sit down.

Als der Gesang zu Ende war, erhob sich eine ebenfalls schwarze Teilnehmerin und begann laut zu beten:

«Halleluja! Lobet den Herrn! Bevor ein Jahr vergangen ist, bin ich nicht mehr da. Ich werde in einem einsamen Friedhof sein. O Herr, wie lange noch! Der Baum bleibt dort liegen, wohin er fällt. Der Sünder stirbt, wie er gelebt hat. Aber ich weiß, daß du mich erlöst hast und auf der anderen Seite des Flusses auf mich wartest. Halleluja! Lobet den Herrn!»

Die Menge antwortete mit einer Litanei aus Amen und Hallelujas. Als nächster stand ein sehr junger, an Aids erkrankter

Mann auf und betete ebenfalls. Danach noch eine Frau und noch ein Mann. Dann verstummten sie und verließen den Saal. Emmanuel weinte wie die anderen.

Am Nachmittag weinte er noch immer. Er hatte auch während des Essens nicht aufgehört. Deshalb bat er darum, in ein Zimmer der Tränen geführt zu werden. Die schwarze Krankenschwester forderte ihn auf, sich auf der am Boden liegenden Matratze auszustrecken. Dann kniete sie sich neben ihn, knöpfte ihm den Hemdkragen auf und betastete seine Schultern.

«Sie können unmöglich so verspannt bleiben. Ziehen Sie Ihr Hemd aus, ich werde Ihnen den Rücken massieren.»

Emmanuel gehorchte. Er spürte die Hände kaum, die über seine Schultern strichen, und fiel in einen tiefen Schlaf. Im Traum sah er das Leichentuch, das Heilige Grab und seine eigene Auferstehung.

Zweiter Teil

Eine Gruft für zwei

8

❖❖❖❖❖❖

Als der Preßlufthammer ins Leere stieß und das Getöse des in den Hohlraum polternden Gesteins verebbte, hörte Theo augenblicklich auf zu zweifeln. Sechs Jahre waren vergangen, seit er das Kreuz auf sich genommen hatte, das echte Grab Christi zu finden. Sechs Jahre voller Zweifel: Existierte das, wonach er suchte, überhaupt noch? Hatte es jemals existiert? Lohnte es die Mühe, gefunden zu werden?

«Was sucht ihr den Lebenden bei den Toten? Er ist nicht hier, sondern er ist auferstanden.» So heißt es bei Lukas. Das falsche Grab Christi, über dem die Basilika errichtet worden war, hatte den Kreuzfahrern im elften Jahrhundert als Vorwand für die Eroberung Palästinas gedient. Theos Suche nach dem echten Grab war dagegen eine dieser verrückten Aufgaben, die sich Menschen des zwanzigsten Jahrhunderts stellen, um einer Epoche einen Sinn zu geben, dem sie leichtfertig entsagt hat. Den Sinn durch Wissen, die Erkenntnis durch Können ersetzen: Theo hatte sich dieser schändlichen Pflicht des heutigen Menschen unterworfen, weil er spürte, daß es unmöglich sein würde, ihr zu entrinnen. Obwohl er versuchte, gegen die stärkste Strömung der Zeit anzuschwimmen, zweifelte er mitunter an seinem Jahrhundert und an sich selbst.

Nach all diesen Jahren des Zweifelns war er ans Ziel gelangt. Mit Hilfe der Seismographie sowie mit Messungen der Magnet- und Gravitationsfelder und einer Analyse der Leitfähigkeit des Bodens waren im Umkreis des Heiligen Grabes siebzehn weitere Gräber aufgespürt und eins nach dem anderen erforscht worden. Dieses war das letzte. Falls es wie die vorherigen nur Knochenstaub und Leinenfäden enthielt und die an der Eidgenössischen Technischen Hochschule in Zürich vorgenommene Datierung wieder ergab, daß es aus dem ersten Jahrhundert stammte, dann würde die Suche damit enden. Dann hätte ein jüdischer Friedhof aus der Zeit Jesu seine armseligen Geheimnisse preisgegeben: einige Inschriften, manche eingemeißelt, andere mit Kohle oder Farbe angebracht, ganz alltägliche Namen wie Jair, Martha, Maria, Simon, Judas; ein paar Münzen jener Zeit; ein aus den drei Buchstaben I, X und B zusammengesetztes Monogramm bedeutete vielleicht *Iesus, Christos, Basileos*, wie jenes, das Pater Bagatti Mitte des Jahrhunderts entdeckt hatte. Also waren auch Christen hier bestattet worden, ehe man den Friedhof im zweiten Jahrhundert zugeschüttet hatte. Daran war nichts Erstaunliches, weil es zu jener Zeit auch eine christliche Gemeinde in Jerusalem gab. Da man bei der Auflösung des Friedhofs unter Hadrian wahrscheinlich die Gebeine aus den Gräbern entfernt hatte, waren alle leer gewesen, mit Ausnahme von zweien, die in der Nähe des letzten lagen, zu dem Theo jetzt vordrang.

Bei den topographischen Untersuchungen vor mehr als vier Jahren hatte sich die Existenz dieses siebzehnten Grabes bereits herausgestellt. Es lag jedoch, praktisch unzugänglich, unter den Grundmauern zweier aneinandergebauter Häuser in felsigem Gelände, in dem nie ein Stein bewegt worden war. Man hatte den palästinensischen Familien, die diese Häuser seit Generationen bewohnten, einen übertrieben hohen Preis bezahlen müssen. Nur die von Theo ins Vertrauen gezogene Rockefeller-Stiftung, bei der Colombe immer wieder vorgesprochen hatte, war imstande gewesen, die erforderlichen Mittel aufzubringen. Allerdings hatte sie Theo einen Aufpasser zur

Seite gestellt, den nach Jerusalem entsandten Harvard-Professor Jeremy Herchel. Seine ganze Mitwirkung an dem Projekt bestand in Hinhaltetaktiken, unberechenbaren Intrigen und Ausweichmanövern. Als zum Katholizismus konvertierter ehemaliger Protestant hatte er von sich aus noch eine zweite Überwachungsfunktion übernommen: Kardinal Weiss wurde über alles, was Theo tat, auf dem laufenden gehalten, ohne auch nur irgend etwas zu dessen Budget beizutragen.

Theo hatte in einem der Keller einen vier Meter tiefen Schacht ausheben lassen, dann war er in waagerechter Richtung mit dem Preßlufthammer Zentimeter um Zentimeter in den Fels vorgedrungen. Ein Bergmann aus dem Wallis, Vital Gaspoz, hatte diese Arbeit ganz allein durchgeführt und dabei den Stollen Stück um Stück abgestützt und auszementiert. Er hatte sein Handwerk beim Bau von Stollen für die Wasserzuleitung zu Stauseen im Hochgebirge erlernt. In der Kuppel der Grabeskirche waren Theodolite befestigt und auf Bezugspunkte an den Hausdächern gerichtet, um jede auch noch so geringe Erschütterung zu registrieren. Der Stollen hatte inzwischen eine Länge von nahezu zehn Metern erreicht, und der Durchbruch war für diese Nacht des 27. Dezember vorgesehen.

Sobald die Bresche geschlagen war, ließ Theo vorher gefilterte und sterilisierte Druckluft in das Grab einströmen. Er wollte vermeiden, daß organische Materie heutiger Zeit, das heißt aus dem zwanzigsten Jahrhundert, in diesen wahrscheinlich seit dem ersten Jahrhundert verschlossenen Raum hineingelangte, denn ihm lag daran, die organischen Überreste, die er enthielt, mit größtmöglicher Präzision zu datieren.

Im Augenblick des Durchstichs befanden sich drei Männer in dem Stollen: Vital Gaspoz, Theo und Moshe Tov, der Leiter der israelischen Altertümerverwaltung. Theo hatte sich dagegen wohlweislich gehütet, Jeremy Herchel von dem bevorstehenden Ereignis zu benachrichtigen. Herchel beschäftigte sich eigentlich damit, die vor etwa einem halben Jahrhundert in Qumran entdeckten Schriften zu entziffern und zu veröffentlichen. Entweder aus Inkompetenz oder aus Faulheit, vielleicht auch in der Absicht, den Inhalt dieser Schriften zu verschleiern, war er damit beachtlich in Verzug geraten. Seine Trägheit war unter Wissenschaftlern sprichwörtlich geworden, denn von ihnen hatten inzwischen zwei Generationen das Zeitliche gesegnet, ohne daß die Schriften von Qumran auch nur als Fotos veröffentlicht worden wären. Natürlich wollte Theo nicht, daß es seinen eventuellen Entdeckungen genauso erginge. Deshalb hatte er seit langem vorgesorgt, um Jeremy Herchel auszutricksen, von dem er instinktiv auf Anhieb nicht viel gehalten hatte und den er letzten Endes wegen seines unverhohlenen Antisemitismus verabscheute.

Vital Gaspoz vergrößerte die Öffnung so weit, daß er den Oberkörper hineinbeugen konnte. Dann trat er wortlos zurück, um den Platz Theo zu überlassen, der sich wie ein Chirurg einen Mundschutz umband, sein Haar mit einer sterilen Kappe bedeckte und Gummihandschuhe anzog. Ein Scheinwerfer erhellte die Gruft. Sie hatten das Grab von der Seite aus erreicht, die dem anscheinend immer noch mit einem großen Stein verschlossenen Eingang gegenüberlag. In die Wände links und rechts, so nahe von Theo, daß er sie fast mit der Hand berühren konnte, war je eine Rundbogennische eingelassen. Es handelte sich also tatsächlich um ein Arkosoliumgrab mit zwei Nischen, wie es ihm die Computerauswertung der Meßergebnisse seit langem verheißen hatte. Auf zehn Zentimeter genau konnte Theo die Größe der Gräber im voraus berechnen, ehe er imstande war, die Maße zu überprüfen.

Die linke Nische war leer, während in der rechten ein gut erhaltenes, noch mit Leinenresten umwickeltes Skelett lag. Es war das dritte vollständige Skelett, das Theo fand. Zweifellos war das Grab zu Zeiten Hadrians verschont geblieben, weil man entweder seine genaue Lage vergessen hatte oder sein Eingang bereits unter Geröll verborgen war. Zuallererst machte Theo mehrere Fotos, wobei er systematisch jeden von seiner Position aus sichtbaren Winkel erfaßte.

Dann schob er ein Saugrohr in die Gruft hinein und begann den Staub einzusammeln, der sich in der Nische mit dem Skelett abgelagert hatte. Diese Methode wandte er bei jeder Graböffnung an, um Partikel organischer Materie zu gewinnen, ehe sie durch Substanzen aus der Außenwelt verseucht wurden. Aus etwa einhundert Gramm Staub ließen sich erst von Hand und dann unter dem Mikroskop mehrere Mikrogramm organische Materie aussondern, die es gestatteten, im Laboratorium das Alter des Grabes festzustellen. Bei dieser mit peinlicher Sorgfalt ausgeführten Arbeit mußten alle Insekten entfernt werden, die möglicherweise zu einem späteren Zeitpunkt in das Grab eingedrungen waren. Zu diesem Zweck hatte Theo eigens einen Fachmann für die mediterrane Fauna eingestellt.

Sobald er mit dem Absaugen des Staubs fertig war, schüttete er ihn in einen zylindrischen Behälter aus rostfreiem Stahl, verschloß ihn und tauschte die in ihm enthaltene Luft durch Stickstoff aus einer Gasflasche aus. Danach versiegelte, beschriftete und datierte er die Probe vor den Augen von Moshe, der noch seine Unterschrift auf das Etikett setzte. Theo verzichtete darauf, auch den Staub vom Steinsockel der linken Nische abzusaugen, da sie allem Anschein nach nie benutzt worden war.

Bevor Theo die Öffnung vergrößern ließ, forderte er Moshe auf, sich ebenfalls in dem Grab umzusehen. Kaum hatte dieser den Kopf hineingesteckt, da stieß er einen Schrei aus und sagte etwas auf hebräisch. Dann wandte er sich um und fragte Theo auf englisch: «Haben Sie denn diesen Krug nicht gesehen?»

In der Aufregung und vom Scheinwerfer geblendet, hatte Theo eine dunkle Masse direkt unterhalb des Durchbruchs nicht bemerkt. Unbewußt hatte er sie für einen Stein gehalten, doch es war ein Krug, der auf wundersame Weise dem Schutt standgehalten hatte. Nun galt es, ihn nicht zu beschädigen. Gaspoz nahm wieder seinen Platz ein und machte sich mit Meißel und Hammer über den Fels her.

Moshe und Theo sprachen kein Wort. Ihnen kam es so vor, als werde es in dem engen Stollen immer wärmer und stickiger. Der Schweißgeruch des Bergmanns wurde unerträglich. Zusammengekrümmt, von Wadenkrämpfen und Rückenschmerzen geplagt, kauerte einer hinter dem anderen. So warteten sie nahezu eine Stunde. Theo zweifelte nicht mehr: Der Inhalt des Kruges würde die Frage beantworten, die er sich gestellt hatte.

Bei jeder erfolgreichen Forschung gibt es einen herrlichen Augenblick, in dem der Zweifel in freudige Gewißheit umschlägt, ohne daß der Forscher genau zu sagen vermöchte warum. Es ist, als kehre die Zeit um und fließe aus der Zukunft unversehens in die Gegenwart zurück: Blitzartig begreift der Forscher das Resultat, obgleich ihn der Nachweis noch viel Arbeit kosten wird. Da Theo diese gewissermaßen übersinnliche Erfahrung schon ein halbes dutzendmal gemacht hatte, erkannte er sie mühelos wieder.

Schließlich holte Gaspoz einen beinahe zylinderförmigen Krug aus dem Grab heraus und hob ihn an seinen zwei winzigen Henkeln hoch. Der Verschluß glich einer umgedrehten Schale. Moshe Tov flüsterte, daß dieser Krug genauso aussehe wie diejenigen, welche man in den Höhlen bei Qumran gefunden hatte. Während Theo das Gefäß mit beiden Händen festhielt, nahm Moshe den Deckel ab, und sie entdeckten drei Rollen: eine aus Papyrus, eine aus Kupfer und eine aus Pergament.

Theo erfreute sich des Rufs, ein Magier der Forschung zu sein. Dabei bestand sein Geheimnis nur darin, daß er alle Experimente mit äußerster Sorgfalt vorbereitete und auch den nichtigsten Zwischenfällen vorbeugte, indem er Maßnahmen traf, die sich oft als überflüssig erwiesen, zuweilen jedoch für den Erfolg entscheidend waren.

In den sechs Wochen, die das Anlegen des Stollens gedauert hatte, war Theo darum bemüht gewesen, das Haus, unter dem gegraben wurde, notdürftig einzurichten, und er ließ kistenweise Material aus der Schweiz kommen. Zwar konnte er nicht wissen, daß ihm in der Nacht vom 27. auf den 28. Dezember ein Krug mit Manuskripten in die Hände fallen würde, doch er hatte diese Möglichkeit immerhin in Betracht gezogen. Deshalb hatte er den größten Raum des Hauses mit einer Klimaanlage, Verdunkelungsvorhängen und einem langen Tisch ausgestattet, auf dem mehrere Glasplatten bereitlagen. Ein kleines, angrenzendes Zimmer enthielt alles Nötige, um Filme zu entwickeln. Schließlich gab es noch eine provisorische Küche und Feldbetten, die es den drei Männern gestatteten, an Ort und Stelle zu bleiben.

Immer noch entrüstet über die Indiskretion beim Grabtuch, lebte Theo in der ständigen Furcht vor neugierigen Journalisten. Bislang hatte er die Aufmerksamkeit der Pressekorrespondenten noch nicht erregt, denn sie beschäftigten sich mehr mit den politischen Problemen Israels als mit einer von vielen Baustellen. Im übrigen hatte er das Wort «Ausgrabung» aus allen Mitteilungen verbannt: Darin war nur vom Restaurieren der Grabeskirche die Rede sowie vom Verstärken der Grundmauern und von einer Untersuchung des aufgeschütteten Geländes. Trotz der immer drängender werdenden Anfragen der *Biblical Archeology Review* war keiner der Funde aus den bereits erforschten Gräbern veröffentlicht worden.

Gaspoz ergriff die Videokamera, um alles, was Theo tat, zu filmen und jeden Satz, den er mit Moshe wechselte, aufzuzeichnen. Die drei Schriftrollen wurden nebeneinander auf den

Tisch gelegt und fotografiert. Dann schob Theo die zwei dikkeren, die aus Pergament und die aus Papyrus, in ein Gerät, in dem konstant achtzig Prozent Luftfeuchtigkeit herrschten. Auf dem Boden des Kruges hatten sich einige von der Rolle abgebrochene Pergamentstückchen gefunden. Eins von ihnen, ein unbeschriebenes, steckte Theo in einen Behälter, den er versiegelte. Es sollte ebenfalls im Laboratorium in Zürich datiert werden. Darauf unterbrachen die drei Männer ihre Arbeit, um sich zu stärken und auszuruhen.

Die Geschichte (oder die Legende) überliefert, Admiral Nelson habe am Abend vor der Schlacht bei Trafalgar mit seinen Offizieren Whist gespielt. Damit wollte er angeblich vermeiden, daß sie nervös würden und ihre Kräfte in einer schlaflosen Nacht vergeudeten. Theo ließ sich von diesem berühmten Vorbild inspirieren und beschäftigte seine Gefährten ebenfalls während der Wartezeit. Vor Moshe Tovs ungläubigen Augen hatte er am Abend, als Gaspoz noch die letzten Dezimeter Fels abtrug, ein üppiges Couscous mit koscherem Fleisch zubereitet, damit die beiden Christen und der Jude es miteinander teilen konnten. Außerdem hatte er israelischen, nach rabbinischen Vorschriften gekelterten Wein besorgt, obwohl er selbst nur sehr wenig von ihm hielt. Bei diesem Unternehmen mit hohem Risiko, für das Moshe der einzige Garant vor Ort war, zählte schließlich die Gastfreundschaft mehr als die Feinschmeckerei.

Im Grunde hätte auch Jeremy Herchel anwesend sein müssen, doch auf die Dauer war er Theos endlose Prozeduren bei den ersten sechzehn Gräbern leid geworden. Herchel hatte sich nicht nur diese vornehme Nonchalance zu eigen gemacht, die manche Akademiker an den Tag legten, sondern er frönte auch einer offensichtlichen Neigung zum Trinken. Nach einigen Stunden der Nüchternheit quälte ihn unüberwindlicher Durst nach Alkohol. Dann zog er sich in seine Behausung zurück, um über die Werte amerikanischen Budweiser-Biers im Vergleich zu denen israelischen Maccabi-Biers nachzusinnen.

Vor dem Essen ruhten sich die drei Männer noch ein wenig aus. Das heißt, Moshe Tov und Gaspoz legten sich auf die Feldbetten, während der unermüdliche Theo sich an seinen Laptop setzte und einen Bericht über die Entdeckung schrieb. Von Zeit zu Zeit stand er auf und sah nach seinem Couscous. Nach zwei Stunden weckte er die Gefährten. Schweigend verzehrten sie das Lammfleisch, den Weizengrieß und das Gemüse. Jedem lag daran, die zahlreichen Überlegungen, die ihm angesichts dieser Entdeckung kamen, für sich zu behalten. Die jeweiligen Standpunkte eines Züricher Physikers, eines israelischen Archäologen und eines Bergmanns aus dem Wallis waren wohl kaum miteinander vereinbar. Nach dem Essen tranken sie noch Kaffee, den Moshe gemacht hatte und der so dick wie Sirup war.

Anschließend schliefen alle drei ein. Moshe hatte Theo davor gewarnt, übereilt Hand an die Schriftrollen zu legen. Er schätzte, daß es mindestens vierundzwanzig Stunden dauern würde, bis sie normale Feuchtigkeit erreicht hatten. Theo hatte mit einer solchen Einschränkung gerechnet, und nichts zwang die drei Männer, das Haus zu verlassen. Also dösten sie vor sich hin, aßen, lasen, spielten Karten oder hörten Radio. Gegen Mittag dieses 28. Dezember, des Tags der Unschuldigen Kinder, rief Herchel an, um sich recht halbherzig nach dem Fortgang der Arbeiten zu erkundigen. Theo antwortete ihm ebenso ausweichend und kündigte ihm für den nächsten Tag Neuigkeiten an.

Im Morgengrauen des 29. Dezember gab Moshe sein Einverständnis, mit der Arbeit zu beginnen. Durch die Feuchtigkeit weich geworden, ließ sich das Pergament entrollen. Mit einer Schieblehre maß Theo die Dicke der Tierhaut, die nirgendwo einen Zehntelmillimeter überschritt. Ein Schreiber hatte mit einem Stichel parallel verlaufende Striche als Linien für die Schrift gezogen.

Da Moshe im Laboratorium von Biberkraut gearbeitet hatte, bei einem Fachmann in der quasi chirurgischen Behandlung der Schriften von Qumran, war er im Entrollen sehr geübt. Theo ließ ihn gewähren, und er ging nahezu drei Stunden mit unendlicher Behutsamkeit vor. Stück um Stück beschwerte Theo das Pergament mit Glasplatten, damit es sich nicht wieder zusammenrollte. Der drei Meter fünfzig lange Tisch erwies sich als gerade ausreichend, um die ganze Rolle darauf auszubreiten. Theos Messungen ergaben, daß sie eine Höhe von zweiundzwanzig Zentimetern und eine Länge von drei Meter dreiundvierzig aufwies. Der Text war in zweiunddreißig Spalten abgefaßt, von denen jede ein Pergamentstück füllte, das an die anderen angenäht worden war.

Als Moshe die erste Spalte ausgerollt hatte, flüsterte er Theo zu, daß es sich um einen aramäischen Text handle. Erst nachdem er ihn vollständig ausgebreitet hatte, überflog er ihn diagonal, dann erklärte er:

«Es ist eine christliche Schrift. Der Name Jesus taucht häufig auf.»

Er war ein wortkarger Mann, groß, hager, schon leicht ergraut, mit einem stark ausgeprägten Adamsapfel, der sich nun so heftig auf und ab bewegte, daß er Moshes Erregung verriet. Theo ließ sich dagegen nicht aus der Ruhe bringen, zumal er den Text ohnehin nicht entziffern konnte. Er erkannte höchstens die Schriftart: kalligraphierte Zeichen nach dem Vorbild der keilförmigen Schrift, die die Schreiber Israels im Babylonischen Exil erarbeitet hatten.

Bevor das Manuskript an der Luft oder durch den Kontakt mit Sporen zu verblassen drohte, bestand Theos Aufgabe darin, es zu fotografieren, zuerst in Schwarzweiß, dann in Farbe und schließlich noch mit einem Infrarotfilm. Bei den zahllosen Handschriften, die man seit der Mitte des Jahrhunderts in Palästina aufgefunden hatte, war dies nie unter so günstigen Bedingungen geschehen, denn zu oft waren sie Beduinen, Schwarzhändlern oder völlig unwissenden Mittelsmännern in die Hände gefallen. Selbst im Rockefeller Museum hatten in den fünfziger und sechziger Jahren bei der Arbeit an den Schriften von Qumran beklagenswerte Umstände geherrscht: offene Fenster, Sonneneinstrahlung, wechselnde Luftfeuchtigkeit und Gelehrte, die eine Zigarette nach der anderen rauchten. Theo nahm sich für das Fotografieren zwei Stunden Zeit. Gaspoz entwickelte unterdessen im Nebenzimmer nach und nach die Negative, während Moshe Tov im stillen das Manuskript weiterlas. Als seine Gefährten fertig waren, hielt er inne, gab jedoch noch immer keinerlei Kommentar ab.

Inzwischen war es acht Uhr morgens. Die Sonne dieses Wintertages ging bereits auf, als die drei Männer zum Frühstück Platz nahmen. Sie befanden sich in einem Raum im ersten Stock, dessen Wände in dem noch schwachen, vom Osten her einfallenden Licht zu schimmern begannen. Nach so vielen Stunden in dumpfer Atmosphäre wagte niemand, die Beleuchtung einzuschalten, und sie genossen bei geöffnetem Fenster in vollen Zügen die frische Luft und den anbrechenden Tag. Erst nach dem Frühstück ergriff Tov endlich das Wort:

«Es handelt sich um eine in Aramäisch abgefaßte Schrift, die Aussprüche von Jesus wiedergibt. Ich habe hier keine Ausgabe der Evangelien zur Hand, doch der Text scheint mir sehr nahe an das von Markus heranzukommen, mit einigen eigenständigen Passagen, die vielleicht in die apokryphen Schriften Eingang gefunden haben. Aber davon verstehe ich nicht genug, auf diesem Gebiet haben Sie bessere Fachleute. Jedenfalls ist dieser christliche Text für Israel nicht von direktem Interesse. Wenn Sie wollen, können Sie das Manuskript wahrscheinlich ausführen. Wir werden sicher keinen Gebrauch von der Klausel machen, die uns das Eigentum an allen die Tradition Israels berührenden Handschriften zusichert.»

«Allerdings müßte auch Jeremy Herchel damit einverstanden sein», bemerkte Theo. «Und das wird er sicher nicht. Nach den Vereinbarungen mit der Rockefeller-Stiftung gehen alle bei den Ausgrabungen gefundenen Gegenstände rechtmäßig in ihr Eigentum über. Er wird das Manuskript in Jerusalem behalten, wie alle Schriften von Qumran. Wenn ich nicht die Fotos hätte, würde er sich ein halbes Jahrhundert Zeit lassen, um seinen Inhalt zu veröffentlichen.»

«Wir haben noch den Papyrus und die Kupferrolle», bemerkte Tov trocken.

Gaspoz sagte nichts. Er rieb sich die schwieligen Hände und inhalierte den Rauch seiner Zigarette. Seine zwei Gefährten hatten nie gewagt, gegen diese schlechte Angewohnheit zu protestieren. Das letzte Privileg des Arbeiters besteht darin, den Warnungen der Intellektuellen nicht zu glauben und ihre Ratschläge nicht zu befolgen.

«Auf jeden Fall wird sich die Kupferrolle mit den uns zur Verfügung stehenden Mitteln nicht aufschneiden lassen. Wir schicken sie nach Manchester, wo es auf diesem Gebiet Spezialisten gibt. Dafür dürfte der Papyrus jetzt weich genug sein, daß wir ihn auseinanderrollen können.»

Der Papyrus war weitaus kürzer als das Pergament: zwölf Spalten auf ebenso vielen Blättern, die zu einer kaum einen Meter dreiunddreißig langen Rolle zusammengeklebt waren, sich aber in deutlich schlechterem Zustand befanden. Allem Anschein nach hatte der Krug Insekten enthalten, die sich mehr für pflanzliche als für tierische Substanzen interessierten. Es handelte sich abermals um ein christliches Manuskript, und Moshe Tov ging genauer darauf ein als auf das Pergament:

«Es ist der Bericht der Passion Jesu nach Markus, mit einigen Abweichungen.»

Bis die Fotos des Manuskripts fertig wurden, war es elf Uhr vormittags und damit höchste Zeit, Jeremy Herchel aufzuscheuchen, der sich mit belegter Stimme am Telefon meldete. Während er sich anzog und auf den Weg machte, sorgte Theo vor allem dafür, die nächtens und im Laufe des Morgens entwickelten Bilder zu sichern. Er hatte im Haus ein Fax-Gerät anschließen lassen und verfügte auch über ein Telefon, aber da er davon überzeugt war, daß er abgehört wurde, unterließ er es, Emmanuel anzurufen, und schickte lediglich die Schwarzweißfotos der insgesamt vierundvierzig Seiten der beiden Manuskripte per Fax nach Zürich. Er hatte jeweils zwei Filme belichtet, so daß er die Negative doppelt besaß und sie mit Tov teilen konnte. Kaum vierzig Minuten nachdem er benachrichtigt worden war, klingelte Herchel an der Tür.

Beim Anblick der beiden auf dem Tisch ausgebreiteten Manuskripte verfiel er zunächst in bedrohliches Schweigen, dem alsbald ein wahrer Sturzbach von Beschimpfungen im übelsten Gossenjargon der englischen Sprache folgte. Als hervorragender Linguist war Herchel so ungemein taktvoll, auch einige Flüche auf französisch und hebräisch anzuschließen. Dann äußerte er in allen drei Sprachen entschiedene Zweifel an der geistigen Gesundheit, der beruflichen Kompetenz, der Moral, der Nüchternheit und der Redlichkeit der drei Männer, mit denen er es hier zu tun hatte. Zu seinem Leidwesen bezichtigte er noch auf französisch Gaspoz' Mutter und Ehefrau der ehelichen Untreue. Das trug ihm prompt einen Fausthieb mitten ins Gesicht ein, der ihn immerhin zum Schweigen brachte.

Theo holte einen Eiswürfel aus dem Kühlschrank, um das aus Herchels aufgeplatzter Lippe sickernde Blut zu stillen. Erregt lief der Amerikaner im Raum auf und ab, kritisierte Theos Installation und beschuldigte ihn in nunmehr weinerlichem Ton, er habe den Erhalt eines Manuskripts von unschätzbarem Wert ein für allemal gefährdet, ein Eigentum der Rockefeller-Stiftung, der er den Krug hätte übergeben müssen, ohne dessen Inhalt zu erkunden. Als er feststellte, worum es sich bei diesen Dokumenten wirklich handelte, schlug er einen eisigen Ton an:

«Ich erinnere Sie daran, daß Sie keinerlei Berechtigung haben, diese Texte zu veröffentlichen; sie sind unser geistiges Eigentum.»

Da fiel ihm Tov barsch ins Wort, um darauf hinzuweisen, daß alle bei den Ausgrabungen gefundenen Gegenstände grundsätzlich dem Staat Israel gehörten, der deren Aufbewahrung wissenschaftlichen Institutionen übertragen könne, dazu aber nicht verpflichtet sei. Wenn Herchel den Wortlaut der Manuskripte nicht innerhalb einer angemessenen Frist veröffentlichte, würde sich die israelische Altertümerverwaltung darum kümmern. Dann erklärte er ihm, daß er einen Satz der Negative besitze. Von Panik erfaßt, blickte Herchel auf Theo, der zugab, ebenfalls einen Satz der Negative zu besitzen. Sobald Herchel begriffen hatte, daß die Manuskripte damit de facto der Öffentlichkeit anheimgefallen waren, wurde er kreidebleich und hektisch. Angesichts dieses abgekarteten Spiels dämmerte ihm, daß er nichts mehr erreichen würde, weder durch Drohungen noch durch Schmeichelei, und er verlangte, das Grab zu sehen.

Zum Betreten des Grabes hielt Theo undurchlässige Anzüge bereit, wie sie in Kernkraftwerken benutzt werden, und half dem mürrischen, tolpatschigen Herchel, einen von ihnen anzuziehen. Sosehr der Amerikaner Theos angeblich mangelnde Sorgfalt beim Entrollen der Manuskripte kritisiert hatte, so sehr wetterte er nun gegen diese Vorsichtsmaßnahme, die er für überflüssig hielt. Mehr als einmal hatte Theo sich bemüht, ihm die Altersbestimmung mit Hilfe der Radiokarbonmethode und die dafür erforderlichen Vorsichtsmaßnahmen zu erklären, ohne daß ihm das jemals gelungen wäre, denn Herchel rühmte sich geradezu seiner vollkommenen Unkenntnis der Naturwissenschaften.

Als Trostpflaster für seine angeschlagene Eigenliebe und um ihn für die aufgeplatzte Lippe zu entschädigen, bot Theo ihm an, die Gruft als erster zu betreten. Kaum war Herchel drinnen, da stieß er einen Schrei aus, den Theo nicht verstand.

«Der *titulus*!»

Als Theo und Moshe zu ihm getreten waren, füllten die drei Männer den gesamten verfügbaren Raum aus. Und in diesem Gedränge deutete Herchel, einem hysterischen Anfall nahe, auf ein Holztäfelchen, das in der leeren Nische lag, gegenüber der Nische mit dem Skelett. Es trug drei eingebrannte Inschriften, eine in lateinischer, eine in griechischer und eine in hebräischer Sprache. Theo konnte noch genug Latein, um die erste Zeile zu entziffern: «Jesus von Nazareth König der Juden». War das eine Nachbildung oder gar das Original der Tafel, die die römischen Soldaten am Kreuze Christi befestigt hatten, um seiner zu spotten? Auf jeden Fall entsprach sie haargenau der Beschreibung, die Johannes in seinem Evangelium von ihr gab, was Theo in seiner Meinung über die Zuverlässigkeit dieses Berichts im Vergleich zu den anderen nur bestärkte.

Im nächsten Augenblick entdeckte auch Moshe eine Inschrift, eine aramäische, die in den Sockel der steinernen Bank eingemeißelt war, auf der das Skelett ruhte, und die er mit « … Sohn des Joseph» übersetzte. Dabei wies er allerdings darauf hin, daß vom ersten Wort dieser Inschrift nur der Anfangsbuchstabe, ein J, leserlich war. Dann kam er zu einer offensichtlich logischen Schlußfolgerung:

«Es könnte ‹Jesus Sohn des Joseph› heißen.»

Mit allen Anzeichen äußerster Erregung wandte sich Herchel an Theo:

«Gehen wir augenblicklich hinaus. Ich muß kurz mit Ihnen allein reden.»

Die beiden Männer schlossen sich in der Kammer ein, die zum Entwickeln der Filme gedient hatte. Der noch im Raum hängende beißende Chemikaliengeruch weckte Theos Sinne. Während der Arbeit pflegte er sich buchstäblich in einen Algorithmus zu verwandeln und blockierte sein Gehirn, um bei den Messungen größtmögliche Genauigkeit walten zu lassen, ohne daß ihn Geräusche, Gerüche oder irgendein Geschmack ablenkten. Er hatte nie begriffen, wie manche seiner Kollegen beim Arbeiten rauchen, Kaffee trinken oder Musik hören konnten. Aus einem solchen Ausnahmezustand erwachte er nun langsam dank der geballten Wirkung der Chemikalien und der Nervosität Herchels, der stammelte:

«Ich weiß nicht, ob Ihnen klar ist, was Sie getan haben?»

Theo antwortete mechanisch:

«Ich habe ein jüdisches Grab entdeckt, das mindestens seit der Zeit um das Jahr 130 verschlossen war, wahrscheinlich aber noch länger, da die Gebeine damals nicht herausgeholt worden sind. Es enthielt sehr interessante, für die Entstehung der Evangelien aufschlußreiche Manuskripte sowie – vielleicht – eine echte Reliquie Christi. Ich habe auch Proben organischer Substanzen genommen, um mit Hilfe einer Datierung meine Hypothese zu überprüfen, nach der das Turiner Grabtuch womöglich doch echt ist. Angesichts der Zeit und der Arbeit, die in dieses Projekt investiert worden sind, scheint mir das ein Erfolg zu sein.»

«Und das Skelett? Was machen Sie mit dem Skelett?»

«Das habe ich nicht da hineingelegt», entgegnete Theo unwirsch. «Wenn man Sie so hört, könnte man noch meinen, ich hätte einen Mord begangen und die Leiche in diesem Grab versteckt. Ich habe mir absolut nichts zuschulden kommen lassen! Und schließlich ist nichts Verwunderliches daran, wenn in einem Grab ein Skelett liegt.»

«Sie verstehen mich nicht! Sie wissen so gut wie ich, daß die Basilika des Heiligen Grabes über einer Felsenhöhle errichtet wurde, die wahrscheinlich nicht das Grab Christi war. Bei Ihrer anhaltenden Buddelei in dieser Gegend bestand allerhöchste Gefahr, daß Sie auf das echte Grab Jesu stoßen.»

«Das lag durchaus in meiner Absicht, was ich Ihnen nie verschwiegen habe. Es war also keine Gefahr, sondern ein Ziel!»

«Zugegeben, aber Sie hatten so geringe Erfolgsaussichten, daß es mir nie nötig erschien, Sie davon abzuhalten oder bei der päpstlichen Bibelkommission zu intervenieren, deren Vorsitzender Kardinal Weiss ist, wenn Sie mir gestatten, Ihnen das in Erinnerung zu rufen. Ein Wort von mir, und Ihnen wären die Hände gebunden gewesen. Wie viele Dilettanten habe ich in Jerusalem erlebt, die mit ihrem ganzen Glauben und ihren zur Schau getragenen guten Absichten alle Forschungen nur behindert haben!»

«Ich verstehe noch immer nicht, wo das Problem liegt», bekannte Theo mit teilweise gespielter Arglosigkeit.

Herchel zog die Augenbrauen hoch, die bei ihm sehr buschig waren, so buschig wie die von Kardinal Weiss. Er lehnte es wohl ab, sie von seinem Friseur stutzen zu lassen. Das gehörte zu seinem strengen Stil. Ursprünglich war er Quäker gewesen, was das Streben nach Sinnenlust nicht gerade gefördert hatte. In seiner Familie, im tiefsten Pennsylvania beheimatet, galt der Genuß von Alkohol als schwere Verfehlung. Für Jeremy war das Vergnügen deshalb gleichbedeutend mit der Sünde, die in seinem Fall im Trinken großer Mengen bestand. Die Katholiken betrachten Trunksucht dagegen mit wohlwollender Nachsicht: In ihren Augen ist es besser, sich tausendmal zu betrinken, als eine einzige Sünde der Unkeuschheit zu begehen. Also wurde Herchel Katholik, um sich weniger schuldig zu fühlen. Gleichwohl von der Erbsünde und damit von seiner angeborenen Verderbtheit überzeugt, stürzte er sich regelmäßig in aufsehenerregende alkoholische Ausschweifungen, die er sich in weinerlichen Beichten vergeben ließ, und betrieb dafür in Fragen der Doktrin strikten Konformismus. Das erklärte vermutlich auch, weshalb er Kardinal Weiss so willfährig war. Er hatte eine Art labiles geistiges Gleichgewicht erreicht und gemahnte an einen Zirkusartisten, der auf einem Einrad fährt und dabei mit einem Stapel Teller jongliert. Da Theo ihm so häufig begegnete, konnte er sich einer gewissen Faszination nicht entziehen, die von diesem *desperado* des katholischen Glaubens ausging.

Herchel setzte sich auf den einzigen Hocker, der in der kleinen Kammer stand. Um seine Gedanken in Worte zu fassen, mußte er die Muskeln lockern, die ihn auf den Beinen hielten. Außerdem hatte er stets ein wenig Mühe, sich auszudrücken, es sei denn in Beleidigungen.

«Stellen Sie sich einen einzigen Augenblick lang dieses neue Grab vor, das nur ein Skelett enthält und eine Inschrift, die man als ‹Jesus, Sohn des Joseph› deuten kann, dazu noch die womöglich echte Reliquie der Passion Christi und die Sammlung der Aussprüche Jesu, nach der die synoptischen Evangelien verfaßt worden sind, und einen Bericht über die Passion, und dann stellen Sie sich noch vor, daß Ihre vermaledeite Datierung vielleicht eine Zeit um das Jahr 30 ergibt, wie soll man da um die Erklärung herumkommen, es handle sich um das echte Grab und das Skelett seien die Gebeine Jesu selbst? Vergessen Sie nicht, daß der Apostel Paulus gesagt hat, wenn Christus nicht auferstanden ist, sind wir die elendesten unter allen Menschen. Mit Ihren dämlichen Messungen und Ihrer unsinnigen Buddelei riskieren Sie, die Grundfesten der Kirche zu erschüttern.»

«Ich riskiere», antwortete Theo, «den Glauben derer zu erschüttern, bei denen er ohnehin schon schwankt. Der Unterschied zwischen Ihnen und mir, mein lieber Jeremy, kann nur der sein: Sie bezweifeln die Realität von Ostern, und ich stelle sie keinen Augenblick in Frage.»

Während dieses Gesprächs hielt Moshe Tov sich abseits und verfaßte seinen Bericht. Dann telefonierte er mit der israelischen Polizei, um Männer zu bekommen, die das Haus Tag und Nacht bewachen sollten. Vital Gaspoz, der fürs erste am Eingang in die Gruft Wache stand und wußte, daß er nicht gestört werden würde, konnte der naheliegenden Versuchung nicht widerstehen. Er ging hinein. Aufmerksam betrachtete er das Skelett, bis er schließlich etwas entdeckte, was ihn vor Schreck erstarren ließ. Er besah sich die Knochen der Handgelenke noch einmal aus der Nähe, dann die Fußknochen: Es bestand kein Zweifel, sie wiesen Rostspuren auf.

Vital kniete vor der Nische nieder, machte seine Streichholzschachtel leer und füllte sie mit Staub. Er verschloß sie sorgsam mit einem Klebestreifen, zeichnete mit einem Kugelschreiber ein Kreuz auf die Vorder- und Rückseite der Schachtel, dann schob er sie in die Innentasche seines Blousons, an die Stelle über dem Herzen.

Theo brachte den Rest des Tages damit zu, unter Jeremy Herchels Vorhaltungen und Seufzern die nächtens begonnene Arbeit zu vollenden. Er nahm vom *titulus* einen Splitter ab, um dessen Alter zu bestimmen, und fotografierte die Kanten des Holztäfelchens, weil er auch eine Datierung mit Hilfe der Dendrochronologie versuchen wollte. Dann machte er bei flach einfallendem Licht verschiedene Fotos von der teilweise unleserlich gewordenen Inschrift, um sie zu digitalisieren und durch eine elektronische Bildbearbeitung vielleicht wiederherstellen zu können. Eine zweite gründliche Erforschung des

Grabes lieferte keine neuen Hinweise. Das Skelett wurde an Ort und Stelle gelassen, wo es ein Spezialist der israelischen Altertümerverwaltung am nächsten Tag untersuchen sollte, aber es wurde vermessen und fotografiert. Theo, der ein ausgezeichnetes Gedächtnis für Zahlen hatte, bemerkte geistesabwesend, jedoch laut und verständlich, daß die Maße des Skeletts und die auf dem Turiner Grabtuch übereinstimmten. Das löste bei Herchel einen weiteren Wutanfall aus.

Gegen sechs Uhr abends klingelten zwei Polizisten in Zivil an der Tür. Kurz danach verließen die vier Männer die Ausgrabungsstätte. Jeremy Herchel ging ohne ein Wort, ohne einen Gruß von dannen, als fürchtete er sich davor, für das, was geschehen war, noch länger einzustehen. Trotz des Gewichts der entnommenen Proben kehrten Theo und Vital Gaspoz zu Fuß in das kaum einige hundert Meter entfernte King David Hotel zurück. Sie luden Moshe zu einem letzten Drink in der Hotelbar ein. Theo schlug eine Flasche streng koscheren Schaumwein vor, der von einem Rebhang am Berge Karmel kam und ein angemessener Ersatz für echten Champagner war. Tov entgegnete jedoch, der Anlaß sei diesen Aufwand nicht wert und schlichtes Bier reiche. Sobald Vital Gaspoz sein Glas hinuntergekippt hatte, zog er sich zurück, um schlafen zu gehen. Die beiden anderen blieben noch sitzen und hatten nun Gelegenheit, offen miteinander zu reden. Tov begann sehr behutsam, als wollte er Theo über eine Enttäuschung hinwegtrösten:

«Nach langem Suchen haben Sie gefunden, was Sie nicht erwartet hatten …»

«Das ist immer so», fiel ihm Theo ins Wort. «Im übrigen beginnt die wahre Suche für mich erst in Zürich mit der Auswertung all dieser Proben.»

«Was Sie auch im Laboratorium herausbekommen mögen, das sichtbarste Ergebnis der Ausgrabung ist allemal das, was Herchel auf Anhieb festgestellt hat. Sie sind in einen Teufelskreis geraten. Bei dem Versuch, die Echtheit des Turiner Grabtuchs zu beweisen, haben Sie es entmystifiziert. In Ihrem Bemühen, das Linnen wider allen Augenschein erneut für authentisch zu erklären und einen materiellen Beweis für die Auferstehung des Jesus von Nazareth zu erbringen, schaffen Sie es noch, daß sie ernsthaft in Zweifel gezogen wird. Welche Absichten Sie auch immer haben mögen, die Wissenschaft entzaubert die Welt, zerstört die Mythen, verweist die Erzählungen aus der Vergangenheit ins Reich der Legende und reduziert die Wunder auf Metaphern. Als Jude kann ich ohnehin nicht an die Auferstehung des Propheten Jesus von Nazareth glauben, den Sie Christus oder Messias nennen. Zwanzig Jahrhunderte ist es jetzt beinahe her, daß sich auf der Grundlage dieser Legende eine Sekte vom Glauben der Israeliten abgespalten hat. Die Christen sind nicht einmal mehr ungetreue Juden, sie stehen außerhalb des erwählten Volkes, denn sie haben sich dafür entschieden, es zu verlassen, indem sie eine unerhörte Blasphemie anerkannten: die Inkarnation Gottes in Gestalt eines Menschen. Mein lieber Theo, es tut mir leid für Sie, aber Sie rühren an den Kern des christlichen Widerpruchs und haben es selbst herausgefordert. Niemand wird Sie bedauern. Viele werden Sie hassen. Manche werden Ihnen vielleicht nach dem Leben trachten. Schließen Sie dieses Grab. Ich werde mein Wissen für mich behalten, weil Israel keinerlei Interesse daran hat, die christliche Welt zu behelligen, Herchel wird – aus anderen Gründen – ebenfalls den Mund halten, und Gaspoz ist Manns genug, ein Geheimnis zu bewahren, wenn Sie ihn darum bitten.»

Da Theo schwieg, sprach Moshe noch behutsamer weiter.

«Israel hat sich nie zum Ziel gesetzt, die Welt zu bekehren. Wir nehmen diejenigen auf, die darauf bestehen, unseren Glauben auszuüben, indem wir sie lange prüfen und ihnen erklären, daß sie sich eine schwere Bürde aufladen. Man braucht nicht praktizierender Jude zu sein, um erlöst zu werden. Alle Menschen guten Willens werden erlöst. Israel ist nur das Salz der Erde, das, was einer Speise Geschmack verleiht, was der Geschichte einen Sinn gibt. Es war nie die Rede davon, alle Lebensmittel in Salz zu verwandeln, die Geschichte auf die Suche nach ihrem Sinn zu reduzieren. Um alle Nationen wohl oder übel zu einer einzigen Religion zu bekehren, haben die Christen einen Glauben, der hohe Anforderungen stellt, auf abergläubische Praktiken beschränkt, die sich dazu eignen, Heiden zu verführen. Es mußte wohl so kommen, daß Gott eines Tages ein Zeichen setzt, um kundzutun, daß die Christen sich irren. Allerdings beharre ich nicht darauf, daß dieses Zeichen für alle sichtbar wird. Es genügt, daß Sie es begreifen.»

Nach kurzem Zögern fuhr er fort und sah Theo dabei in die Augen:

«Wenn Sie auch nur einen Moment versuchen, sich in meine Lage zu versetzen, dann werden Sie erkennen, daß ich Ihnen mit dem Vorschlag, diese Beweise zu vernichten, einen riesengroßen Gefallen tue.»

Theo schwieg lange, seufzte, hielt sein Bier gegen das Licht und stierte hinein, als ob es eine Kristallkugel wäre, hegte aber nicht den geringsten Zweifel an dem, was er als nächstes tun mußte.

«Der Anschein gibt Ihnen vorerst recht. Und ich behaupte auch nicht, Sie hätten unrecht. Aber Sie sind Sie und ich bin ich. In der Thora stehen immerhin mehr wundersame und legendenhafte Geschichten als in den Evangelien. Was zählt, sind nicht die Berichte über Wunder, wie unsere Vorfahren sie sich ausgemalt haben, sondern ihr Realitätsgehalt und das, was sie an Wunderbarem in unserer Realität bedeuten. Mein Metier ist das Messen. Ich vermesse die Welt, weil ich glaube, daß sie das Werk Gottes ist und verborgene Botschaften enthält. Nur Kriminelle würden es wagen, Beweise zu vernichten. Und

Funktionäre, aus Staatsräson. Ich bin aber weder kriminell noch ein Funktionär.»

Das Bier trieb sie schließlich zu einem Konsens und in Morpheus' Arme. Theo hatte seit achtundvierzig Stunden kaum geschlafen. In seinem Zimmer angelangt, ließ er sich ein heißes Bad einlaufen. Dann raffte er sich noch dazu auf, für den Swissair-Flug am kommenden Nachmittag zwei Plätze zu reservieren, denn er hatte es eilig, seine Proben in Sicherheit zu bringen. Außerdem schickte er Colombe noch ein Fax mit den schlichten Worten: «Das große Abenteuer hat begonnen. Triff uns am vereinbarten Ort.» Ehe er in Schlummer sank, nahm er sich die Zeit für ein kurzes Gebet, auf Knien am Fußende seines Bettes, beide Hände um den kleinen Stahlzylinder gelegt, der den Splitter des *titulus* enthielt.

9

❖❖❖❖❖❖

Theo schlief volle zwölf Stunden ohne Unterbrechung. Kurz nach acht weckte ihn das Klingeln des Telefons. Seine erste Empfindung war, daß er geblendet wurde, denn er hatte am Abend vergessen, die Vorhänge zuzuziehen, und der blaue Himmel verströmte für einen Tag kurz nach der Wintersonnenwende erstaunliche Helligkeit. Er hob den Hörer nicht sofort ab, was im Widerspruch zu seinen sonst so schnellen Reflexen stand. Er war nicht mehr darauf programmiert, beim ersten Klingelzeichen zu reagieren: Irgend etwas hatte sich verändert. Er lebte eindeutig über seine Verhältnisse und außerhalb seiner Gewohnheiten. Dabei fühlte er sich sehr leicht, als ob er aufgehört hätte, ein Algorithmus zu sein. Alles in allem hatte er den längsten, ehrgeizigsten und gefährlichsten Algorithmus seiner Laufbahn zu einem guten Ende geführt. Er war nicht mehr derselbe. Ein wenig träge hielt er den Hörer ans Ohr.

«Ich hoffe, Sie sind über Nacht zur Vernunft gekommen», schrie Herchel, denn er war der morgendliche Anrufer. «Ihretwegen habe ich keinen Schlaf gefunden. Ich habe bereits mit dem Kardinal gesprochen und ihm eine Kopie der Manuskripte gefaxt; das hätten Sie eigentlich tun können. Er ist derselben Meinung wie ich. Ihre sogenannten Entdeckungen werden beachtliches Ärgernis erregen. Und der, durch welchen Ärgernis kommt, für den wäre es besser, daß er ins Meer geworfen würde, mit einem Mühlstein an seinem Hals.»

Theo war guter Laune. Er verspürte keinerlei Lust, sich aufzuregen. Herchels Gezeter reizte ihn eher zum Lachen. Eine Unterhaltung mit diesem Dummkopf würde ihm gestatten, langsam wach zu werden, ohne übertriebene geistige Anstrengungen.

«Sie zitieren das Evangelium, aber aus dem Zusammenhang gerissen, verehrter Kollege. Jesus sprach von Kindern, die von Erwachsenen geärgert werden. Ich werde keine Kinder ärgern. Sie werden meine Geschichte sogar wunderbar finden. Dafür werde ich Erwachsene ärgern, die ihr kindliches Gemüt verloren haben und nicht bereit sind, ihre gewohnte Denkweise zu ändern. Kurzum, Leute wie Sie. Leute, von denen Jesus gesagt hat, wenn sie nicht werden wie die Kinder, werden sie nicht ins Himmelreich kommen.»

«Ich habe auch den israelischen Zoll benachrichtigt», zischte Herchel, «denn mir ist zu Ohren gekommen, daß Sie in die Schweiz fliegen wollten, wahrscheinlich mitsamt Ihren Proben. Immerhin habe ich meine Informationsquellen. Man wird Sie wegen illegaler Ausfuhr von Antiquitäten festnehmen.»

«Ich werde selbstverständlich eine von Moshe Tov unterzeichnete Genehmigung bei mir haben», erwiderte Theo trokken, wurde aber dennoch allmählich ungehalten.

«Und die Palästinenser, haben Sie an die gedacht? Ob Christen oder Moslems, sie werden zweifellos empört sein, wenn sie erfahren, daß man ihr geistiges Erbe aus dem Land schafft, selbst wenn dieses widerrechtlich von der israelischen Armee besetzt ist.»

«Haben Sie die etwa auch verständigt?» fragte Theo.

«Ich habe getan, was mein Gewissen mir diktiert hat, um gegen den Zionismus zu kämpfen. Es ist bezeichnend, daß Sie bei den Juden Rückhalt finden, wenn Sie die Grundfesten unseres Glaubens erschüttern wollen. Sie haben schon immer verdächtige Sympathie gezeigt für diesen Tov ...»

«Also wirklich, mein lieber Jeremy, für einen, der etwas geheimhalten möchte, haben Sie mit sehr vielen Leuten darüber geredet. Ich gehe einmal davon aus, daß Sie mich nur beeindrucken wollen ...»

Herchel legte auf, und Theo warf, während er seine morgendliche Toilette machte, hin und wieder einen Blick auf die Umgebung des Hotels, die er von seinem Fenster aus überschauen konnte. Ihm fiel nichts Ungewöhnliches auf, woraus er jedoch nur den Schluß zog, daß er eben unfähig war, echte Profis zu erkennen, seien es nun israelische Polizisten oder palästinensische Terroristen. Zum erstenmal beschlich ihn das Gefühl, ein gefährliches Geheimnis zu besitzen. Die beim Aufwachen empfundene Befreiung wurde nun von einer anderen Wahrnehmung überlagert, die er noch nie erlebt hatte: von Furcht. Und er stellte fest, daß sie ihm gefiel, weil sie den Ablauf der Zeit verlangsamte. Alarmierte Sinne verlängern die psychische Wahrnehmung der Zeit. Ehedem hätte Theo sich nie vorstellen können, daß es eine mentale Möglichkeit gibt, das Verstreichen der Sekunden auszudehnen.

Er rief Moshe Tov an, der bereits in seinem Büro war, und erinnerte ihn an die erbetene Ausfuhrgenehmigung für die Proben. Der Israeli erbot sich, ihn selbst zum Flugplatz von Tel Aviv zu bringen und ihn an der Hintertür des Hotels abzuholen. Sorgsam verstaute Theo die Proben in dem Aktenkoffer, von dem er sich auch in der Maschine nicht trennen würde. Einen Satz Fotos der Manuskripte vertraute er Gaspoz an, der keinerlei Fragen stellte und ihn mit gepacktem Koffer rauchend im Flur erwartete. Theo unterließ es, zum Bezahlen in die Hotelhalle hinunterzugehen. Er konnte auf dem Bildschirm in seinem Zimmer die Rechnung abrufen und sie durch die Eingabe der Kreditkartennummer automatisch begleichen. Dann bestiegen die beiden Männer den Aufzug und fuhren bis in den Keller hinunter. Durch eine Waschküche erreichten sie den Hinterausgang, an dem Tov bereits am Steuer eines Militärfahrzeugs auf sie wartete.

Auf dem Weg vom Hotel zum Flugplatz hielt Theo zuweilen den Atem an. Da ein israelischer Autobus einer Granate zum Opfer gefallen war, mußten sie zweimal an Straßensperren der Armee halten. Jedesmal drohte Theos Herzschlag auszusetzen. Trotz der Gegenwart von Moshe Tov fühlte er sich nicht sicher. Ihm wurde zunehmend bewußt, daß der Inhalt seines Aktenkoffers brisant wie Dynamit war, seit gewisse Gruppierungen Kenntnis von dem erlangt hatten, was er transportierte.

Die Formalitäten bei der Abfertigung, dann die der Polizei und des Zolls erschienen ihm so langsam vonstatten zu gehen, daß es ihn rasend machte. Der Sicherheitsbeamte nötigte Theo, jeden Stahlbehälter mit den Proben zu öffnen, obwohl Moshe Tov garantiert hatte, daß von ihnen keinerlei Gefahr ausgehe. Ungläubig betrachtete der Mann die Staubproben und stocherte endlos in ihnen herum, wodurch er sie verseuchte. Tov, der in der Armee Oberst der Reserve war, mußte erst einen Polizeioffizier ausfindig machen, der als Leutnant in seiner Einheit gedient hatte, um Theo durch die Kontrolle zu schleusen.

Sehr ernst verabschiedete er sich von ihm:

«Geben Sie acht auf sich, Theo! Sie setzen sich großen Gefahren aus, was immer Sie bei Ihren Messungen entdecken werden. Für die Routine einer festgefügten Religion gleich der Ihren ist nichts so unerträglich wie das Neue, was es auch sein mag, selbst wenn es den harten Kern des Glaubens stärkt. Ich fürchte, Sie riskieren Ihr Leben. Die Christen gehen nicht gerade sanft mit jenen um, die sich nicht der Linie der Heiligen Kirche anpassen.»

Theo, der ein wenig nervös war, antwortete ohne zu überlegen:

«Der Hohe Rat ging auch nicht sanfter mit dem Dissidenten Jesus um.»

Dann faßte er sich wieder, und schließlich umarmte er Tov sogar. Durch die lange Zeit im Nahen Osten hatte er manches von seiner helvetischen Steifheit überwunden. An Bord der Swissair fing er sich vollends. Zum erstenmal seit dem Aufwachen fühlte er sich in Sicherheit. Die Stewardessen unterhielten sich miteinander in schweizerdeutscher Mundart, boten Erfrischungstücher an, dann Champagner oder Orangensaft, die *Gazette* der Swissair und Schweizer Zeitungen. Auf diese Weise bemuttert, schlief Theo – mit Gaspoz an seiner Seite – ein, noch ehe das Flugzeug abgehoben hatte.

Erst hoch oben, irgendwo zwischen der israelischen Küste und Zypern, wachte er wieder auf. Das Essen wurde serviert. Als Aperitif trank Theo eine Mischung aus Wodka und Tomatensaft, die im angelsächsischen Kauderwelsch der Bars treffend *Bloody Mary* genannt wurde. Und so rot, gewissermaßen blutrot, sah er auch allmählich. Herchels Dummheit hatte ihm nur einen Vorgeschmack auf das gegeben, was ihm überall widerfahren würde, sobald seine Entdeckungen bekannt wurden. Tov hatte das richtig eingeschätzt. Niemand würde ihm dafür dankbar sein, die meisten würden falsche Schlüsse daraus ziehen, manche würden ihn hassen, einige mochten ihm sogar nach dem Leben trachten, dies um so mehr, als er der einzige war, der um das religionszersetzende Geheimnis wußte. Teilte er es mit zuverlässigen Vertrauten, konnte er sich vielleicht ein wenig schützen. Dunkel wurde ihm bewußt, daß er besser nicht mehr nach Palästina zurückkehren sollte, dennoch blieb er bei seinem Entschluß, für die Wahrheit zu kämpfen, die er erst noch herausfinden mußte.

Also sagte er dem schwierigen Nahen Osten für immer Lebewohl und nahm eine schlichte Erkenntnis mit: Politik und

Religion durchdrangen einander dort so stark, daß zwischen den Völkern nie Frieden herrschen würde, weil nie Frieden zwischen den Religionen herrschen würde und umgekehrt. Dort, wo Gott Mensch geworden war, hatten die menschlichen Auseinandersetzungen unsühnbare Schärfe erreicht. Und dem rätselhaften Evangelistenwort zufolge war Jesus nicht gekommen, Frieden zu bringen, sondern das Schwert. Juden, Christen und Muslime werden wohl für alle Zeit einen Streit ausfechten, der so ewig ist wie der Gott, auf den sie sich alle berufen. An die Beziehung zwischen den Religionen zu rühren, was Theo sich zu tun anschickte, stellte einen unverzeihlichen Frevel dar. Aber war Jesus ein Schwärmer gewesen, der sich der Blasphemie schuldig gemacht hatte, war er Gottes Sohn oder der vorletzte Prophet? Jeder der geistigen Nachfahren Abrahams vertrat in dieser Frage eine andere Meinung. Selbst wenn es den Messungen im Laboratorium nie gelingen sollte, objektiv zwischen den drei Interpretationen des Lebens Jesu zu entscheiden, so würden sie doch der einen oder der anderen mehr oder weniger Gewicht verleihen. Dabei war die Zugehörigkeit zu einer Religion, zu einer anderen oder zu gar keiner nicht nur eine Sache der persönlichen Gesinnung, sondern besaß auch eine politische Dimension, was der Nahe Osten ebenso deutlich zeigte wie der Balkan und vielleicht auch das Abendland.

Lange hatte Theo arglos angenommen, die Juden seien eine Art religiöse Nachhut, an der Christen verlorengegangen sind, die die Offenbarung noch nicht begriffen haben. Da Jesus gekommen war, um das Israel gegebene Versprechen einzulösen, hätten ihn in erster Linie jene anerkennen müssen, denen dieses Versprechen gegolten hatte und die gewissermaßen an der Quelle dieser Erkenntnis saßen. Dennoch wehrten sie sich beharrlich dagegen, trotz bester Predigten der Apostel aus ihren eigenen Reihen und auch trotz der Ketzergerichte, Pogrome und Verbrennungsöfen, die Christen später in ihrer

Erbitterung über die Hartnäckigkeit der Juden ersonnen haben. Jene, die aufs beste dafür gerüstet waren, die Botschaft zu empfangen, konnten sie doch nur aus Dummheit, Eigensinn oder Böswilligkeit überhören, selbst und vor allem dann, wenn das für sie ein Martyrium zur Folge hatte. Die Christen hatten dagegen im Zweiten Vatikanischen Konzil noble und kluge Großmut an den Tag gelegt, als sie die Juden von der Schuld am Tode Christi freisprachen und sie als ältere Brüder im Glauben anerkannten.

Mit diesen knapp zusammengefaßten Ansichten hatte Theo vor sechs Jahren den Boden Israels betreten. Er genoß hohes Ansehen, da er kurz zuvor den Nobelpreis für Physik erhalten und beschlossen hatte, den Betrag in die angebliche Restaurierung der Fundamente der Grabeskirche zu investieren. Er ließ sich bei allen ethnischen und religiösen Gruppierungen blikken, verteilte sorgsam berechnete Spenden, hielt Vorträge auf englisch, deutsch und französisch, lernte einige Sätze auf arabisch oder hebräisch sprechen, gewann das Wohlwollen israelischer, libanesischer, jordanischer sowie syrischer Geistlicher, christlicher Patriarchen, jüdischer Rabbiner und muslimischer Imame und erwarb das nötige Wissen über die orientalische Küche, um mit der jeweiligen, nach seinen Kriterien stets gleich ungebildeten Dame des Hauses darüber reden zu können. Er war der Liebling der ein halbes Dutzend umfassenden Clans geworden, die sich Jerusalem teilten: den ihrem eigenen in den Salons kursierenden Ausspruch zufolge «kleinsten gemeinsamen Nenner aller Kinder Abrahams». Sein Interesse für das Heilige Grab wurde als milder Spleen eines alternden Gelehrten bewertet.

Im Laufe seines langen Aufenthaltcs in Israel begriff Theo jedoch nach und nach, daß die Christen in den Augen der Juden keineswegs eine allzu wagemutige Vorhut darstellten, sondern Heiden wie alle anderen waren, wenn nicht gar noch schlimmer als die anderen, weil sie dazu neigten, einen gotteslästernden jüdischen Propheten als Götzen anzubeten. Die Tatsache, daß es eine Milliarde Christen und nur zehn Millionen Juden gab, schien Theos israelische Gesprächspartner keineswegs zu beeindrucken. Das ließ ihn wiederum erkennen, wieviel Einfluß die Statistik auf seinen Glauben genommen hatte, bei dem er, ohne daß er sich dessen bewußt gewesen wäre, ganz selbstverständlich davon ausgegangen war, daß sich so viele Christen nicht irren könnten. Wie ihm nun allmählich dämmerte, beruhte sein Glaube in erster Linie auf seiner Erziehung, aber auch auf einer Art Meinungsumfrage, die er stillschweigend mit einbezog. Als er merkte, daß die Juden keinerlei Ambitionen hegten, neue Gläubige zu gewinnen, da wurde ihm schließlich klar, daß die sehr christliche Bekehrungswut – oder gewählter ausgedrückt: der missionarische Eifer – von einer inneren Schwäche dieses Glaubens herrührte, von der Konfrontation mit dem Paradoxon Ostern, dieser beständig quälenden Frage. Theo hatte sich darauf eingestellt, dem judaistischen Archaismus seiner «älteren Brüder» mit gönnerhaftem Wohlwollen zu begegnen, und wurde mit der Zuvorkommenheit empfangen, die einem Jüngeren zusteht, der zwar ein heller Kopf, aber einem unbezwinglichen Irrtum erlegen ist: dem Glauben an Jesus als Mensch, Gott und von den Toten Auferstandener. Deshalb bemühte er sich, das Paradoxon Ostern in ein Theorem zu verwandeln, in einen Lehrsatz aus zwar nicht bewiesenen, aber als allgemeingültig anerkannten Wahrheiten, und er tat dies um so hartnäckiger, je mehr dessen Aussage für ihn von der Gewißheit zur Mutmaßung schrumpfte.

Wenn die Israelis, mit denen er zu tun hatte, Theo beeindruckten und auch beeinflußten, so ließ sich das in weitaus geringerem Maß von den wenigen westlichen Kollegen behaupten, die damit betraut waren, die vor einem halben Jahrhundert entdeckten und seither teilweise unter Verschluß gehaltenen Schriften von Qumran zu entziffern. Die archäologische Erforschung des ersten christlichen Jahrhunderts hatte dank der an einem Wintertag des Jahres 1946 von Beduinen entdeckten Höhle von Qumran unerwartete Hilfestellung bekommen. Doch diese Entdeckung wurde in Gelehrtenkreisen schnell zum Zankapfel.

Im Jahre 1967, nach dem Sechstagekrieg, fiel der Besitz an den Schriften praktisch dem Staat Israel zu, doch er unternahm nichts, um dem katholischen Monopol beim Entziffern und bei der Auslegung dieser Texte ein Ende zu setzen, obwohl sie doch in erster Linie für ihn von Interesse waren. Einzige Ausnahme: Israel hatte bereits Jahre zuvor von einem mysteriösen Mittelsmann, der im *Wall Street Journal* inseriert hatte, für zweihundertfünfzigtausend Dollar einige biblische Manuskripte erworben, zu denen eine Jesaja-Abschrift gehörte, die in einer eigens für sie erbauten Kultstätte ausgestellt wurde. Seltsamerweise schien Israel aber kein Interesse mehr an der Herausgabe Hunderter, in der Bibel nicht enthaltener Originalmanuskripte zu haben, die doch allemal Licht in die Entstehungsgeschichte des modernen Judaismus hätten bringen können. Diese Nonchalance deckte sich mit der des Vatikan, dem die Veröffentlichung von Texten aus den Anfängen des Christentums scheinbar ebenso gleichgültig war.

Für einen außenstehenden Beobachter wie Theo, der zunächst von den Methoden der Exegese ebensowenig verstanden hatte wie von den Feinheiten der Politik, sah das Geheimnis, das die Schriften von Qumran umgab, auf den ersten Blick nach einer Verschwörung aus. Nicht nur, daß das Entziffern und Veröffentlichen der Texte mit surrealistischer Langsamkeit vonstatten ging, die Papyrus-, Pergament- oder Kupferrollen wurden auch unter so schlechten Bedingungen aufbewahrt, daß sie teilweise Schaden nahmen, und es wurden keine Fotos von professioneller Qualiät gemacht oder publiziert. Enthielten diese Manuskripte Passagen, die den Glauben der Christen oder die Grundfesten des Staates Israel erschüttern könnten? Dieser Verdacht bahnte sich letzten Endes seinen Weg in die Presse: Leitartikel in den großen amerikanischen Zeitungen versetzten dem Monopol der wenigen Gelehrten den Todesstoß, denn immerhin subventionierten doch die Vereinigten Staaten dieses archäologische Versteckspiel.

Im September 1991 erschienen bis dahin noch nicht publizierte Schriften aus Qumran, die nach einer bereits existierenden Konkordanz auf dem Computer rekonstruiert worden waren. Zwei Wochen später wurde dann nach einer abenteuerlichen Odyssee ein Satz Fotos der Manuskripte selbst der Öffentlichkeit zugänglich gemacht. Eigentlich enthielten die fünfundvierzig Jahre lang geheimgehaltenen Manuskripte nichts, was die Grundfesten des Judaismus oder des Christentums hätte erschüttern können. Die einzige Neuigkeit, die daraus hervorging, war die mutmaßliche Verbindung Johannes des Täufers zur Sekte der Essener.

Das Geheimnis der verzögerten Publikation erklärte sich ganz prosaisch aus dem Besitzerinstinkt und den Machtgelüsten der für das Projekt zuständigen Forscher: Solange sie über ein Monopol verfügten, konnten sie mühelos brillante Studenten anziehen und für sich arbeiten lassen. Über dieses Intrigenspiel wurde Theo von Emmanuel aufgeklärt, der inzwischen Untersekretär der Kongregation für die Glaubenslehre sowie rechte Hand von Kardinal Weiss geworden war und nun an der Quelle aller Informationen saß. Theo kannte akademische Gepflogenheiten gut genug, um zu begreifen, was sich abgespielt hatte, und dem keine allzu große Bedeutung beizumessen. Ein guter Forscher ist stets ein mehr oder minder schwieriger Charakter, und eine Gruppe von Forschern wird leicht zu einem

Vipernknäuel: müßig in ihrer angeborenen Trägheit, aber immer bereit, einen Eindringling zu beißen.

Allerdings blieb ein Rätsel bestehen, und ein neuer Verdacht stieg in ihm auf. Unter Hunderten wiedergefundener Schriften aus der Bibliothek von Qumran erwähnte keine einzige Christus oder die Christen. Die Gegend von Qumran war jedoch wahrscheinlich von der Sekte der Essener, vielleicht auch von Zeloten besiedelt, bis römische Truppen im Jahre 68 n. Chr. den ersten jüdischen Aufstand niederschlugen. In dessen Verlauf wurde die Gemeinde zerstreut, nachdem es ihr zuvor noch gelungen war, ihre Bibliothek zu vergraben. War es möglich, daß eine so große Ordensgemeinschaft wie die Essener die Entstehung einer anderen Sekte, die ihr in ihren Bestrebungen und ihrem Vokabular derart nahekam, vierzig Jahre lang nicht zur Kenntnis genommen hatte? Die Auferstehung Jesu hatte im ganzen Land Aufsehen erregt. Dennoch fand sich, zumindest nach Aussagen der Archäologen, die die Manuskripte auswerteten, in Qumran kein Hinweis darauf. Bedeutete das, daß man solche Hinweise vorsätzlich getilgt hatte? Theo wußte aus Erfahrung, daß derlei Säuberungen nie vollkommen waren, weil jedes Verbrechen, selbst ein akademisches, Spuren hinterläßt. Also machte er sich auf die Suche.

Zwanzig Jahre zuvor hatte ein spanischer Jesuit, der sonderbarerweise O'Callaghan hieß, die These verfochten, daß sich in der Höhle Nummer sieben von Qumran verstreute Fragmente auf griechisch abgefaßter Manuskripte befänden, die das Markusevangelium zum Inhalt hätten. Die Fragmente waren jedoch winzig, und die These blieb im Kontext der siebziger Jahre umstritten. Einige ihrer Kritiker wollten entdeckt haben, daß O'Callaghan Risse im Manuskript für Abstriche nicht vorhandener Buchstaben gehalten hatte. Und dabei ließ man es bewenden.

Im Jahre 1992 wurde schließlich dank einer Indiskretion ein

Fragment des aramäisch geschriebenen Textes 4Q246 bekannt: Dabei handelt es sich um die Lobpreisung eines nicht namentlich genannten Mannes, der als «Sohn Gottes» bezeichnet wird. In den Evangelien wird diese Bezeichnung zwar für Jesus verwendet, aber sie sind auf griechisch abgefaßt, und im hellenistischen Kontext war das Attribut «Sohn Gottes» ganz alltäglich und wurde den meisten Fürsten zugestanden. In jüdischem Kontext stellte es dagegen eine Blasphemie dar, um derentwillen Jesus wahrscheinlich zum Tode verurteilt worden wäre. Die mit der Auswertung der Schriften von Qumran betrauten Forscher hatten bereits im Jahre 1958 einen aramäischen Text mit diesem symbolträchtigen Begriff entdeckt und ihn dann mehr als dreißig Jahre lang geheimgehalten. Im übrigen war der für das Manuskript 4Q246 zuständige Mann ebenso bemerkenswert wie das Manuskript selbst: der polnische Priester Jozef Milik, der letzten Endes das Priestergewand ablegte und sich in Frankreich niederließ. Trotz wiederholter Versuche war es Theo nie gelungen, an ihn heranzukommen, um ihn zu fragen, was er entdeckt und was er weshalb verheimlicht hatte. Und so wuchs seine Überzeugung: ausgeschlossen, daß es keine Beziehungen zwischen den Christen und der Gemeinschaft von Qumran gegeben hatte, wie dies unermüdlich wiederholt wurde. Die Lösung des Rätsels, dem er sich widmete, hing vielleicht damit zusammen. Gleich einem Jagdhund nahm er die schwache Witterung eines großen Wildbrets auf.

Die wissenschaftliche Forschung besteht darin, für sich zu behalten, was die anderen auf keinen Fall herausfinden, und – vor den anderen – zu veröffentlichen, was sie am Ende sowieso entdecken. Das ist das lächerliche Geheimnis der Macht und des Ruhms Gelehrter. Theo genoß bereits den Ruhm des Nobelpreises. Er konnte ihn nur noch mehren, indem er veröffentlichte, was die anderen für sich behalten wollten.

Bei der Landung in Kloten begriff Theo schnell die Regeln des Spiels, auf das er sich wagemutig eingelassen hatte. Noch ehe die Türen der Maschine geöffnet wurden, krächzte der Lautsprecher eine Durchsage:

«Professor Theophil de Fully wird gebeten, sich beim Bordpersonal zu melden.»

Unwillkürlich drückte er seinen Aktenkoffer an sich, um seine Proben zu verteidigen. Mit dieser Art Inquisition hatte er in der Schweiz nicht gerechnet. Er durfte sich ja nicht zu erkennen geben! Doch dann besann er sich anders, wohl aus Furcht davor, was Gaspoz von ihm denken könnte, der ihn mit hochgezogenen Brauen beobachtete. Diskret beugte sich die Stewardeß zu Theo hinunter:

«Herr Professor, wir sind vom Tower benachrichtigt worden, daß unten an der Gangway ein Wagen auf Sie wartet. Ihr Koffer wird bereits aus dem Frachtraum geholt und im Auto verstaut. Sie brauchen sich um nichts zu kümmern. Steigen Sie bitte erst aus, wenn die übrigen Passagiere von Bord sind.»

Theo warf einen besorgten Blick aus dem Fenster, um nachzusehen, ob er wirklich in Kloten gelandet war. Überall sonst hätte er einen Entführungsversuch gewittert, aber hier war diese Hypothese wohl nicht einmal der Überprüfung wert. Ein wenig wehmütig ließ er Gaspoz vorbei. Als sich kein Passagier mehr an Bord befand, stieg er die Gangway hinunter, ins Zwielicht der winterlichen Abenddämmerung. Die Luft war feucht und kalt, das richtige Wetter für die Verschleppung in einen Gulag, in eine von germanischem oder slawischem Geist ersonnene Hölle auf Erden, irgendwo fernab in den Steppen des Nordens. Am Fuße der Gangway stand breitbeinig ein noch junger Mann: ausladender Schnurrbart, Hut bis an die Augen, beigefarbener Gabardinemantel. Etwas abseits wartete ein rabenschwarzer Mercedes, dessen Fahrer gerade Theos Koffer einlud, während einige Bedienstete des Flugplatzes neugierig die Szene beobachteten.

«Ich bin der Privatsekretär von M. Eric Keller, dem Sie zwar noch nie begegnet sind, der Sie aber vom Hörensagen sehr gut kennt, Herr Professor. Er läßt Ihnen seine Grüße bestellen und bedauert, daß er sich nicht die Zeit nehmen konnte, Sie zu empfangen. Er ist von Seiner Eminenz, Kardinal Weiss, beauftragt worden, dafür zu sorgen, daß Sie so schnell wie möglich nach Rom gelangen. Nicht weit von hier erwartet uns ein Privatflugzeug.»

Er sprach französisch mit dem schleppenden Akzent der Deutschschweizer. Theo kannte Eric Keller dem Namen nach: ein Schweizer Industrieller, der sich auf die Übernahme und Abwicklung von Unternehmen spezialisiert hat, eine Art Wirtschaftshai, der aus den Tiefen auftaucht, vor den Augen der Medien zuschlägt und sich sogleich wieder absolut unsichtbar macht. Wie die meisten Schweizer, die auf der obersten Sprosse der sozialen Leiter angelangt sind, würde er sich gern mit dem Titel eines «achten Bundesrates» schmücken. Seine Sammlung moderner Gemälde genoß großes Ansehen: Mal verhieß er sie Lugano, mal versprach er, sie Bern zu hinterlassen, wodurch er politische und kulturelle Spannung erzeugte, aus der er einen Teil seiner Macht schöpfte.

Theo überlegte nicht lange.

«Ich muß diese Proben unbedingt sofort in mein Laboratorium bringen.»

Er fügte kein weiteres Wort hinzu und sah dem Mann unverwandt in die Augen.

«Es geht darum, Sie selbst samt diesen Proben auszufliegen. Der Kardinal legt Wert darauf, daß sie nach Rom transportiert werden, um mit Ihnen darüber zu reden.»

«Das kommt nicht in Frage.»

Der andere schien fassungslos zu sein. Er war wohl nicht

daran gewöhnt, daß jemand die geballten Wohltaten eines Industriellen und eines Kardinals zurückwies.

«Ihre Proben sind in Rom ebenso gut aufgehoben wie in Zürich.»

«Auf jeden Fall werden sie in meinem Laboratorium in Zürich untersucht. Es besteht also kein Grund, sie nach Rom zu transportieren.»

Die Situation war anscheinend ausweglos, denn der junge Mann mit dem Schnurrbart schwieg, als brauchte er nur zu warten, bis Theo sich seiner offenkundigen Macht beugte. Theo bekam es dagegen allmählich mit der Angst zu tun, denn sie standen mittlerweile allein an der Gangway des Flugzeugs, um das sich kein Bodenpersonal mehr kümmerte. Also kehrte Theo diesem aufdringlichen Menschen den Rücken und ging in Richtung Flughafengebäude davon. Da spürte er, wie er am Arm gepackt wurde, obwohl ihm körperliche Berührung ein Greuel war. Er drehte sich um.

«Hören Sie, ich bin Schweizer Staatsbürger und befinde mich auf Schweizer Boden. Soviel ich weiß, habe ich keinerlei Verbrechen begangen. Ich bin nicht festgenommen. Sie gehören nicht der Polizei an. Ich gehe, wohin ich es für richtig halte, und tue dort, was mir beliebt. Wenn Sie mich nicht loslassen, rufe ich die Polizei. Was soll dieses ganze Theater? Wer sagt mir denn, daß Sie wirklich vom Kardinal geschickt wurden?»

Wie aus dem Nichts zauberte der andere ein Mobiltelefon hervor, wählte eine Nummer und reichte den Apparat Theo, der kurz darauf Emmanuels Stimme vernahm:

«Guten Abend, Theo. Du mußt dringend nach Rom kommen. Ich werde dir hier alles erklären.»

«Einverstanden, aber ich möchte, daß meine Proben zuerst in meinem Labor in Sicherheit gebracht werden und daß die Messungen beginnen.»

Schweigen. Wahrscheinlich besprach sich Emmanuel mit

jemandem und hielt den Hörer zu. Dann meldete er sich wieder:

«Na schön, aber beeile dich.»

Wie in einem Traum wurde Theo von dem schwarzen Mercedes durch die nun dunklen und wie ausgestorbenen Straßen Zürichs zum Laboratorium gefahren. Über das Mobiltelefon konnte er seinen ersten Assistenten benachrichtigen, der trotz der traditionellen Ferien zwischen Weihnachten und Neujahr Bereitschaft hielt und ihn in der Eingangshalle erwartete. Binnen weniger Minuten erklärte Theo ihm, was er tun sollte, dann kehrte er zu seinem sonderbaren Reisegefährten zurück, um sich wieder auf den Weg zum Flugplatz zu machen. Draußen vergewisserte er sich noch, daß sein Assistent die Eingangstür des Instituts gut verschloß.

Zu Beginn der *Odyssee* beschreibt Homer, wie der Götterbote Hermes vom Gipfel des Olymps zu jener Insel fliegt, auf der Odysseus in Calypsos Armen schmachtet. Die nahezu lautlose Fortbewegung in einer Mystère 20 besaß etwas vom Reiz dieses Homerschen Flugs. Im Schein des Mondes bildeten die Wolken eine irreale Landschaft, wie Berge und Täler eines unbewohnten Planeten, den Theo überflog, allein mit einem schnurrbärtigen, schweigsamen Halbgott. Welche Gedanken mochte dieses schwerfällige Gehirn wälzen? Tötete er nur durch Wort und Schrift wie normale Kader, oder griff er zu radikaleren Methoden? Spielte er in seiner Freizeit vielleicht Klavier oder liebte er zeitgenössische Lyrik? Bald stellte Theo sich den Mann als herkömmlichen Familienvater vor, bald als Verführer, der von Frau zu Frau flatterte. Es fiel ihm immer schwerer, sich auf die Wirklichkeit zu konzentrieren, weil sie derart gespenstische Züge annahm. Seit der Öffnung des Grabes vor kaum mehr als sechzig Stunden lebte er in einem Ausnahmezustand, mit geschärften Sinnen. Er war gespannt auf die nächsten Ereignisse, die sicher noch ungewöhnlicher sein würden.

Sie tauchten in die Wolken ein und schwebten bis Fiumicino, wo sie am Ende der Landebahn wieder von einer schwarzen Limousine erwartet wurden. Der erste Mensch, dessen Umrisse Theo in der von grellem Scheinwerferlicht durchschnittenen Dunkelheit erkennen konnte, war Emmanuel: Groß und sonnengebräunt stand er fest auf seinen Beinen, die den Stoff einer schwarzen, an diesem Ort befremdlich anmutenden Soutane mit violettem Zingulum spannten. Im Laufe der Jahre hatten die Zellinjektionen hervorragend gewirkt. Die Fachliteratur rühmte Emmanuel, unter dem Decknamen Jacques, als den Patienten, bei dem sich die Krankheit auf spektakulärste Weise zurückgebildet hatte, ein echtes Schulbeispiel, wenn nicht gar ein Wunder. Außer Colombe und Theo wußte davon niemand etwas. Im Vatikan, in dieser Atmosphäre vollauf mit sich selbst beschäftigter Junggesellen, war weder seine Erkrankung vor sechs Jahren noch seine aufsehenerregende Heilung bemerkt worden, es sei denn von einigen Nonnen im Sekretariat der Glaubenskongregation, aber die hatten nie darüber geredet, nicht einmal untereinander.

Während der Fahrt beschränkte sich Emmanuel darauf, organisatorische Dinge zu besprechen. Für Colombe hatte er ein Zimmer im Hotel Raphael bestellt, ohne jede Mühe, denn zwischen Weihnachten und Neujahr war Rom wie ausgestorben. Theo sollte dagegen im Palazzo San Calisto wohnen, einer Art vatikanischer Familienpension für hohe Gäste. Die Sitzungsperiode des Parlaments begann am 3. Januar, und Theo müßte dann auf jeden Fall aus dem Hotel Raphael ausziehen, weil es von Journalisten und indiskreten Informanten überlaufen sein würde. Emmanuel reichte ihm einen Vatikan-Paß, der zwar Theos Foto trug, aber auf den Allerweltsnachnamen «Martin» lautete. Dem Kardinal war es lieber, wenn Professor de Fully sich incognito hier aufhielt und niemandem seine wahre Identität preisgab. Mit gesenkter Stimme fügte Emmanuel hinzu, daß Colombe am Samstag mit der Morgenmaschine eintreffen sollte.

Als Theo von Emmanuel in das Büro Seiner Eminenz geführt wurde, bekundete oder mimte der Kardinal überschwenglichste Freude. Er griff mit beiden Händen nach der Hand seines Besuchers, und als Zeichen größtmöglicher körperlicher Nähe zwischen einem Mann Gottes und einem gewöhnlichen Schäfchen seiner Herde drückte er sie lange, herzlich und liebevoll. Theo fragte sich sogar einen Augenblick, ob ihm nicht noch eine kirchenbrüderliche Umarmung bevorstehe. In der Klosterschule von Saint-Maurice, in den Jahren vor der Liturgiereform des Zweiten Vatikanischen Konzils, hatten die drei Priester, die feierliche Messen zelebrierten, immer rituelle Friedensküsse ausgetauscht. Theo hatte stets bewundert, wie sie dabei vorgaben, einander zu küssen, und doch jede Berührung der Wangen knapp vermieden. Diese christliche Bruderliebe schien also beruhigenderweise nur eine abstrakte Metapher zu sein, die so entschieden zur Schau getragen wurde, um zu verbergen, daß sie hohl war. Zwischen den Kanonikern hatten nämlich erbitterte Feindschaften geherrscht, was die Zöglinge natürlich herausfanden. Wie hatte Judas Jesus geküßt? Hatte er dabei auch die körperliche Berührung vermieden?

Der Kardinal war in seiner Aufmerksamkeit sogar so weit gegangen, an einen Imbiß für seinen unfreiwilligen Gast zu denken. Wiewohl er sich dagegen sträubte, konnte Theo, der hungrig war, nicht widerstehen. So mußte er die Anfänge seines Berichts vortragen, während er an einem Sandwich mit *mozzarella* und *prosciutto* kaute, das, von kleinen Schlucken Chianti begleitet, ein wahrer Leckerbissen war: ländliche und gehaltvolle Kost, die den Leib wärmte und die Seele milder stimmte. Eine Welt, die so echte und erlesene Genüsse hervorbrachte, konnte nicht das Werk eines zerstreuten oder ungeschickten Schöpfers sein. «Oh, ein weiterer Beweis für die Existenz Gottes!» sagte Theo sich im stillen und ließ seine Blicke durch das Büro des Kardinals schweifen: sehr deutsch, das heißt zweckmäßig und gediegen.

Wie eine Mutter ihr genesendes Kind beobachtet, das bei seiner ersten Mahlzeit nach einer Krankheit wieder zu Kräften kommt, behielt der Kardinal Theo im Blick. Er selbst schien sichtbar gealtert zu sein, zumal er in den vergangenen Monaten mehrere Herzanfälle erlitten hatte. Seine Augenbrauen waren noch immer so buschig wie früher, was in Theo fortwährend unangenehme Erinnerungen an Jeremy Herchel wachrief.

Der Kardinal beherrschte sein Fach. Er bat Theo nur, ihm eingehend von der Entdeckung des Grabes zu berichten. Ab und zu stellte er sachliche Zwischenfragen zu Einzelheiten, die Theo nicht immer aufgefallen waren. Ein junger Priester, durch eine Klingel herbeigerufen, stenographierte mit. Am Ende des Berichts erklärte Weiss schulmeisterlich, Theo habe gefunden, worauf das Jahrhundert gewartet habe: die Quelle! Theo, der genüßlich den Espresso schlürfte, den ihm der Sekretär gebracht hatte, machte ein leicht verdutztes Gesicht, indes der Kardinal mit der Übung des Professors, der eine Vorlesung antritt, die Zungenspitze durch seine Mundwinkel gleiten ließ, um sie anzufeuchten. Lange genug hatte er Theos Ausführungen erduldet, nun wollte er selbst das Wort ergreifen und es nicht so schnell wieder abgeben, zumal er auf diesem Gebiet der Gelehrtere war.

«Ich fürchte, mein lieber Professor, Sie können die Tragweite Ihrer Entdeckung nicht ermessen. Dank Professor Herchel habe ich per Fax sofort eine Kopie dieser Schriftrollen erhalten. Durch größten Zufall sind Sie auf die Manuskripte gestoßen, nach denen alle Welt seit eineinhalb Jahrhunderten sucht. Ist Ihnen bekannt, welches Evangelium das älteste ist?»

Er hatte den milden Ton des Lehrers angeschlagen, der sich an seinen Musterschüler wendet. Theo wußte die Antwort und entgegnete mit ein wenig übertriebener Bescheidenheit:

«Das Markusevangelium, das vermutlich zwischen 65 und 70 geschrieben wurde, also vierzig Jahre nach den geschilderten Ereignissen.»

«Stimmt. Aber die Exegeten haben bereits im vorigen Jahrhundert festgestellt, daß sich der Verfasser nie als Augenzeuge dessen ausgibt, worüber er berichtet. Der Überlieferung nach soll er ein Gefährte Petri gewesen sein, der seinen Text in Rom verfaßt hat. Etwa zehn Jahre später schreiben dann Matthäus und Lukas zwei weitere Evangelien, wobei sie großzügige Anleihen bei Markus machen, ihn aber korrigieren und ergänzen.»

«Korrigieren?» fragte Theo, nun doch erstaunt.

«Markus' griechische Syntax steckt voller Fehler, die von der gesprochenen Sprache herrühren, der Koine, einer griechischen Mundart, die als Verkehrssprache im Nahen Osten benutzt wurde. So tut sich Markus zum Beispiel schwer mit dem Imperfekt oder dem Konjunktiv. Für einen, dem die großen griechischen Dichter vertraut sind, ist es rührend, nahezu beruhigend, sich in diesen unbeholfen verfaßten Text eines Mannes aus dem Volk zu vertiefen. Wie alle, die nicht regelmäßig schreiben, wird er zuweilen weitschweifig und redundant, wogegen andere Passagen so verkürzt sind, daß sie wirr und unverständlich werden.»

«Ich habe noch nie einen Kardinal ein Evangelium derart bemängeln hören», wandte Theo, der in Israel die Kunst der Diplomatie erlernt hatte, mit einem Lächeln ein.

Der Kardinal ereiferte sich noch mehr, denn nun befand er sich wirklich bei seinem Lieblingsthema.

«Am bemerkenswertesten ist daran, daß dieser Stegreifautor, dieser Mann von der Straße, ein neues literarisches Genre geschaffen hat: eben das Evangelium, die ‹gute Botschaft›, wie es auf griechisch wörtlich heißt, eine Abfolge kurzer Wundergeschichten, die regelmäßig von Fragmenten der Verkündigung Jesu unterbrochen wird. Eine sorgfältige Auslegung läßt übrigens die oft holperigen Übergänge zwischen den zwei Textarten erkennen. Selbstverständlich fragt man sich seit der Mitte des neunzehnten Jahrhunderts, aus welchen Quellen Markus geschöpft hat, da er ja nicht auf eigene Erinnerungen zurückgreifen konnte. Alle Hypothesen wurden mit jener Verbissenheit aufgestellt und verteidigt, die für unsere verehrten Forscherkollegen typisch ist, wenn sie sich ihrer Sache nicht allzu sicher sind.»

«Und ich liefere die Lösung für dieses Rätsel?» fragte Theo recht geschmeichelt.

«Ja und nein, denn schließlich war man zu einer Art Konsens gelangt. Die Exegese ist sicher keine exakte Wissenschaft im Sinne der Physik, aber sie bewegt sich dennoch auf höherem Niveau als die Astrologie oder die Handlesekunst. Besagtem Konsens zufolge muß es eine Urschrift gegeben haben, die man nach dem deutschen Wort ‹Quelle› mit dessen Anfangsbuchstaben Q bezeichnete und die eine vielleicht von einem Jünger aufgezeichnete Sammlung der Aussprüche Jesu gewesen sein müßte. Die Berichte über die Wunder stammen aus einer anderen Quelle, und Markus' Rolle hat nun darin bestanden, die beiden Quellen miteinander zu verbinden. Am Schluß des Textes hat er noch die Passionsgeschichte angefügt, die wiederum anderen Ursprungs ist und wahrscheinlich seit den Anfängen der Heiligen Kirche zu liturgischen Zwecken benutzt wurde, wie heute noch während der Karwoche.»

Mit einem kurzen Blick vergewisserte er sich, daß Theos Aufmerksamkeit noch nicht erlahmt war, dann fuhr er fort:

«Kommen wir auf die Quelle zurück. Wenn die meisten Jünger auch nahezu Analphabeten waren und, wie bei jungen Juden üblich, nur imstande, gerade so viel Hebräisch zu lesen, daß sie bei den Zeremonien in der Synagoge die Thorarollen entziffern konnten, aber nie schreiben gelernt hatten, so befand sich zumindest ein Zöllner unter ihnen, Matthäus, ein Steuereinnehmer, der notgedrungen des Schreibens kundig gewesen sein mußte. Es wäre doch erstaunlich, wenn sich im Umkreis von Jesus niemand zur Aufgabe gemacht hätte, seine Worte aufzuzeichnen, die ihrer Neuartigkeit wegen Aufsehen erregt hatten. Natürlich dürfte dieser Urtext mehrfach abgeschrieben worden sein, schon allein auf Wunsch der jungen, im Entstehen begriffenen Kirchengemeinden, die sicher bei feierlichen Anlässen Passagen daraus vorlesen wollten oder sie zur Unterweisung vor der Taufe benutzten. Im übrigen läßt sich feststellen, daß die beiden anderen synoptischen Evangelien in einigen Passagen zwar auf Markus zurückgehen, in manchen aber direkt auf diese Quellschrift Q. Die in aramäisch verfaßte Pergamentrolle, die Sie entdeckt haben, stellt den Beweis dar, daß der erwähnte Konsens zu Recht besteht und daß es diesen Urtext tatsächlich gegeben hat. Ich brauche Ihnen wohl nicht erst zu erklären, daß uns dieses Manuskript Aufschlüsse verschafft, die sich aus den synoptischen Evangelien nicht ableiten lassen, weil die alle in Koine geschrieben sind, während Jesus Aramäisch sprach. Ihnen ist es also zu danken, daß wir jetzt Zugang zu den Worten Jesu haben, wie sie tatsächlich gesprochen wurden, ohne Vermittler, ohne Übersetzung ...»

«Mich wundert nur», fiel ihm Theo dreist ins Wort, «daß vorher noch kein anderes Exemplar dieser Quellschrift zum Vorschein gekommen ist, wenn sie in den frühen Gemeinden derart verbreitet war.»

Er merkte, daß sich die Lippen des Kardinals aufeinanderpreßten wie die Kordeln einer Geldkatze, die man mit einem Ruck zuzieht. Dank großer Willensanstrengung löste ein gezwungenes Lächeln diese Grimasse ab, doch der Kardinal hüllte sich in Schweigen. Also redete Theo weiter:

«Sie haben mir noch nicht erklärt, woher die kurzen Geschichten zwischen den Worten Jesu stammen.»

Wie mechanisch antwortete der Kardinal:

«Nach ihren Schauplätzen und dem wundersamen Charakter der geschilderten Ereignisse zu urteilen, handelt es sich wahrscheinlich um einen volkstümlichen Zyklus galiläischen Ursprungs ...»

«Sie reden von den Wundern Jesu», fiel ihm Theo erneut ins Wort. «Verstehe ich Sie recht, daß Sie die für Legenden halten?»

«Ich will damit nur sagen, daß sie einer anderen literarischen Gattung angehören. Jesus hat sicher Zeichen gesetzt, aber die Menge hat sie so wahrgenommen und weitergegeben, wie das gemeine Volk derlei eben zu tun pflegt. Wir unterhalten uns vielleicht eines Tages noch einmal über das Wunder, zu dem die Meinung eines Naturwissenschaftlers selbstverständlich sehr wertvoll ist. Im übrigen», fügte der Kardinal wie beiläufig hinzu, «müssen Sie unbedingt in die päpstliche Akademie der Wissenschaften berufen werden.»

Beinahe hätte Theo ihm gedankt, besann sich jedoch anders. In dem Spiel, auf das er sich da eingelassen hatte, gab es keine Geschenke, sondern nur Köder. Etwas entspannter nahm der Kardinal den Faden wieder auf:

«Sie waren gleich doppelt erfolgreich. Ich kann nicht umhin, darin ein Zeichen zu sehen. Der Papyrus, den Sie aufgefunden haben, stellt nämlich die andere schriftliche Quelle des Markusevangeliums dar, deren Existenz man vermutet hatte. Es ist ein Bericht über die Passion Jesu, der wahrscheinlich gleich nach der Kreuzigung verfaßt wurde und von Anfang an dazu gedient hat, die Erinnerung an die Auferstehung Jesu wachzuhalten. Wir verfügen jetzt also über Dokumente, die praktisch aus der Zeit Jesu stammen, wogegen die bisher besten Handschriften des Neuen Testaments, der Codex Vaticanus und der Codex Sinaiticus, erst im vierten Jahrhundert entstanden sind.»

Darauf schwieg der Kardinal. Theo fühlte sich wieder vollkommen wohl. Das Büro war in dieser Winternacht warm und behaglich, gut beleuchtet und verstieß in nichts gegen den guten Geschmack. Obendrein fühlte er sich auf vertrautem Terrain, an der Nahtstelle zwischen akademischem Milieu und Christenheit. Unter Professoren streitet man, ohne zu schreien; unter Christen verabscheut man einander, ohne sich umzubringen. Da kam der Kardinal zu dem Schluß:

«Diese zwei Manuskripte stellen also ein Zeichen dar, wenn ich mich nicht irre.»

Er sagte es im Tonfall eines Mannes, der sich offenbar nie irrt. Mit zustimmendem Lächeln stellte Theo die Frage, die sich ihm aufdrängte:

«Wenn die Entdeckung dieser Manuskripte für die Heilige Kirche ein unverhoffter Glücksfall ist, dann verstehe ich nicht, weshalb mein Besuch hier scheinbar so dringend war. Hätten Sie nicht so nachhaltig M. Keller bemüht, könnte ich mich jetzt in meinem Laboratorium um die Datierungen kümmern. Weshalb wollten Sie mich unverzüglich sprechen?»

Der Kardinal überlegte nicht lange. Was nun folgte, hatte er sich in Gedanken bereits zurechtgelegt:

«Das möchte ich mit Ihnen unter vier Augen bereden.»

Theo warf Emmanuel, der seit Beginn dieser Begegnung kein Wort gesagt hatte, einen verdutzten Blick zu. Sobald er mit dem Kardinal allein war, schlug dieser in des Wortes wahrer musikalischer Bedeutung eine andere Tonart an. Aus C-Dur der Fakten wechselte er in a-Moll der Gefühle:

«Wir haben uns darauf geeinigt, daß Sie, Herr Professor, gehalten sind, mir gegenüber vollkommen ehrlich zu sein, als wäre ich Ihr Beichtvater. Um Ihnen mein Vertrauen zu bekunden und Sie zu absoluter Offenheit zu animieren, werde ich mich gleichfalls ihrer befleißigen und Ihnen, natürlich unter dem Siegel der Verschwiegenheit, Dinge verraten, die bislang niemand erfahren hat.»

Nach dieser Einleitung blickte er Theo fest in die Augen.

«Sie hatten sich vorhin zu Recht darüber gewundert, daß angeblich keine Abschrift des Urtextes bekannt sein soll. Schließlich bezeugen doch die Kirchenväter Ignatius von Antiochia und Eusebios von Caesarea noch im zweiten und im dritten Jahrhundert, daß sie Einsicht in eine frühe Fassung des Evangeliums genommen hätten. Es ist also unbegreiflich, weshalb alle Handschriften, die zu jener Zeit noch sehr zahlreich vorhanden waren, plötzlich von der Bildfläche verschwanden, nachdem der Kanon der Evangelien feststand. Genaugenommen haben wir womöglich ein frühes Evangelium, das dem von Ihnen entdeckten entspricht, wiedergefunden, es ist bloß in sehr schlechtem Zustand, weil es aus der Höhle Nummer sieben in Qumran kommt, aus diesem Wust Tausender Papyrus- und Pergamentfragmente, die erst sortiert werden mußten. Ein spanischer Forscher aus der Gesellschaft Jesu hat daran gearbeitet, allerdings überzeugte er nicht jeden ...»

«Pater O'Callaghan?» unterbrach ihn Theo.

«Ja, so ist es, Sie wissen also Bescheid», räumte der Kardinal ein und wirkte plötzlich sehr müde. «Ich will ganz offen mit Ihnen reden. Das, worum ich Sie bitte, mag dem Forscher befremdlich erscheinen und kann nur der Christ verstehen. Die entdeckten Schriften dürfen nicht sofort veröffentlicht werden. Es ist besser, nicht darüber zu sprechen, um nicht einen ähnlichen Skandal wie beim Entziffern der Schriften von Qumran auszulösen. Wenn ich die Altertümerverwaltung des Staates Israel darum bitte, werden sie ihre Zustimmung erteilen. Sie, Herr Professor, sind der einzige, den ich noch überzeugen muß. Und falls mir das nicht gelingt, dann verlange ich es im Namen des heiligen Gehorsams, den Sie dem Nachfolger Petri schulden.»

«Um überzeugt zu werden, was mir lieber wäre», sagte Theo langsam und wog jedes Wort ab, «um überzeugt zu werden, müßte ich Ihre Gründe kennen.»

«Deren gibt es mehrere. Der Wortlaut dieser Manuskripte, soweit ich ihn auf den Fotos überfliegen konnte, die mir Herchel gefaxt hat, wird zwangsläufig einen höheren Stellenwert einnehmen als der Kanon der Heiligen Schrift, weil er die Quelle der Evangelien darstellt, in Aramäisch abgefaßt ist und obendrein von einem Augenzeugen stammt. Rein historisch gesehen, ist er das beste Dokument, das wir haben, um etwas über das Leben Jesu zu erfahren ...»

«Also Grund genug, sich darüber zu freuen, und das taten Sie vorhin ja auch», warf Theo ein wenig erregt ein.

«Sprechen Sie leiser, man könnte Sie hören. Mein lieber Professor, Sie machen sich keine Vorstellung davon, wie wichtig der Kanon der Heiligen Schrift ist. Solange er von allen anerkannt wird, läßt sich das kirchliche Lehramt mit einiger Sicherheit ausüben, indem es sich auf manche Texte stützt und andere ausschließt. Zieht man alle Handschriften der ersten zwei Jahrhunderte in Betracht, die sich im Nahen Osten finden, rechtfertigt das Kontroversen jedweder Art.»

«Ich weiß noch immer nicht, wo das Problem liegt. Nennen Sie mir doch eine einzige dieser Kontroversen.»

Der Kardinal seufzte, als wäre Theo ein Kind, das die Erwachsenen mit ungehörigen Fragen bestürmt.

«Nehmen Sie Markus drei, einunddreißig bis fünfunddreißig, dann verstehen Sie es sofort.»

«Ich kenne die Evangelien nicht so genau», bekannte Theo.

«Das ist eine der sonderbarsten Passagen bei Markus. Jesus wird mitten in der Predigt gestört, weil seine Familie vor dem Haus erscheint und ihn herausrufen läßt, doch er weigert sich, zu ihnen zu gehen, und bezeichnet die Jünger als seine wahre Familie. Dieser Abschnitt wirft von jeher zwei Probleme auf. Das eine ist inhaltlicher Natur: Weshalb erweist sich Jesus seinen Angehörigen gegenüber, einschließlich seiner Mutter, als so hart? Lukas und Matthäus schildern dieselbe Geschichte, schwächen die Heftigkeit des Zwischenfalls aber ab. Das bedeutet wahrscheinlich, daß Markus die Stelle im Hinblick auf einen sattsam bekannten Streit verfaßt hat, auf den Streit zwischen Paulus und Petrus einerseits, die ihre Heilige Kirche den Heiden öffneten, und Jakobus andererseits, der die Judenchristen in den Mittelpunkt stellte. Damit dürfte Markus die Worte Jesu verdreht, seine Gesinnung umgedeutet haben. Das Nachdenken über den Vorrang geistiger Bande vor der familiären Gemeinschaft wurde dieserart zu einem polemischen Argument, das vermutlich darauf abzielte, den Einfluß des Bischofs von Jerusalem zu begrenzen und gegen die typisch orientalische Schwäche anzukämpfen, die Botschaft Jesu durch seine Sippe vereinnahmen zu lassen. Die Quelle bestätigt indes, daß die Lesart bei Lukas und Matthäus korrekt ist, während Markus das Wort Jesu anscheinend in dessen ursprünglicher Aussage verändert hat. Ich brauche nicht zu betonen, daß das nur ein Beispiel unter vielen ist und daß alle Texte des Neuen Testaments einer kritischen Lektüre unterzogen werden müßten, die sie relativieren würde.»

«Und das zweite Problem bezieht sich auf die Form?» fragte Theo.

«Ja, aber es ist von großer Bedeutung. Bei Markus werden Brüder und Schwestern von Jesus erwähnt. Matthäus nennt ihre Vornamen. Bei Paulus finden sich ähnliche Hinweise im ersten Brief an die Korinther und in dem an die Galater. Nimmt man sie wörtlich, stehen sie im Widerspruch zur traditionellen Lehre von der immerwährenden Jungfräulichkeit Mariens, die natürlich bedeutet, daß Jesus ihr einziger Sohn war. Das in umgangssprachlichem Griechisch verfaßte Markusevangelium kann man so auslegen, daß man Cousin statt Bruder übersetzt, obgleich das klassische Griechisch diese Verwechslung nicht zuließe. Hat man jedoch erst einmal die aramäische Fassung der Quelle zur Hand, ist diese Lesart nicht mehr möglich: Hier werden Jakobus, Joseph, Simon und Judas als ‹Söhne des Joseph› bezeichnet. Jesus hätte demnach einen oder mehrere Brüder gehabt, zu denen insbesondere auch Jakobus gehört hätte, der erste Bischof von Jerusalem.»

«Aber das heißt doch, daß Sie jetzt über die Möglichkeit einer genaueren Auslegung der Evangelien verfügen», wandte Theo ein. «Ich verstehe nicht, was da so schwierig sein soll. Das Ziel jeder Forschung besteht darin, sich der Wahrheit anzunähern. Eine Idee, die keinerlei Risiko birgt, verdient es nicht, so genannt zu werden. Wir sind einen Schritt vorangekommen, einen verhältnismäßig bescheidenen Schritt. Weshalb sollen wir ihn leugnen oder verhehlen wollen? Ich finde es beruhigend und es stärkt mich in meinem Glauben, zu wissen, daß Jesus wahrscheinlich wie alle Welt Brüder und Schwestern gehabt hat; das bringt ihn mir näher und macht ihn menschlicher, weniger abstrakt. Und hoffentlich hat er von Zeit zu Zeit heftig mit seinen Geschwistern gezankt, sonst wäre er kein Kind wie jedes andere gewesen ...»

Der Kardinal tat diesen lästigen Gedanken mit der gleichen unwilligen Handbewegung ab, mit der er eine Fliege verscheucht hätte.

«Begreifen Sie denn nicht, daß das zu einem erheblichen

Konflikt zwischen der kirchlichen Tradition und der Heiligen Schrift führt, wenn sie aufgrund einer unbestreitbaren Quelle neu ausgelegt wird? Und wie könnte man die Tradition in diesem Punkt aufgeben, ohne das Vertrauen der Gläubigen in andere Punkte zu erschüttern? Über kurz oder lang würde man auch die Jungfrauengeburt Jesu in Frage stellen, dann die Unbefleckte Empfängnis, die Erbsünde, die päpstliche Unfehlbarkeit ... Mein lieber Professor, wir beide halten heute das Ende eines aufgewickelten Fadens in Händen. Ziehen wir daran, rollt sich das ganze Knäuel ab.»

Er sprach freundlich, wie mit einem Kind, das man dazu überreden möchte, eine bittere Medizin zu schlucken. Theo fiel es schwer zu antworten, denn ihm war der Mund trocken geworden. Zwischen dem Kardinal und ihm tat sich ein Abgrund auf, den er nur um den Preis der Selbstverleugnung überbrücken könnte.

«Eminenz, bei allem Respekt, den ich Ihnen schulde, und bei aller gebotenen Bescheidenheit bin ich nicht Ihrer Meinung. Es ist das Wesen meines Berufes, Sachverhalte festzustellen und sie anderen zu vermitteln. Dafür werde ich bezahlt. Und diejenigen, die mich bezahlen, die sogenannten kleinen Leute, die ihre Steuern entrichten, verlassen sich darauf. Der Forscher, der Ergebnisse verheimlicht oder fälscht, beschwört einen noch größeren Skandal herauf als den, den Sie fürchten. Er betrügt andere und sich selbst. Die Wahrheit kommt immer eines Tages zum Vorschein, und diejenigen, die sie verbergen wollten, bringen die Institution in Verruf, der sie angehören. Alles in allem läuft es im wesentlichen auf den Fall Galilei hinaus. Sollen wir das noch einmal riskieren?»

«Aber was bleibt von der kirchlichen Tradition übrig, wenn man Irrtümer einräumt?» schrie der Kardinal beinahe.

«Das, was vom Werk der Forscher vergangener Zeiten übrigbleibt, wenn die Wissenschaft voranschreitet und überholte Theorien verwirft. Sie müssen nicht für die Irrtümer Ihrer Vorgänger einstehen. Jeder Mensch, der die Schultern seiner Ahnen erklimmt, sieht ein bißchen weiter als sie. Das heißt aber keineswegs, daß er sie verachten dürfte, denn er wäre ohne sie nicht dorthin gelangt, wo er ist. Er entdeckt etwas, was sich seine Vorfahren nicht einmal hätten ausdenken können, etwas, wovon er selbst keine klare Vorstellung hatte. Die Forschung, die wahre Forschung ist das, was ich tue, wenn ich nicht weiß, was ich tue.»

«Die kirchliche Tradition ist nicht das Werk von Menschen, sondern die fortwirkende Anwesenheit Gottes in seinem Volk ...»

Theo fiel ihm von neuem erregt ins Wort:

«Und ist das, was sich am 27. Dezember in Jerusalem ereignet hat, das Werk Gottes oder das des Teufels?»

Hastig griff der Kardinal nach diesem Strohhalm:

«Das Werk des Teufels, weil es spalten wird!»

Der Strohhalm knickte ab, denn Theo erwiderte ungerührt:

«Nein, das Werk Gottes, weil die Christenheit bereits gespalten ist und das Zeichen, das diese Quellschriften symbolisieren, sie wieder vereinen könnte.»

Dann stand er auf, um anzudeuten, daß er nicht gedenke, einen endlosen Streit zu führen, doch der Kardinal hielt ihn mit erhobenen Händen zurück.

«Es bereitet mir Gewissensbisse, Sie heute abend noch länger aufzuhalten, lieber Professor, aber der Heilige Vater, den ich selbstverständlich alarmiert habe, hat mich für morgen in aller Frühe einbestellt. Es kann sein, daß er Sie im Laufe des Tages zu treffen wünscht, je nachdem, wie sich die Dinge entwickeln. Um zu vermeiden, daß sie sich überstürzen, wäre es angebracht, die Datierung der Proben vorerst kategorisch aufzuschieben, zumal die Erfahrung mit dem Grabtuch Sie wie mich gelehrt hat, daß es illusorisch ist, etwas geheimhalten zu wollen: Sind die Proben erst einmal datiert, wird alle Welt es früher oder später wissen.»

Inzwischen war Theo natürlich schon auf dieses Ansinnen gefaßt und rechnete bereits seit einer Weile damit.

«Die Datierung müßte nahezu abgeschlossen sein. Als ich kurz im Laboratorium war, habe ich darum gebeten, daß meine Mitarbeiter unverzüglich zusammengerufen werden und die Arbeit noch in dieser Nacht zu Ende bringen.»

Dem Kardinal war die Verärgerung überdeutlich anzumerken. Sein Gesicht wurde bleich vor unterdrücktem Zorn, und das krampfartige Zucken, das sichtbar seinen Kehlkopf befallen hatte, erstickte ihm die Stimme.

«Wie konnten Sie es wagen? Weshalb diese Eile? Was haben Sie vor? Was wollen Sie beweisen? Sie haben mein Vertrauen mißbraucht!»

Theo blieb vollkommen ruhig:

«Auf die Idee, die Messung ohne Aufschub vornehmen zu lassen, hat mich der Abgesandte von M. Keller gebracht, weil er so beharrlich darauf bestanden hatte, die Proben nach Rom zu transportieren. Da es nicht möglich ist, sie hier zu datieren, konnte sein Drängen doch nur den Zweck haben, sie zu vernichten. Die einzige Möglichkeit, diese Gefahr abzuwenden, bestand darin, die Messung auf schnellstem Wege durchzuführen ...»

«... und die Ergebnisse zu veröffentlichen, wie letztes Mal», herrschte ihn der Kardinal an.

«Keineswegs, sondern die weiteren Schritte nach Kenntnis der Sachlage zu entscheiden.»

Theo hatte es gelernt, einen bedrohlichen Zweifel allein dadurch im Raum stehenzulassen, daß er sich abstrakt ausdrückte. Als geübter Fechter schätzte der Kardinal indes den Stoß ab und schaffte es, seinen Ärger zu bezähmen. Er trank sogar ein wenig Chianti, war aber so verstört, daß er aus Theos Glas trank.

«Haben Sie noch weitere mehr oder minder unerfreuliche Überraschungen für mich?»

«Ein Biologe erforscht unter dem Mikroskop den Staub, den ich in der Nische mit dem Skelett eingesammelt habe. Er soll vor allem Leinenreste aufspüren und ihr Alter feststellen. Falls er dabei auf ein völlig abwegiges Datum stieße, zum Beispiel auf das dreizehnte Jahrhundert, würde das die These untermauern, nach der das Turiner Grabtuch keine Fälschung ist, sondern seine Altersbestimmung – gleich der Datierung dieser neugefundenen Überreste – durch ein bis heute unbekanntes physikalisches Phänomen verfremdet wurde, wie es zum Beispiel bei der Dematerialisation eines Leichnams aufgetreten sein könnte. Das ist das zentrale Anliegen, das ich seit Beginn des Projektes verfolge und Ihnen nie verhehlt habe. Und das auch in Ihrem Sinne sein müßte. Aber ich habe den Biologen auch angewiesen, gezielt nach Haaren zu suchen.»

«Nach Haaren?»

«Ja, nach Haaren, die es ermöglichen, einen sogenannten genetischen Fingerabdruck eines Menschen herzustellen. Man könnte sie in einer DNA-Analyse mit Zellen vergleichen, die man vom Turiner Grabtuch abgenommen hat, zum Beispiel mit Blutresten oder Hautpartikeln, und damit nachweisen oder ausschließen, daß es sich bei dem Mann, der in das Linnen gehüllt war, und den jetzt aufgefundenen Gebeinen um ein und dieselbe Person gehandelt hat.»

Der Kardinal sagte nichts. Sein Gesicht war aschfahl geworden. Er ging an den Schreibtisch, holte aus einer Schublade eine Dose Pillen heraus, schob sich eine in den Mund und spülte sie mit einem Schluck Chianti hinunter. Dann setzte er sich an den Schreibtisch, vergrub das Gesicht in den

Händen und schwieg lange. Betete er oder war ihm übel geworden?

«Was wollen Sie wirklich?» fragte er schließlich.

«Aus einem Dilemma herauskommen. Entweder wiederholt sich an Leinenresten aus dem Grab in Jerusalem die irreführende Datierung des Turiner Linnens und bestätigt damit meine These, daß es echt ist und die Auferstehung Jesu ein physikalisches Phänomen war, dann stehen wir so nahe wie möglich vor dem Beweis ...»

«Wofür?»

«Dafür, daß Ostern keine religiöse Metapher ist, sondern ein echtes, meßbares historisches Ereignis.»

«Oder?»

«Oder wir haben nur ein beliebiges Grab aus den Anfängen des christlichen Zeitalters entdeckt. Die Gebeine sind vielleicht die eines Apostels oder des Verfassers der Dokumente, die in dem Krug enthalten waren.»

«Sie vergessen die Inschrift auf dem Sockel!»

«Die besagt an sich noch nichts. Selbst wenn die Bildbearbeitung im Computer ergeben sollte, daß der verwitterte Vorname, von dem nur noch der Anfangsbuchstabe lesbar ist, ‹Jesus› gelautet hat, wäre daran nichts Ungewöhnliches. Joseph und Jesus waren zu jener Zeit gebräuchliche Vornamen. Schon 1931 hat ein gewisser Sukenik einen Sarg mit der Aufschrift ‹Jesus, Sohn des Joseph› aufgefunden. Das hatte damals großes Aufsehen erregt, ehe es wieder in Vergessenheit geriet. Im übrigen wissen Sie besser als ich, daß viele jüdische Vornamen mit J beginnen: Johannes, Jakob, Judas, Josaphat ...»

«Und weshalb wollen Sie einen genetischen Vergleich zwischen dem Skelett und dem Grabtuch? Wenn das Turiner Linnen eine Fälschung ist, können doch nur verschiedene Ergebnisse herauskommen.»

«Weil alle Fakten es verdienen, überprüft zu werden.»

Der Kardinal lächelte schwach. Er war geschlagen, und ihm lag daran, einen geordneten Rückzug anzutreten.

«Wir reden über all das noch einmal, wenn Ihnen nach und nach Ergebnisse vorliegen. Versprechen Sie mir wenigstens fürs erste absolute Geheimhaltung.»

Theo antwortete ihm mit einem römischen Sprichwort:

«In Rom gibt es keine Geheimnisse, nur Mysterien.»

10

❖❖❖❖❖❖

Colombe fühlte sich um sechs Jahre jünger, als sie am Samstag, dem 31. Dezember, in Fiumicino landete. Alles erinnerte sie an jenen 6. Oktober 1988, an dem sie während eines Taxifahrerstreiks angekommen war, dem Paolo eindrucksvoll abzuhelfen gewußt hatte. Beim Anflug auf Rom empfand sie die gleiche angstvolle Spannung: pulsierende Schläfen, feuchte Hände, weiche Knie, verschwommener Blick, Hitzewallungen. Sosehr sie sich deswegen auch schalt und dieses seelische Durcheinander mit professioneller Nüchternheit als Vorboten der Wechseljahre diagnostizierte, es gelang ihr dennoch nicht, Abstand zu gewinnen. Mit ihren etwas mehr als fünfzig Jahren reagierte sie immer noch wie ein Schulmädchen. Leise begann sie, das Lied *Je t'ai dans la peau* vor sich hin zu summen und Edith Piaf zu imitieren. Dabei fühlte sie sich herrlich vulgär und animalisch und war bereit, hemmungslos und ohne Gewissensbisse über die Stränge zu schlagen.

Sie hatte Paolo seit sechs Monaten nicht mehr gesehen und in dieser Zeit ihre Frustrationen nur wiedergekäut. Die schlimmsten Momente waren die Sonntagnachmittage, wenn sie in irgendeinem Restaurant von Berkeley allein gegessen hatte und danach durch die glühendheißen Straßen irrte, um sich müde zu laufen und ihre Unrast zu überwinden. Da sich in Kalifornien für gewöhnlich kein Mensch zu Fuß durch die

Vorstädte bewegt, wurde sie zuweilen von der Polizei überprüft, die mutmaßte, daß sie im Begriff sei, den Verstand zu verlieren oder einen Einbruch zu begehen. Dann träumte sie manchmal von einem gutaussehenden irischen Polizisten mit grauen Schläfen, der sie nach Hause brachte, sich von ihr zu einem Drink einladen ließ und ihr seine aufrichtige Liebe gestand. So weit war es mit ihr gekommen, daß sie gleich einem alternden Tier ihre Begierden nicht mehr zu stillen vermochte, weil eine Frau die Initiative nicht ergreifen kann, ohne sich dabei zu erniedrigen.

Wie damals holte Paolo sie ab; er wirkte etwas reifer und liebenswerter, schaute nicht so listig drein, war weniger sonnengebräunt und hatte Blazer und Halstuch gegen Sakko und Krawatte eingetauscht. Immerhin schien er inzwischen wohlhabender zu sein, denn ein Jaguar mit Chauffeur stand zu Colombes Empfang bereit. Seit sechs Jahren traf sie sich alljährlich mit Paolo, aber noch nie hatte er mit derlei Prunk aufgewartet. Doch er stellte sogleich klar:

«Meine Teuerste, der Wagen ist gemietet. Und der Fahrer auch.»

Das sagte er auf englisch, um den Fahrer nicht zu kränken, denn er beschimpfte nur seinesgleichen. Zwei Jahre zuvor hatte er im Gefängnis gesessen. In den Zeitungen war viel darüber berichtet worden: Ein Mitglied der berühmten Familie Pacelli war in eine Bestechungsaffäre verwickelt, deren Spur bis zum Ministerpräsidenten reichte. Ob nun wegen des Ministerpräsidenten oder wegen Pius' XII., Paolo war jedenfalls nach der Einstellung des Verfahrens freigelassen worden. Und der Staatsanwalt, der ihn angeklagt hatte, geriet natürlich rein zufällig in der darauffolgenden Woche unter einen Omnibus.

Danach hätte Paolo beinahe eine reiche Agnelli-Erbin geheiratet, aber ausgerechnet an dem Abend, an dem in einem Schloß bei Turin der Termin für die offizielle Verlobung festgelegt worden war, hatte er sich gegen zwei Uhr morgens von einem Butler dabei erwischen lassen, wie er mit einer Rasierklinge ein Gemälde von Canaletto aus dem Rahmen zu schneiden versuchte, das er verkaufen wollte, um damit einen standesgemäßen Verlobungsring zu finanzieren.

Schließlich war Paolo für einige Monate Referent bei einem Minister gewesen, bis er wegen sexueller Belästigung der Sekretärinnen entlassen wurde. Rom war wirklich nicht mehr Rom, seitdem die Frauen das Recht hatten, sich zu beschweren. Dennoch blieb er der beste Junge der Welt, seiner selbst ebenso sicher wie seiner Zukunft, ein Trinker, Raucher, Falschspieler, ein gleichermaßen gerissener Dieb wie rücksichtsloser Autofahrer und ein bereitwilliger Liebhaber, der keinen Hehl aus seiner Untreue machte.

Colombe war mit ihren Brüdern im Restaurant Alfredo alla Scrofa zum Mittagessen verabredet. Da aber das Flugzeug ausnahmsweise pünktlich gelandet war, konnte sie zuvor noch zwei Stunden mit Paolo im Hotel Raphael verbringen, Zeit genug für ein Ritual, um die in der Ewigen Stadt zuhauf vorhandenen Götter versöhnlich zu stimmen. Sie verlangte ein Zimmer im obersten Stock, weil sie sich wieder in die seidenen Vorhänge hüllen und den Antiquitätenhändler auf dem Largo Febo beäugen wollte, während sie Paolo auf die Folter spannte. Wenigstens in dieser Zeit genoß sie seine ungeteilte Aufmerksamkeit.

Im Laufe der Jahre war die Lust intensiver, aber auch zwingender geworden, denn Colombe fragte sich jedesmal, ob es nicht das letzte Mal sei. Mehr als sonst befiel sie diesmal ein Gefühl der Vergänglichkeit, das die Leere danach verstärkte. Sie schlummerte sogar kurz ein und folgte damit einem römischen Sprichwort, das besagt, daß die Jungen nach der Liebe essen und die Alten schlafen. Gegen ein Uhr verließ sie Paolo, der sich im Unterhemd, eine Zigarette in den Mundwinkel und den Telefonhörer zwischen Kinn und Schulter geklemmt, eine Mahlzeit aufs Zimmer bestellte.

Strahlend und heiter, in einem roten Seidenkleid und einer Hermelinjacke, betrat Colombe das Restaurant. Sogleich entdeckte sie ihre Brüder, die sie am gewohnten Tisch erwarteten, neben der Terrassentür, die wegen der winterlichen Kälte geschlossen war. Sie erkannte auf den ersten Blick, daß die beiden einträchtig schmollten, obwohl sie sich vorher nicht gestritten hatten.

An diesem Samstag, dem 31. Dezember, war das Restaurant so gut wie leer, ein Umstand, der ihrem Treffen und dem, was sich dabei zusammenbrauen sollte, sehr entgegenkam. Der Wirt, wie immer in der Aufmachung eines Schauspielers aus einem zweitklassigen amerikanischen Film der fünfziger Jahre, ging auf und ab und kaute dabei an seinen Fingernägeln, um nicht zu rauchen. Traditionsgemäß bestellten die Geschwister die *fettuccine maestose*, und während sie darauf warteten, faßte Theo für Colombe die Ereignisse der letzten zwei Tage zusammen.

Sie amüsierte sich sehr über das von der aufgefundenen Quellschrift in Frage gestellte Dogma der immerwährenden Jungfräulichkeit und über die Verwirrung Kardinal Weiss'. Anscheinend kannte sie sich gut in dem Thema aus, das feministische Kreise in den Vereinigten Staaten bewegt hatte, denn sie legte leidenschaftlich los:

«Das ist doch der Gipfel! Es hat alles mit einer falschen Übersetzung aus dem Hebräischen ins Griechische begonnen, in der Septuaginta, die in Alexandria für jene Juden angefertigt wurde, die nicht mehr Hebräisch konnten.»

«Es war kein Übersetzungsfehler, sondern eine Interpretation», unterbrach sie Emmanuel. «Der Prophet Jesaja hat einen Vers geschrieben, nach dem eine junge Frau einen Sohn empfangen und gebären sollte, den sie Immanuel nennen würde. Das hebräische Wort heißt *alma* und kann jede beliebige junge Frau meinen. In der Septuaginta wird es mit *pathenos* übersetzt, was im Griechischen ausschließlich ‹Jungfrau› bedeutet. Der gleiche Begriff taucht dann bei Matthäus und Lukas auf, in den zwei Evangelien, die ihn für Maria verwenden.»

«Einverstanden», gab Colombe zu. «In den ältesten Texten des Neuen Testaments, in den Apostelbriefen des Paulus und im Markusevangelium, findet sich allerdings kein Hinweis auf die Jungfräulichkeit Marias. Und Johannes, der ihr Adoptivsohn war und lange mit ihr gelebt hat, spricht doch ständig von Jesus, dem Sohn des Joseph. Also kann man sehr wohl, muß man sogar den Begriff ‹jungfräulich›, mit dem Maria in zwei Evangelien bezeichnet wird, als Metapher für ihre moralische Reinheit verstehen und nicht als gynäkologische Diagnose, was doch vollkommen albern wäre. Und dann hat man es, um des Guten noch mehr zu tun, nicht einmal bei diesem himmelschreienden Unsinn belassen. Schenkte man einem apokryphen Evangelium Glauben, dann hätte Maria Jesus geboren und sogar bei der Niederkunft ihre Jungfräulichkeit behalten. Wie denn? Das soll mir mal jemand erklären! Und aus dieser apokryphen Legende ist nach und nach der Mythos von der immerwährenden Jungfräulichkeit vor, während und nach der Geburt Jesu entstanden, wobei Geschwister im biologischen Sinn selbstverständlich ausgeschlossen sind. Und all das hat mit einer fragwürdigen Interpretation begonnen, die inzwischen für heiliger gehalten wird als die Urschrift!»

Colombe hielt Emmanuel, der über diese ungewöhnliche Neigung seiner Schwester zur Bibelauslegung ziemlich erstaunt war, einen *grissino* unter die Nase und schwang die Salzstange wie eine stumpfe Waffe, als sie fortfuhr:

«Das alles, liebster Bruder, kommt nicht von ungefähr. Wenn eine apokryphe Legende solchen Erfolg gehabt hat, dann deshalb, weil sie wie gerufen kam, um das einfache Volk mit einem überwältigenden Wunder zu blenden und intellektuelle *Machos* wie Augustinus, Hieronymus, Laktanz oder Origenes zu bestärken, die alle in ihrer Verachtung für den menschlichen Körper, die Sexualität und die Frau mehr oder minder von Manichäismus und Gnostizismus beeinflußt waren. Wenn Maria und Joseph enthaltsam leben mußten, damit sie es verdienten, die Eltern Jesu zu werden, dann ist das ein beunruhigendes Werturteil für normale Eltern, die ihrer Vorbilder nicht würdig wären, solange sie Kinder auf natürliche Weise zeugen, und Schwierigkeiten hätten, dabei anders zu verfahren. Kennst du den großartigen Ausspruch von Augustinus dazu?»

«Nein», sagte Emmanuel betreten. «Er hat soviel geschrieben.»

«Ach, nein! Dein verehrter Augustinus hat von Maria behauptet, weil sie ohne Lust empfangen habe, sei sie ohne Schmerzen niedergekommen. Da zeigt sich sein krankhaftes Denken: Die Lust läßt, sogar bei einem Ehepaar, die von der Erbsünde herrührende Verderbtheit erkennen. Wenn man sie schon nicht als Sünde stigmatisieren kann, so hat sie dennoch ihren Ursprung in der Sünde. Also wird sie durch den Schmerz bestraft, ja sogar abgebüßt. Ende der Beweisführung!»

Erneut ließ Colombe den *grissino* kreisen und drückte ihn auf Emmanuels Revers, wobei er abbrach.

«Jede Christin wird natürlich Verehrung für Maria empfinden, weil sie eine Frau ist, weil sie ein weibliches Element in die rein männliche Welt der Kirche bringt. Aber dabei handelt es sich um Zuneigung, um Liebe oder Achtung, wie man sie für eine Mutter oder eine Schwester hegt. Und dieses Marienbild wird nicht gefördert, sondern getrübt, wenn man sie als frigide Ehefrau und schmerzfrei gebärende Mutter darstellt. Dann ist sie keine Frau mehr, sie wird zur Göttin, im Sinne des Göttlichen in hellenistischer Zeit. Für mich und für viele andere ist die Legende von der immerwährenden Jungfräulichkeit eine Fabel auf die von Maria erlebte Wirklichkeit, eine Parodie auf das Heiligsein, ein angepriesenes Ideal, das darauf abzielt, allen Leuten, die sich um ein normales und rechtschaffenes Leben bemühen, Schuldgefühle aufzubürden. Wenn man eine Frau für schuldig befindet, weil sie einen Körper hat, folgt man nicht mehr Jesus, sondern sämtlichen Ketzereien, Sekten, Wahnvorstellungen!»

Theo unterbrach sie, denn inzwischen waren die *fettuccine* an den Tisch gebracht worden, und der Oberkellner vermischte sie unter sanftem Zischen mit Käse, Butter und Sahne. Da sie keinen Aufschub duldeten, mußte Colombe schweigen, und ihr älterer Bruder erteilte den gewissermaßen liturgischen Befehl, der jedwedes Gespräch im Familienkreis sofort verstummen ließ:

«Essen wir erst einmal!»

Andächtig genossen sie die *fettuccine*. Wie üblich schweiften Colombes Gedanken augenblicklich in die Vergangenheit zurück: Sie aß ihre Nudeln, abends, an einer Ecke des Tisches im Elternhaus in Fully. Die Küchentür zum Garten, der sanft zur Rhône hin abfiel, stand offen. Der Dunst über dem Fluß stieg bis zum Haus herauf und befeuchtete den tagsüber von der glühenden Hitze ausgetrockneten Garten. Das Dienstmädchen bereitete eine Schale Himbeeren mit Sahne vor. Alles war an seinem Platz, die beiden Jungen traten sich unter dem Tisch gegenseitig an das Schienbein, und auf der Terrasse trank M. de Fully ein Glas Fendant, während er *Le Nouvelliste du Valais* las.

Als Colombe aus ihrem Traum erwachte, hatte sie den Eindruck, ihre Brüder müßten noch eine schlechte Nachricht beichten, denn sie bekundeten für die *fettuccine* mehr Aufmerksamkeit als Appetit. Erst nachdem Theo sich die Nudeln einverleibt hatte, begann er, sich seinen Kummer von der Seele zu reden:

«Ich habe vorhin in Emmanuels Büro, wo wir den ganzen Vormittag verbracht haben, ein Fax aus Zürich erhalten. Mit den Meßergebnissen. Sie sind enttäuschend, weil ich mir mehr davon versprochen habe. Bei dem wahrscheinlichsten Alter für den *titulus*, die Leinenreste, den Papyrus sowie für das Pergament kommt man mit erstaunlicher Regelmäßigkeit auf die Zeit zwischen 25 und 45. Die Datierung des *titulus* wurde auch durch die Jahresringe des Holztäfelchens bestätigt: Die Dendrochronologie ergibt, daß es von einem Baum stammt, der im Jahre 6 gepflanzt und im Jahre 28 gefällt wurde. Die elektronische Bildbearbeitung der Inschrift und die DNA-Analyse werden mehr Zeit in Anspruch nehmen, diese Ergebnisse werden also erst Anfang nächster Woche verfügbar sein.»

«Kurz gesagt, bei keiner einzigen Probe liegt der Gehalt an Kohlenstoff 14 außerhalb der Norm. Deine Ausgrabungen waren also ein Erfolg, aber deine Datierungen ein Fehlschlag», bemerkte Colombe. «Das Turiner Linnen ist demnach nicht durch ein unbekanntes Phänomen bestrahlt worden. Bist du nicht furchtbar deprimiert?»

«Ein bißchen schon. Das hätte mir vielleicht einen zweiten Nobelpreis eingebracht. Bisher ist Marie Curie die einzige, der das gelungen ist.»

«Stimmt», stellte Colombe fest. «Weil sie eine Frau war, ist ihr der Ruhm nicht zu Kopf gestiegen, sondern sie hat weitergearbeitet und nicht nach einer zweiten Auszeichnung geschielt. Deshalb hat sie sie bekommen.»

Ob solch feministischer Beharrlichkeit seufzte Theo unüberhörbar. Dann zitierte er mit Vergnügen das sizilianische Sprichwort, wonach «alle Frauen Huren sind, mit Ausnahme meiner Mutter und meiner Schwester, die sind Heilige». Allmählich kamen ihm Zweifel, ob da nicht was Wahres dran war. Trotzdem erklärte er geduldig:

«Es gibt noch etwas. Etwas absolut Unvorhergesehenes. Moshe Tov hat das Skelett aus dem Grab von einem israelischen Archäologen untersuchen lassen, von einem Fachmann mit medizinischer Ausbildung. Es sind die Gebeine eines Gekreuzigten. Die entsprechenden Knochen in den Handgelenken und an den Füßen, durch die man für gewöhnlich die Nägel getrieben hat, sind beschädigt und weisen Rostspuren auf.»

«Na und?» fragte Colombe.

«Denk doch mal nach», erwiderte Theo gönnerhaft. «Einerseits habe ich nicht bewiesen, daß das Turiner Leichentuch echt ist, weil ich keine Leinenprobe aus dem Jerusalemer Grab mit ähnlicher Datierung habe, andererseits habe ich die Gebeine eines gekreuzigten Mannes entdeckt, den eine Inschrift möglicherweise als ‹Jesus, Sohn des Joseph› bezeichnet. Und dann liegt da noch in unmittelbarer Nähe ein *titulus*, der diese Identität bestätigt, und in einem Krug stecken Handschriften, auf denen – von Augenzeugen aufgezeichnet – die Geschichte Jesu überliefert wird. Bei einer solchen Fülle von Indizien muß man die Hypothese in Betracht ziehen, daß es sich um die Gebeine Jesu handeln könnte. Und selbst wenn ich diese Hypothese verwerfe, die Presse wird ihre helle Freude daran haben.»

Darauf teilten sich die beiden Brüder wie sechs Jahre zuvor schweigend ein Rippenstück mit Spinat, während Colombe *grissini* knabberte. Sie machte sogar eine sonderbare Bemerkung über die Zeit, die stehenzubleiben schien. Die zwei Männer aßen wortlos, als schonten sie sich für das vorgesehene erneute Gespräch mit Kardinal Weiss. Es entspann sich nur eine Diskussion über den Nachtisch, den sie am 6. Oktober 1988 gegessen haben mochten, weil sich niemand mehr daran erinnerte. Theo beendete den Streit damit, daß er seinen Taschencomputer zu Rate zog. Für sich hatte er jedoch nur einen Espresso eingegeben, für die beiden anderen nichts.

«Ich war damals etwas durcheinander», sagte er zu seiner Entschuldigung, «wie heute auch.»

«Wovor hast du Angst?» fragte Colombe.

«Mir wäre schon wohler, wenn ich den genauen Grund dafür ausmachen könnte. Eigentlich empfinde ich nur eine vage Furcht vor dem Unbekannten. Es gibt nämlich noch ein Dokument, von dessen Inhalt wir überhaupt nichts wissen: die Kupferrolle. Tov hat sie an das Manchester College of Technology geschickt, das schon 1952 die einzige Kupferrolle aufgesägt hat, die man in der Höhle Nummer drei von Qumran entdeckt hatte. Diese Rolle war aus Kupfer, aus einem sehr kostspieligen, aber weder durch Insekten noch Nagetiere zerstörbaren Material, weil sie die vierundsechzig Verstecke nannte, in denen die Juden vor dem Aufstand gegen die Römer im Jahre 68 ihre Kriegskasse gelagert hatten. Eine Kupferrolle im Heiligen Grab muß demnach Informationen enthalten, die für jene, die diese Bestattung organisiert haben, von größter Bedeutung waren.»

«Das heißt?» fragte Colombe.

«Zum Beispiel einen Text, der die Identität des Skeletts belegt. Nehmen wir einmal an, er besagt eindeutig, daß es sich um Jesus von Nazareth, den Sohn des Zimmermanns Joseph, handelt, dann bestünde keinerlei Zweifel mehr, daß ich das echte Grab Jesu entdeckt habe und daß es nicht leer ist. Dann hätte ich wahrlich ein zerstörerisches Werk vollbracht. Ich hätte nachgewiesen, daß Jesus nicht auferstanden ist und das ursprüngliche, von Joseph von Arimathäa ausgewählte Grab geschändet wurde. Dafür spricht übrigens der weggewälzte Stein, dieses absonderliche Indiz, das so unverständlich ist, es sei denn als Ergebnis menschlichen Eingreifens. Aber wer sollte den Stein weggewälzt und den Leichnam in ein anderes

Grab gebracht haben, auf das wir womöglich jetzt gestoßen sind? Ich weiß es nicht. Es kann weder Petrus noch Johannes, noch Thomas gewesen sein, denn der weitere Verlauf der Ereignisse zeigt, daß sie über die Entdeckung des leeren Grabes und den auferstandenen Jesus äußerst erstaunt waren. Im Umfeld Jesu gab es aber noch andere Gruppen, zum Beispiel die Zeloten, die es darauf abgesehen hatten, einen bewaffneten Aufstand anzuzetteln, was ihnen 68 ja auch gelungen ist. Sie könnten in Versuchung geraten sein, die zahlreichen Anhänger Jesu zu manipulieren, indem sie den Leichnam aus dem Grab holten und ihn in einem anderen versteckten, eben in dem, in welchem wir ihn möglicherweise gefunden haben. Dann wäre das leere Grab am Ostermorgen eine blanke Banalität gewesen, die sich nur dank der Gutgläubigkeit der ersten Zeugen in ein Wunder verwandelt hätte.»

«Wenn das erwiesen würde, dann hättest du die Quelle des Glaubens geläutert», entgegnete Emmanuel. «Du kannst dir nie vorwerfen, die Wahrheit herausgefunden zu haben. Das leere Grab ist nur das materielle Indiz dafür, daß wir Jesus nicht unter den Toten suchen dürfen. Niemand weiß genau, was geschehen ist. Unser Glaube beruht doch nicht auf einem leeren Grab, sondern auf einem auferstandenen Menschen. Niemand weiß, was Auferstehung ist. Dafür bezeugen die Jünger aber die Begegnung mit dem auferstandenen Jesus. Vielleicht ist dies das einzige Indiz, das wir ernst nehmen müssen.»

Colombe sah ihn bewundernd an. Sie hatte wenigstens eine Auferstehung begriffen, die ihres Bruders. Ohne die Injektionen, die er vor sechs Jahren im Universitätskrankenhaus von Salt Lake City bekommen hatte, wäre er jetzt tot oder bettlägerig. Er war ein ganz anderer Mensch geworden, hatte den ehedem halb weinerlichen, halb einschmeichelnden Ton abgelegt und brachte seine Auffassung nun selbstsicher und überzeugend vor. Von seinem Glauben berichtete er offen und ohne Scheu; wenn er ja sagte, hieß es ja, und wenn er nein sagte, hieß es auch nein. Seltsamerweise hatte diese Entschiedenheit seiner Karriere im Heiligen Offizium nicht geschadet.

«Emmanuel hat recht», bemerkte Colombe zu Theo gewandt. «Du mußt an deinem Glauben und an der Wahrheit festhalten und unerschütterlich davon überzeugt sein, daß es darin keinen Widerspruch geben kann.»

«Bei Kardinal Weiss ist das anders. Langsam bringt er mich auf den Gedanken, daß er zweifelt», wandte Theo ein.

«Er täuscht Zweifel vor, die er nicht hegt, um bei dir welche zu wecken», fügte Colombe mit professioneller Sicherheit hinzu.

«Es gibt eine noch einfachere Erklärung», befand Emmanuel. «Wie die meisten Kleriker schenkt er Laborergebnissen keinen Glauben. In seinen Augen sind das materielle Manipulationen, die das Geistliche, für das er zuständig ist, nicht berühren. Da er aber ihre Auswirkungen auf die öffentliche Meinung fürchtet, liegt ihm daran, daß sie nichts davon erfährt. Die Kommunikationsmittel haben nur dann eine Daseinsberechtigung, wenn sie *der* Wahrheit dienen, mit der Betonung auf dem Artikel. Weiss glaubt nun einmal, er verfüge bei der Unterscheidung zwischen Wahrheit und Unwahrheit über ein unfehlbares Urteilsvermögen. Er darf alles.»

«Wie dem auch sei, er hat jedenfalls die Absicht, nichts zu veröffentlichen und die Proben vielleicht verschwinden zu lassen. Ich fürchte sogar, daß er bei dem Bundesrat interveniert, dem ich unterstellt bin, damit alle in der Schweiz vorhandenen Informationen unter Verschluß gehalten werden. Aber eigentlich habe ich vor allem deswegen Angst, weil einem Richter, einem Journalisten oder einem Professor, der unliebsame Dinge weiß, in Italien schnell etwas zustoßen kann. Deshalb habe ich beschlossen, Vorkehrungen zu treffen. Ich habe eine komplette Akte mit Bildern, Laborbericht und Zusammenfassung des

Sachverhalts angelegt. Wenn Colombe diese Akte in ihrem Zimmer aufbewahren könnte, wären die Informationen im Falle eines Unglücks gerettet.»

Theo reichte seiner Schwester einen großen Umschlag, und wie er es immer machte, seit ihn der Geldsegen des Nobelpreises ereilt hatte, beglich er die Rechnung, freilich nicht, ohne sie zuvor auf dem Computer überprüft und einen Fehler zugunsten des Kellners entdeckt zu haben. Er ließ ihn die Rechnung richtigstellen und versäumte dabei nicht, ihn an einen ähnlichen Fehler vor sechs Jahren zu erinnern. Zerknirscht floh der Kellner in die Küche und gelobte, sich nie wieder mit Schweizern anzulegen, ob mit oder ohne Taschencomputer.

Während sich die beiden Brüder von einem Taxi wieder zum Palazzo del Sant' Uffizio bringen ließen, schlenderte Colombe ins Hotel zurück. Sie fühlte sich frei wie ein junges Mädchen in den Schulferien, wäre am liebsten vor jedem Modegeschäft stehengeblieben, hätte Feingebäck gekauft, nach Schmuck geschielt, an Parfumflaschen geschnuppert. Eingedenk des Seidentuchs, das Paolo ihr seinerzeit geschenkt hatte, ließ sie sich immerhin dazu verleiten, ein Hermès-Tuch zu kaufen. Dann bummelte sie zum Largo Febo, wo die kostbare Zierde ihrer Rom-Aufenthalte in Unterhemd und langer Unterhose mit einer Zigarette im Mundwinkel ihrer harrte. Bis zum Abendessen verblieben ihr noch vier Stunden für Tändeleien, Zärtlichkeiten und Geplauder. Es gelang ihr nicht, Theos Ängste ernst zu nehmen. In seinem Alter und bei seinen Marotten war ihm nicht mehr zu helfen. Bestenfalls noch mit einer unterstützenden Therapie.

Gegen sechs Uhr abends erhielt Colombe einen Anruf von Emmanuel: Die Besprechung mit dem Kardinal war soeben zu Ende gegangen, sie konnte zu ihren Brüdern in den Palazzo San Calisto kommen. Also kleidete sie sich an und kämmte sich sehr sorgfältig. Paolo tat es ihr gleich, denn er wollte die Silvesternacht nicht allein verbringen. Sie gab ihm einen Kuß, und er reagierte liebevoll, aber ohne die übliche Übertreibung, dann ging sie als erste hinaus.

Colombe war kaum aus dem Zimmer, da zog er sich nicht weiter an, sondern stellte sich ans Fenster. Er beobachtete den Hoteleingang, bis ein Taxi vorfuhr und Colombe einstieg. Sogleich machte er sich daran, den Aktenkoffer gründlich zu untersuchen, in dem Colombe ihre Reiseunterlagen aufbewahrte. Als sie vom Mittagessen zurückgekommen war, hatte sie einen dicken Umschlag hineingelegt und dann an den Zahlenschlössern gedreht. Sonst war der Aktenkoffer nie verschlossen, auch nicht, wenn er Geld enthielt, und mehr als einmal hatte Paolo sich auf diesem Weg zu bescheidenen Lire- oder Dollarbeträgen verholfen, um Zeitungen und Zigaretten zu kaufen oder Trinkgelder zu geben, wenn Colombe nicht da war. Da sie nie derlei Vorsicht walten ließ, mußte der Umschlag etwas bergen, dessen Durchsicht die Mühe lohnte.

Der Aktenkoffer hatte zwei Schlösser, jeweils mit einer dreistelligen Zahlenkombination; insgesamt also sechs Ziffern, eine Codierung, die geradezu danach heischte, ein Datum zu verwenden, etwa ein Geburtsdatum. Paolo kannte zwar Tag und Monat, den 17. August, aber nicht das Jahr, in dem Colombe zur Welt gekommen war. Nachdem er sich die Ziffern notiert hatte, die im Augenblick zu sehen waren, damit er sie hinterher wieder einstellen konnte, versuchte er es beim ersten Schloß mit 1-7-0. Es ließ sich mühelos öffnen. Er hatte richtig geraten und brauchte nun nur noch Colombes Geburtsjahr herauszufinden. Deshalb stellte er am zweiten Schloß als erste Ziffer die Acht für den Monat August ein, dann probierte er sein Glück mit den letzten zwei Ziffern. Er entschied sich für das Jahrzehnt zwischen 1940 und 1950, und weil noch ein letzter Rest Galanterie in ihm steckte, versuchte er es von fünfzig an rückwärts. Das zweite Schloß sprang erst bei der Kombination 8-4-3 auf: Colombe war am 17. August 1943 geboren, sie war also einundfünfzig Jahre alt, und Paolo fühlte sich in seinem Stolz getroffen. Das Bedürfnis, die Selbstachtung wiederzuerlangen, motivierte ihn um so mehr bei dem, was er tat. Ein junger Römer aus der besten Gesellschaft, gewissermaßen göttlicher Abstammung, unterhält doch nur um höherer Ziele willen intime Beziehungen zu einer mehr als fünfzig Jahre alten Frau: um Informationen zu beschaffen oder ein Vermögen in andere Bahnen zu lenken.

Außer einigen Papieren, einem Scheckheft und einem Paß fand sich in dem Aktenkoffer tatsächlich der große Umschlag, den Paolo flüchtig in Colombes Händen erspäht hatte. Allerdings war er zugeklebt. Um ihn zu öffnen, ließ Paolo heißes Wasser in ein Waschbecken laufen und hielt ihn über den Dampf. Geduldig wartete er, bis sich die Lasche von allein löste, damit sie ja nicht beschädigt wurde. Darauf nahm er die Dokumente einzeln heraus und notierte deren Reihenfolge, um sie hinterher wieder genau so zu ordnen. Sobald er seine Beute auf dem Bett ausgebreitet hatte, kniete er sich davor und begann zu lesen, erst oberflächlich, dann mit wachsender Aufmerksamkeit. Aus einigen Bemerkungen, die Colombe über das Gespräch zwischen ihrem Bruder und Kardinal Weiss gemacht hatte, wurde ihm der Zusammenhang klar. Theo hatte also sein Ziel erreicht, aber das, worauf er dabei gestoßen war, entsprach nicht seinen Erwartungen, ganz im Gegenteil.

Paolo setzte sich in den einzigen Sessel, der im Zimmer stand, und zündete sich eine Zigarette an, um in aller Ruhe nachzudenken. Seit 1988 und seinem ersten Versuch im Zusammenhang mit dem Grabtuch war er ein Experte für Indiskretionen geworden. Daß er sich dafür bezahlen ließ, war ihm nie peinlich gewesen, falls es überhaupt jemals etwas gegeben hatte, was ihn in Verlegenheit gebracht hätte. Journalisten können ihrem Beruf schließlich nur soweit nachkommen, wie sie Zugang zu Informationen haben.

Steckte er einem römischen Journalisten ein paar vage Informationen zu, würde er mit einer Summe abgespeist werden, die bestenfalls für ein Essen im Restaurant reichte. Hier war er aber an Dokumente geraten, die viel mehr einbringen konnten. Dennoch mußte er erst einen Interessenten finden, und zwar schnellstens, bevor etwas aus einer undichten Stelle im Vatikan sickerte oder es gar ein offizielles Kommuniqué gab, in dem um den heißen Brei herumgeredet wurde.

Geld und Rachegefühle motivierten ihn gleichermaßen. Nicht nur, daß er selbst an nichts glaubte, er war auch nicht imstande, sich vorzustellen, daß ein einigermaßen intelligenter Mensch von echtem Glauben erfüllt sein könnte. Großonkel Eugenio war sicher zu klug gewesen, um sich etwas aus der Mythologie und dem Pomp zu machen, die ihm eine glänzende Laufbahn gesichert, dabei dem Namen der Pacelli zu höchstem Ruhm und einer bürgerlichen Familie zu Reichtum verholfen hatten, denn sein Vater war dem zwar ehrenwerten, aber bescheidenen Beruf eines Bäckers nachgegangen. Daß er den Schwindel so weit zu treiben vermochte, sogar die Papstwürde zu erlangen, machte Pius XII. in Paolos Augen zu einem wahren Meister der Zauberkunst. War Religion denn etwas anderes als eine praktische Wertordnung, anerkannt wie Heimatgefühl, Kunst oder Benimmregeln, mit deren Hilfe sich der Mensch hohen Standes vom Abschaum unterscheidet, der Gott lästert, wie er mangels guter Erziehung spuckt? Die Elite mußte zwar von dem gescheffelten Geld wieder einen Teil herausrücken für kleinere Spenden, Zeremonien, Predigten und allerhand Frömmeleien, aber dennoch war die Religion früher ein eher einträgliches Geschäft, auf jeden Fall eine sichere Kapitalanlage. Seit jedoch die Christdemokraten an die Macht gekommen waren und sich dann sogar noch mit der kommunistischen Partei eingelassen hatten, wurde das uralte Abkommen zwischen dem Vatikan und den römischen Patriziern nicht mehr eingehalten, fand Paolo Pacelli. In seinen schlimmsten Notzeiten hatte er beim Vatikan geradezu um eine Anstellung gebettelt und nur ein einziges Mal Hilfe bekommen: ein Almosen, eine Beleidigung, einen Scheck über zehntausend Lire. Deshalb würde er sich jetzt selbst holen, was ihm zustand. Zuschlagen, wo es wirklich weh tat. Wie Samson würde er die Säulen des Tempels einreißen. Wenn ihm der ganze Bluff schon nichts mehr einbrachte, dann konnte er ihn ebensogut anprangern, um ein letztes Mal Nutzen aus ihm zu ziehen.

Er schloß von vornherein die italienischen Zeitungen aus, denn von ihnen wäre keine in der Lage, den Preis zu zahlen, den er haben wollte. Dazu hatte allein die amerikanische Presse das entsprechende Volumen. Er versuchte es zunächst beim römischen Büro des *Time Magazine*, wo er jedoch nur auf die Resonanz des Anrufbeantworters stieß. Es war Silvesterabend, und in der Ferne waren bereits die ersten Knaller zu hören.

Dann versuchte er sein Glück beim römischen Korrespondenten der *Washington Post*, einem gewissen Derek Dood, der in den achtziger Jahren in Moskau zu Berühmtheit gelangt war, weil er den Zusammenbruch des Regimes vorausgesagt hatte. Im übrigen wäre eine Zeitung, die imstande gewesen war, Richard Nixon, den mächtigsten Mann der Welt, zu stürzen, wahrscheinlich auch an der Erschütterung der höchsten geistlichen Instanz interessiert. Bedauerlicherweise befand sich Dood jedoch weder in seinem Büro noch zu Hause, wo die allgegenwärtigen Anrufbeantworter um eine Nachricht baten, die sich bestenfalls am 2. Januar jemand anhören würde.

Paolo vermutete, daß sich der Korrespondent zwischen sieben und acht Uhr abends in Harry's Bar aufhalten könnte, einem offiziösen Treffpunkt der amerikanischen Journalisten in der Via Vittorio Veneto. Dort hatte Paolo zwar seit mindestens zehn Jahren Hausverbot, aber er rief mit verstellter Stimme an, ahmte einen russischen Akzent nach und meldete sich mit einem slawisch klingenden Namen, der den Barkeeper anscheinend überzeugte. Der Journalist war tatsächlich da und ließ sich zu einem Treffen um Mitternacht am Fuße des Obelisken auf dem Petersplatz verleiten.

Innerhalb von vier Stunden gelang es Paolo, alle Papiere zu kopieren und Negative der Fotos anfertigen zu lassen. Derlei an einem Silvesterabend zuwege zu bringen war ein Kunststück, das Bände sprach über seine Kenntnis des nächtlichen Rom, das arbeitet, während die rechtschaffenen Römer schlafen. Dann kehrte er ins Hotel zurück, steckte die Papiere samt den Fotos wieder in den Umschlag, den er ordnungsgemäß verschlossen wieder in den Aktenkoffer legte, und verdrehte sorgsam die Zahlenschlösser. Zehn Minuten vor Mitternacht setzte ihn ein Taxi auf dem Petersplatz ab.

Die Luft war mild und feucht, sozusagen eine römische Winternacht mit Londoner Sommerwetter. In der Ferne waren lärmende Scharen zu hören, Autos hupten, Reifen quietschten, die sonst schon leicht verrückte Stadt schien vollends dem Wahnsinn anheimgefallen zu sein.

Während Paolo auf Dood wartete, blickte er zu dem Balkon hinauf, von dem aus sein Urgroßonkel so oft den Segen *urbi et orbi* gesprochen hatte. Was mochte er in diesen Momenten wirklich gedacht haben, in denen er gehalten war, das Wohlwollen Gottes herbeizureden? Was würde er heute denken, wenn er mit ansehen könnte, wie sein Imperium unter den Angriffen eines Mitglieds seiner eigenen Familie einstürzte?

Dood erschien genau in dem Augenblick, in dem die Glokken, die Sirenen, die Knaller und die Hupen die Geburt eines neuen Jahres verkündeten. Im Schein einer Taschenlampe studierte er die Unterlagen, die Paolo ihm anbot: den Bericht über die Graböffnung, ein Foto vom *titulus* mit der vom Labor bestätigten Altersangabe sowie ein Foto des Grabes, auf dem das Skelett samt der Inschrift zu erkennen war. Paolo verlangte eine Million Lire und versprach weiteres Material. Der Journalist stellte einen Scheck aus, unterschrieb ihn und ging ohne einen Händedruck für seinen Informanten von dannen.

Um acht Uhr abends befand Theo, daß die Gans nun gar sei. Da er in dem Apartment, in dem er untergebracht war, über eine kleine Küche verfügte, hatte er sich in den Kopf gesetzt, ein Silvesteressen zuzubereiten, um das Pech abzuwehren. Nachdem er den Palazzo del Sant' Uffizio verlassen hatte, war er in ein Feinkostgeschäft gegangen und mit den Zutaten für ein Rezept wieder herausgekommen, das er sich während einer langen und anstrengenden Sitzung insgeheim ausgedacht hatte, um seinen Geist von den müßigen Vorwürfen des Kardinals abzulenken. Emmanuel erhob keine Einwände gegen das, was manche für ungehörig oder gotteslästerlich hätten halten können. Inmitten eines großen Abenteuers hatte es immer ein Picknick gegeben, für das Kühlschrank und Keller des Elternhauses geplündert worden waren. In der Familie de Fully sann man nicht mit leerem Bauch nach, alldieweil dabei nur erbärmliche Gedanken und defätistische Pläne zustande kamen.

Begonnen hatte Theo damit, daß er Renetten schälte und die Äpfel geviertelt in Butter briet, ohne sie zerfallen zu lassen. Dann fügte er feingehackte Leber, in Cognac eingeweichte Rosinen und angeröstete Pinienkerne hinzu. Damit die Masse etwas fester wurde, mischte er zerkrümeltes Brot ohne Kruste und zwei verschlagene Eier darunter, flambierte sie mit Cognac und füllte sie in die Gans. Mit Speckscheiben und Bindfaden umwickelt, wurde der Vogel um halb sieben in den auf zweihundert Grad vorgeheizten Backofen geschoben. Während er vor sich hin brutzelte und zunächst die Küche, dann die ganze Wohnung und schließlich den Flur und das Treppenhaus mit Bratendüften erfüllte, schälte Theo Maronen, die er in lauwarmes Wasser tauchte, um auch die Haut abziehen zu können, danach ließ er sie auf kleiner Flamme kochen, bräunte sie in Gänseschmalz leicht an und würzte sie mit Ingwer, Zimt und Nelken.

Emmanuel und Colombe waren aus dem Haus gegangen, um die noch fehlenden Sachen wie Wein, Käse und einen Nachtisch zu besorgen, indes Theo mit dem Kochen so beschäftigt war, daß er nicht nur den Nachmittag vergaß, den er hinter sich hatte, sondern sogar die Existenz des Kardinals Weiss, das Leichentuch, das Grab, Herchel und die Quellschrift. Als er es an der Tür mehrmals zaghaft klopfen hörte, ging er, ein Küchentuch um den Bauch gebunden, nachsehen. Vor ihm stand ein ganz kleiner, ganz kahlköpfiger Mann mit rosigem Gesicht und Goldrandbrille, der eine zerknitterte Hose und eine halb zugeknöpfte Strickjacke anhatte. Seine Füße steckten in echten, typisch französischen Filzpantoffeln, die seine Herkunft verrieten, noch ehe er ein einziges Wort gesprochen hatte.

«Ich bin mir sicher, daß Sie eine Gans braten, aber ich konnte der Versuchung nicht widerstehen, mich zu vergewissern. Ich stamme aus Toulouse.»

Niemand packte Theo vergebens bei seinem Stolz. Er führte den kleinen Mann in die Küche und öffnete den Backofen, damit das Prachtstück gebührend bestaunt werden konnte. Der Besucher bückte sich, stützte die Hände auf die Knie, ging dann vollends in die Hocke und blickte unverwandt auf die Gans. Mit dem gerührten Stolz einer Mutter, deren Baby von einem Passanten bewundert wird, ließ Theo ihn schauen und schauen. Letzten Endes schloß er resolut die Tür des Backofens mit der Bemerkung, der sei jetzt auf die niedrigste Temperatur eingestellt, damit die Gans langsam gare, und sie dürfe keine Zugluft abkriegen.

«Bloß nicht», beteuerte der kleine Mann so entsetzt, daß es schon komisch wirkte.

Theo empfand Mitleid mit ihm. Außer hohen Gästen wohnten im Palazzo San Calisto ausschließlich Kardinäle, viele schon im Ruhestand. Hinter dem Greis, der im Begriff war, eine Silvesternacht allein zu verbringen, und unter dem imaginären Kardinalsmantel erkannte Theo den kleinen Bauern aus der Garonne. Nur eine unmenschliche Welt konnte ihn seiner Einsamkeit überlassen. In diesem Moment kehrten Emmanuel und Colombe mit Päckchen beladen zurück. Der kleine Mann blickte verstimmt drein, als Emmanuel ihn seinem Bruder und seiner Schwester vorstellte: «Unser Nachbar, Kardinal Chotard, der das Sekretariat für die Nichtglaubenden geleitet hat und jetzt im Ruhestand ist.»

Nach den Vorstellungen war jeder ein wenig ratlos, bis Theo einen Geistesblitz hatte:

«Darf ich Eure Eminenz fragen, ob Sie zu Abend gegessen haben?»

«Nein, noch nicht», antwortete der kleine Mann mit zerknirschter Miene.

«Werden Sie erwartet?»

«Ja schon, aber nicht wirklich. Von zwei Nonnen, die mich versorgen und für mich kochen. Für gewöhnlich esse ich abends eine Suppe, ein Stück Käse und einen Nachtisch, und ich hatte für Silvester nichts Besonderes vorgesehen. Ich kann mich abmelden und den Tisch abräumen lassen. Es wird ihnen recht sein, weil sie fernsehen möchten.»

So kam es, daß Kardinal Chotard den Silvesterabend mit Professor Theophil de Fully, einem Nobelpreisträger, mit Monsignore Emmanuel de Fully, dem Untersekretär der Kongregation für die Glaubenslehre, und mit der Ärztin Dr. Colombe de Fully, einer weltbekannten Spezialistin für die Begleitung Sterbender, verbrachte. Die knusprige und fette Gans, die herrlich gewürzte Füllung, die auf der Zunge zergehenden Maronen und der gehaltvolle Wein schufen viel Atmosphäre: Die harmonische Komposition von Speisen und Getränken bewirkte einen Einklang der Sinne, der Bereitschaft zur Verständigung weckte. Der Kardinal verfügte über ein unerschöpfliches Repertoire an Anekdoten aus dem Vatikan, das jeden Chronisten entzückt hätte. Im Laufe des Abends wurden Päpste und Kardinäle zu ganz normalen Menschen mit Schwächen und Stärken, zuweilen rührend, zuweilen auch töricht. Ehe sie sich's versahen, war es Mitternacht, und jeder umarmte jeden.

Theo haßte es, bis spät in die Nacht aufzubleiben, konnte sich jedoch einem dringend erforderlichen Gespräch nicht entziehen, als der Kardinal sie gegen ein Uhr morgens zwar sehr aufrecht, aber mit noch rosigerem Gesicht als bei seiner Ankunft wieder verließ. Für Colombe faßte Theo die Situation in einem lapidaren Satz zusammen:

«Es ist furchtbar!»

Emmanuel erklärte es ausführlicher:

«Weiss ist nicht nur betroffen, wie zu erwarten war, sondern vollkommen durcheinander. Er ist ein Mann, der über große Selbstbeherrschung verfügte, als er 1981 in sein Amt berufen wurde, und seither grenzenloses Selbstvertrauen gewonnen hat. Er stellt sich nie in Frage, da er in einer Welt allgemeinen Zweifelns als Bezugsperson dienen muß. Ich kenne ihn gut und kann mit Sicherheit behaupten, daß jetzt auch ihn Zweifel beschleichen.»

«Zweifel woran?» fragte Colombe.

«An allem. Zunächst wegen einer Menge Einzelheiten, die er beim Lesen der Quellschrift entdeckt hat. Vergiß nicht, daß er einen Lehrstuhl für Exegese innehatte und daher zu allen Kontroversen der letzten Jahrzehnte Stellung genommen hat. Aber nun zieht plötzlich ein neues, unwiderlegbares Dokument einen scharfen Strich unter die Diskussionen. Und diejenigen, denen die Quelle recht gibt, waren oft der Kritik des Professors und den Zensuren des Kardinals ausgesetzt. Also fühlt er sich jedesmal, wenn er entdeckt, daß er unrecht hatte, in seinem Forscherehrgeiz verletzt.»

«Wobei, zum Beispiel?» fragte Colombe.

«Um nur ein Detail von mehreren zu nennen», führte Emmanuel aus, «1948 wurde in Ägypten ein ganzer Schwung von Manuskripten entdeckt, unter denen das bemerkenswerteste ein gewisses, eher gnostisch angehauchtes Thomasevangelium war, das an die hundert Logoi enthält, das heißt wörtlich zitierte Aussprüche Jesu. Die meisten davon findet man im übrigen in den kanonischen Evangelien wieder. Einige sind jedoch einmalig, und es wird vermutet, daß sie authentisch sind. Zum Beispiel der, den ich sehr schön finde: *‹Viele Leute stehen um den Brunnen herum, aber keiner ist bereit hinunterzusteigen.›* Dieser Logos wird übrigens auch von Origenes erwähnt. Doch irgendwie störte das Thomasevangelium den Kanon. Um dessen Integrität und Exklusivität zu bewahren, hat Professor Weiss zwischen 1950 und 1960 den unerwünschten Text mit großem Aufwand in vielen Publikationen herabgesetzt und seine Bedeutung bagatellisiert. Und jetzt steht ebendieser Logos, den ich zitiert habe, wortwörtlich so in der Quelle. Grund genug, beleidigt zu sein.»

«Er wird doch nicht gleich zusammenbrechen, nur weil er sich ab und zu bei winzigen Details geirrt hat?» fragte Colombe. «Welcher Punkt macht ihm wirklich zu schaffen?»

«Der Glaube an die Auferstehung Jesu», antwortete Emmanuel. «Der Mittelpunkt seines Lebens, seines Glaubens, seiner Berufung, seines Amtes, seiner Rolle, all dessen, worauf seine Existenz beruht. Er hat keine Verwandten, keinen Zeitvertreib, keine kleine Schwäche. Er ist die Verkörperung einer Idee im zerbrechlichen Leib eines Siebzigjährigen, der vierzehn Stunden am Tag arbeitet, ohne jemals Urlaub zu nehmen. Ich bin sicher, er widmet auch dem Beten nur so viel Zeit, wie er unbedingt muß, um durchzuhalten, und ein nettes Gespräch, ein zielloser Spaziergang oder unterhaltsame Lektüre würden ihm Gewissensbisse verursachen. Er war ein ziemlich guter Geigenspieler, aber er rührt sein Instrument nicht mehr an. Sein ganzes Leben drehte sich um eine Achse, die heute zu brechen droht.»

Da meldete sich Theo zu Wort:

«Merkwürdig, diese Konfusion in den Gedanken eines intelligenten Mannes. Einerseits wiederholt er ständig, Ostern sei ein Mysterium, es habe keinen Zeugen gegeben und es sei ein Sakrileg, sich ausmalen zu wollen, was geschehen ist, andererseits setzt er, ohne daß es ihm recht bewußt würde, Auferstehung mit Dematerialisation gleich, mit dem Verschwinden eines Körpers. Die womöglich aufgefundenen Gebeine Jesu widersprechen dieser naiven Vorstellung und verursachen ihm quälenden, bohrenden Zweifel. Die Doktrin ist ein Monolith, der zu Staub zerfällt, sobald man den Meißel ansetzt. Letzten Endes hast du recht gehabt, Colombe, als du wegen der marianischen Jungfräulichkeit so wütend geworden bist. Im Kopf des Kardinals überlagern sich Metapher und Wirklichkeit ständig. Richtet er sein Augenmerk auf die Allegorie, ärgert er sich über den realistischen Ansatz seines Gesprächspartners, und redet man mit ihm über experimentelle Wirklichkeit, flüchtet er sich in die Metapher. Er ist weit- und kurzsichtig zugleich: Sobald er seine Lesebrille aufsetzt, sieht er in der Ferne nichts mehr, und mit seiner Fernbrille kann er in der Nähe nichts mehr erkennen. Seine Sicht ist gespalten, und von den Ereignissen auf eine harte Probe gestellt, entdeckt er jetzt seine intellektuelle Duplizität.»

«Also hast du Angst, daß er plötzlich dekompensiert?» fragte Colombe.

«Genau. Und wenn er zusammenbricht, droht der Vatikan einzustürzen wie ein Kartenhaus.»

«Schon möglich, daß der Vatikan einstürzt», stellte Colombe klar, «aber wenn er nicht mehr als ein Kartenhaus ist, hat er es nicht besser verdient.»

Theo nickte und begann, laut zu denken:

«Seien wir vernünftig und reden wir uns nicht die Köpfe heiß. Ich kenne die Schwächen der Kurie, es sind die gleichen wie in jeder beliebigen anderen Behörde, die sich für den Nabel der Welt hält. Ich habe ja gar nicht die Absicht, die Institution zu zerstören. Warum auch? Überall dort, wo die kommunistische Partei früher ihre Diktatur ausgeübt hat, sind andere Diktaturen entstanden, die der Kriegsherren, der maroden Beamten, der demagogischen Politiker: Oft sind es sogar dieselben Personen, die jetzt nur eine andere Meinung vertreten. Ich habe eine Sprengladung in der Hand, die imstande wäre, die heilige katholische Kirche in ihrem archaischsten und klerikalsten Teil implodieren zu lassen, kann mich aber nicht entschließen, die Lunte anzuzünden. Mir scheint, daß man dabei nichts gewinnen, aber alles verlieren kann. Wenn der Kardinal mich direkt bittet, die Resultate nicht zu veröffentlichen, wie er es heute ja schon in allen Tonarten angedeutet hat, komme ich in Versuchung, mich zu fügen.»

«Habe ich richtig gehört? ‹In Versuchung›!» erwiderte Colombe scharf.

Emmanuel schaltete sich besänftigend ein:

«Als diensthabender Pfarrer muß ich euch an das achte Gebot erinnern, das uns zur Wahrheit verpflichtet. Nach den Worten von Johannes ist Jesus das Licht der Welt, das gekommen ist, damit wir nicht in der Finsternis wandeln. Es ist Pilatus, der Jesus die Frage stellt: *‹Was ist Wahrheit?›* Gute Frage für einen Statthalter, der sich mehr um seine Karriere sorgt als darum, auch nur irgendeine Wahrheit herauszufinden. Für einen Vertreter der Macht ist Macht die einzige Wahrheit und ihre Verhinderung nur Lüge. Vor jedem Abendmahl beichten wir unsere Sünden, die wir in Gedanken, Worten und Werken, aber auch durch Unterlassung begangen haben. Die Wahrheit verschweigen heißt auch lügen, heißt auch sündigen. Die Forscher, die absichtlich die Veröffentlichung der Schriften von Qumram hinausgezögert haben, sind nicht frei von Schuld, auch wenn sie es mit den besten Absichten getan haben.»

«Alle Wahrheiten kann man nicht jedem sagen», zitierte Theo, der dieses Argument während des Gesprächs mit dem Kardinal immer wieder gehört hatte.

«Natürlich nicht», räumte Emmanuel ein. «Es gibt Wahrheiten, die zur Privatsphäre eines Menschen gehören und sonst niemanden was angehen. Hier handelt es sich aber um etwas anderes. Die Veröffentlichung von Schriften, die genaueren Aufschluß über die Entstehung der Evangelien geben können, stellt keine Indiskretion, keine Verletzung der Persönlichkeitsrechte dar. Selbstverständlich wird sie die traditionelle Auslegung der Bibel verändern, sie wird einen Schlußpunkt unter manche endlosen Kontroversen zwischen Fachleuten setzen und auch manche Details festschreiben, aber sie wird nichts Grundsätzliches erschüttern. Im Johannesevangelium finden sich übrigens rätselhafte Worte, die schon auf die Möglichkeit späterer Erkenntnisse hindeuten. Jesus hat in etwa folgendes gesagt, ich zitiere aus dem Gedächtnis: *‹Ich habe euch noch viel zu sagen, aber das könnt ihr jetzt nicht ertragen. Wenn der Geist der Wahrheit kommt, wird er euch in die ganze Wahrheit führen.›* Falls ich das richtig verstehe, bedeutet es, wir müssen wachsam bleiben und es hinnehmen, daß uns tiefere Erkenntnisse nicht durch unser Wissen, durch unsere Überlegungen, sondern durch die Eingebung des Heiligen Geistes zuteil werden. Gibt es etwas, was dieser Eingebung näherkäme, als die Quelle der

Evangelien, die Schrift wiederzufinden, die am dichtesten an der Verkündigung Jesu ist? Diesen Text ablehnen hieße gegen den Heiligen Geist verstoßen.»

«Du hast recht», sagte Theo. «Ich muß wohl sehr müde sein, wenn du mich an so elementare Wahrheiten erinnern mußt. Es ist Zeit, schlafen zu gehen.»

Colombe fuhr mit einem Taxi ins Hotel zurück. Paolo schlief bei gedämpftem Licht, die Gesichtszüge entspannt wie ein Kind. Er sah so sehr wie eine Allegorie der Unschuld aus, daß Colombe gerührt war. Vor dem Einschlafen kam ihr noch ein spontanes Gebet in den Sinn, mit einem gläubigen Blick auf Jesus, von dem an diesem Tag so viel die Rede gewesen war, daß er ihr vertrauter und zugleich rätselhafter erschien. Sie befahl ihm den Strolch an ihrer Seite an, wobei sie das sonderbare Gefühl beschlich, daß ein Mann wie Paolo eher als alle Prälaten aus seiner Familie ins Himmelreich kommen würde.

11

Verschiedene Anzeichen ließen die Geschwister de Fully vermuten, daß der Sonntag die vorübergehende Ruhe vor dem Sturm sein würde: Sie befanden sich gewissermaßen im Auge des Zyklons. Es war Neujahr, und es kam ihnen so vor, als lauerten hinter der an diesem Tag üblichen Fröhlichkeit allerorts Gefahren: Jeder liebenswürdige Polizist, jeder freundlich lächelnde Kellner schien ihr Geheimnis zu ahnen.

Am Morgen gingen sie zusammen in die Zehnuhrmesse, die in der Apsis der Peterskirche von Gastpriestern, die dies wollten, gemeinsam zelebriert wurde. Es waren an die fünfzig, in zwei langen Reihen rechts und links vom Altar. Der feierliche Charakter der Zeremonie wurde durch die Mitwirkung eines österreichischen Kinderchors noch verstärkt, der eine Messe von Palestrina sang. Die fünfzig Priester sprachen die Worte der Wandlung gemeinsam, jeder in seiner Muttersprache, was eine lustige Kakophonie ergab, etwas auf halbem Wege zwischen Babylon und Pfingsten. Mit ihren verschiedenen Hautfarben und Gesichtszügen – ein großer rothaariger Germane zwischen einem zierlichen Asiaten und einem lächelnden Afrikaner – vertraten sie alle Völker der Erde.

Beim Friedenskuß umarmten der Schwarze und der Gelbe einander herzlich, während der Deutsche vor dieser zu weit gehenden Vertraulichkeit zurückschreckte. Er mühte sich, die Hände seiner Nachbarn mit ein wenig übertriebenem Eifer und gewohnheitsmäßigem Lächeln zu drücken. Amüsiert flüsterte Theo seiner Schwester frei nach Kipling ins Ohr: «Der weiße Mann ist sich selbst die größte Last.»

Colombe dachte, daß diese Bemerkung auf niemanden so sehr zutraf wie auf Theo. Vor lauter Perfektionismus zerstörte er sich selbst und vernichtete alles, was er anfaßte. Übersteigerte Kreativität führte zu äußerster Sterilität. Er schritt durch die unvollkommene Welt, in der er geboren war, mit der Absicht, sie so zu verbessern, daß Gott selbst sie nicht wiedererkennen und diesen mit ihm wetteifernden Demiurgen beneiden würde. Nun hatte er eine Grenze überschritten, hinter der ihn jeden Augenblick der Blitz Gottes treffen konnte. Das kam ihr schlimmer vor als ein Verhältnis mit Paolo.

Der Himmel hatte sich für kurze Zeit aufgeheitert, und die Geschwister verweilten einen Moment auf dem jetzt sonnigen Vorplatz der Peterskirche, ehe Theo die Führung der kleinen Gruppe übernahm. Er hatte einen Wagen gemietet und schlug eine Spritzfahrt nach Frascati vor, mit einem gutbürgerlichen Familienspaziergang und anschließendem Essen in einer *trattoria* voller sonntäglich gekleideter Römer. Es gab nur ein Menü: *vitello tonnato, ossobuco, tiramisu.* Theo bestellte eine Flasche Frascati, weil er diesen Wein nur mochte, wenn er nicht weit transportiert worden war.

Gegen fünf Uhr, als die Sonne in einer so verschwenderischen Pracht aus Gold- und Purpurtönen sank, daß sie die dikken Wolken beinahe vergessen ließ, kehrten die Geschwister in einem dichten Gewimmel von Autos zum Palazzo San Calisto zurück. Bei der schnell hereinbrechenden Dämmerung stieg das unbehagliche Gefühl vom Morgen erneut in ihnen auf: Zu dritt trugen sie ein bedrückendes Geheimnis mit sich herum. Theo hatte an der naturgegebenen Ordnung gerüttelt, die unweigerlich früher oder später zurückschlagen würde.

Kaum waren sie am Palazzo San Calisto angekommen, da reichte ihnen der Pförtner einen Umschlag mit dem Wappen des Kardinals Weiss. Der Überbringer erwartete sie seit zwei Stunden in einem Wagen, um sie zum Palazzo del Sant' Uffizio zu fahren. Es war der junge Priester, der als Privatsekretär des Kardinals Dienst tat und schon an den Besprechungen der vorangegangenen Tage teilgenommen hatte. In seiner von Hand gekritzelten Nachricht bat der Kardinal Theo und Emmanuel, unverzüglich zu ihm zu kommen. Der junge Priester gab dazu nur einen knappen Kommentar ab: *«E gravissimo.»* Bei der allzu häufigen Verwendung des Superlativs im Italienischen konnten die beiden Brüder allerdings nicht genau einschätzen, was er wirklich meinte. Sie verabschiedeten sich von Colombe, die es auf sich nahm, den Leihwagen zur Autovermietung zurückzubringen, und bereits von Paolo träumte, wie man sich im voraus auf die Leckerei eines namhaften Konditors freut.

Der Kardinal empfing sie totenbleich, wobei sich seine Wut nicht von der Angst, seine körperliche Erschöpfung nicht von der seelischen Anspannung unterscheiden ließ.

«Ich erwarte eine Erklärung», herrschte er Theo an.

Er hatte sorgsam aneinandergereihte Fotokopien auf seinem Schreibtisch ausgebreitet, als wären sie Beweisstücke in einem Schwurgerichtsprozeß. Theo spürte, wie sein Herzschlag aussetzte: Er erkannte seinen handgeschriebenen Bericht über die Entdeckung des Grabes, den Laborbericht über die Datierung des *titulus*, dessen Foto und ein Gesamtbild der Grabstätte. Nur drei Personen besaßen alle diese Unterlagen: Emmanuel, Colombe und er selbst. Allerdings hatte er vorsichtshalber die drei Exemplare seines Berichts mit verschiedenen Zeichen markiert, um eine womöglich undichte Stelle ausfindig machen zu können. Er besah sich die Fotokopie auf dem Schreibtisch des Kardinals: Sie trug ein winziges *c* in der rechten unteren Ecke; sie war also von Colombes Exemplar angefertigt worden. Der Kardinal erklärte:

«Ich habe diese Kopien von einem Journalisten der *Washington Post* erhalten, von einem gewissen Dood, einem bekannten Schnüffler. Das ist der Mann, der es geschafft hat, nach dem gescheiterten Mordanschlag auf den Papst die Spur bis nach Bulgarien zurückzuverfolgen und nachzuweisen, daß der KGB dahintersteckte. Er hat sich nicht gescheut, diese Informationen zu veröffentlichen, zum Glück erst nach dem Regimewechsel. Und jetzt ist er im Besitz dieser Dokumente. Wahrscheinlich hat er noch weitere, oder er ist im Begriff, sie zu kaufen. Er hat mich um eine Unterredung gebeten, die ich ihm verweigert habe. Morgen, vielleicht sogar schon heute abend, wird die Nachricht von der Entdeckung des vermeintlichen Grabes Christi verbreitet, zunächst in Washington, dann in der ganzen Welt. Ab morgen werden wir belagert. Das Ostermysterium wird vom Journalismus übelster Art in den Schmutz gezogen werden. Und Sie allein sind daran schuld!» schrie er und zeigte dabei auf Theo, der wie versteinert dastand. «Wenn ich in den nächsten Minuten keine ausreichende Erklärung bekomme, werfe ich Sie hinaus. Und Sie können sich als aus der Kirche ausgestoßen betrachten. Noch nie hat ein angeblicher Christ soviel Schaden angerichtet. Sie sind wie Judas, der das Vertrauen Christi erschleicht, um ihn leichter verraten zu können. Wieviel haben Sie denn kassiert, und was werden Sie mit dem Lohn für Ihren Verrat machen? Sie können sich auch nur noch aufhängen.»

Theo war es eiskalt ums Herz. Weniger weil der Kardinal ihn verfluchte, sondern weil ihm klar wurde, daß Colombe auf irgendeine Weise versagt hatte. Augenblicklich begriff er auch, woher 1988 die Indiskretion über das Grabtuch gekommen war, und er erinnerte sich an das Gerede des Zimmermädchens im Hotel Raphael über Colombes Liebhaber. Nur ganz kurz schwankte er, ob er diesen Makel an der Familie verheimlichen oder vollkommen aufrichtig sein sollte, entschied sich aber sogleich für den zweiten Weg und erzählte dem Kardinal alles, in abgehackten Sätzen, weil ihm der Atem noch stockte. Der Kardinal, dem schon Schlimmeres zu Ohren gekommen und der nicht unzufrieden war, daß er den Hochmut der Familie de Fully gedämpft hatte, beruhigte sich ein wenig und fragte dennoch, weshalb Theo solche Unterlagen seiner Schwester anvertraut habe.

«Eminenz, ich hatte Angst, daß die Originale gestohlen und vernichtet würden. Sie waren so entschieden gegen deren Veröffentlichung und ich so dafür, daß ich eine Vorsichtsmaßnahme ergreifen wollte, die sich als nicht nützlich, sondern eher gefährlich erwiesen hat. Mein Urteilsvermögen hat versagt. Ich bitte Sie um Entschuldigung.»

«Im Grunde», sagte der Kardinal, «hatten Sie so wenig Vertrauen zu mir, daß Sie sich lieber auf egal wen verlassen haben.»

Er setzte sich und wandte sich an Emmanuel, als zähle Theo nicht mehr wegen der vielen Dummheiten, die er sich hatte zuschulden kommen lassen, und als wäre es die Aufgabe eines Bruders, die Schwächen des anderen auszugleichen.

«Und was machen wir jetzt?»

Emmanuel schwieg eine ganze Weile, um seine Gedanken zu sammeln und zu ordnen, dann legte er einen Schlachtplan vor, als hätte er Zeit gehabt, ihn heranreifen zu lassen.

«Eminenz, wir haben keine große Wahl. Wenn wir sofort handeln, gelingt es uns vielleicht, dieser Zeitung zuvorzukommen. Wir greifen der *Washington Post* vor, wir halten gleich morgen früh eine Pressekonferenz ab, in der wir bekanntgeben, daß in einem Grab in Jerusalem wichtige Schriften sowie eine wahrscheinlich echte Reliquie der Leiden Christi gefunden wurden. Jeder Versuch, die Meldung aufzuschieben oder zu verheimlichen, würde uns zum Verhängnis werden. Die Skandale um das Grabtuch und um Qumran rühren weniger von den Informationen an sich her als von den undurchsichtigen Umständen, unter denen sie verbreitet wurden. Manche Prälaten meinten, im Besitz *der* Wahrheit zu sein gebe ihnen das Recht, mit der Wahrheit schlechthin freizügig umzugehen. Der Schutz der Institution überwog jede andere Betrachtungsweise. Journalisten wurden wie Kinder behandelt, denen man alberne Geschichten erzählen muß, damit sie keine unbequemen Fragen mehr stellen. Diese Auffassung war in der Renaissance vertretbar, als es noch keine Medien gab, in unserer Zeit wird sie aber sehr gefährlich, weil es auf dem ganzen Planeten zugeht wie in einem Dorf. Was wir nicht klar und deutlich sagen, wird mißverständlich weitergegeben. Wir haben in Jerusalem ein frühchristliches Grab entdeckt, und darauf beschränkt sich die Nachricht, falls wir sie selbst verkünden. Für die Medien wird dieses Grab erst zum Grab Jesu, wenn wir der Presse etwas vorzumachen versuchen und uns zu lange Zeit lassen, um sie zu informieren. Was man nicht verhindern kann, muß man wollen.»

«Wollen Sie damit sagen, Emmanuel, daß ich bei dieser Pressekonferenz persönlich erscheinen muß?»

«Es gibt keine andere Möglichkeit, Eminenz.»

«Wenn dem so ist, dann werden Sie an meiner Seite sein, und Sie auch, Herr Professor. Wir haben den ganzen Abend Zeit, um eine Erklärung vorzubereiten.»

Hager, mit gebeugtem Rücken, wankte der Kardinal auf unsicheren Beinen zu seinem Sekretär, um ihn vorzuwarnen, daß es lange dauern würde. Dann ging er wieder auf Theo zu, griff nach dessen Hand, entschuldigte sich dafür, daß er so aufgebraust war, ließ einen Kirchenwitz über die mangelnde Verschwiegenheit der Frauen anklingen, bot ihm eine Zigarre an und tat alles, damit ihm stillschweigend vergeben wurde. Schließlich bat er Theo ganz offen um Verzeihung, dankte ihm und lobte ihn für alles, was er getan hatte. Zu Tränen gerührt, lehnte Theo die Zigarre ab, weil er nicht rauchte, und bedauerte beinahe, daß er Nichtraucher war und diesen Friedensbeweis nicht annehmen konnte. Einmal mehr wurde ihm bewußt, daß sein Mangel an Lastern schon an Perversion grenzte.

Es war sieben Uhr abends. Theo gab zu bedenken, daß anscheinend noch nicht alle Unterlagen, die er Colombe anvertraut hatte, Dood in die Hände gefallen waren. Man müßte dringend versuchen, zu retten, was noch zu retten war. Also entschuldigte er sich beim Kardinal, bestellte ein Taxi und fuhr einige Minuten später durch die um diese Zeit menschenleeren und wieder wie britisch vernieselten Straßen Roms.

Da Theo Auseinandersetzungen mit Colombe unter vier Augen scheute und es auch nicht ertragen hätte, sie mit ihrem Liebhaber zu überraschen, ersuchte er an der Rezeption darum, man möge sie in die Halle herunterbitten. Es dauerte lange, bis sie kam, und Theo überlegte angewidert, daß sie sich wahrscheinlich erst anziehen mußte. Um die Zeit totzuschlagen, sah er sich die in den Vitrinen zur Schau gestellten Figuren an. Antiquitäten zu besitzen hielt er von jeher für den Gipfel der Nutzlosigkeit. Elfenbein, Holz oder Metall mochten noch so gut bearbeitet sein, sie blieben doch bloß seelenlose Gegenstände, die mit ihrem willkürlich festgelegten Preis nur den Snobismus und Aneignungstrieb der höheren Stände, der Schmarotzer, der Reichen, also all jener wiedergaben, die er verachtete. Sobald sie aus den Händen des Künstlers in die des Besitzers übergingen, verloren sie ihren Sinn und ihre Schönheit. Voll trister Gedanken vergeudete Theo seine Zeit mit dem Betrachten von Gegenständen, die vor lauter gutem Geschmack obszön waren.

Aus dieser mißmutigen Grübelei riß ihn Colombes Hand, die sich auf seine Schulter legte, was ihn noch mehr verstimmte. Wenn er gereizt war, machte ihn jedwede körperliche Berührung rasend. Es fiel ihm schwer, sich zu beherrschen, deshalb starrte er Colombe nur wortlos und grimmig an. Schließlich brachte er vor Erregung stockend hervor:

«Wem hast du die Papiere gezeigt, die ich dir anvertraut habe?»

«Niemandem. Sie sind in meinem Aktenkoffer, und der ist verschlossen. Beruhige dich!»

«Sie sind wahrscheinlich gestohlen worden. Ein Journalist hat sie Weiss zukommen lassen und eine Stellungnahme verlangt.»

«Woher willst du wissen, daß es mein Exemplar ist?»

Theo hätte die Frage beinahe beantwortet, besann sich aber noch rechtzeitig. Nie würde ihm Colombe das winzige *c* verzeihen, das ihre Kopie von den zwei anderen unterschied und das sie als Zeichen des Mißtrauens gedeutet hätte. Colombes Wutausbrüche hatten verheerende Auswirkungen auf Theos Phlegma. Deshalb log er:

«Ich weiß es nicht, ich überprüfe nur, wo möglicherweise eine undichte Stelle sein könnte.»

Nun war Colombe verlegen. Normalerweise müßte sie Theo jetzt anbieten, in ihr Zimmer mitzukommen, aber Paolos Anwesenheit machte diesen Besuch unmöglich. Sie dachte noch über eine geeignete Strategie nach, als Theo sie überrumpelte:

«Du bist nicht allein, oder?»

Colombe errötete, was ihr in Anbetracht der Umstände ungewöhnlich reizend zu Gesicht stand.

«Paolo Pacelli ist in meinem Zimmer. Ich kenne ihn seit mehreren Jahren. Ich hätte ihn euch vorstellen sollen, aber ...»

Wenn Colombe sich schuldig fühlte, sprach sie zuweilen ihre Sätze nicht zu Ende. Theo nahm das Geständnis zur Kenntnis. Er schwankte zwischen der Minimallösung, die darin bestünde, Colombe zu bitten, den Aktenkoffer zu holen, und der Maximallösung: die Hypothek Pacelli zu tilgen. Die Situation ärgerte ihn übermäßig, und er beschloß, sich wie ein älterer Bruder zu verhalten:

«Wenn du einverstanden bist, kläre ich die Sache mit ihm, und er macht dir keinen Kummer mehr.»

«Mir liegt aber an diesem ‹Kummer›. Ich möchte ihn nicht verlieren», begehrte Colombe auf.

Dann faßte sie sich wieder und blickte finster ins Leere.

«Es sei denn, er hat mich hintergangen ...»

«Daran besteht für mich kein Zweifel, aber den Beweis habe ich erst, wenn ich deinen Aktenkoffer geöffnet habe. Trägst du den Schlüssel immer bei dir?»

«Es gibt keinen Schlüssel. Er hat Zahlenschlösser. Zwei, mit je drei Ziffern ...»

«Welche Ziffern?»

«Mein Geburtsdatum, das ist die einzige sechsstellige Zahl, die ich mir merken kann.»

«Und die ist auch am leichtesten herauszufinden. Wenn dieser Mensch im Beschaffen von Informationen ein Profi ist, dann war es für ihn ein Kinderspiel, deinen Aktenkoffer aufzukriegen. Übrigens, hast du ihm 1988 von den Messungen am Grabtuch erzählt?»

Colombe erforschte ihr Gedächtnis, dann nickte sie.

«Ja, ganz sicher, ich erinnere mich daran. Du hattest mir nicht gesagt, daß es vertraulich zu behandeln sei.»

«Hör zu, Colombe, wir führen hier keine strafrechtlichen Ermittlungen gegeneinander, sondern versuchen die undichte Stelle ausfindig zu machen, an der zum zweitenmal etwas unter sehr ähnlichen Umständen in die Presse gelangt ist. Falls dieser Paolo die Papiere entdeckt hat, die ich dir gegeben habe, dann hat er wahrscheinlich noch einige Kopien zurückgehalten, die er, je nachdem, wie sich die Sache entwickelt, erst nach und nach verkaufen will. Ich bin hier, um ihm das, was er noch hat, teuer abzukaufen, das ist alles. Ich möchte mich nicht in dein Privatleben einmischen, aber wenn du willst, bin ich bereit, dir zu helfen, diese zweifelhafte Figur loszuwerden.»

Colombe setzte sich auf ein Sofa in der unpersönlichen Hotelhalle und barg das Gesicht in den Händen. Es verging eine Ewigkeit. Theo kam sich töricht vor. Solchen Situationen war er nicht gewachsen. Er wurde noch verlegener, als Colombe ihr von still geweinten Tränen nasses Gesicht wieder hob.

«Mir liegt daran …»

«Woran?» fragte Theo ratlos.

«An ihm, was denn sonst!» erwiderte Colombe.

Die Tränen erstickten den Satz. Theo befürchtete schon, seine Schwester könnte in lautes Schluchzen ausbrechen. Er zermarterte sich das Hirn auf der Suche nach einem vernünftigen Argument, das Colombe nicht in Wut versetzen würde. Ihm fiel keins ein, weil er nie ein Gefühl echter Zuneigung empfunden hatte, es sei denn für seine Geschwister. Aber das war unanfechtbar. Einen geliebten Menschen verlieren, ihn ein allerletztes Mal umarmen, das eigene Herz ausbrennen wie eine Wunde, das waren Gefühle der Zerrissenheit, die Theo nicht kannte, weil er sein Leben so gestaltet hatte, daß es dazu erst gar nicht kommen konnte.

Das lange Schweigen bewirkte, was Theo nicht gelungen war: Colombe willigte halbwegs ein.

«Finde einen echten Beweis!»

Da hatte Theo einen Geistesblitz. Er ging an die Rezeption und bat um das Telefonbuch. Er suchte und fand die Nummer des römischen Büros der *Washington Post* und die von Derek Dood. Dann schlug er Colombe vor, sich eine Übersicht über die Telefongespräche geben zu lassen, die am Samstag, dem 31. Dezember, von ihrem Zimmer aus geführt worden waren. Innerhalb von zwei Minuten legte die Rezeption eine Liste vor, auf der nicht nur die angerufenen Nummern angegeben waren, sondern auch wann die Gespräche stattgefunden hatten. Ab achtzehn Uhr dreißig war viel telefoniert worden, eindeutig von Paolo, da Colombe zu dieser Zeit das Zimmer bereits verlassen hatte. Unter den angerufenen Nummern befanden sich auch die beiden, die Theo gerade genannt hatte. Als Colombe sie entdeckte, sah sie ihrem Bruder fest in die Augen und erklärte:

«Schaff ihn mir vom Hals!»

Theo beugte sich zu ihr hinunter und strich ihr kaum spürbar liebevoll über die Schulter. Colombe wurde ganz steif, stieß ihn weg und warf ihm einen vernichtenden Blick zu. Darauf drehte er sich um und ging durch die Halle zu den Fahrstühlen. Der Pianist spielte emsig eine sehr persönliche Variante einer Polonaise von Chopin. Die Musik paßte nicht so richtig zur Situation, aber Theo hatte sich seit langem daran gewöhnt, einem wirren, von einem inkonsequenten Regisseur inszenierten Drehbuch zu folgen.

Paolo brauchte eine Weile, bis er die Tür öffnete, weil er sich zuvor wahrscheinlich erst in den hoteleigenen, makellosen Bademantel hatte wickeln müssen. Anscheinend überraschte es ihn nicht, daß Theo plötzlich auftauchte, und der Grund für diesen Besuch überraschte ihn noch weniger. In aller Ruhe handelte er den Preis für die restlichen Papiere aus, als wäre es für einen römischen Prinzen die natürlichste Sache der Welt, einem Schweizer Professor eine hohe Summe abzupressen. Als Dreingabe bot er spontan an, Colombe nie mehr wiederzusehen. Theo, der seine Schwester gut kannte, machte deutlich, daß dies für Paolo hieße, Colombes eventuelle Annäherungsversuche abzuwehren. Nach kurzem Überlegen hielt Paolo den Abgesang auf diese Liebschaft.

«Die Kunst der Trennung zeichnet den wahren Gentleman aus.»

«Sie haben Ihren Scheck, also machen Sie, daß Sie so schnell wie möglich verschwinden», befand Theo barsch, denn er wollte seine Beziehung zu diesem Schurken auf das Allernötigste beschränken.

Er fuhr wieder hinunter. Colombe saß immer noch auf demselben Sofa. Sie trank einen Cognac. Theo hatte einen Einfall:

«Ich will dich heute nacht nicht allein lassen. Komm doch mit in den Palazzo del Sant' Uffizio. Du könntest uns über die amerikanische Presse und die öffentliche Meinung unter amerikanischen Katholiken aufklären. Schließlich kennst du dich doch in Psychologie aus.»

«Was wird denn der Kardinal davon halten?»

«Er läßt ohnehin kein gutes Haar an uns, kann aber nicht auf uns verzichten. Außerdem finde ich, daß er ganz schlecht aussieht. Du solltest ihn untersuchen und dazu bringen, sich etwas Ruhe zu gönnen.»

Die Begegnung zwischen Kardinal Weiss und Colombe fand kurz vor zehn Uhr abends statt. Jeder blieb bei dem Vorurteil, das er schon immer gegen den anderen gehegt hatte.

Colombe traf einen Greis an, dessen gehetzter Blick sie an manche Fotos von Kardinal Mindszenty während seines Prozesses erinnerte, obgleich bei ihm eine Gehirnwäsche damals schon alle mentalen Strukturen zerstört hatte. Sie erkannte eine labile Persönlichkeit, die lange von einem heiligen Amt verdeckt worden war und nach dem Zusammenbruch eines Mythos plötzlich zum Vorschein kam. Der Kardinal hatte die letzte Phase klerikaler Selbstsucht erreicht, die Colombe so oft bei Priestern und Nonnen an deren Lebensende diagnostiziert hatte, wenn sie in aller Eile Elemente ihrer Persönlichkeit wiederherstellen sollte, um ihnen den Übergang zum anderen Ufer zu erleichtern. Der Kardinal wußte, daß er dem Tod nahe war, und er hatte Angst davor.

Weiss erkannte in Colombe seine angestammte Feindin: eine reife Frau gleich seiner eigenen Mutter während ihrer letzten Jahre, eine Frau mit einem Beruf (seine Mutter war Lehrerin), die dem weiblichen Protest gegen die von Männern festgelegte Ordnung höchst unliebsame intellektuelle Legitimität verlieh. Der Kardinal war über Colombes Aktivitäten bestens unterrichtet, denn der Erzbischof von San Francisco hielt sehr wenig von den Psychotherapien, denen sich manche Mitglieder seiner Priesterschaft unterzogen, und seine Beschwerden über diese gefährliche Seuche waren bis Rom gedrungen. In den Augen des Kardinals haftete Colombe demnach der zweifelhafte Ruf einer sittenlosen Ketzerin an, die durch ihren Leichtsinn und ihre Sinnlichkeit ein Geheimnis der Heiligen Kirche dem Unflat preisgegeben hatte.

Der akute Notstand und seine Erschöpfung verhinderten jedoch einen offenen Konflikt. Er fand sich mit Colombes Anwesenheit ab, und sie achtete darauf, in sanftem und unterwürfigem Ton mit ihm zu sprechen, ein Verhalten, das sie bei beruflichen Kontakten zu Geistlichen entwickelt hatte. Recht schnell empfand es der Kardinal als tröstlich, daß eine Ärztin zugegen war, und er fühlte sich angesichts des eigenen Todes etwas weniger einsam.

Emmanuel berichtete kurz über die Schritte, die er bereits unternommen hatte. In einem Telefongespräch mit der Redaktion der *Washington Post* war ihm bestätigt worden, daß in der nächsten Ausgabe ein Artikel über das in Jerusalem entdeckte Grab erscheinen werde und es für eine telefonische Stellungnahme des Kardinals noch nicht zu spät sei. Emmanuel hatte dieses Angebot zwar abgelehnt, aber die Zusage erhalten, daß man ihm eine Kopie des Artikels zufaxen werde, sobald die erste Ausgabe in Washington verteilt würde, das heißt am Montag morgen um sieben Uhr Ortszeit. Das entsprach der Mittagszeit in Rom. Ihnen standen also zwölf Stunden zur Verfügung, um den Schlag abzufangen. Der Pressesprecher des Vatikan war beauftragt worden, sich um die praktischen Details zu kümmern, und hatte eingewandt, daß es unmöglich sei, Journalisten zu einer so kurzfristig angesetzten Pressekonferenz einzuladen. Darauf hatte Emmanuel unverzüglich ein Dutzend Studenten der päpstlichen Diplomatenakademie aufscheuchen lassen, die die Einladungen gleich am nächsten Morgen zu den Privatadressen der Journalisten tragen sollten. Auf die Zustellung von Telegrammen konnte man sich ohnehin nicht verlassen, da sich die italienische Post seit mehreren Wochen im Bummelstreik befand.

Der Kardinal bestellte einen Imbiß: belegte Brote und Tee. Sein Sekretär rüstete sich zum Mitschreiben, blieb aber im Grunde zwei Stunden lang untätig, in denen ein heftiger Streit zwischen dem Kardinal und den Geschwistern de Fully tobte. Je länger die Diskussion dauerte, desto klarer wurde den zwei Brüdern und der Schwester, daß ihre Ansichten übereinstimmten. Der Kardinal war zwar kurz davor, sich ihrer Meinung anzuschließen, aber er zögerte noch, wich aus, drehte und wand sich, schob die Entscheidung hinaus und ließ sich mit der Energie eines in die Enge getriebenen alten Mannes alle nur erdenklichen Ausreden einfallen.

Beim ersten Schlagabtausch in der Debatte ging es darum, ob es angebracht sei, alle Dokumente zu veröffentlichen, auch diejenigen, die Theo zurückgekauft hatte. Nur sehr langsam stimmte der Kardinal der These zu, man müßte nicht nur den Enthüllungen in der Montagsausgabe der *Washington Post* zuvorkommen, die sicher ausnahmslos von allen Presseagenturen und allen Medien aufgegriffen wurden, sondern auch das bekanntgeben, was noch auf anderen Umwegen zu erfahren sein könnte. Nach dem Vorschlag der Geschwister de Fully sollte die Pressekonferenz die Journalisten über alles informieren, was der Vatikan bereits wußte, und auch schon über die Messungen, deren Ergebnisse Theo jetzt noch nicht vorlagen. Vor allem er bestand darauf, nicht nur die Resultate zu publizieren, sondern auch die Protokolle der Laboruntersuchungen sowie eine Ablichtung der Manuskripte.

«Wieviel haben Sie diesem angeblichen Prinzen Pacelli bezahlt?» fragte der Kardinal schließlich, als alle grundsätzlichen Einwände beseitigt waren.

«Dreißig Millionen Lire», antwortete Theo schroff.

«Viel zuviel!»

«Es ist mein Geld. Mir lag auch daran, meinen Fehler wiedergutzumachen und dabei nicht knauserig zu sein.»

«Wenn die Dokumente, die er einbehalten hatte, jetzt doch wieder in unserem Besitz sind, weshalb sollen wir sie dann überhaupt der Öffentlichkeit zugänglich machen?»

Theo wußte zunächst nicht, was er darauf erwidern sollte, weil die Entscheidung für ihn so klar war, daß sie keiner Begründung bedurfte. Er mußte erst mühsam seine eigenen Reflexe erforschen, ehe er endlich hervorbrachte:

«Aus Prinzip. Was soll ich Ihnen dazu sagen? In meinem Beruf veröffentlicht man es, wenn man irgend etwas entdeckt hat. Ob um des Ruhms willen oder um sein Gewissen zu beruhigen, vermag ich nicht zu sagen. Ich finde, daß meine Gesprächspartner immer Anspruch auf alle meine Informationen, Ergebnisse und Bewertungen haben. Wie wollen Sie denn dem, was die Medien zusammentragen, zuvorkommen, wenn wir das, was sie noch nicht wissen, nicht veröffentlichen? Selbst wenn es der Vatikan unablässig mit Mysterien zu tun hat, gibt ihm das nicht das Recht, Fakten zu verheimlichen.»

Colombe durchbrach die letzte Verteidigungslinie des Kardinals. Sie fragte ihn, ob sie seinen Puls messen dürfe, weil er so blaß aussah. Sie bat alle um Ruhe, dann griff sie nach dem Handgelenk des alten Mannes, der sich alles gefallen ließ wie ein Kind.

Es war das dünne Handgelenk eines Greises, mit Altersflekken, sichtbaren bläulichen Adern und Sehnen, die durch die Haut schimmerten. Es hätte auch das Handgelenk einer von der Landarbeit ausgezehrten alten Bäuerin sein können. Diese Hände hatten zwar kaum mehr als eine Feder gehalten, aber Arbeit geleistet, die durch ihr Übermaß erdrückend gewesen war. Lange hielt Colombe das Handgelenk mit professionellem Griff fest: Zeige- und Mittelfinger am Puls, den Blick auf den Sekundenzeiger ihrer Armbanduhr gerichtet. Mit der Begründung, der Puls sei schwer zu finden, setzte sie mehrmals an. Der Kardinal entspannte sich zusehends. Die Berührung durch eine Frauenhand ließ seinen Widerstand schwinden. Er glich einem Kind, dessen Mutter eine Prellung allein dadurch heilte, daß sie ihre Hand darauflegte.

«Wenn ich mir einen Rat erlauben darf, Eminenz, Sie sind nicht imstande, diese Diskussion fortzusetzen. Sie müßten sich ausruhen, vor allem wenn Sie an dieser Pressekonferenz teilnehmen wollen. Und danach, würde ich Ihnen empfehlen, sollten Sie richtig Urlaub machen. Fragen Sie einen meiner italienischen Kollegen, falls Sie eine Bestätigung haben möchten.»

Nachdem der erste Teil der Erörterungen abgeschlossen war, wurde vereinbart, daß Emmanuel und Theo einen Entwurf für die Erklärung verfassen sollten, mit einer sachlichen Schilderung der bekannten Fakten und einem Überblick über die laufenden Recherchen. Es hieß immer noch, die Fragen der Journalisten vorherzusehen, deren drängendste eindeutig der Identifizierung des Skeletts gelten würde: Hatte man das echte Grab Christi und seine Gebeine entdeckt? Die Diskussion um die Antwort darauf nahm den Großteil der Nacht in Anspruch. Colombe schwieg, da ihre Meinung ohnehin nicht zählte, und beobachtete die drei Männer, die am Ende ihrer Kräfte angelangt waren, indes sie verbissen immer schlagendere Argumente anführten.

Emmanuel ging systematisch vor und zitierte die zeitgenössischen Forscher. Er scheute nicht davor zurück, mitten in der Nacht einige Theologen anzurufen, deren Privatnummer er hatte. War der Leichnam Jesu bei der Auferstehung aus unserer Welt entschwunden? Verschlafene Stimmen in Löwen, Lyon, Paris oder Fribourg äußerten höchst vorsichtige Meinungen. Aus diesen nächtlichen Konsultationen schälte sich dennoch ein Konsens heraus: Niemand war imstande, die Frage zu beantworten. Hierzu schwieg auch die Heilige Schrift, selbst wenn sie die Vermutung, der Leichnam Jesu sei verschwunden, nahelegte. Mit der Begründung, seine Jünger hätten nicht den Mut dazu aufgebracht, hatte die kirchliche Tradition stets die These verworfen, der Leichnam Jesu sei von irgend jemandem aus dem Grab herausgeholt worden. Einige unbedeutende Autoren hatten zwar diese Hypothese aufgestellt, doch es war ihnen nie gelungen, Täter oder Motiv zu benennen.

Gleich einer Ziege, die unermüdlich an ihrem Salzblock leckt, käute Theo den Hinweis auf den weggewälzten Stein wieder. Wer mochte den Stein weggerollt haben, mit dem Joseph von Arimathäa das Grab verschlossen hatte? War das durch Menschenhand geschehen oder war es das Werk Gottes? In letzterem Fall erhob sich die Frage nach dem Sinn eines so zweideutigen Zeichens, zumal es für die Frauen noch aufschlußreicher gewesen wäre, wenn sie entdeckt hätten, daß das Grab leer war, nachdem sie den Stein selbst weggewälzt hatten oder ihn hatten wegwälzen lassen.

Einige Theologen klammerten sich an eine wörtliche Auslegung des Matthäusevangeliums, nach dem ein Engel vom Himmel herabgestiegen sei, um den Stein wegzuwälzen. Andere verwarfen diese Schilderung, die zu sehr nach einer Beweisführung im Hinblick auf die Juden klingt. Die meisten hatten nie darüber nachgedacht, und manche machten keinen Hehl daraus, daß sie es für ungebührlich hielten, mitten in der

Nacht geweckt zu werden, um eine ebenso alberne wie unsinnige Frage zu beantworten. Die Theologie befaßte sich doch nicht mit weggewälzten Steinen, höchstens als Metapher.

Um vier Uhr morgens bekam der Kardinal einen Schwächeanfall. Colombe ließ ihn auf einen Diwan betten und rief den diensthabenden Arzt des Vatikan an. Der gab ihm eine Kampferspritze und zitierte zu seiner Pflege eine Ordensschwester herbei. Der Kardinal beschloß, den Rest der Nacht in seinem Büro zu verbringen, und schickte die Teilnehmer dieses theologischen Marathons fort.

12

Als Theo im Morgengrauen zu Bett gegangen war, hatte er seinen Wecker auf elf Uhr gestellt, um so lange wie möglich schlafen zu können, ehe er einem Tag trotzte, der aller Voraussicht nach sehr anstrengend werden würde. Die Pressemitteilung konnten sie ohnehin erst verfassen, wenn das Fax der *Washington Post* vorlag. Der Eindruck, der Kardinal leide an geistiger Verwirrung, bedrückte Theo so sehr, daß er schlecht einschlafen konnte. Trotz stundenlangen Argumentierens hatte Weiss eigentlich keine klare Entscheidung getroffen. Im Prinzip hatte er sich für Transparenz ausgesprochen, doch dieser auf tönernen Füßen stehende Entschluß war mehr die Folge seiner körperlichen Erschöpfung als seiner inneren Überzeugung gewesen. Der Kardinal wurde von den Ereignissen überfordert, neigte dazu, ihre Realität zu leugnen, und flüchtete sich in eine abstrakte Welt aus philosophischen Begriffen, die aus der Antike stammten. Theo entdeckte einen grundlegenden Unterschied zwischen einem Physiker und einem Theologen: Der Physiker bemüht sich, seinen Gedanken mit größtmöglicher Genauigkeit auszudrücken, um die erahnte Wahrheit nicht zu sehr zu verzerren, indes der Theologe so sehr davon überzeugt ist, die ganze Wahrheit zu besitzen, daß er sich allemal hütet, sie klar auszusprechen.

Theo wachte mehrmals auf, vermutlich nach jeder Phase des paradoxen Schlafes, in der ihn jeweils ein anderer Alptraum plagte. Nacheinander träumte er, daß Colombe sich bei ihren Kontakten mit Pacelli mit dem Aids-Virus infiziert habe, daß Emmanuel in einer weißen Soutane auf dem Petersplatz von einem Bulgaren erschossen worden sei, daß er selbst wegen eines Verstoßes gegen den Ehrenkodex seines Lehrstuhls enthoben werde, daß Kardinal Weiss während der Pressekonferenz einem Herzinfarkt erliege und der Papst ihn, Theo, persönlich anflehe, seine Entdeckungen zu verschweigen.

Das Klingeln des Telefons riß ihn vollends aus dem Schlaf. Bevor er den Hörer abnahm, konnte er noch auf die Uhr schauen. Es war acht Uhr morgens, und am anderen Ende meldete sich Emmanuel mit klarer und lauter Stimme:

«Entschuldige, daß ich dich wecke, aber es ist dringend. Der Kardinal fühlt sich heute morgen wieder wohler und hat in aller Frühe mit du kannst dir schon denken wem telefoniert. Er wurde unverzüglich zitiert und kommt gerade von dieser Anhörung. Unsere ganze Arbeit von heute nacht war umsonst. Die Pressekonferenz wird zwar nicht abgeblasen, muß sich aber auf das beschränken, was bereits durchgesickert ist. Es darf also weder eine Veröffentlichung der abgelichteten Manuskripte geben, noch darf von der Kreuzigung des im Grab bestatteten Mannes gesprochen werden, auch nicht von der Entzifferung der Inschrift oder vom genetischen Code der Haare. Ein Minimum an Informationen, die auf keinen Fall kommentiert werden dürfen, bis sich eine vom Heiligen Vater selbst ernannte Expertenkommission eingehend mit ihnen beschäftigt hat. Die Liste der Experten steht schon fest, du gehörst nicht dazu. Du wirst unverzüglich hierherbeordert, ins Heilige Offizium, wahrscheinlich will man dir die Leviten lesen. Ein Wagen holt dich ab, du hast gerade noch Zeit, dich anzuziehen.»

«Na, gut», antwortete Theo nur, der keineswegs überrascht war.

Er wartete, bis Emmanuel wieder auflegte, dann hörte er mit

einigen Sekunden Verzögerung noch ein Klicken in der Leitung. Vermutlich hatte jemand ihr Gespräch mitgehört, aber Theo wäre es sehr schwer gefallen, zu sagen, wer von all den denkbaren Inquisitoren es hätte sein können. Das Geheimnis dreier Personen war zu einem offenen Geheimnis geworden.

Das Fax der *Washington Post* traf Punkt zwölf Uhr ein. Es wurden drei Kopien gemacht, und die drei Männer begannen sofort zu lesen. Diese Abwechslung war eine willkommene Unterbrechung der heftigen Kritik, die Theo sich seit zwanzig Minuten von Kardinal Weiss gefallen lassen mußte, den seine Unterredung am frühen Morgen wieder neu belebt hatte. Theo hatte ihm mit größter Ehrerbietung zugehört, aber Emmanuel erkannte, daß er die gleiche Maske zur Schau trug wie einst, wenn er unberechtigte Vorwürfe der Stiftsherren von Saint-Maurice hatte über sich ergehen lassen müssen, wohlerwogene Vorwürfe, die ihm ein gewisses Maß an Demut einträufeln sollten, allerdings nichts fruchteten, da es niemandem gelungen war, sein Selbstwertgefühl und die Überzeugung von seiner Rechtschaffenheit zu zerstören. Der Kardinal, der selbst unterrichtet hatte, durchschaute die Unverfrorenheit dieses geheuchelten Gehorsams mühelos, was ihn um so mehr aufbrachte. Völlig aus der Fassung geraten, untergrub er seine eigene Autorität endgültig, indem er behauptete, sie beruhe auf der des Nachfolgers Petri. Dafür erntete er eine giftige Bemerkung von Theo:

«Hat nicht Petrus selbst dem Hohen Rat entgegnet, man solle eher auf Gott hören als auf die Menschen?»

Der überaus erregte Kardinal konterte schlagfertig:

«Muß der Nachfolger Petri den Willen Gottes nicht schließlich besser kennen als sonstwer?»

Theos Antwort war unerbittlich:

«Nein.»

Er hielt kurz inne. Dann fügte er dem Ungehorsam sehr bedächtig noch eine Unverschämtheit hinzu:

«Ich bin nicht sonstwer.»

Emmanuel hatte sich gerade einschalten und zu bedenken geben wollen, daß diese – möglicherweise berechtigten – Vorwürfe sie von der dringenden Arbeit abhielten, die auf sie wartete, da war, genau im richtigen Augenblick, das Fax gekommen.

Die Journalisten der *Washington Post* hatten ganze Arbeit geleistet, denn innerhalb eines Tages war es ihnen gelungen, die von Pacelli gekauften Dokumente mit Informationen aus anderen Quellen anzureichern: Gaspoz, Tov und Herchel waren alle drei interviewt worden. So maßvoll wie die Überschrift war auch der Artikel auf der ersten Seite – nur ein Zweispalter:

Unbekannte Grabstätte in Jerusalem

Am 29. Dezember entdeckte Professor Theophil M. de Fully eine bislang unbekannte Grabstätte, die weniger als dreißig Meter von der Grabeskirche entfernt liegt, von der es heißt, sie sei über dem Grab Jesu Christi errichtet worden. Über dessen genaue Lage waren sich die Archäologen jedoch noch nie einig. Deshalb kann jede im Friedhof von Golgatha neu entdeckte Totengruft berechtigterweise für das Grab Christi gehalten werden.

Zu den aufgefundenen Gegenständen zählt auch ein Holztäfelchen mit der Inschrift: «Jesus, König der Juden», in den drei Sprachen Latein, Griechisch und Hebräisch. Nach dem Johannesevangelium hatte Pilatus, der damalige römische Statthalter in Judäa, eine solche Tafel auf Jesu Kreuz anbringen lassen. Darüber hinaus sind in einem Krug zwei Schriftrollen entdeckt worden, die eine frühe Version des Markusevangeliums enthalten. Dank der Schnelligkeit des Labors von Professor de Fully in der Eidgenössischen Technischen Hochschule Zürich sind die Gegenstände schon tags darauf mit Hilfe der Massenspektroskopie datiert worden: Sie stammen tatsächlich aus dem ersten Jahrhundert unserer Zeitrechnung. Eine ebenfalls aufgefundene Kupferrolle wurde der Universität Manchester anvertraut, der es bereits gelungen war, eine Rolle gleicher Art aus Qumran aufzusägen. Der Inhalt der Rolle ist bis zur Stunde noch vollkommen unbekannt.

Als größte Sensation an der Entdeckung gilt jedoch ein Skelett, das in diesem Grab liegt. Die Radiokarbonanalyse organischer Überreste ergab, daß sie ebenfalls aus dem ersten Jahrhundert stammen. Noch erstaunlicher ist die Tatsache, daß es sich dabei um die Gebeine eines am Kreuz gestorbenen Mannes handelt. Diese Hinrichtungsart wurde von der römischen Armee im allgemeinen angewendet, um die Ordnung in den kolonisierten Gebieten aufrechtzuerhalten. Sie wurde aber nur an Sklaven und an all jenen vollzogen, die keine römischen Bürger waren.

Der Bericht von Professor de Fully, den der Vatikan wohl demnächst veröffentlichen wird, erwähnt die letztgenannte Besonderheit nicht, die von der israelischen Altertümerverwaltung festgestellt wurde, wie uns ihr Leiter, Moshe A. Tov, bestätigt hat. Jede weitere Stellungnahme hat er jedoch abgelehnt und nur darauf hingewiesen, daß der Staat Israel diese für die Christen äußerst bedeutsame archäologische Entdeckung schützen werde. Die israelische Armee hat in der Tat den Zugang zu der Straße, unter der die Grabstätte gefunden wurde, an beiden Enden durch Soldaten abriegeln lassen.

Professor Jeremy K. Herchel von der Harvard University, der sich als Beauftragter der Rockefeller-Stiftung vor Ort aufhält, hat jede Übereinstimmung der Grabstätte mit dem echten Grab Christi ausgeschlossen: ‹Es ist unmöglich, Überreste des Leichnams Christi zu entdecken, da er nicht verwest, sondern auferstanden ist, wie es die Evangelien bestätigen. Für einen Christen ist eine derartige Mutmaßung Gotteslästerung.› Hierzulande stößt Professor Herchel häufig auf Kritik wegen seines unsachgemäßen Umgangs mit Geldern, die er treuhänderisch zu verwalten hat. In der Tradition einer Quäkerfamilie erzogen, hat er sich erst spät zum Katholizismus bekehrt, kurz bevor er zum Leiter einer Expertengruppe für die Erforschung der Schriften von Qumran ernannt wurde.

Die Grabungsarbeiten wurden von V. J. Gaspoz durchgeführt, einem Bergmann schweizerischer Nationalität, wie Professor de Fully. Er hat als erster gemerkt, daß es die Gebeine eines Gekreuzigten sind, und ist davon überzeugt, daß es sich um das Grab Christi handelt. Bei der Rückkehr nach Chandolin, in sein abgelegenes Dorf im Eifischtal, im Kanton Wallis, hat V. J. Gaspoz zu Staub zerfallene Überreste des Leichnams als Reliquie mitgenommen. Sie wird in der sehr malerischen Kirche von Chandolin aufbewahrt, wo der Pfarrer, W. J. Zufferey, für eine ständige Ehrenwache gesorgt hat. Er ist sicher, daß früher oder später ein Wunder die Echtheit der Reliquie bestätigen wird. Am Sonntag abend, dem Neujahrstag, trafen zwei Reisebusse mit den ersten Pilgern in Chandolin ein. Seit V. J. Gaspoz in seinen Geburtsort heimgekehrt ist, hat er das Rauchen aufgegeben und gelobt, auch den ausgezeichneten Walliser Wein, den sogenannten Fendant, nicht mehr zu trinken. Er steht unter der Obhut von Verwandten, die jeden Kontakt mit dem Helden des Ortes unterbinden.

In Rom hat Kardinal Weiss, der Präfekt der Kongregation für die Glaubenslehre, jedwede Stellungnahme abgelehnt, bis die aufgefundenen Überreste von Experten untersucht werden können. An diesem Neujahrsabend, den die Römer lautstark zu feiern pflegen, herrschte im Palast des Heiligen Offiziums ungewöhnliche Betriebsamkeit. Professor de Fully ist in Rom eingetroffen, war aber nicht erreichbar, da sein Aufenthaltsort geheimgehalten wird. Seine Schwester, Dr. Colombe H. de Fully, allgemein bekannt für ihre psychologischen Begleittherapien in San Francisco, hält sich ebenfalls in Rom auf. Wie aus gut informierten Kreisen zu erfahren war, ist sie mit Prinz Paolo G. Pacelli, einem entfernten Verwandten Pius' XII., verlobt, der Hochzeitstermin steht aber noch nicht fest. Ein drittes Mitglied der Familie, Monsignore Emmanuel G. de Fully, ist die rechte Hand von Kardinal Weiss.

Wahrscheinlich wird am heutigen Montag, dem 2. Januar, in Rom eine Pressekonferenz stattfinden. Wir werden unsere Leser auf dem laufenden halten über die weiteren Entwicklungen im Zusammenhang mit dieser unerwarteten Entdeckung, der ersten großen Neuigkeit eines Jahres, das höchst interessant zu werden verspricht.

Da Theo schnell lesen konnte, war er lange vor den anderen fertig und hatte reichlich Zeit, sie zu beobachten. Emmanuel verzog keine Miene. Von seiner nunmehr Jahre zurückliegenden Parkinsonschen Krankheit war ihm eine gewisse Unbeweglichkeit der Gesichtszüge geblieben, die seine Gesprächspartner beeindruckte, weil sie darin große Selbstbeherrschung zu erkennen glaubten. Er sah zunehmend wie Humphrey Bogart in einer Soutane aus.

Als der Kardinal das Fax zu Ende gelesen hatte, blickte er völlig verzweifelt auf. Offensichtlich wußte er nicht mehr, was er machen sollte. Er hatte das Gefühl, einer furchterregenden Macht gegenüberzustehen, einer Hydra der Information, deren Tentakel bis nach Jerusalem, Rom, Chandolin und San Francisco reichten. Gott war allwissend und der Papst unfehlbar, aber die Presse wußte mehr und irrte sich weniger.

Über seine aschgrauen Lippen kamen die Worte eines Gefolterten:

«An die Arbeit!»

In Theos Ohren klang das Wort «Arbeit» in seiner archaischsten Bedeutung, im Sinne von Mühsal, Qual, und er dachte an den Satz von Bossuet über «die großen Qualen, die unser Herr Jesus Christus erduldet hat». Und quälend würde es auch werden, sich sechs Stunden lang eine nichtssagende Rede auszudenken, deren Hintergrund das bißchen zugestandene Wahrheit und deren Vordergrund die hohlen Formulierungen sein würden, die auch das noch verschleiern sollten. In dieser Welt, die der Kardinal verachtete und fürchtete, würde die

Wahrheit letztendlich dennoch wie Öl oben schwimmen. Und schließlich würde sie um so sichtbarer werden, je länger sie verheimlicht worden war.

Am Montag, dem 2. Januar, erhielten gegen zehn Uhr morgens an die dreihundert beim Vatikan akkreditierte Journalisten per Boten eine Einladung zu einer Pressekonferenz, die für achtzehn Uhr im Presseraum an der Via della Conciliazone angesetzt war. Der Kardinalpräfekt der Kongregation für die Glaubenslehre würde eine wichtige Erklärung zu den unvermuteten Entdeckungen von Professor de Fully bei der Restaurierung der Basilika des Heiligen Grabes abgeben. Die Einladung verhieß, daß die bei den Grabungen gefundenen Gegenstände von ähnlich großer Bedeutung seien wie die Entdeckung des Grabes Petri bei den Grabungen in den Grotten des Vatikan zwischen 1940 und 1950. Diese unvorhergesehene Ankündigung sowie die kurzfristige Einladung waren an sich schon eine Nachricht. Wegen der fünfstündigen Zeitverschiebung zwischen Rom und Washington würde die Montagsausgabe der *Washington Post* die Kioske der amerikanischen Ostküste noch nicht erreicht haben, wenn der Vatikan bereits selbst die internationale Presse benachrichtigte. Die erste Hälfte von Emmanuels Plan war somit erfüllt.

Die Einladung war das Werk eines Profis: José Fernandez de Moratin, Presserefernt des Vatikan, ein spanischer Laie, sofern man ein zum Zölibat und zum regelmäßigen Beichten seiner Sünden bei einem Priester seines Verbandes verpflichtetes Mitglied des Opus Dei noch als Laien bezeichnen kann. Die Journalisten haßten ihn wegen seiner Vorstellung von Information, die einem Stalinisten der alten Schule Ehre gemacht hätte, aber sie fürchteten ihn, weil schon der geringste Verstoß, den sie sich zuschulden kommen ließen, den Entzug der unverzichtbaren *tessera* zur Folge hatte, der Akkreditierung beim Vatikan, ohne die sie brotlos wurden. So hatte Fernandez auf die Zwänge eines überlaufenen Berufes gesetzt und in den achtziger Jahren gründlich aufgeräumt. Der Ton war 1985 während der Reise des Papstes durch Lateinamerika vorgegeben worden, als der für Kirchenfragen zuständige Mitarbeiter der römischen Zeitung *La Repubblica* wegen seiner zu lockeren Feder aus dem Troß der mitreisenden Journalisten ausgeschlossen wurde. Nach diesem statuierten Exempel fühlte sich niemand mehr sicher und es herrschte Ordnung: Die Propaganda war an die Stelle der Information getreten. In einem denkwürdigen Text hatte Fernandez die Aufgabe des Journalisten definiert: «... der katholische Journalist muß wie eine Kerze das Licht der Wahrheit Christi und die Wärme seiner Liebe verbreiten und sich dabei im Dienste Gottes verzehren.»

So glich denn am späten Nachmittag dieses 2. Januar der Presseraum des Vatikan einem Wald von Kerzen, die sich bußfertig verzehrten, einschließlich einiger als Kerzen getarnter Dynamitstangen. Aufgeschreckt von Gerüchten, alarmiert von den ersten Telexen, die nach dem Erscheinen der *Washington Post* aus den Fernschreibern geflattert waren, kamen statt der akkreditierten Journalisten oft die Leiter der römischen Büros. Es war ein reines Glück am 2. Januar, an einem Tag, an dem sie nicht wußten, womit sie die Seiten füllen sollten. Derek Dood hatte in der ersten Reihe Platz genommen.

Colombe saß zwei Plätze weiter, rechts von Fernandez, der es für ratsamer gehalten hatte, diesen in letzter Minute zugelassenen Gast unter Kontrolle zu behalten. Ständig sprang er auf und wirbelte mit der Affektiertheit eines Homosexuellen herum. Jedesmal wenn er eine Verbeugung andeutete, knickte er ab, als hätte er letzten Endes den Stock verschluckt, mit dem er so lange geschlagen worden war, bis er den von einem Mitglied des Opus Dei erwarteten Grad an Unterwürfigkeit erlangt hatte. Colombe behielt ihn im Blick, wie eine giftige

Schlange, deren Nähe sie ertragen mußte: Die Reflexbewegungen seiner Hände und Füße verrieten, was er hinter der zur Schau getragenen Maske übertriebener Würde und Wichtigkeit wirklich fühlte.

Ab achtzehn Uhr wurde Fernandez zunehmend unruhig. Der Raum war überfüllt und der für seine Pünktlichkeit bekannte Kardinal ließ allmählich über Gebühr auf sich warten. Um seine Nervosität zu verdrängen, redete er mit Colombe über die aberwitzigsten Dinge. Um Viertel nach sechs war er beim dritten Geheimnis von Fatima angelangt, das nur der Heilige Vater kannte und das Anlaß zu aufwühlenden Spekulationen in sachkundigen Kreisen gab, denen Fernandez dank eines besonderen Privilegs angehörte. Colombe hatte immer mehr das Gefühl, es mit einem zutiefst verstörten Menschen zu tun zu haben, aber ihr sonst spontan empfundenes Mitleid mit Kranken regte sich nicht. Dieser Mann war geisteskrank, von einem so ausgeklügelten Wahn befallen, daß jeder Therapieversuch ihn nur verschlimmern würde.

Um achtzehn Uhr zwanzig betraten Emmanuel und Theo allein den Konferenzsaal.

Zehn Minuten vor sechs hatte der Kardinal befunden, daß es an der Zeit sei, sich zum Presseraum zu begeben. Begleitet wurde er von den beiden Brüdern de Fully, von seinem Privatsekretär und von einem Leibwächter, einem Offizier der Schweizergarde. Er kam nur noch bis zur ersten Treppe im Palazzo del Sant' Uffizio, auf der er mit so erstaunlichem Anstand sterben sollte, als hätte er im letzten Augenblick die Unzulänglichkeiten der letzten Jahre ausgleichen wollen.

Ehe er sich anschickte, die Treppe hinunterzusteigen, blieb er einen Moment stehen und klagte über die Forderungen der Journalisten:

«Wir sind ihnen keine Rechenschaft schuldig. Wofür halten

die sich? Was wir auch immer sagen, sie werden unsere Worte verdrehen, um ihre Leser noch mehr zu verdummen. Es fällt mir sehr schwer, ihnen zu vergeben, denn sie wissen, was sie tun …»

Die Gruppe war am oberen Absatz einer prachtvollen Treppe angelangt, wie die italienischen Architekten sie so gerne gebaut hatten: Treppen mit sanftem Gefälle, das man beim Hinaufgehen in den Beinen nicht spürt und das beim Hinuntergehen einen Plausch zuläßt. Der Kardinal sprach seinen Satz nicht zu Ende, sondern gab einen gurgelnden Laut von sich und blickte Emmanuel fest an, als verlange er von ihm eine Erklärung. Dann kippte er nach vorn, ganz langsam, wie ein Tänzer, der einen in seine einzelnen Phasen aufgelösten Sturz mimt. Erst berührte ein Knie den Boden, dann das zweite, danach neigte er den Oberkörper vor und fiel kopfüber die Treppe hinunter, nachdem er Emmanuel entglitten war, der zu spät nach seinem Arm gegriffen hatte und nun einen vom Ärmel der Soutane abgerissenen Knopf zwischen den Fingerspitzen hielt.

Joseph Weiss' Kopf schlug auf jeder Stufe auf, in gleichbleibendem Rhythmus. Emmanuel und die anderen Zeugen waren so überrascht, daß sie sich nicht von der Stelle rühren konnten. Sie sahen dem Sturz des Kardinals mit der gleichen Ohnmacht zu, mit der sie ihn in einem Traum erlebt hätten. Der Mann, der da holpernd Stufe um Stufe hinunterrutschte, hatte weder jemals Liebe noch Haß geweckt. Für das eine hatte er zuviel Böses und für das andere zuviel Gutes getan. Manche Wespenarten legen ein Ei in einer Raupe ab, und die Larve schmarotzt behutsam von ihr, um sich zu ernähren, ohne die Raupe zu früh zu töten. Auf derlei Weise war der Kardinal eins mit seinem Amt, das ihn von innen her aufgefressen hatte. Mit seinem Sturz gab Joseph Weiss plötzlich zu erkennen, daß er nur noch aus äußerem Schein bestand, und niemand fühlte sich bemüßigt, dieser Gliederpuppe zu Hilfe zu eilen, die auf dem unteren Treppenabsatz liegengeblieben war.

Schließlich ging Emmanuel hinunter, merkte aber beschämt, daß er es ohne Hast tat, als wollte er den Augenblick hinauszögern, in dem er sich über den Kardinal würde beugen müssen. Er kniete nieder und begriff sofort, daß der Tod nahe war. Eine Arterie mußte wohl geplatzt sein, denn der Sterbende blutete aus dem Mund. Trotz des Röchelns, das ihm aus der Kehle drang, versuchte er zu sprechen. Emmanuel beugte sich zu dem alten Mann hinunter und hörte ihn unablässig zwei Worte wiederholen:

«Nicht sterben, nicht sterben ...»

Emmanuel flüsterte ihm die Absolution auf deutsch ins Ohr und hielt seine leicht zitternde Hand. Nach einer Weile regte sie sich nicht mehr. Er schloß Kardinal Weiss in dem Moment die Augen, in dem zwei Sanitäter mit einer Trage ankamen. Dann blickte er auf die Uhr und stellte fest, daß es bereits zehn Minuten nach sechs war. Ihm blieb nichts anderes mehr übrig, als im Presseraum allein das Wort zu ergreifen und alle Gefahren auf sich zu nehmen. Wie im Nebel machte er den anderen ein Zeichen, daß sie ihm folgen sollten, während die beiden Sanitäter in weißen Kitteln den Leichnam des Kardinals vor ihnen hertrugen. Warum hatten sie diese weißen Gewänder an, die wie Alben aussahen? Waren diese jungen, ganz weiß gekleideten Gestalten, die in den biblischen Geschichten immer in schwierigen Situationen auftauchten, nicht Engel?

Auf den Bürgersteigen der Via della Conciliazione wimmelte es von Japanern, die nach den Souvenirkäufen in Kitschläden zu ihren Bussen zurückkehrten. Emmanuel drängte sich herrisch durch das Gewühl, wobei ihm die Soutane mit dem violetten Zingulum sehr zustatten kam. Mit Theo an seiner Seite bahnte er sich einen Weg durch die Menge, wie Moses in Begleitung von Aaron die Fluten des Roten Meeres geteilt und mit gebieterischer Geste die Hindernisse aus dem Weg geräumt hatte, die ihn vom Gelobten Land trennten. Er, Emmanuel, hatte beschlossen, sich an diesem Tag zu befreien.

Im Konferenzsaal eingetroffen, ging er auf Fernandez zu und teilte ihm leise den Tod des Kardinals mit. Die erste Reaktion des Spaniers war der Vorschlag, die Pressekonferenz abzusagen. Da übernahm Emmanuel die Verantwortung, nichts dergleichen zu tun, und schritt, gefolgt von Theo, zum Podium. Gerade als er Platz nahm, sah er Fernandez hinten im Saal telefonieren und überlegte, wem dieser Anruf wohl gelten mochte.

Er ergriff als erster das Wort. Zunächst entschuldigte er den Kardinal, der wegen einer Unpäßlichkeit nicht erscheinen könne, dann setzte er sich vollkommen über die geschraubte Presseerklärung hinweg, der die Fotos des *titulus* und der Grabstätte angefügt waren und die zwei Nonnen an die Journalisten verteilten. Er gab ohne Umschweife bekannt, daß in der Nähe des Heiligen Grabes eine frühchristliche Grabstätte entdeckt worden war, beschrieb die Indizien: die Schriftrollen, den *titulus*, das Skelett sowie die Inschrift und unterließ es, sich zum Schlußsatz des Kommuniqués zu bekennen, zu den allerletzten Zeilen, die Kardinal Weiss unterschrieben hatte: *«In diesen Zeiten der Gewissenskonflikte werden die Entdeckungen von Jerusalem die Gläubigen in ihrem Glauben bestärken, indem sie mit Hilfe der Wissenschaft die ehrwürdige Tradition unserer Heiligen Kirche bezeugen.»*

Dann sprach Theo. Das war in Fernandez' Drehbuch nicht vorgesehen, nach dessen Ansicht Professor de Fully als bloße wissenschaftliche Untermalung der Worte des Kardinals hätte schweigen sollen. Theo berichtete ausführlich über die Methoden, mit denen Hohlräume im Stadtuntergrund ausfindig gemacht werden. Er verlor sich in mathematischen Betrachtungen über die Computeranalyse echographischer Aufzeichnungen und geriet regelrecht ins Schwärmen, als er den Schurschen Algorithmus erläuterte, der zum Auswerten von Meßergebnissen benutzt wird. Dann lobte er sein Verfahren zur Datierung mit Hilfe der Massenspektroskopie. Vor lauter Begeisterung erzählte er von den noch laufenden Arbeiten an einem genetischen Fingerabdruck und deutete die Möglichkeit an, die unleserlich gewordene Inschrift mit einer digitalen Bildbearbeitung zu entziffern.

Die Journalisten teilten sich in zwei Lager. Manche, deren wissenschaftliche Kenntnisse sich auf vage Erinnerungen aus der Schulzeit beschränkten, ließen ihre Stifte sinken, indes andere, die gebildeteren, eifrig mitschrieben. Alle waren abwechselnd von Theos Enthüllungen gefesselt, die pausenlos auf sie niederprasselten, und von seinen Ausführungen entmutigt, weil es ungemein schwer sein würde, darüber einen Artikel zu schreiben. Als Theo zum Schluß kam, war Fernandez schon zweimal zu den Telefonzellen geeilt und rollte die vor Schreck weit aufgerissenen Augen.

Die erste Frage stellte der Leiter des römischen AFP-Büros, der in gekränktem Ton zu wissen begehrte, weshalb der Vatikan bestimmte Informationen zuerst einer amerikanischen Zeitung vorbehalten habe. Emmanuel antwortete schlicht, daß diese Informationen nicht absichtlich verbreitet worden seien, sondern auf einer Indiskretion beruhten. Aller Augen richteten sich auf Derek Dood, der ungerührt blieb. Der Vertreter der französischen Nachrichtenagentur hakte nach:

«Haben Sie sich zu dieser Pressekonferenz erst entschlossen, nachdem Sie von der Indiskretion erfahren hatten?»

«So ist es», gab Emmanuel zu.

«Mit anderen Worten: Ohne diese undichte Stelle wären die Informationen nicht bekanntgemacht worden.»

Emmanuel log kaltblütig:

«Sie wären später erfolgt. Sobald wir jedoch wußten, daß es eine Indiskretion gegeben hatte, lag uns in diesem Zusammenhang an einer Gleichbehandlung aller Medien und wir wollten durch die Bekanntgabe sämtlicher derzeit verfügbaren Daten vermeiden, daß es zu weiteren Indiskretionen kommen kann.»

Der französische Journalist blieb hartnäckig.

«Es wurde allerdings mehr gesagt als geschrieben. In der verteilten Pressemitteilung steht kein Wort über viele der höchst interessanten Einzelheiten, die in den Ausführungen von Professor de Fully enthalten waren. Werden Sie diese noch schriftlich bestätigen und die Unterlagen zur Verfügung stellen?»

Emmanuel sprang ins kalte Wasser:

«Alle verfügbaren Unterlagen werden veröffentlicht.»

Da schaltete sich Theo ein:

«Wenn Sie sich an das Laboratorium für Massenspektroskopie der Eidgenössischen Technischen Hochschule Zürich wenden, können Sie per Fax die Untersuchungsberichte über die Datierung der verschiedenen Gegenstände erhalten, ebenso die Fotos der zwei Schriftrollen aus Papyrus und Pergament. Sobald mir weitere Meßergebnisse vorliegen, werde ich sie jedem zur Verfügung stellen, der sie verlangt.»

Derek Dood wandte sich an Emmanuel und alle schwiegen:

«Monsignore, ich möchte nicht die Umstände diskutieren, unter denen die Dokumente verbreitet wurden oder werden, sondern nur auf einen allgemeinen Grundsatz hinweisen, dem zufolge die Öffentlichkeit Anspruch auf jede Information hat, die niemandes Privatsphäre verletzt. Ich stelle mit Freude fest, daß sich der Vatikan bei der Veröffentlichung dieser Dokumente eine Politik der Transparenz zu eigen gemacht hat, und wünschte mir die gleiche Haltung bei ihrer Interpretation. Meinen Sie, daß die entdeckte Grabstätte das Grab Jesu sein könnte?»

Fernandez, der einen stark hervortretenden Adamsapfel hatte, schluckte mehrmals rasch hintereinander. Trotz des Ernstes der Diskussion war Colombe vor Nervosität zum Lachen zumute, und sie mußte erst an die Trennung von Paolo denken, um es sich zu verbeißen. Mit gesenktem Kopf und gefalteten Händen suchte Emmanuel nach Worten. Vielleicht betete er.

«Ich weiß es nicht. Niemand weiß es. Unmöglich ist es nicht.»

Ein unterdrückter Aufschrei ging durch den Saal, wie bei einem Stierkampf unmittelbar vor dem Todesstoß. Ohne eine Miene zu verziehen, fuhr Dood fort:

«Wenn ich Ihre Worte richtig deute, Monsignore, ist es nicht unmöglich, daß der Leichnam Jesu aus dem Grab herausgeholt wurde, in dem ihn Joseph von Arimathäa den Evangelien nach bestattet hatte, und daß er dann in jenes gebracht wurde, in dem Sie diese Gebeine entdeckt haben.»

Emmanuel schwieg. Lange blickte er Colombe an, die keuchte, als könnte sie ihrem Bruder Mut einhauchen. Dood ließ es im Saal noch stiller werden, ehe er die entscheidende Frage stellte:

«Wenn das nicht unmöglich ist, bedeutet das doch, daß das Ostermysterium im Grunde nur eine Metapher ist, ein Symbol, eine Allegorie, nennen Sie es, wie Sie wollen. Jesus war nur ein Mensch, er ist gestorben und nicht auferstanden ...»

Emmanuel fiel ihm ins Wort:

«Das habe ich nicht gesagt, das glaube ich auch nicht, und ich würde sofort aufhören, Christ zu sein, wenn ich Ihrer Darstellung zustimmte. Die Auferstehung Jesu wird nicht von der Entdeckung des leeren Grabes bezeugt. Im ältesten Text des Neuen Testaments, dem Brief an die Korinther, heißt es nur: ‹*... er ist am dritten Tage auferweckt worden, gemäß der Schrift*›, und dann ist die Rede von den Erscheinungen Jesu. Nicht vom leeren Grab.»

Derek Dood ließ sich nicht beirren:

«Was halten Sie von den vier Evangelien, die das leere Grab erwähnen?»

«Die Evangelien sind keine historische Berichterstattung, sondern Glaubensbekenntnisse verschiedener Gemeinschaften, in einer bis dahin völlig unbekannten literarischen Gattung, die symbolische Elemente einschließt. Das bedeutet keinesfalls, daß das Grab am Ostermorgen nicht leer gewesen sei. Vermutlich war es sogar leer, denn für einen Gläubigen wirft seine Entdeckung mehr Fragen auf, als sie beantwortet. Jedenfalls kommt den Aposteln die Aussage der Frauen wenig glaubwürdig vor und erweckt zunächst Angst und Unverständnis. Für die Entstehung des Christentums war jedoch nicht das leere Grab entscheidend, sondern die Erscheinungen Jesu bestärkten die Jünger in ihrem Glauben an die Auferstehung.»

«Ihrer Meinung nach ist es also nicht unmöglich, daß der Leichnam Jesu aus seinem ursprünglichen Grab geholt und in einem anderen verborgen wurde, in dem man möglicherweise nun seine Gebeine entdeckt hat?»

Theo, der Emmanuel von der Seite her beobachtete, sah, wie ihm der Schweiß von der Stirn perlte. Dennoch blieb seine Stimme erstaunlich ruhig.

«Das meine ich zwar nicht, aber ich hindere niemanden daran, es zu meinen. Im Apostolischen Glaubensbekenntnis heißt es, daß Jesus auferstanden ist, und dieses Credo ist zum Grundstein des Christentums geworden. Nicht mehr und nicht weniger. Alle Spekulationen über das Wesen der Auferstehung, über die Auferstehung Jesu oder unsere, sind keine Glaubensbekundungen, sondern Gebilde menschlicher Phantasie.»

Derek Dood ließ nicht locker:

«Verzeihung, Monsignore, aber Sie haben die Frage, die sich alle stellen, noch immer nicht beantwortet: Ist der Leichnam Jesu aus der Welt verschwunden, oder ist er verwest wie jeder andere Kadaver?»

Emmanuel hätte beinahe zu einer langen Erklärung angesetzt. Im letzten Moment besann er sich jedoch anders:

«Ich weiß es nicht, und sonst weiß es auch niemand. Es gibt keine objektive Antwort auf diese Frage.»

Ein anderer Journalist meldete sich zu Wort:

«Es gibt noch die Inschrift, die zur Zeit entziffert wird, und die Kupferrolle. Falls beide bestätigen, daß es sich um das echte Grab Jesu handelt, wären Sie dann der Ansicht, daß diese bisher unbeantwortete Frage damit beantwortet sei?»

«Ja.»

«Unter diesen Umständen wäre Jesus ein Mensch wie jeder andere gewesen, ein Prophet Israels, mehr nicht.»

«Der Glaube, und nur der Glaube allein sagt uns, daß Jesus Mensch und Gott ist. Es gibt keinen wissenschaftlichen Beweis für dieses Bekenntnis, aber es kann auch keinen Gegenbeweis geben.»

«Wäre denn in dem in Betracht gezogenen Fall die Glaubwürdigkeit dieses Bekenntnisses nicht erschüttert?»

«Das kommt auf die Art des Glaubens an.»

Der Korrespondent von *Le Monde* meldete sich. Er war ein bereits älterer Mann, der den Vatikan in- und auswendig kannte und dessen Artikel, wie jedermann wußte, sogar vom Papst gelesen wurden.

«Monsignore, ich denke, hier ist weder der richtige Ort, noch ist es der richtige Zeitpunkt, Sie um eine Theologievorlesung über das Wesen des Glaubens zu bitten. Was meine Kollegen und unsere Leser interessiert, ist die Reaktion der katholischen Lehrmeinung im genannten Fall. Die traditionelle Darstellung des Ostermysteriums in der Liturgie, in der Katechese, in der Ikonographie und in den Homilien setzt voraus, daß der Leichnam Jesu nicht der Verwesung anheimgefallen ist, weil Christus nie der Sünde anheimgefallen ist und weil der Tod gemäß einer unumstößlichen Doktrin der Heiligen Kirche der Lohn für die Sünde ist. Diese Darstellung wäre plötzlich in Frage gestellt. Der volkstümliche Glaube kümmert sich nicht um sprachliche Feinheiten und rhetorische Behutsamkeit. Sein Inhalt beruht auf dem Wunder. Die Heilige Kirche hat sich damit abgefunden oder sogar das Bestreben gefördert, Formulierungen zu finden, die das Unbeschreibliche in poetische Worte fassen. Und plötzlich ist dieses schöne Bild zerrissen. Sind sie sich nicht im klaren über das mögliche Aufsehen, über die Zweifel, die schlichte Seelen befallen werden?»

Als habe er die Frage erwartet, antwortete Emmanuel, ohne zu zögern:

«Der Glaube an die Auferstehung des Leibes hat sich nicht auf einmal durchgesetzt. Im Alten Testament wird er spät erwähnt, und er bewegt die Jünger Jesu, was ihn betrifft, erst recht lange nach dem Ereignis selbst. Für uns ist er noch immer ein Problem. Vielleicht sind wir in dem Bemühen, ihn wirklich zu verstehen, einen Schritt weitergekommen.»

Der Raum leerte sich allmählich, denn den Journalisten drohte unerbittlich der Redaktionsschluß für die Zeitungen, die am Dienstagmorgen erscheinen sollten. Die Telefonzellen waren sicher belagert. Der Scharfsinn der Intellektuellen würde den normalen Leser ohnehin nicht interessieren, der am nächsten Morgen beim Blick in die Zeitung die größte Neuigkeit seit zweitausend Jahren erfahren würde: Jesus ist nicht auferstanden!

Emmanuel verabschiedete sich von den Journalisten, die noch anwesend waren, und Theo versprach für den nächsten Tag neue Meßergebnisse. Als sie vom Podium herunterkamen, wurden sie von Fernandez und einigen Männern mit verschlossenen Mienen erwartet. Es waren Angehörige des Wachdienstes, die den Auftrag hatten, die Sicherheit der beiden Brüder zu gewährleisten und sie gegen einen Ansturm der Presse abzuschirmen. Theo erkannte das Verfahren wieder, das er bereits bei seiner Landung in Zürich erlebt hatte: De facto würde er im Palazzo San Calisto und Emmanuel im Palazzo del Sant' Uffizio unter Hausarrest stehen. Sie waren beide zu müde, um sich zu wehren, und nachdem sie Colombe umarmt hatten, trennten sie sich.

Theo hatte Hunger. Aufregungen machten ihn immer hungrig. Im Kühlschrank seines Apartments gab es nur noch die Reste der Gans. Er fühlte sich so erschöpft, daß er schon daran dachte, sie zu verzehren, ohne sie aufzuwärmen, als die Klingel an der Eingangstür anschlug. Es war Kardinal Chotard, ganz fröhlich, kleiner, glatzköpfiger und mit rosigerer Miene denn je. Über die Pressekonferenz war er in mehreren Telefonaten unterrichtet worden, die Ihre Eminenzen miteinander geführt hatten. Der Skandal entpuppte sich als überaus beachtlich, dies um so mehr, als der Tod Kardinal Weiss' der Situation einen zusätzlichen dramatischen Aspekt verlieh.

«Als die Gallier im Jahre 390 vor Christus Rom plünderten, weigerten sich manche Senatoren, ihre Häuser zu verlassen und im befestigten Kapitol Zuflucht zu suchen. Angetan mit ihren Purpurmänteln, erwarteten sie den Tod, ohne ihre barbarischen Mörder eines Blickes zu würdigen. In etwa dieser geistigen Verfassung befinden sich jetzt meine eminenten Kollegen, die sich in ihre Kardinalswürde hüllen und auf ich weiß nicht was warten, vielleicht darauf, daß die zu lange getäuschten christlichen Völker sie den Märtyrertod erleiden lassen. Auf jeden Fall halten sie sich für Opfer, während sie in Ihnen Pontius Pilatus sehen, den Mörder, der sich seiner Tat nicht bewußt ist.»

«Und Emmanuel?» fragte Theo.

«Er gibt einen perfekten Judas ab. Sollte er sich heute nacht erhängen, würde sich niemand wundern und ihm nachtrauern. Er kann seine Koffer packen, es sei denn, die erwarteten Meßergebnisse verändern die Lage.»

«Was wirft man ihm eigentlich vor?»

Der kleine Mann blickte Theo verschmitzt an und lud ihn ein, sich bei ihm zu stärken:

«Ich habe immer einige Dosen Gänseleber vorrätig und einen herrlichen Sauternes, einen Château Rieussec 1985, mit einer Blume aus Vanille, Aprikosen, Orangenblüten und und und ... Quälen Sie sich nicht länger und seien Sie guter Dinge.»

Die Wohnung des Kardinals roch nach kaltem Pfeifenrauch und war nüchtern, aber geschmackvoll eingerichtet. Die beiden Nonnen legten wortlos ein weiteres Gedeck auf, und Kardinal Chotard unterzog Theo, der ein stenographisches Gedächtnis besaß, einem regelrechten Verhör, um alles zu erfahren, was Emmanuel gesagt hatte. Das hinderte die beiden Tischgenossen nicht daran, fürstlich zu tafeln. Danach nahmen sie rechts und links vom Kamin Platz, in dem ein Feuer knisterte, und wärmten mit den Händen ihr Cognacglas an. Der Kardinal ließ Theo ein Weilchen schweigend seinen Gedanken nachhängen, dann lächelte er über das ganze Gesicht.

«Emmanuel war untadelig. Seine Antworten hätten nicht kürzer und bündiger sein können. In Sachen Theologie bin ich ein entschiedener Verfechter der Schlichtheit. Für mich steht zum Beispiel im Apostolischen Glaubensbekenntnis alles drinnen. Das Nicänische bereitet mir schon langsam Schwierigkeiten, weil es darauf aus ist, genau zu definieren, was sich mit menschlichen Worten nicht beschreiben läßt: *Deum de Deo, lumen de lumine, Deum verum de Deo vero, genitum non factum, consubstantialem patris*. Stellen Sie sich die Reaktion Jesu vor, wenn er eine solche Beschreibung von sich gehört hätte: Er hätte einen Wutanfall bekommen!»

Mit komisch anmutendem Pathos mimte der Kardinal den

Wutanfall eines Galiläers, der imstande ist, die Tische der Geldwechsler vor dem Tempel umzustoßen. Für einen Augenblick ähnelte er Charlie Chaplin. Dann fuhr er fort:

«Dank seiner Weigerung, auf die Kontroverse näher einzugehen, hat sich Emmanuel in keine Widersprüche verstrickt, und ich bin nicht sicher, ob sich mein verstorbener Amtsbruder so gut aus der Affäre gezogen hätte. Weiss war von Haus aus kein schlechter Theologe, aber sein Amt hat ihm das Urteilsvermögen verdorben.»

Theo nickte.

«Ich kann die Diskussion schwer einschätzen. Am Gymnasium verglich mein Mathematiklehrer manche wirren Vorträge meiner wenig begabten Schulkameraden mit Gemälden von Rembrandt, das heißt mit Helldunkelmalerei, bei der das Dunkle überwog. Ich weiß, wie man das Alter von Bäumen anhand der Reihenfolge ihrer Jahresringe bestimmt, ich zähle Kohlenstoff-14-Atome einzeln aus, ich kann mit Hilfe einer digitalen Verarbeitung vieler geophysischer Daten einen drei Quadratmeter großen Hohlraum im Fels ausfindig machen, aber ich vermag noch immer nicht zu sagen, was die Kirche, der ich angehöre, über den zentralen Glaubensartikel, die Auferstehung Christi, wirklich denkt.»

«Ich erkläre es Ihnen.»

Der Kardinal lehnte sich in seinem Sessel zurück und hielt eine private Theologievorlesung für einen Nobelpreisträger der Physik.

«Die Verwirrung rührt von der Mischung zweier literarischer Gattungen, zweier Darstellungen ein und derselben Person her: einerseits Jesus von Nazareth, ein Galiläer aus dem ersten Jahrhundert, der wirklich gelebt hat, der das Reich Gottes gepredigt hat und vermutlich im Jahre 30 in Jerusalem von den Römern umgebracht wurde; andererseits der im Glauben der ersten christlichen Kirchen lebende Christus, wie er im Neuen

Testament zum Ausdruck kommt. Also einerseits der Jesus aus der Geschichte und andererseits der Christus aus der Glaubenslehre. Über den ersten wissen wir fast nichts, weil die Schriften nur den zweiten erwähnen. Von daher besteht die drängendste Versuchung darin, einen von beiden ganz auszublenden. Folglich stellt die liberale protestantische Theologie fest, daß der historische Jesus mangels zuverlässiger Beweise nicht faßbar ist, und geht zuweilen so weit, seine Existenz zu leugnen. Für sie gibt es nur einen Mythos Christi, der auf der Grundlage einer apokalyptischen jüdischen Tradition in hellenistischen Kreisen entstanden ist. Mit anderen Worten: eine orientalische Religion wie viele andere auch, eine mehr oder weniger von Gott inspirierte Erfindung der Menschen. Umgekehrt hält der Integralismus die Evangelien für historische Berichte und somit den Christus aus der Glaubenslehre für eine geschichtliche Figur. Diese Art der Exegese sieht im Geschriebenen eine unverfälschte Wiedergabe der wirklichen Ereignisse. Bedauerlicherweise ist es diese integralistische Sicht, die den katholischen Gläubigen sonntäglich gepredigt wird. In den Homilien, die der Lesung aus dem Evangelium folgen, redet der Pfarrer über den Text meistens so, als wäre er ein Zeitungsartikel.»

«Ich verstehe schon, was Sie meinen, aber geben Sie mir ein Beispiel, um präzise zu sein», bat Theo.

«Nehmen Sie die Schilderung der Kindheit Jesu im Lukasevangelium. Ich wähle dieses Beispiel, weil es da keine Überschneidungen mit dem Dogma gibt und wir völlig gelassen darüber diskutieren können. Zu Beginn versichert uns der Evangelist, daß er sich gründlich informiert habe. Da seine Schreibweise auf einen gebildeten Menschen schließen läßt, vertraut ihm der heutige Leser. Und dann fängt Lukas mit dem Bericht über die Erscheinung des Engels Gabriel an, der Maria die Jungfrauengeburt Jesu ankündigt. Zwei Seiten weiter erzählt Lukas die Stammesgeschichte Jesu, wonach er ein Sohn Josephs und somit ein Nachkomme Davids sei. Für einen Geist unserer Zeit ist das zumindest widersprüchlich. Dann erläutert Lukas, Jesus sei in Bethlehem, der Stadt Davids, geboren, weil Joseph wegen einer Volkszählung dorthin mußte, die unter Augustus zu einer Zeit stattfand, da Herodes König von Judäa und Quirinius Statthalter von Syrien war. All diese Angaben sind widersprüchlich. Im Jahre 6 unserer Zeitrechnung wurde zu Steuerzwecken tatsächlich eine Volkszählung durchgeführt, aber Herodes ist zehn Jahre zuvor gestorben und Quirinius ist zu dieser Zeit niemals Statthalter von Syrien gewesen. Es besteht also kein Grund zu der Annahme, daß die Volkszählung eine Reise in die Geburtsstadt der Familie erfordert habe. Dagegen kann aber ein Text des Propheten Micha so gedeutet werden, daß der Messias in Bethlehem geboren werde. Lukas interessiert sich also nicht für die historische Stätte der Geburt Jesu, sondern für deren prophetische Bedeutung.»

«Ihre Worte überraschen mich nicht», sagte Theo. «Mir war bei diesen Texten oft unbehaglich, ich hatte aber nie versucht, sie zu analysieren. Oder besser gesagt, ich scheute davor zurück, meinen gewohnt kritischen Verstand auf die schönen Bilder anzuwenden, die meine Kindheit verzaubert hatten.»

Unerbittlich fuhr der Kardinal fort:

«Nach Ansicht des Evangelisten Johannes ist Jesus in Nazareth geboren. Ein Apostel bezweifelt übrigens, daß dieses Dorf überhaupt irgend etwas Gutes hervorbringen könnte: Dem Evangelisten geht es hier also darum, zu zeigen, daß Jesus mit den Vorurteilen Israels bricht. Die beiden Evangelisten, Lukas und Johannes, verfolgen unterschiedliche Ziele und biegen sich ein Ereignis im Sinne ihrer Beweisführung zurecht. Wir werden nie erfahren, wo Jesus wirklich geboren ist, obgleich Nazareth als Ort am wahrscheinlichsten ist. Ich könnte die ganze Nacht so weitererzählen. Lukas schreibt die Geschichte

Jesu wie Titus Livius die von Rom: Bei ersterem geht es um die Entstehung der christlichen Gemeinschaften, beim zweiten um die patriotische Erziehung der römischen Bürger. Die Genauigkeit in der Wiedergabe der Ereignisse spielt für die Absichten der damaligen Autoren nur eine zweitrangige Rolle. Im übrigen steht Lukas keine Universitätsbibliothek zur Verfügung, in der er Daten und Namen überprüfen könnte. Er gibt mündliche Überlieferungen schriftlich weiter.»

Chotard schwieg einen Augenblick, dann sprach er weiter:

«Die Evangelien sind literarische Werke, in denen historische Personen auftreten. Bei einem sogenannten historischen Roman erkennen Sie das sehr gut, und zwar um so deutlicher, je weniger authentisch er ist. Heute käme es niemandem mehr in den Sinn, eine Biographie des Kardinals Richelieu auf der Grundlage der Romane von Alexandre Dumas zu schreiben. Aber ein Katholik, der an die sonntäglichen Bibelauslegungen gewöhnt ist, muß sich ungemein anstrengen, um sich ein ähnliches Verhältnis zwischen dem Christus aus den Evangelien und dem Menschen Jesus vorzustellen, der wirklich gelebt hat.»

«Und von dem man nie Genaues wird sagen können, wenn ich Sie richtig verstehe», ergänzte Theo.

«Ja und nein. Jesus hat wirklich gelebt. Sein Leben steht immerhin am Anfang der Religion, die Anlaß zu den Evangelien gegeben hat. Er hat allerdings zuweilen erstaunliche Worte gesprochen. Die Pergamentrolle, die Sie entdeckt haben, ist daher ein äußerst wichtiges Dokument, weil es älter als alle Evangelien ist und uns gestatten wird, bei den Aussprüchen, die Jesus von den Evangelisten zugeschrieben werden, zu unterscheiden, welche wohl wirklich von ihm stammen und welche zwei Generationen später aus religiösen Gründen dazugedichtet wurden. Quer durch die vier Evangelien bleibt jedoch trotz der Ungenauigkeiten ihrer Verfasser und trotz ihrer Widersprüche das Antlitz des historischen Jesus gleich. Etwa so, wie man beim Betreten eines Raumes an einem zerdrückten Kissen, einem halbleeren Glas, einem Geruch oder Duft oder an einem Gefühl von Wärme eine Person erahnt, die ihn gerade verlassen hat. Sie haben eine Menge Indizien dieser Art geliefert. Der historische Jesus wird anfangen, im Inneren des Christus aus der Glaubenslehre zu existieren. Das ist die große Schwierigkeit für eine strukturierte Kirche: Jesus Christus predigen, der gleichzeitig Gott und Mensch ist. Gott ist so weit weg, daß die Theologen ihn mit ihrer ganzen Phantasie ausstaffieren können, ohne zu riskieren, daß sie widerlegt werden. Aber Gott, der zu einem Menschen wurde, der tatsächlich gesprochen hat, der Mensch Jesus, der den Mächtigen und den Demütigen ihre Plätze zugewiesen hat, wird für eine Institution immer ein Problem bleiben. Diese Institution transportiert eine Botschaft, von der sie selbst in ihrer Struktur abgelehnt wird, und muß dennoch dafür sorgen, daß sie die Botschaft weiterträgt.»

«Ich bin nicht gern der Anlaß zu einem Skandal», fiel ihm Theo ins Wort. «Manchmal muß es aber sein. Sagen Sie mir doch, worin er eigentlich besteht.»

«Sie bringen ein Mißverständnis zum Vorschein, das unter Fachleuten diskret gehandhabt worden war, nachdem sich das römische Lehramt gewaltig geirrt hatte. Das Mißverständnis geht schon auf das siebzehnte Jahrhundert zurück, in dem sich ein gewisser, inzwischen lange in Vergessenheit geratener Richard Simon in den Kopf gesetzt hatte, die Bibel einer kritischen Lektüre zu unterziehen. Er geriet in Widerspruch zu den unerschütterlichen Überzeugungen Bossuets, der zwar überhaupt kein Hebräisch verstand, aber alle Schliche von Versailles kannte. Im neunzehnten Jahrhundert nimmt sich dann Alfred Loisy dieser Aufgabe an und wird prompt von Pius X. auf den Index gesetzt. Heute sind sich alle, vom Papst angefangen, darin einig, daß der ernsthafte Ansatz von Simon und Loisy mehr wert war als das gottesfürchtige Ignorantentum von Bossuet oder Pius X. Man hat sich aber wohlweislich gehütet, das an die große Glocke zu hängen, das heißt Loisy zu rehabilitieren. Gern hätte man noch zwei Jahrhunderte damit zugewartet, wie bei Galilei. Im Mythos der Unfehlbarkeit verfangen, neigt der Vatikan dazu, sich beim Eingeständnis der eigenen Fehler sehr lange Zeit zu lassen, um dadurch die Bedeutung dieser erwiesenen Fehlbarkeit abzuschwächen. Ihre Pergamentrolle und Ihre Papyrusrolle beenden mit einem Schlag Kontroversen, die seit drei Jahrhunderten schwelen und bei denen das römische Lehramt widerwillig langsam nachgab, die im verborgenen stattfindenden theologischen Revolutionen aber verschwieg. Und die bringen Sie nun ans Tageslicht.»

«Habe ich einen Fehler begangen?»

«*Felix culpa*, Herr Professor. Jede Entdeckung ist ein überwundener Widerspruch, Sie müßten das doch wissen. Sie haben versucht, die Echtheit des wunderreichen Christus zu beweisen, und dabei den historischen Jesus entdeckt, der viel zu sehr verkannt wurde. Besser noch: Sie bringen die Theologen dazu, die Wissenschaft ernst zu nehmen. Und dann wird die Welt, die der Gottesleugner, um die ich mich zehn Jahre lang bemüht habe, die Theologen ernst nehmen. Es wird nicht mehr eine Wahrheit für die Fachleute und eine für die Unwissenden geben. Kennen Sie die Definition der Wahrheit von Ignatius von Loyola?»

«Nein», sagte Theo, «aber ich kann sie mir denken.»

«Ich zitiere aus dem Gedächtnis: ‹Um in allen Dingen zur Wahrheit zu gelangen, müßten wir stets bereit sein, zu glauben, daß schwarz sei, was uns weiß scheint, wenn die Heilige Kirche es so bezeichnet.› Können Sie sich nur einen Augenblick lang solche Worte aus dem Munde Jesu vorstellen?»

«Nein», gab Theo zu, «das ist absolut unmöglich.»

«Und das bedeutet, daß Sie ein völlig klares Bild von Jesus haben, selbst wenn es auf der Lektüre nichthistorischer Texte beruht. Im Gegensatz zu Loyola hat Jesus gesagt: *‹Wenn aber ein Blinder den anderen führt, so fallen sie beide in die Grube.›* Oder noch: *‹Ich bin dazu geboren und in die Welt gekommen, daß ich die Wahrheit bezeugen soll.›* Derjenige, der die Wahrheit relativiert, ist Pilatus, wenn er fragt: *‹Was ist Wahrheit?›* Denn die Wahrheit stört, sie demütigt die Mächtigen, und sie erleuchtet die Unterdrückten. Transparenz verhindert Macht. Ignatius von Loyola, der zu militärischer Disziplin erzogen wurde, opfert die Wahrheit gern der Wirksamkeit. Es fällt mir schwer, derartiges zu sagen, denn er war ein großer Heiliger in einer schwierigen Zeit. Er wurde aber auch von dieser Zeit beeinflußt. Nach Ihren Entdeckungen wird die Heilige Kirche der Wahrheit ein wenig näher stehen.»

Der Kardinal schwieg eine Weile und blickte in das Feuer, das im Kamin allmählich erlosch.

«Ich wußte nicht, daß ich so lange leben würde, bis sich die Wahrheit unter solchem Aufsehen und auf solchen Umwegen offenbarte.»

13

Die Nacht rettet die vom Alptraum der Tage zu bewegten Seelen und überläßt sie endlich ihren eigenen Regungen. Die Geschwister de Fully fielen alle drei in tiefen Schlaf.

Ohne es zu merken, wurde Colombe vor ihren eigenen Schwächen und der Rückkehr Paolos bewahrt, was sie dem erbarmungslosen Eingreifen des Portiers im Hotel Raphael verdankte, der für die Tugend seines weiblichen Gastes einstand, seit Theo ihn am Sonntag mit einem saftigen Trinkgeld dazu bewogen hatte, damit seine Schwester von niemandem mehr behelligt werde. Colombe fiel nichts auf, außer daß der Portier sie von einem Tag auf den anderen vom Rang einer *Dottoressa* in den einer *Professoressa* befördert hatte. Gegen zehn Uhr abends unternahm Paolo einen Versuch, in Colombes Zimmer zu gelangen, doch zwei muskelbepackte Wachleute verdrehten ihm einen Arm und warfen ihn hinaus, wobei seine letzte vorzeigbare Hose einen Riß abbekam. Da er inzwischen bei allen falschen Freunden, denen er zur Last gefallen war, auch den letzten Kredit verspielt hatte, verbrachte er die Nacht im Freien, auf einer Bank, mit einem angewinkelten Arm unter dem Kopf, und wachte jedesmal auf, wenn er so tief eingenickt war, daß er herunterzufallen drohte.

Für Emmanuel bestand durchaus die Gefahr, daß er umgehend in seine Heimatdiözese zurückgeschickt wurde, wahrscheinlich als Anstaltsgeistlicher in einem Altersheim. Deshalb beschloß er, den Luxus der Wohnung zu genießen, die man ihm in der vierten Etage des Palazzo del Sant' Uffizio zugewiesen hatte und in der er praktisch eingesperrt war. Vor ihm hatten hier die Kardinalpräfekten Cicognani, Valeri und Parente residiert, dann Charles Moeller, sein Vorgänger im Amt des Untersekretärs der Glaubenskongregation. Da er schlicht und einfach ein ruhiges Gewissen hatte, verfiel er alsbald in glückselige Schläfrigkeit.

Theo fand endlich zu seiner gewohnten Zeiteinteilung zurück. An die Stelle der zwischen zehn Uhr und zehn Uhr zehn eingeplanten Meditation trat jedoch eine Beichte bei Kardinal Chotard, die mit einer allumfassenden Absolution endete: «Das einzige, was Sie nicht erfinden können, sind neuartige Sünden. Alles ist schon vor Ihnen ausprobiert worden. Falls Sie nicht imstande sind, Ihre Vergehen in den traditionellen Sündenkatalog einzuordnen, dann verzichten Sie darauf, sie zu bereuen.» Diese Worte wirkten wie Schmieröl auf das blockierte Räderwerk in Theos Gehirn.

Durch entsprechende Mitteilungen von ihm aufgeschreckt, arbeiteten drei Laboratorien ununterbrochen. Normalerweise waren sie nachts nicht besetzt, erst recht nicht in der Nacht vom 2. auf den 3. Januar, aber Theo genoß so hohes Ansehen, daß seine Gründe die Verantwortlichen überzeugten. Er wollte schnellstmöglich jeder unsinnigen Interpretation seiner Entdeckungen zuvorkommen. In Manchester wurde die Kupferrolle methodisch so aufgesägt, daß der Text auf ihrer Innenseite zu lesen war, ohne daß man sie entrollen mußte, was sie wegen der starken Oxydation nicht überstanden hätte. In Lausanne bemühte sich das Laboratorium für Bildbearbeitung an der Eidgenössischen Technischen Hochschule, mehrere unter verschiedenen Winkeln beleuchtete Fotos der auf dem Steinsockel entdeckten Inschrift mit Hilfe von Computerprogrammen zu korrelieren, um das unleserlich gewordene, mit einem *J* beginnende Wort zu entziffern. Und in Brüssel wurde der genetische Code einiger neben dem Skelett gefundener Haare minutiös entschlüsselt, um ihn mit dem genetischen Code der Blutreste auf dem Turiner Grabtuch zu vergleichen.

Auch in einem unweit des Staatssekretariates und der Gemächer des Papstes gelegenen Sitzungszimmer mit Fenstern zum Cortile di San Damaso, einem Innenhof des Vatikan, brannte in dieser Nacht noch lange Licht. Die aus einem halben Dutzend Prälaten zusammengesetzte Versammlung hörte schweigend dem Bericht von José Fernandez de Moratin zu, ehe er wie ein unzuverlässiger Lakai hinausgeschickt wurde. Niemandem ist je zu Ohren gekommen, was bei dieser Sitzung, von der es kein Protokoll gab, gesprochen oder beschlossen wurde. Erst zwei Jahre später würde Emmanuel selbst herausfinden, wer daran teilgenommen hatte. Offenbar war über sein künftiges Schicksal debattiert worden, ohne daß eine sofortige Entscheidung getroffen worden wäre. Wer hatte ihn unterstützt? Wer hatte ihn angegriffen? Was hatte man ihm eigentlich vorgeworfen? Er sollte es nie erfahren.

Als er am nächsten Morgen um zwanzig Minuten vor sieben aus der Wohnung ging, um wie jeden Dienstag in San-Luigi-dei-Francesi die Messe zu halten, geriet er an einen am Tor postierten Wachmann, der ihn mit muskelstrotzender Höflichkeit davon abhielt, das Gebäude zu verlassen. So blieb er eben im Palazzo del Sant' Uffizio, begab sich in sein Büro und wartete seelenruhig darauf, daß ihm sein Sekretär die Pressemappe brachte. Um acht Uhr hatte er die ersten italienischen Morgenzeitungen vor sich liegen, in denen die Überschriften von der bösartigen Formulierung *«Jesus Christus ist nicht auferstanden»* bis hin zur faktischen Feststellung *«Krisenstimmung im Vatikan»* reichten.

Im gleichen Augenblick versuchte Theo vergebens, in Manchester anzurufen. Auf der Leitung aus seinem Apartment waren Gespräche nach draußen nicht mehr möglich. Er fragte beim Pförtner nach, der ihm bestätigte, daß die Telefonanlage im ganzen Palazzo San Calisto gestört sei. Mit vor Wut zusammengebissenen Zähnen kehrte Theo in die Wohnung zurück und entnahm seinem Koffer ein Mobiltelefon, mit dem es ihm gelang, über einen Satelliten eine Verbindung zum Labor in Manchester herzustellen. Trotz spektakulärer Mißerfolge machte die heutige Technik es wenigstens möglich, Zensurversuche zu umgehen.

Völlig gelassen teilte ihm sein Gesprächspartner eine erstaunliche Neuigkeit mit: Die Kupferrolle aus Jerusalem sei eine genaue Kopie der Kupferrolle, die 1952 in der Höhle Nummer drei von Qumran entdeckt worden war. Man habe nicht einmal einen Fachmann für orientalische Sprachen hinzuziehen müssen. Die Fotos der Innenseite stimmten mit denen der Kupferrolle von Qumran überein, die 1988 von den Brüdern Zuckermann in Amman gemacht wurden. Der Text beginne mit dem gleichen poetischen Satz: «*In den Ruinen des Achor-Tales, in der Nähe von Jericho …*» und gehe prosaisch weiter mit der Aufzählung der vierundsechzig Verstecke, in denen die Schätze vermutlich kurz vor dem Aufstand im Jahre 68 verborgen worden waren. Aller Wahrscheinlichkeit nach handelte es sich um die vor der Erhebung gegen die Römer von Widerstandsgruppen heimlich gehortete Kriegskasse. Aus Sicherheitsgründen waren vermutlich mehrere Exemplare dieses Dokuments angefertigt und eins davon in dem nun in Jerusalem entdeckten Grab aufbewahrt worden.

Über sein Mobiltelefon rief Theo sofort Emmanuel an, der keinerlei Kommentar abgab, vielleicht weil er sicher war, daß er abgehört wurde. Die Nachricht erschien ihm jedoch wichtig genug, um für den nächsten Morgen eine zweite Pressekonferenz zu planen, vor allem wenn die anderen Untersuchungen zu ebenso bedeutsamen Ergebnissen kommen sollten. Er setzte die Prozedur für die Einladung der Journalisten in Gang, die Fernandez zu seiner Überraschung widerspruchslos durchführte. Beruhigt begann Emmanuel durch die Flure des Heiligen Offiziums zu schlendern. Alle grüßten ihn mit teils scheuer, teils neugieriger Miene. Er versuchte herauszufinden, wer ihm wohlgesinnt war und wer auf seinen Untergang lauerte, doch zwei lächelnde Inquisitoren sehen einander ähnlich, selbst wenn ihre Beweggründe ganz und gar unterschiedlich sein mögen. Sie haben es gelernt, unter allen Umständen und ohne besondere Absicht ein beflissenes Lächeln zur Schau zu tragen.

Wieder in seinem Büro eingetroffen, merkte Emmanuel, daß er keine Nummer mehr außerhalb des Vatikan anrufen konnte. Er bekam keine Verbindung mehr zu Theo oder Colombe, und anscheinend konnten auch sie ihn nicht mehr erreichen. In den Gebäuden des Vatikan wurde eine Telefonzentrale nach der anderen außer Betrieb gesetzt, unschädlich gemacht, um damit jedwede Kommunikation zwischen Beschäftigten und Presse zu unterbinden. Das Faxgerät funktionierte dagegen weiterhin, und den ganzen Vormittag über bombardierten Nuntiaturen und Bistümer Rom mit Zeitungsausschnitten, die in den Diensträumen von Kardinal Weiss zusammenliefen und, da die verwaist waren, schließlich in Emmanuels Büro landeten. Mittags hatte er die wichtigsten europäischen Morgenzeitungen vorliegen, einschließlich eines Fahnenabzugs von *Le Monde*, noch ehe das Blatt die Kioske erreichte. Der Leitartikel, die berühmte fettgedruckte Spalte auf der ersten Seite, trug die schlichte Überschrift: *«Das Ende eines zweitausend Jahre alten Mythos?»* Das Fragezeichen war der Ausdruck intellektueller Redlichkeit, die anderen Abendzeitungen würden da sicher weniger gewissenhaft sein.

Gerade als Emmanuel mit seiner Presselektüre begann, erwachte Colombe endlich aus dem längsten Schlaf, den sie seit Jahren genossen hatte, war völlig ausgeruht, entspannt und konnte auf Anhieb klar denken. Sie versuchte nacheinander ihre beiden Brüder anzurufen. Vergebens. Da sprang sie aus dem Bett, duschte, schirrte sich an und schwang sich in das nächste Taxi in Richtung Palazzo del Sant' Uffizio. Die Uniformierten, die jetzt zu dritt am Tor Wache hielten, wiesen sie mit ausgesuchter Höflichkeit zurück. Mochte sie ihren Schweizer Paß, der ihre Verwandtschaft mit Emmanuel bescheinigte, noch so schwenken, es nützte nichts. Zunehmend besorgt, winkte sie das nächste Taxi heran, um sich zum Palazzo San Calisto fahren zu lassen, wo sie sich bei den diensthabenden Wachsoldaten als Verwandte von Kardinal Chotard ausgab. Von einem der Türhüter begleitet, gelangte sie schließlich zur Wohnung des Kardinals, den sie auf beide Wangen küßte und unentwegt mit «Onkel» titulierte. Gleichgültigen Blicks verzog sich der Zerberus wieder in sein Häuschen.

Der Kardinal amüsierte sich wie ein kleiner Junge über dieses Komplott und holte Theo, der immer noch an seinem Mobiltelefon hing. Er unterhielt sich gerade mit Brüssel und erlebte dabei eine Überraschung nach der anderen. In seiner Begeisterung unterbrach er das Gespräch kurz und rief dem Kardinal zu:

«Was würden Sie zu einer Analyse sagen, die ergibt, daß der im Turiner Linnen bestattete Mann und der im Jerusalemer Grab nicht ein und derselbe sind, aber sehr eng verwandt, zum Beispiel Brüder?»

Das rosige Gesicht des Kardinals verzog sich zu einem komisch anmutenden Fragezeichen.

«Daß Sie damit zwar nachgewiesen hätten, daß das Grabtuch aus dem ersten Jahrhundert stammen muß, wir aber noch immer nicht wissen, wer wer ist.»

Nachdem Theo sein Gespräch beendet hatte, erzählte er Colombe und dem Kardinal, was man in Manchester herausgefunden hatte.

Der Kardinal fiel ihm ins Wort:

«Wenn die Kupferrolle mit der aus Qumran identisch ist, untermauert das eine jüngst aufgestellte These, die sich unter Fachleuten recht erfolgreich hält und nach der die ersten Christen mit den geheimen Widerstandsgruppen der Juden gegen die römische Besatzung zusammengearbeitet haben. Die ganze Zweideutigkeit im Prozeß gegen Jesus muß in dem Zusammenhang gesehen werden, der zwischen seinen religiösen Händeln mit dem jüdischen Klerus und einem römischen Gerichtsverfahren bestand, das darauf abzielte, die von diesem Galiläer gestörte Ordnung wiederherzustellen. Der römische Statthalter hätte auf einen religiösen Streit, von dem er nicht einmal begriff, worum es ging, gut verzichten können. Aber Pontius Pilatus hatte doch einige Beweise für eine angebliche politische Verschwörung gebraucht, um Jesus zu verurteilen, wenn schon nicht für seine Taten, dann wenigstens für seine Beziehungen zu Kreisen des bewaffneten Widerstands. Die Römer griffen zwar hart durch, waren aber gesetzestreu und auf Formen bedacht. Sie verurteilten nicht unter irgendeinem beliebigen Vorwand.»

«Seltsam, daß es in den Evangelien keine Spuren dieser Kontakte gibt», bemerkte Theo.

Der Kardinal nickte, dann fuhr er fort:

«Als Indizien für das Engagement der Christen in der Widerstandsbewegung kann man einige sehr sonderbare Passagen aus dem Markusevangelium anführen, die im übrigen Wort für Wort in der Papyrusrolle stehen, die Sie entdeckt haben. Das bestätigt, daß das Markusevangelium in den Kapiteln vierzehn und fünfzehn eine uralte, vermutlich sofort niedergeschriebene Schilderung der Passion ist.»

«Und was ist so seltsam an der Passion nach Markus?» fragte Colombe.

«Die Ankunft Jesu und seiner Apostel in Jerusalem findet in einer verschwörerischen Atmosphäre statt», erklärte der Kardinal. «Christus schickt zwei seiner Jünger voraus, um einen Mann zu treffen, *‹der einen Krug›* trägt und sie zum sogenannten Abendmahlssaal führen soll, in dem das Passalamm bereitet wird. Ein diskretes Zeichen, für die Soldaten der Besatzungsarmee nicht wahrnehmbar, für die Juden aber offensichtlich: ein Mann, der einen Krug mit Wasser trägt, was doch die Aufgabe der Frauen war. Es gab eine Abmachung zwischen dem Besitzer dieses Hauses und Jesus, eine Verbindung, von der die Apostel nichts wußten, einen Saal, der für eine geheime Zusammenkunft gerüstet wurde. Noch etwas ist ebenso merkwürdig: Nach der Festnahme Jesu im Garten Gethsemane flüchten die Apostel, wie wir wissen, aber ein junger, in ein Tuch gehüllter Mann folgt dem Zug. Die Soldaten wollen ihn ergreifen, er entwischt ihnen, vollkommen nackt, und sie halten nur noch das Tuch in Händen. Das sind zwei Details, die scheinbar in der übrigens bemerkenswert knapp und bündig erzählten Passionsgeschichte nichts verloren haben. Die beiden Episoden eignen sich zu keiner symbolischen Interpretation; sie lassen nicht an eine Prophezeiung des Alten Testaments denken. Ihr einziger Zweck ist die Schilderung der Ereignisse, wie sie sich zugetragen haben, auch wenn sie für den Verfasser unbegreiflich sind. Hier ist man dem historischen Jesus wahrscheinlich sehr nahe.»

«Und was hatte dieser schöne Jüngling da zu suchen?» fragte Colombe.

«Sie meinen, er sei schön gewesen, weil Sie eine Frau sind», bemerkte der Kardinal. «Im Text steht es nicht. Mag er nun schön oder häßlich gewesen sein, über den Grund für seine Anwesenheit gibt es jedenfalls nur Mutmaßungen. War dieser plötzlich aus dem Schlaf gerissene junge Mann, der keine Zeit zum Anziehen mehr hatte, gekommen, um Jesus vor der drohenden Festnahme zu warnen? War er ein von den Widerstandskämpfern aufgestellter Wachposten? Wollte er sich taufen lassen? Man wird es nie wissen, aber man geht sicher nicht fehl in der Annahme, daß der Träger des Kruges und der nackte junge Mann Bestandteile der Geschichte sind. Sie stellen einen mysteriösen Aspekt im Leben des historischen Jesus dar, den seine Apostel nicht kennen und nicht verstehen. Auch wenn Jesus nicht der Anführer eines bewaffneten Aufstandes gegen die Römer sein wollte, warum sollte man ausschließen, daß er der geheimen Bewegung, die ihn vorbereitete, eine gewisse Sympathie bekundete? Das paßt recht gut zu seinem Charakter, der ihn dazu trieb, sich den Mächtigen entgegenzustellen. Weshalb hätte er sich mit der Knechtschaft seines Volkes abfinden oder daran keinen Anteil nehmen sollen? Wenn die lateinamerikanischen Theologen heute eine Befreiungstheologie entwickeln, dann sicher deshalb, weil sie Ansätze dazu in dem finden, was uns die Evangelien – wohl oder übel – vom historischen Jesus berichten.»

«Also», faßte Theo zusammen, «hätte ich demnach eine christliche Grabstätte gefunden, die aus der Zeit vor dem Aufstand im Jahre 68 stammt und Dokumente christlicher Widerstandskämpfer enthielt. Das paßt aber nicht sehr gut zu dem, was wir über die Urkirche wissen, deren Gläubige das Martyrium widerstandslos hingenommen haben. Nirgendwo, weder in den Evangelien noch in der Apostelgeschichte, ist die Rede vom Widerstand der Christen gegen die Römer.»

Der Kardinal schüttelte den Kopf, als wäre er von einem wenig begabten Studenten enttäuscht.

«Mein lieber Professor, aus welcher Zeit stammen all diese Texte in ihrer endgültigen Fassung, in der sie im Kanon der Heiligen Schrift stehen?»

«Sie wurden zwischen 70 und 90 verfaßt», antwortete Theo.

«Also in einer Zeit, nachdem die römischen Truppen den jüdischen Aufstand bereits niedergeschlagen hatten. Von da an wurden die Juden im gesamten Römischen Reich verfolgt. Die normale Haltung der Christen bestand darin, sich von diesen kompromittierenden Verwandten zu distanzieren, mit denen die Römer sie nur allzugern verwechselten. Obgleich die Römer Jesus gekreuzigt haben, werden in den Schriften des Neuen Testaments die Juden dafür verantwortlich gemacht. Als wären Jesus, die Apostel und sogar die meisten Verfasser dieser Texte keine Juden. Der historische Antisemitismus der Christen hat sehr tiefe Wurzeln, die in einigen Texten des Neuen Testaments sichtbar sind: Die junge christliche Gemeinschaft wollte sich vom Stigma ihrer hebräischen Herkunft befreien. Sollte es unter den Widerstandskämpfern Judenchristen gegeben haben, darf man nicht erwarten, daß die Texte viel darüber sagen.»

Sie saßen alle drei im Eßzimmer Kardinal Chotards. Ab und zu öffnete eine Nonne die Küchentür einen Spaltbreit, um den Moment abzupassen, wann sie den Tisch decken könnte. Dann kehrte sie zu ihrer Mitschwester zurück und erging sich in Vermutungen, für wie viele Leute sie wohl würde Essen auftragen müssen. Colombe merkte schließlich dieses Treiben und ging in die Küche, wo sie mit den beiden Frauen besprach, wie es nun weitergehen sollte. Theo und der Kardinal verzogen sich ins Arbeitszimmer.

«Ich war auf alles gefaßt, nur nicht auf dieses Ergebnis der DNA-Analysen», bekannte Theo. «Ich hatte eher mit zwei Extremfällen gerechnet: Entweder die genetischen Codes stimmen überein und wir stehen vor dem Problem, daß wir sowohl ein Grabtuch haben, das sich als authentisch herausgestellt hat, als auch ein nachgewiesenermaßen dazugehöriges Skelett, also zwei ganz offensichtlich echte Reliquien Jesu, die unwiderlegbar und widersprüchlich zugleich sind: Wenn sich der Leichnam Jesu im Grabtuch entmaterialisiert hat, wie kann man dann noch seine Gebeine finden? Oder: Die genetischen Codes haben nichts miteinander zu tun, und nur eine der beiden Reliquien könnte eventuell echt sein, ohne daß wir im übrigen wüßten welche. Die Wirklichkeit liegt nun irgendwo zwischen diesen beiden Hypothesen, und ich finde keine Erklärung dafür.»

Chotard nickte sehr bedächtig.

«Trotzdem muß es eine geben, und für mich zeichnet sie sich langsam ab. Sie haben etwas ganz Offenkundiges außer acht gelassen, etwas, das so einleuchtend ist, daß es Sie blind gemacht hat. Bevor Sie die Ergebnisse der dritten Untersuchung erfahren, trage ich hier in meinen Terminkalender den Namen ein, der in Lausanne wahrscheinlich gerade entziffert wird. Sobald Sie ihn wissen, wird Ihnen völlig klar sein, wo sich das Grab des Herrn befindet.»

Theo trat ans Fenster, um für sein Mobiltelefon einen besseren Empfang zu haben. Fast im gleichen Moment klingelte der Apparat. Es war ein Anruf aus Lausanne, und Theos Gesicht spiegelte erneut gemischte Gefühle wider. Als er das Gerät abschaltete, schwieg er zunächst mit schelmischem Grinsen, als wolle er die Spannung verlängern, dann machte er sich einen Spaß daraus zu fragen:

«Na, haben Sie den Namen des Gekreuzigten, der im Grab liegt, erraten?»

Der Kardinal klappte seinen Terminkalender auf und zeigte Theo, was er als Hypothese aufgeschrieben hatte: «Jakobus, der Sohn des Joseph». Theo las es, nickte und konnte der Versuchung nicht widerstehen, sich zu erkundigen:

«Wer ist dieser Jakobus, der Sohn des Joseph, und weshalb liegt er in diesem Grab?»

«Dieser Jakobus war der erste Bischof von Jerusalem, vom

Tode Jesu bis zur Zerstörung der Stadt, das heißt an die vierzig Jahre lang», antwortete der Kardinal. «Er starb etwa um diese Zeit als Märtyrer, ohne daß seine Kreuzigung, die nun erwiesen scheint, überliefert wäre. Sie ließe auch darauf schließen, daß er der römischen Armee zum Opfer gefallen ist, die im Jahr 66 unzählige Juden vorsorglich gekreuzigt hat. Aufgrund Ihrer Entdeckung kann man sich nun alles mögliche vorstellen. Auf jeden Fall scheint das Grab des gekreuzigten Bischofs, das die Kupferrolle enthält, beim bewaffneten Widerstand gegen die römische Armee sowohl dem jüdischen Volk als auch Christen als heilige Stätte gedient zu haben.»

«Weshalb wird dieser Apostel ‹Sohn des Joseph› genannt?» wollte Theo wissen. «Von den zwei Aposteln, die Jakobus hießen, ist der eine doch der Sohn des Zebedäus und der andere der Sohn des Alphäus.»

Der Kardinal seufzte übertrieben laut:

«Es ist eine wahre Freude, Ihnen endlich etwas beibringen zu können, was Sie noch nicht wissen, aber wissen müßten! Der Jakobus, um den es hier geht, war keiner der beiden Apostel, die den gleichen Vornamen tragen. Bei Matthäus und Markus wird er zusammen mit Joseph, Judas und Simon als einer der Brüder Jesu genannt. Aber Jesus hat ihn nie in den Kreis der Zwölf aufgenommen. Dafür wird er im ersten Brief an die Korinther erwähnt, weil der auferstandene Herr ihm erschienen ist, ohne daß alle Apostel dabeigewesen wären. Dieses Privileg ist sonst nur Petrus und Paulus zuteil geworden. Nebenbei gesagt bedeutet das, daß Jesus nie die Absicht hatte, die Führung einer Kirche, die er vermutlich auch gar nicht hatte gründen wollen, auf die zwölf Apostel und ihre Nachfahren zu beschränken. Jakobus wurde das Oberhaupt der Kirche von Jerusalem und hat sich beim ersten Jerusalemer Konzil dafür eingesetzt, daß das judäische Recht nicht auf die Heiden angewendet wird. In der Urkirche hatte er deswegen eine besondere Stellung: Um ihn von den zwei Aposteln gleichen Namens zu unterscheiden, wurde er ‹Jakobus der Gerechte› genannt. Er war aber kein Apostel. Er gilt eher als Vertreter der Familie Jesu. Ich brauche Ihnen nicht in Erinnerung zu rufen, welchen Stellenwert die Familie im Orient hat. So wurde das geistige Erbe Jesu auf zwei Gruppen übertragen: zum einen auf seine Jünger, zum andern auf seine Familie. Ganz zu Beginn der Apostelgeschichte beschreibt Lukas, wie die Apostel und die Familie Jesu im Abendmahlssaal gemeinsam beten. Die Beziehungen Jesu zu dieser Familie sind wahrscheinlich nicht immer einfach gewesen. Keine Familie der Welt akzeptiert frohen Herzens, daß der eigene Sohn Wanderprediger wird, mit seinen Worten die Reichen und Mächtigen provoziert und – vor allem – von der Besatzungsmacht hingerichtet wird. Dennoch hat Jakobus der Gerechte für seinen Bruder Partei ergriffen …»

«In welchem Sinn verwenden Sie den Begriff ‹Bruder›?» fragte Theo.

«Dank Ihrer Entdeckung stehen uns zwei Interpretationen zur Wahl. Bei der traditionelleren, die auf Hieronymus zurückgeht, ist ‹Bruder› als ‹Vetter› zu verstehen. Jakobus der Gerechte wäre dann der Sohn der ‹anderen Maria›, einer Schwester Marias, und damit ein Cousin von Jesus. Die Pergamentrolle, die Sie entdeckt haben, bestätigt allerdings auf aramäisch, daß es sich sehr wohl um den Sohn des Joseph handelt. In diesem Punkt ist die Sache also klar, und die Interpretation des Hieronymus ist zu verwerfen. Man kann aber dem Begriff ‹Bruder› zweierlei Bedeutungen verleihen. In der Kirche des Altertums herrschen zwei Hypothesen vor. Nach der Überlieferung des Epiphanios sind Jakobus und die drei anderen Brüder Jesu Söhne des Joseph aus einer früheren Ehe. Nach Helvedius sind sie Kinder von Maria und Joseph, die nach Jesus geboren sind. In den kanonischen Schriften steht nichts, was eine endgültige Entscheidung für die eine oder die andere

Überlieferung zuließe. Die erste respektiert den Glauben an die immerwährende Jungfräulichkeit Marias, die zweite nicht. Im Altertum ließ die Kirche beide Hypothesen gelten.»

«Moment mal!» unterbrach Theo den Kardinal. «Wenn die genetischen Codes ergeben, daß der Mann im Grabtuch und Jakobus der Gerechte Brüder waren, dann bleiben beide Überlieferungen zulässig, allerdings mit unterschiedlichen Schlußfolgerungen. Wenn Jakobus kein Sohn von Maria ist, muß Jesus ein Sohn von Joseph sein, damit beide Männer wenigstens einen gemeinsamen Verwandten haben. Wenn Jesus kein Sohn von Joseph ist, muß Jakobus Marias Sohn sein. Schließlich können sie auch mit nur einem gemeinsamen Elternteil Brüder sein. Aber nur in einer dieser drei Konstellationen sind die beiden Männer biologisch verwandt.»

«Interessant», gab der Kardinal zu. «Allerdings kann in keinem der drei genannten Fälle der Glaube an die immerwährende Jungfräulichkeit Marias aufrechterhalten werden. Besteht die Möglichkeit, noch eindeutig herauszufinden, ob eine der beiden Hypothesen, wonach Jakobus ein Halbbruder Jesu war, zutreffend ist oder diejenige, daß sie Brüder mit demselben Vater und derselben Mutter waren?»

«Natürlich!» erwiderte Theo aufgeregt. «Zwei Halbbrüder haben ein Viertel des Erbguts gemeinsam, zwei Brüder die Hälfte. Man braucht nur eine noch feinere Analyse durchzuführen. Ich rufe sofort in Brüssel an!»

Der Kardinal ergriff Theos Hände.

«Dürfte ich Sie bitten, nichts dergleichen zu tun? Sind Sie denn nicht der Meinung, daß Sie den Kreis der Hypothesen genügend eingeengt haben? Lassen Sie etwas Spielraum zum Zweifeln, zum Fragen, zum Träumen! Glauben Sie nicht, daß Sie genug getan haben? Ich habe Ihnen bisher redlich geantwortet, Ihre Überlegungen geteilt, Ihre Hypothesen unterstützt. Ich habe das Gefühl, weiter sollten wir nicht gehen.»

Bevor Theo darauf antworten konnte, steckte Colombe den Kopf zur halbgeöffneten Tür herein.

«Es ist ein Uhr durch. Ich habe mit den Nonnen eine kleine Mahlzeit vorbereitet. Wollen wir nicht zu Tisch ...»

«Das Skelett im Grab sind die Gebeine von Jakobus, dem Sohn des Joseph, einem Bruder Jesu», fiel ihr Theo, noch immer überaus erregt, ins Wort.

«Was du nicht sagst! Das ist ja alles sehr interessant, mein lieber Bruder, aber jetzt solltest du dir erst einmal die Hände waschen und zu Tisch kommen. Danach hast du genug Zeit, mir alles zu erzählen. Wir haben gemeinsam eine *minestrone* gemacht, das ideale Heilmittel gegen einen leeren, müden oder nervösen Magen.»

«*Pasta e fagioli!*» rief der Kardinal.

«Wie bitte?» wunderte sich Theo.

«Ich habe meinen verstorbenen Amtsbruder Cicognani zitiert. Immer wenn von der Heirat der Priester die Rede war, und sei es nur um der Begierde abzuhelfen, antwortete er stets: ‹*Pasta e fagioli!*› Ein Mann, der sich ausschließlich von Nudeln und Bohnen ernährt, hat keine sexuelle Triebkraft mehr.»

«Welch ein Werbeslogan für eine Konservenfabrik!» bemerkte Theo. «Stillt das Rezept Kardinal Cicognanis vielleicht auch die intellektuelle Begierde?»

Da konterte Colombe:

«Falls man dir die nimmt, mein lieber Bruder, glaubst du, daß dann noch irgend etwas von dir übrigbleibt?»

Am frühen Nachmittag verlor Emmanuel ziemlich viel Zeit damit, die Einzelheiten für die Beisetzung Kardinal Weiss' zu regeln. Innerhalb des Vatikan konnte er zwar telefonieren, doch zur Außenwelt war noch immer keine Verbindung möglich, es sei denn, er schickte einen Angestellten zu einer öffentlichen Telefonzelle.

Trotz dieses Zeitverlusts stellte Emmanuel erleichtert fest, daß der Verwaltungsapparat ihn als vorübergehenden Vertreter, wenn nicht gar als möglichen Nachfolger des verstorbenen Präfekten der Kongregation für die Glaubenslehre betrachtete. Die endgültige Entscheidung des Papstes würde vermutlich von den weiteren Ereignissen abhängen. Da sich die Kardinäle nicht gerade darum rissen, bei der Pressekonferenz des kommenden Tages das Wort zu ergreifen, wurde Emmanuel bald klar, daß er die unmögliche Aufgabe fortsetzen mußte, die ihm die Geschehnisse auferlegt hatten: Er mußte allein die unbequeme Wahrheit aussprechen.

Wie die Wahrheit am Mittwoch aussah, würde in erheblichem Maße von den Ergebnissen abhängen, die Theo vermutlich schon in Händen hatte. Bis er mit ihm wieder telefonieren konnte, studierte Emmanuel die dicke Pressemappe, die von Stunde zu Stunde anschwoll. Recht schnell wurde ihm eiskalt ums Herz.

La Repubblica, *El Pais*, *The Times*, *Neue Zürcher Zeitung*, *Herald Tribune*, *Le Figaro*, *La Libre Belgique* ... In allen Artikeln kam ein und dieselbe Botschaft zum Vorschein: Eine Mauer stürzte ein. Eine Mauer gleich jener in Berlin, die im November 1989 eingerissen wurde. Das Bollwerk, das die geschlossene Welt des katholischen Glaubens schützte, wies seit langem Risse auf, bröckelnde Steine, nasse Wände. Aber Emmanuel hatte, wie alle anderen auch, seine Existenz letzten Endes für gesichert gehalten. Die Anzeichen des Zerfalls hatten wie ein Unterpfand der Langlebigkeit angemutet, wie pittoreske Wundmale einer langen Vergangenheit, die Gewähr boten für eine noch längere Zukunft.

Heute rollten vor Emmanuels Augen schwere Brecher zum Angriff auf das alte Gemäuer des Vatikan heran. Totgeschwiegene Konflikte, verdrängter Groll, herangezüchtete Unterwürfigkeit, beredtes Schweigen, all das brandete nun auf. Am heftigsten schlugen jene auf den bereits am Boden liegenden Petrus ein, die er in ihr Amt eingesetzt hatte, um eine ihre Fesseln abstreifende Kirche wieder in den Griff zu bekommen. Die Stützbalken, die den Einsturz einer Mauer hinauszögern sollen, bringen sie schließlich zu Fall, wenn sie sich nach einer Seite neigen.

Emmanuel drängte sich ein Vergleich mit den Folgen der in Berlin gefallenen Mauer auf. In der ersten Stunde erklärten sich alle Pfarrer der DDR zu den besten Demokraten der Welt, die ehedem ihr politisches Glaubensbekenntnis mit Rücksicht auf die Meinung Andersdenkender nur mit Mühe unterdrückt hätten. Die schnelle Reaktion ist von entscheidender Bedeutung für denjenigen, der sich reinwaschen will. Im Zeitalter der Medien hatten die Cleveren begriffen, daß die Reaktionsschnelligkeit nun in Stunden gemessen wurde.

Ob konformistische Bischöfe, integralistische Prälaten, Hoftheologen, weltliche Nuntien oder reaktionäre Schriftsteller, alle untermauerten schleunigst die Anschauungen, die sie für aussichtsreich hielten. Wollte man ihren eilfertigen Erklärungen gegenüber einer gierigen Presse glauben, dann war Ostern nur ein Symbol, Christus archetypisch und zuweilen selbst Gott nur eine Metapher. Die ekklesiastischen Apparatschiks lernten schnell um, so wie ihre Amtsbrüder, die marxistischen Prälaten, es seit 1990 taten. Sie waren Männer, die einem Amt gehorchten und nicht einer Überzeugung. Ihr einziger Ehrgeiz bestand darin, um jeden Preis ihre Macht zu bewahren.

Die Feigheit der Menschen konnte Emmanuel nicht überraschen, schließlich war er an das tägliche Schauspiel ekklesiastischer Lobhudelei gewöhnt. Was ihn ekelte, war die Entdekkung, wie verlogen diese Funktionäre waren, die so lange und so geschickt kompromißlosen Glauben vorgetäuscht hatten, um besser verhehlen zu können, daß sie gar keinen Glauben hatten. Was ihm das Herz vereiste, war die Anfälligkeit seines eigenen Glaubens, der durch die allumfassende Abtrünnigkeit der wohlanständigen Frömmler, der vordergründig Andächtigen und der lispelnden Zeloten auf die Probe gestellt wurde. Warum nahm er sich aus? Welche dünne Wand trennte ihn von diesen Mitläufern? Der Wunsch, anders zu sein, oder die Verachtung für die Mittelmäßigen?

Er brütete über diesen bitteren Gedanken, als die Tür zu seinem Büro jäh aufgerissen wurde und zwei Geistliche in scharlachroten Soutanen hereinwirbelten. Es dauerte eine Weile, bis Emmanuel in dem Zierlicheren der beiden Kardinal Chotard erkannte. Und es dauerte noch länger, bis er den anderen, eine kräftige und ehrfurchtgebietende Erscheinung, als Theo höchstselbst identifizierte. Trotz seiner Angst konnte er sich das Lachen nicht verbeißen, was seinen Bruder kränkte, der sich in dieser geborgten Identität anscheinend ebenso wohl fühlte wie in seiner vertrauten Rolle als Physikgenie-und-dennoch-Christ.

«Hör auf zu lachen! Ich habe interessante Neuigkeiten.»

«Leg diese Verkleidung ab, sonst kann ich dich nicht ernst nehmen.»

«Ich dachte, wir befänden uns mitten in einem aufregenden Abenteuer», wandte Theo ein.

«Jetzt», sagte Emmanuel traurig, «sind wir im Pausenhof für die Großen, und ich muß sogar stellvertretend die Aufsicht führen. Also zieh diese Soutane aus und rede.»

Da schaltete sich Kardinal Chotard ein:

«Es gab keine andere Möglichkeit, an den Wachen am Eingang ins Heilige Offizium vorbeizukommen, als den Dienstwagen vom Palazzo San Calisto auszuleihen, der Nummernschilder der Vatikanstadt hat, und Theo in die Soutane von Kardinal Steiger zu stecken, der etwa genauso hoch gewachsen ist wie Ihr Bruder.»

Nachdem er die Soutane ausgezogen hatte, begann Theo mit einem Überblick über die Situation, wie sie sich aufgrund der neuesten Ergebnisse darstellte.

«Nach bestem Wissen und bei größter Sachlichkeit ist vernünftigerweise anzunehmen, daß wir das Grab des Jakobus, des ersten Bischofs von Jerusalem, entdeckt haben, der mit einem Exemplar des Evangeliums beigesetzt wurde, wie es auf der Grundlage einer zu Zeiten Jesu geschriebenen Fassung Ende der sechziger Jahre existiert hat. Jakobus war ein biologischer Verwandter, ein Bruder oder Halbbruder – das muß man noch sehen – des Mannes im Turiner Grabtuch. Dieses ist also doch echt, und bei seiner Datierung mit Hilfe der Radiokarbonmethode hat es einen Meßfehler gegeben, der noch zu klären ist. Wenn die untersuchte Probe wirklich ein Bestandteil des Grabtuchs war, dann ist es zu einer erheblichen Veränderung des Kohlenstoff-14-Gehalts gekommen, was meine These der Strahleneinwirkung unterstützte. Sie würde ein einzigartiges physikalisches Phänomen implizieren, zum Beispiel die Dematerialisation des Mannes im Grabtuch.»

«Ich habe kein Wort verstanden», sagte Emmanuel. «Fang noch einmal von vorn an.»

Theo wiederholte es geduldig, nahm die Dialektik der Messungen auseinander, fügte sie wieder zusammen und kam letzten Endes zu dem unausweichlichen Schluß:

«Mit anderen Worten: Wir können Ostern nicht nur nachweisen, sondern beweisen! Dafür müssen wir aber, was die Geburt Jesu betrifft, die Evangelien als Legenden betrachten. Jesus hatte einen Bruder, und er ist auferstanden. So geht das eben, Zug um Zug.»

Der Kardinal meldete sich zu Wort:

«Die Alternative der apostolischen, römisch-katholischen Kirche wird jetzt unerbittlich klar. Sie muß all dem entsagen, was den Kern des Glaubens umgibt und verbirgt, das heißt die

Inkarnation, die Passion und die Auferstehung des Herrn. Es muß auf die wörtlich genommenen und schwammig erzählten Legenden verzichtet werden. Unsere Zeitgenossen sind durchaus in der Lage, den Sinn mancher Bilder zu begreifen, solange sie unmißverständlich als Metaphern präsentiert werden. Den Kindern muß man Märchen erzählen, das ist unerläßlich für ihre geistige Hygiene, zur Schaffung großer Vorbilder für das kollektive Unterbewußtsein. Aber man muß ihnen ständig wiederholen, daß es Märchen sind!»

Die drei Männer schwiegen eine Weile. Dann fragte Theo:

«Und was geschieht jetzt?»

«Ich muß heute abend um acht zum Papst, weil er die Pressemitteilung persönlich zu korrigieren wünscht», erklärte Emmanuel. «Ich muß den Entwurf noch verfassen, kann aber jetzt mit Argumenten aufwarten. Ich kann jede Identifizierung des Skeletts mit dem Leichnam Jesu dementieren. Das Fazit ist im Grunde erfreulich, denn wir haben eine Bestätigung für die historische Echtheit des Jakobus, wir haben Urschriften für das Markusevangelium, die weder in ihrer Echtheit noch in ihrem Alter zu überbieten sind, und wir haben mit dem *titulus* ein historisches Zeugnis der Kreuzigung. Weniger angenehm sind die Indizien für eine Beteiligung der Kirche des Jakobus am bewaffneten Widerstand gegen die Römer und das Dementi einer der verehrungswürdigsten Traditionen der Kirche: der Jungfräulichkeit Marias. Wie Sie schon gesagt haben, Eminenz, kann man durch den Verzicht auf die Randerscheinungen den Mittelpunkt stärken. Ich kann die Reaktion des Heiligen Vaters auf diese Alternative nicht voraussagen. Auf jeden Fall verabscheut er jedwede Zweideutigkeit, weil er instinktiv weiß, daß sie in der Kommunikation ein Schwachpunkt ist. Ich vertraue also auf seine Entscheidung, dies um so mehr, als er die Gelegenheit gehabt hat, sich beim Studium der Presse ein Bild von der Aufrichtigkeit der Frömmler zu machen.»

Dann fügte er hinzu, was keineswegs seine Art war und seine Besucher so überraschte, als gewahrten sie zum erstenmal seine Stärke:

«Bis dahin möchte ich allein sein.»

Theo, der für gewöhnlich alle, angefangen bei seinem Bruder und seiner Schwester, nach Belieben zitierte und wieder gehen hieß, war noch nie so hinauskomplimentiert worden. Ihm klappte die Kinnlade herunter. Da er sich ein wenig lächerlich vorkam, den Mund aufgemacht zu haben, ohne etwas zu sagen, schloß er ihn nicht, ehe er zur Wiederherstellung seines Ansehens den Kardinal gefragt hatte:

«Eminenz, mir ist noch ein Satz im Gedächtnis, den ich vorhin nicht verstanden habe. Sagten Sie nicht, es sei nun vollkommen klar, wo das Grab des Herrn liege, zumindest für Sie.»

Kardinal Chotard antwortete mäeutisch mit einer Gegenfrage:

«Denken Sie doch einmal darüber nach: Wie ist das Grab angelegt, das Sie entdeckt haben?»

«Es ist ein Arkosoliumgrab in üblicher Größe.»

«Und wie viele Nischen hat ein Arkosoliumgrab?»

«Bis zu acht. Das Grab, welches wir entdeckt haben, hat allerdings nur zwei.»

«Es war also das, was wir heute eine Familiengruft nennen würden, eine für damalige Verhältnisse sehr teure Angelegenheit, die ausschließlich Reichen vorbehalten war, zum Beispiel Leuten wie Joseph von Arimathäa. Warum hätte man eine solche Gruft ausgehoben, um nur Jakobus darin zu bestatten?»

Theo fiel es wie Schuppen von den Augen.

«Bin ich ein Dummkopf! Die andere Nische! Die, die leer war. Dort hätte ich Proben für eine Datierung nehmen müssen.»

«Jakobus der Gerechte hat sich im Grab seines Bruders beisetzen lassen, aber dabei die Nische frei und in Ehren gehalten, in welcher der Herr gelegen hatte. Der *titulus* sollte nur von den Geschehnissen zeugen. Am Ostermorgen war das Grab Jesu also tatsächlich leer, wie es in den Evangelien geschildert wird, und Sie haben es entdeckt.»

Theo gewann seine Gelassenheit zurück.

«Ich muß Moshe Tov anrufen. Er soll Proben aus der leeren Nische nehmen.»

«Tu das», sagte Emmanuel. «Vielen Dank für dieses letzte Argument, Eminenz! Ich habe alles, was ich brauche, um zu überzeugen.»

Im gleichen Augenblick war Colombe auf dem Rückweg ins Hotel Raphael. Sie hatte eine ganze Liste von Nachrichten bei sich, die sie in Theos Auftrag an zahlreiche Korrespondenten weiterleiten sollte. Dazu konnte sie in aller Ruhe ihr Telefon oder den Fernschreiber und das Faxgerät der Rezeption benutzen. Indes sich der Vatikan für den Nabel der Welt hielt, war er nicht mehr als ihr blinder Schatten, ein schwarzes Loch. Die Welt lebte weiter, man mußte ihr zuhören und mit ihr reden.

In Gedanken versunken überquerte Colombe den Largo Febo, als jemand sie am Ärmel zupfte. Augenblicklich hielt sie aus Furcht vor einem Raubüberfall ihre Handtasche fest. Aber es war nur Paolo.

«Ich habe seit gestern nichts gegessen. Gib mir Geld!»

Er war ungewaschen und unrasiert, seine Hose zerrissen, und er hatte Ringe unter den Augen und hohle Wangen.

«Mein Bruder hat Ihnen am Sonntag viel Geld gegeben.»

Colombe duzte nur Menschen, die sie mochte. Paolo machte sich da nichts vor. Panik erfaßte ihn, als er stammelte:

«Ich habe Poker gespielt und alles verloren.»

Colombe hörte ihre innere Stimme mahnen, man müsse siebenundsiebzig mal siebenmal vergeben, aber sie traute sich selbst nicht. Sie entnahm ihrer Handtasche einen Hunderttausend-Lire-Schein, reichte ihn Paolo mit spitzen Fingern und sagte barsch:

«Verschwinden Sie und versuchen Sie nie mehr, mich zu treffen. Wir haben nichts mehr miteinander zu tun.»

Darauf hastete sie ins Hotel, und obgleich sie im Fahrstuhl allein war, schaffte sie es, nicht zu weinen.

14

Am Mittwoch, dem 4. Januar, kurz vor Mittag, hatte Theo den Gipfel seiner Existenz erreicht. Er genoß die Minuten, als wären sie saure Drops, die einem an heißen Tagen vorübergehend Kühlung verschafften, wenn sie auf der Zunge zergingen, aber bereits einen widerwärtigen Nachgeschmack ahnen ließen. Unter den gierigen Blicken der Crème de la crème der internationalen Presse war er über das Ziel hinausgeschossen, das er sich selbst gesteckt hatte. Sein Triumph hatte nicht darin bestanden, Niederlagen zu vermeiden, sondern darin, sie in Siege umzumünzen. Obgleich dieser Gedanke ihn eigentlich mit Zufriedenheit hätte erfüllen müssen, spürte Theo, daß der Erfolg notgedrungen Enttäuschungen nach sich ziehen würde.

Dieses bittersüße Ergötzen am eigenen Ich hatte schon tags zuvor begonnen: Gegen neun Uhr abends hatte Theo in seinem Apartment im Palazzo San Calisto gemerkt, daß Emmanuels Überzeugungsarbeit erfolgreich verlief, weil die Telefone wie durch ein Wunder wieder funktionierten. Es war ihm gelungen, Moshe Tov anzurufen, und er konnte auch feststellen, daß die am Nachmittag von Colombe weitergeleiteten Nachrichten ihre Empfänger erreicht hatten. Gleich morgen würde Tov der leeren Nische des Grabes Proben entnehmen.

Der Vatikan war wieder mit der Außenwelt verbunden, weil er nun bereit war, eine Wahrheit bekanntzugeben, die ihm einigermaßen genehm war. Theo hatte sich darangemacht, seinen Auftritt am nächsten Tag vorzubereiten: In welcher Reihenfolge sollten die Ergebnisse am besten dargestellt werden? Zunächst der genetische Code, dann die entschlüsselte Inschrift und schließlich die Kupferrolle. Dadurch würde eine dramatische Steigerung entstehen, die für Aufmerksamkeit sorgte. Wie alle altgedienten Professoren bastelte Theo sorgfältig an seiner Inszenierung.

Einige Minuten später schreckte ihn das Klingeln des Telefons auf. Es meldete sich eine Stimme mit italienischem Akzent, die sich als Monsignore Dardozzi, Direktor der päpstlichen Akademie der Wissenschaften, vorstellte. Zum Zeichen der uneingeschränkten Zustimmung des Vatikan zu den Forschungsergebnissen von Professor de Fully würde er, sofern er damit einverstanden war, bereits am nächsten Tag als Mitglied dieser Akademie aufgenommen werden. Theo bedauerte es gewissermaßen, daß ihm soviel Glück an ein und demselben Tag widerfuhr. Gern hätte er davon etwas für normale Tage aufgespart.

Dennoch blieb er am Telefon sehr zurückhaltend und trieb die Gelassenheit sogar so weit, daß er seinen Gesprächspartner bat, ihm die Namen der Physikerkollegen zu nennen, in deren Kreis man ihn einlud. Monsignore Dardozzi kannte die Liste der Physik-Nobelpreisträger auswendig, die schon einer Mitgliedschaft in dieser Akademie zugestimmt hatten: Bohr, Mössbauer, Rubbia, Salam, Siegbahn und Towes. Andächtig hörte sich Theo diese Aufzählung an, die er im übrigen schon kannte, und gab dann in aller Schlichtheit sein Einverständnis.

Nachdem er aufgelegt hatte, machte er so etwas Ähnliches wie einen Luftsprung, jedoch nicht, ohne vorher die Vorhänge zugezogen zu haben. Dann ging er an den Kühlschrank und suchte nach einem starken Getränk, um die edle Flamme zu nähren, die insgeheim in ihm loderte. Er mußte sich mit einem Bier begnügen und empfand erstaunliche Freude daran, eine so hohe Auszeichnung mit einem so banalen Gebräu zu feiern. Die Zukunft hielt noch riesige Überraschungen für ihn bereit, die nach erlesener Erfrischung verlangen würden. Nicht einen Augenblick hätte er sich vorgestellt, was ihm schließlich widerfahren sollte.

Am Mittwoch morgen nutzte er die Abwesenheit der Wachposten und suchte zum Frühstück eine Motta-Bar auf, wo er im Stehen zwei klebrige Hörnchen mit Zuckerguß aß und dazu an einem *cappuccino* nippte. Am Tresen drehten sich die Gespräche der Gäste um die Entdeckungen in Jerusalem, aber niemand erkannte Theo, was ihm zusätzliches Vergnügen bereitete. Er wärmte sich an der Sonne der eigenen Bescheidenheit, die ein unbestrittenes Genie zierte. Dann kehrte er mit einem Armvoll Zeitungen zurück, die immer noch die ebenso wohlgesetzten wie giftigen Kommentare konservativer Prälaten brachten. Die Bestürzung der Laien drückte sich dagegen in dumpfer Angst aus: Würde sie untergehen, diese starke, monolithische, traditionsreiche katholische Kirche, die selbst für jene beruhigend war, die ihr nicht angehörten? War der Mythos, auf dem die abendländische Kultur beruhte, nur eine fromme Legende? War der Tod für alle und jeden einzelnen das definitive Ende? Unter denen, die an ein Himmelreich glaubten, und jenen, die es nicht taten, schienen letztere noch enttäuschter zu sein, als hätten sie hinter ihrem zur Schau getragenen Unglauben einen viel tieferen Glauben verborgen gehabt als die notorisch Gläubigen.

Theo, den ein Wagen des Vatikan unter größten Sicherheitsvorkehrungen hergebracht hatte, betrat um elf Uhr den Saal: im Blitzlichtgewitter, bei surrenden Kameras und dem erregten Gemurmel eines aufgeheizten Publikums. Emmanuel erwartete ihn bereits auf dem Podium. Die beiden Brüder reichten einander lächelnd die Hand. Die Fotografen bestanden darauf, daß sie diese Pose mehrere Sekunden lang beibehielten: lächelnd, ernst, wieder lächelnd. Colombe stand in vorderster Reihe. Einem Fotografen, der gewitzter war als die anderen, gelang es, eine Großaufnahme von ihr zu machen, wie sie mit feuchten Augen ihre beiden Brüder beobachtete. Das Foto ging um die Welt, die Geschwister de Fully wurden berühmt.

Emmanuel war perfekt. Der vom Papst überarbeitete Text verlor sich zwar zuweilen in herkömmlichen Betrachtungen, blieb aber sachlich, ohne anstößig übertriebene Siegesgewißheit. Der Tenor der Pressekonferenz hatte sich von selbst ergeben. Nach einem Jahrhundert der Bibelkritik, die sich darum gedreht hatte, wie unmöglich es war, eine plausible Geschichte Jesu zu schreiben, eröffnete nun eine Fülle von Dokumenten neue Perspektiven.

Keine Beachtung schenkten die Journalisten dagegen einem subtilen Satz über die Kindheitsevangelien, die sowohl zu großartigen Metaphern erhoben als auch «in den Augen des Glaubens» mit historischer Wahrheit ausstaffiert wurden. Die immerwährende Jungfräulichkeit Marias wurde zu einem Phänomen, «das spiritueller Art und dennoch gewissermaßen materielle Wirklichkeit war». Die Formulierung war sorgfältig abgewogen worden, um die Gläubigen zufriedenzustellen, ohne die Leichtgläubigen zu verprellen.

Die Journalisten interessierten sich mehr für sichtbare Dinge: für das tatsächlich leere Grab, für das Leichentuch, das sich auf geheimnisvolle Weise doch als echt erwiesen hatte, für den aus dem Holz eines im Jahre 28 gefällten Baumes gearbeiteten *titulus*, für die Quelle der Evangelien auf Pergament und Papyrus sowie für die Kupferrolle, die den Mythos vom ewigen palästinensischen Widerstand heraufbeschwor. Der Text endete mit einer Beschreibung der Laufbahn des Jakobus, des

Bruders Jesu, von dem man mit nahezu zwanzig Jahrhunderten Verspätung verkündete, daß er eine ebenso herausragende Stellung eingenommen habe wie Petrus und Paulus. Seine Gebeine würden in die vatikanische Basilika überführt und gegenüber der *aedicula* beigesetzt werden, in der die sterblichen Überreste Petri ruhten, genau dort, wo sich Pius XII. anmaßend hatte bestatten lassen, um die Großartigkeit seines Pontifikats zur Geltung zu bringen.

Theo war brillant. Ihm war das Glanzstück gelungen, auch für unwissende Zuhörer verständlich zu sein. Er schnappte das Gespräch zweier italienischer Journalisten in der ersten Reihe auf, die meinten, der Fall de Fully sei sozusagen die Umkehrung des Falles Galilei. «Stimmt», dachte Theo. «Im Grunde habe ich eine seit dreihundertfünfzig Jahren zerbrochene Vase wieder zusammengefügt. Ich habe einem schrecklichen Mißverständnis ein Ende gesetzt. Ich habe bewiesen, daß die Wissenschaft die wertvollste Hilfe der Religion ist. Ich habe zwei Fliegen mit einer Klappe geschlagen.»

Bis zur vollen Stunde beantwortete er noch einige Fragen. Dann schwieg er, während das Ballett der Fotografen, Tontechniker und Kameraleute wieder einsetzte. Die Scheinwerfer brachten ihn ins Schwitzen. Ab und zu wechselte er einen verzückten Blick mit Colombe oder Emmanuel. Sie hatten vereinbart, hinterher zu dritt in das Restaurant La Rosette zu gehen, in dem sie bisher noch nie gewesen waren. Theo lächelte und dachte schon an das Essen, das sie erwartete. Er fragte sich, was sich wohl hinter *fusoli al ceppo con sugo di anitra e fiori di zucchine* verbergen mochte, der Spezialität dieses Gourmettempels. Was bedeuteten *fusoli* und *anitra*?

Genau in diesem Augenblick kam ein junger Priester auf das Podium. Er ging auf Theo zu, als wolle er ihm etwas ins Ohr flüstern. Als er sich hinunterbückte, stieß er ungeschickt an Theos linke Schulter und flüsterte ihm tatsächlich eine Botschaft zu, eine höchst verwunderliche: «Stirb, Satan!» Dann zog er sich so unauffällig zurück, wie er gekommen war, und verschwand in der Menge. Erst da bemerkte Theo den Griff eines Küchenmessers, der aus seiner Brust herausragte, ein hellgelber, ziemlich geschmackloser Plastikgriff. Weil er keinen Schmerz empfand, glaubte er zunächst, er träume.

Dann hörte er eine schrille Glocke, gleich jener, die in manchen Theatern verkündet, daß das Stück weitergeht. Er begann in dem recht hohen Saal nach oben zu schweben. Dabei sah er ganz deutlich, wie sich Colombe über seinen Körper beugte und mit einer Faust auf die Wunde drückte, aus der Blut spritzte. Einige Polizisten in Zivil hielten die Journalisten zurück, während die Fotografen den besten Blickwinkel suchten. Es dauerte gar nicht lange, bis der Körper auf eine Trage gelegt wurde. Theo hatte das Gefühl, in einen Sog zu geraten, in eine Art schwarzen Tunnel, der zu einem weit entfernten Licht führte, dem er sich langsam näherte.

Da begriff er, daß er im Sterben lag, und begann, von einem unüberwindlichen Reflex getrieben, zu beten:

«Gott, himmlischer Vater, ich habe gesündigt; ich kann meine Sünde nicht ungeschehen machen. Du allein kannst Sünden vergeben. Du hast deinen Sohn Jesus Christus gesandt, daß er die Schuld der Welt auf sich nehme und die Sünder zu dir zurückführe. Herr Jesus Christus, führe auch mich von meinen Irrwegen zurück auf den Weg der Wahrheit und des Lebens. Ich bekenne meine Sünde und bereue sie ...» Ein wenig belustigt dachte er noch, daß er fortan keine Gelegenheit mehr haben würde zu sündigen. Dann richtete er seine Aufmerksamkeit mit großer Neugierde auf die vollkommene Unendlichkeit, die er nun entdecken würde. Doch es gelang ihm nicht.

Mit abgespannten Gesichtszügen, zusammengepreßten Lippen und kreidebleich kam Colombe aus dem Operationssaal heraus. Ohne ihren sterilen Kittel auszuziehen, machte sie sich auf die Suche nach dem Wartezimmer, wo sie Emmanuel schließlich fand, der, den Kopf in die Hände gestützt, auf einem Stuhl saß.

«Ich glaube, er ist über den Berg. Aber das war keine einfache Sache.»

Sie ließ sich auf einen der Metallstühle sinken, dessen bräunliche Farbe häßlich abblätterte, dann fächelte sie sich mit einem Heft des italienischen Automobil-Clubs, das die Wunder Bangkoks pries, Luft zu.

«Hundertmal habe ich gedacht, daß er es nicht überlebt. Die italienischen Chirurgen sind Nullen, langsam, chaotisch, unfähig, kopflos. Sie sind keine Taugenichtse, sondern Nichtskönner. Die letzte Naht hätte ich am liebsten selbst gemacht, auch wenn ich durch die Psychologie aus der Übung bin. In den Staaten oder in der Schweiz würde sich die schlechteste Krankenschwester noch besser anstellen als dieser Professor Dingsda. Er ist alt, hat zittrige Hände, außerdem stinkt er nach Alkohol und Tabak.»

«Ich weiß», sagte Emmanuel. «Es ist ein Volk von Faulenzern und noch stolz darauf. Es hat aus der Heiligen Kirche das gemacht, was sie geworden ist. Da darf man nicht erwarten, daß die Medizin gut ist.»

Colombe ging kurz hinaus und kam mit einem Glas Wasser und einer brennenden Zigarette wieder, die sie sich wahrscheinlich im Schwesternzimmer besorgt hatte. Sie rauchte in hastigen Zügen und drückte dann mit teuflischer Entschlossenheit die Kippe auf dem Boden aus.

«Ich bin fix und fertig. Am besten ruhe ich mich jetzt ein bißchen aus. Ich frage im Bereitschaftsraum, ob sie ein Bett für mich haben. Und du, du wachst an Theos Bett. Sie haben einen Polizisten vor seiner Tür postiert, aber der gefällt mir gar nicht. Und es würde mich nicht wundern, wenn die Mafia die diensthabende Schwester bestochen hätte. Niemand soll die Infusion anrühren, auch den Verband nicht. Wenn man ihn in Ruhe läßt, wird er es schon schaffen. Weck mich, wenn irgend etwas nicht stimmt!»

Theo lag auf der rechten Seite, in der Haltung eines Fötus. Er hatte die Augen geschlossen und atmete furchtbar röchelnd. Beinahe hätte die Krankenschwester Emmanuel den Zutritt zu Theos Zimmer verwehrt, besann sich aber anders, als sie die Soutane mit dem violetten Zingulum bemerkte und vermutlich dachte, dieser Priester komme wegen der Letzten Ölung. Emmanuel setzte sich und ließ Theo nicht aus den Augen. Die Polizei hatte den Angreifer am Eingang des Presseraums festgenommen, als er die Menge aufwiegelte, indem er sich als Rächer der Jungfrau Maria ausgab. Er war schon lange kein unbeschriebenes Blatt mehr, weil er regelmäßig die Zeremonien im Vatikan störte. Ein armer Irrer, der ein Studium am integralistischen Priesterseminar in Ecône begonnen hatte, aber ausgeschlossen wurde, weil sein Fanatismus unangenehm auffiel, sogar dort. Seither lief er in einer Soutane durch die Straßen Roms, wurde auf geheimnisvolle Weise ernährt, untergebracht und gekleidet, ohne daß man seinen Unterschlupf je entdeckt hätte. Unter den kleinen Leuten ging die Legende um, daß er außer dem täglichen Abendmahl weder esse noch trinke. Manchmal stellte er sich auf einen Platz voller Touristen und geißelte sich den nackten Oberkörper. Die Touristen warfen ihm dann 100-Lire-Münzen zu, die er nicht aufhob, sondern den Kindern überließ, die ihm deshalb nachliefen. Er zeigte Narben vor, von denen man nicht wußte, ob er sich die Schnitte nicht selbst zugefügt hatte. Die Polizei hatte ihn schon mehrmals in eine geschlossene Anstalt eingewiesen, doch die psychiatrischen Krankenhäuser entließen ihn immer wieder, denn außer dieser integralistischen Psychose war sein Verhalten nahezu normal. Er nannte sich selbst den «Verrückten Gottes».

Gegen acht Uhr abends erwachte Theo langsam aus der Narkose, starrte Emmanuel mit einem verstörten Blick an und murmelte einige Worte, die sein Bruder schließlich sogar verstehen konnte:

«Die Proben ... Das Grab in Jerusalem ... Zu spät ...»

Da er weiterhin unruhig war und zunehmend besorgter schien, flüsterte Emmanuel ihm zu:

«Ich rufe gleich in Jerusalem an.»

Er irrte durch die Gänge, bis er den Bereitschaftsraum fand, in dem Colombe auf einem Feldbett schlief, unter einem wahrhaft schmutzigen Laken. Im Nu war sie auf den Beinen und stürzte in Theos Zimmer.

Es war ausgeschlossen, daß Emmanuel aus dem Krankenhaus ein Ferngespräch ins Ausland führen könnte, denn die Telefonzellen waren von Patienten und Besuchern belagert, die wild drängelten. Deshalb beschloß Emmanuel, in den Palazzo del Sant' Uffizio zurückzukehren, während Colombe bei Theo Wache hielt.

Entgegen allen Erwartungen saß Moshe Tov noch an seinem Schreibtisch. Es gab auch einen triftigen Grund dafür, daß er so spät noch arbeitete: Eine Bombe hatte gerade das Grab zerstört. Zwei palästinensischen Arbeitern, die den von Vital Gaspoz gegrabenen Stollen auskleiden sollten, war es gelungen, einen unter ihrem Werkzeug versteckten Sprengsatz hineinzuschmuggeln. In dem durch die Explosion entstandenen Krater waren zwei Häuser eingestürzt. Die beiden Arbeiter hatten nicht versucht, sich der Festnahme zu entziehen. Ihre Tat war ein Protest gegen das abgekartete Spiel zwischen dem Westen und Israel; sie hatten sie im Auftrag der PLO ausgeführt, die sofort dementierte.

Am nächsten Mittag nahm Theo zum erstenmal etwas zu sich: eine nach nichts schmeckende Brühe und einen alten Zwieback. Colombe und Emmanuel saßen links und rechts vom Bett. Ehe die Suppe kam, hatte jeder lange und wortlos eine Hand Theos gehalten. Dann hatte Emmanuel von der schlechten Nachricht aus Jerusalem erzählt. Moshe Tov hatte keine Zeit mehr gehabt, der leeren Nische Proben zu entnehmen, und mußte jede Hoffnung aufgeben, ihre Reste in den Trümmern einzugrenzen. Obendrein hat die israelische Regierung bereits beschlossen, die übrigen Bauten dort dem Erdboden gleichzumachen, um jeden Vorwand für ein weiteres Attentat zu beseitigen. Da endete nun Theos Suche: Es gab keine Möglichkeit mehr, zu überprüfen, ob eine geheimnisvolle Strahlung den Kohlenstoff-14-Gehalt des Grabtuchs verändert hatte, es würde nie einen sicheren Beweis für ein physikalisches Phänomen geben, das mit Ostern einhergegangen sein könnte, es gab nur noch Dunkelheit und «die Augen des Glaubens». Gott hat sich in einer Art schwarzem Humor offenbart, ohne sich klar zu erkennen zu geben.

«Es ist besser so», schloß Emmanuel.

«Die Wege des Herrn müssen unergründlich bleiben», kommentierte Colombe mit einer gewissen Ironie.

Theo schob seine Hände wieder zwischen die Hände seiner Geschwister, dann schlief er ein. Gegen fünf Uhr nachmittags wurde er wach. Er verlangte etwas zu trinken. Sie halfen ihm, sich aufzusetzen, und stützten ihn mit Kissen ab. Da es ihm anscheinend ganz gut ging, fragte ihn Emmanuel, warum er in seinem Delirium gesagt habe, daß es «zu spät» sei. Theo schwieg eine ganze Weile, bis er schließlich erklärte:

«Weil ich es wußte. Ich habe es erfahren, als ich die Besinnung verlor oder während ich in der Narkose lag, auf jeden Fall war mir klar, daß sie das Grab zerstört hatten. Ich wußte sogar, daß es eine Aktion der Palästinenser war. Ich habe die eingestürzten Häuser gesehen und die Geräte der israelischen Armee, wie sie dabei waren, den Schutt zu beseitigen. Ich weiß, es ist unglaublich, so habe ich es aber erfahren.»

Emmanuel warf Colombe einen besorgten Blick zu, sie nickte jedoch beruhigend. Und dann fragte sie:

«Gibt es noch etwas, was du erzählen möchtest, Theo?»

Er schwieg erneut und sah sie ängstlich an, als befürchtete er, sie würde ihn nicht ernst nehmen. Dann stöhnte er wie ein Holzfäller auf und überwand sich:

«Grauenhaft, was mir widerfahren ist!»

«Hast du einen Alptraum gehabt?» erkundigte sich Emmanuel.

«Nein. Ich habe nicht geträumt. Ich habe es wirklich erlebt.»

«Du bist nicht der einzige», sagte Colombe besänftigend. «Alle, die dem Tod so nahe sind, machen solche Erfahrungen.»

«Das weiß ich. Ich habe ein Buch über die Erlebnisse kurz vor dem Tod gelesen. Aber da ist immer nur die Rede von Frieden und Licht. Es heißt, daß diejenigen, die noch einmal davonkommen, keine Angst mehr vor dem Tod haben. Bei mir war es das Gegenteil. Jetzt habe ich mehr denn je Angst vor dem Tod.»

Er schwieg und sah müde aus. Emmanuel schlug ihm vor:

«Vielleicht solltest du dich jetzt ausruhen. Erzähl uns alles später. Wir werden jede Menge Zeit dafür haben.»

«Nein. Dann fehlt mir der Mut. Wenn ich jetzt darüber rede, könnt ihr mir vielleicht helfen.»

«Sprich», forderte Colombe ihn auf.

Als Theo am Ende des schwarzen Tunnels angekommen war, in dem Licht, das ihn von Anfang an geführt hatte, da entdeckte er ein unendliches, mit Kreisen übersätes Feld. Einige waren weiß, und genau so viele andere waren schwarz, aber die meisten waren weder schwarz noch weiß, sondern stellten das chinesische Zeichen *yin und yang* dar, einen durch eine S-förmige Kurve geteilten Kreis, halb weiß, halb schwarz. Und diese Zeichen oszillierten unentwegt, wobei Schwarz und Weiß unablässig vertauscht wurden.

«Ich habe das Theorem von Gödel gesehen», faßte Theo zusammen, ehe er einen Moment innehielt und die Augen schloß, um sich auszuruhen.

Colombe konnte Emmanuel, der davon keine Ahnung hatte, inzwischen erklären, was es mit diesem Lehrsatz auf sich hat.

«In der Mathematik gibt es Behauptungen, deren Richtigkeit man beweisen kann, wenn man auf der Grundlage bestimmter Postulate logisch denkt. Man kann auch beweisen, daß andere Aussagen falsch sind. Die Gesamtheit dieser Aussagen bildet die sogenannten beweisbaren Lehrsätze, weil man bei ihnen darauf schließen kann, ob sie richtig oder falsch sind. Unter allen möglichen Aussagen gibt es jedoch auch manche, die richtig sind, und manche, die falsch sind, deren Richtigkeit oder Unrichtigkeit sich allerdings nie beweisen läßt. Kurz gesagt heißt das, daß es nach Gödels Ansicht Wahrheiten gibt, zu denen man durch logisches Denken nicht gelangen kann.»

Emmanuel nickte zustimmend. Das erinnerte ihn an die oberflächliche Lektüre populärwissenschaftlicher Werke, die er gierig verschlungen hatte, um seine naturwissenschaftlichen Bildungslücken zu schließen, meistens vergebens.

«So ist es, und so ist es wiederum nicht», sagte Theo. «Colombe hat recht. Die richtigen Lehrsätze sind die weißen Kreise und die falschen Lehrsätze die schwarzen Kreise. Aber die anderen, die unendlich vielen anderen, sind nicht entweder richtig oder falsch und dabei unbeweisbar, wie Gödel behauptet. In Wirklichkeit sind sie weder richtig noch falsch, da sie mal das eine und mal das andere sind. Mit dem ständigen Farbwechsel haben sie mich verhöhnt, als wollten sie mir sagen, daß die Unendlichkeit der Welt voll von Thesen ist, die sich nicht fassen lassen. Die Welt ist weder Wahrheit noch Unwahrheit.

Sie existiert und sie existiert nicht. Sie ist weder gut noch schlecht. Sie narrt uns.»

Er schwieg und holte tief Luft, ehe er fortfuhr:

«Wenn wir als Forscher eine Wahrheit oder einen Irrtum entdecken, glauben wir, die Grenzen des Wissens erweitert zu haben. Im Grunde erweitern wir einen kleinen Riß in einem Wirrwarr, der keinerlei Sinn ergibt. Wir befassen uns mit einigen Ausnahmen, die uns glauben lassen, wenn wir fleißig daran arbeiten, werde eines Tages alles klar sein. Wir täuschen uns. Und wir täuschen die anderen. Wir müssen aufhören mit diesem Bluff. Wir werden keine Ordnung in die Welt bringen. Sie wird von unendlicher Unordnung geprägt. Wenn der letzte Mensch gestorben ist, versinkt das kleine bißchen Ordnung, das wir geschaffen haben, wieder in Unordnung. Es herrscht Anarchie, Verwirrung, Chaos, Tohuwabohu, wie die Genesis das für die Zeit vor der Erschaffung der Welt beschreibt. Die Schöpfung ist fehlgeschlagene, mißlungene, verpfuschte, schlampige Arbeit!»

«Glaubst du nicht, daß das eher auf dich zutrifft als auf den Rest der Welt?» fragte Colombe erbarmungslos.

Die Härte seiner Schwester verschlug Emmanuel den Atem, aber er schätzte sie genug, um sich vorstellen zu können, daß diese Grausamkeit ihren Sinn hatte.

«Ich gehe spazieren», erklärte er. Schon an der Tür, besann er sich anders und versuchte, Theo zu trösten.

«Was du da sagst, erinnert mich an eine alte Legende aus dem Talmud. Manche Rabbiner behaupten, unsere Welt sei nicht die erste, Jahwe habe sechsundzwanzig erschaffen, die mißlungen sind. Unsere soll die siebenundzwanzigste sein ...»

«Weshalb die siebenundzwanzigste?» fragte Colombe.

«Das versteht sich von selbst», behauptete Theo. «Siebenundzwanzig ist die dritte Potenz von drei. Diese Zahl ist mehr als heilig.»

«Was es mit der Zahl auch auf sich haben mag», sprach Emmanuel weiter, «als Jahwe mit der Erschaffung der jetzigen Welt begonnen hat, soll er gesagt haben: *‹Hoffentlich hält sie!›* Er war sich seiner Sache also nicht so sicher, und trotzdem hat sie gehalten, wohl oder übel. Im Grunde ist sie der erste Entwurf. Beim nächsten Mal wird Jahwe es besser machen.»

Er versuchte zu lächeln, aber Theos Miene blieb eisig. Also wiederholte Emmanuel:

«Ich gehe spazieren.»

Das war ein Code, den die beiden anderen verstanden. Bei einem großen Abenteuer mußten manche Episoden im Duett gespielt werden. Die ganze Kunst bestand darin, zu erkennen, wann sich das Trio auflösen sollte. Im übrigen war Emmanuel inzwischen davon überzeugt, daß es bei diesem großen Abenteuer weder um das Turiner Linnen noch um das Heilige Grab ging. Das waren nur Verwicklungen, die zu entwirren Theo beinahe das Leben gekostet hätte. Er war nicht gestorben. Die Zukunft blieb offen. Was mochte sie noch bereithalten? Emmanuel ging hinaus, um über den Fortgang des großen Abenteuers nachzusinnen.

Colombe drückte Theos Hand.

«Was auch immer geschehen ist, Hauptsache ist, daß du's überlebt hast. Wenn du dich aussprechen möchtest, wenn es dich erleichtert, ich höre dir zu.»

Theo sammelte seine Kräfte.

«Ganz weit weg, jenseits des Feldes mit den Lehrsätzen, leuchtete ein sehr helles Licht. Es ist mir nicht gelungen, mich diesem Licht zu nähern. Die Kreise, die haben sich über mich lustig gemacht. Das Licht hat mich nicht verhöhnt. Es hat mich eher humorvoll und zärtlich angesehen, wie ein Erwachsener einem kleinen Kind zuschaut, das bei seinen ersten Gehversuchen strauchelt, auf dem Bauch landet und nicht mehr aufstehen kann. Es streckte mir sogar die Hand entgegen, um mir wieder auf die Beine zu helfen, aber ich bekam sie nicht zu fassen. Und bei dem Gedanken, für immer das Gespött des Feldes mit den Lehrsätzen zu bleiben, bin ich in Panik geraten. Wie oft in meinem Leben habe ich schon um einen seligen Tod gebetet, wie es in der Klosterschule hieß. Und wie oft habe ich sogar schon darum gebetet, gleich zu sterben, in der Hoffnung, dem alltäglichen Leben entfliehen zu können und sofort zur Vollkommenheit des Lebens zu gelangen. Mein inständigstes Gebet war immer das aus dem Kanon der Messe: ‹*Himmel und Erde werden vergehen …* › Manchmal habe ich sogar hinzugefügt: ‹… *hoffentlich bald!*› Als ich tot oder fast tot war, hat sich meine Erwartung nicht erfüllt, und meine Gebete sind mir unsinnig und sinnlos vorgekommen.»

«Ist das alles?» fragte Colombe.

«Ja. Ich habe nur eine Frage: Warum wird in den Berichten über Erfahrungen beim Sterben nie von so unangenehmen Dingen gesprochen, wie ich sie erlebt habe?»

«Weil sich die Zeitungen und die Bücher dann nicht verkaufen lassen, mein lieber Theo. Die Wahrheit über die Welt wird ver- und gekauft. Die Öffentlichkeit will hören, daß der Tod gar nicht so furchtbar ist, wie man immer meint. In Wirklichkeit ist die Erfahrung, die man beim Sterben macht, nicht immer angenehm. Nicht alle kommen gleich in den Himmel.»

«Wie viele nicht?» fragte Theo, zahlenbesessen wie immer.

«Ungefähr einer von fünf Patienten berichtet von einem unangenehmen Erlebnis.»

«Ich verstehe nicht, warum ich zu denen gehöre.»

Colombe schaute ihn mit einem gerührten und zugleich ironischen Lächeln an, das ihn an das Lächeln des hellen Lichts erinnerte.

«Du gehörst zu denen, gerade weil du nicht verstehst, warum du zu ihnen gehörst. Wenn du wüßtest, was dein Laster ist, dann hättest du es, wie ich dich kenne, längst abgestellt. Du lebst in einem unüberwindlichen Irrtum über dich.»

Theo konzentrierte sich so sehr, daß es schon komisch war.

«Aber schließlich ...»

«Ich weiß! Du hast weder getötet noch gestohlen oder gehurt. Du hast nichts Böses begangen und immer nach dem Guten gestrebt. Du hast wie ein Lasttier gearbeitet, du bist genial gewesen, du hast der Welt viel mehr gegeben, als du von ihr bekommen hast. Danach werden wir aber nicht beurteilt.»

«Wonach dann?»

«Du müßtest eigentlich das Zitat kennen! Nach der Liebe werden wir beurteilt. Und du, du schließt daraus, daß es dabei um die Liebe zu anderen geht. Ein konformistischer Gedanke: Liebe deinen Nächsten, opfere dich, wenn nötig, im Himmel wirst du dafür belohnt. Dabei hast du die anderen belehrt, ihnen geholfen, du bist großzügig gewesen für Amnesty International, das Rote Kreuz, die Caritas und noch viele mehr. Du selbst hast gelehrt. Aber du hast dafür gesorgt, daß Gefangene besucht, Kranke gepflegt und Hungernde ernährt werden. Selbstverständlich hast du das mit Hilfe Dritter gemacht, weil du diese Art Aufgaben lieber Fachleuten überträgst, Juristen, Ärzten, Sozialarbeitern. Du liebst deinen Nächsten aus der Ferne, weil dir der Anblick leidender Menschen unerträglich ist. Du erträgst ihn nicht, weil du dein eigenes Leiden nicht erträgst. Du leugnest es. Um nur ja nicht leiden zu müssen, vermeidest du jede Leidenschaft, jede Begeisterung, jedes Vergnügen. Du gibst dir gar keine Mühe, oder nur so wenig, um glücklich zu sein.»

«So ist das Leben doch am besten zu ertragen, oder?»

«Überhaupt nicht! Verdrängen heißt nichts auf sich nehmen. Es steht geschrieben, daß man seinen Nächsten lieben soll wie sich selbst, und das bedeutet, daß man damit anfangen muß, sich selbst zu lieben. Wenn man beschließt, sich selbst zu hassen, gibt man sich das Recht, auch die anderen zu hassen. Und du, du liebst dich nicht, du verschmähst dein eigenes Leben, du führst ein Dasein wie eine Maschine, nach einem feststehenden Ritual. Deshalb bist du so versessen auf Pünktlichkeit, auf peinlichste Ordnung. Du bist nicht mehr frei, weil du von Anfang an beschlossen hast, der tüchtigste Mensch zu sein, indem du dich immer und überall selbst übertriffst. Leben, mein lieber Theo, heißt, manchmal auch unterhalb der eigenen Möglichkeiten zu bleiben. Du darfst die verrinnende Zeit genießen, auch wenn du sie einmal nur damit verbringst, dem Pendel der Uhr oder dem Knistern brennender Holzscheite zuzuhören. Dabei läufst du natürlich Gefahr, dem Müßiggang zu verfallen, der bekanntlich aller Laster Anfang ist. Wenn du aber wie ein Besessener arbeitest, versperrst du jeder Leidenschaft den Weg. Und sag mir mal wofür?»

«Ich will vollkommen sein, ‹wie unser himmlischer Vater vollkommen ist›.»

«Das ist keine gute Idee. Wärst du vollkommen, würdest du einen Platz einnehmen, der dir nicht zusteht. Wenn man sagt, daß Gott vollkommen, allmächtig oder unendlich gütig sei, dann heißt das in Wirklichkeit, daß wir, Männer und Frauen, unvollkommen, machtlos und fehlbar sind. Es ist eine Art und Weise, unsere Grenzen zum Ausdruck zu bringen, und keine Aufforderung, sie zu überschreiten. Es stellt kein gültiges Bild Gottes dar, sondern höchstens eine Projektion unserer Sehnsüchte. Trotz seiner Größe ist dieser Gott nur ein Götzenbild.»

«Auch wenn ich bei der Tugend übertrieben habe, ist das doch kein Grund, mir nachzusagen, ich sei lasterhaft. Was kann mir dieses Wesen aus Licht denn vorwerfen?»

«Gott macht uns keine Vorwürfe. Es reicht, wenn wir uns

selbst unsere Unzulänglichkeiten, unsere Mißerfolge, unsere Begierden vorwerfen. Und du, du bist schlimmer als irgendein Sünder, weil du dich geweigert hast zu leben, um nicht zu riskieren, dich auch nur dem geringsten Vorwurf auszusetzen. Wir sind aber auf der Welt, um zu leben. Wer nie gelebt hat, ist weniger wert als der, der schlecht gelebt hat. Wenn du einen Namen für dein Laster willst, würde Hoffart am besten passen, eine Art Quintessenz von Hochmut, ein echtes Gift für den Geist. Die große Ansprache Jesu an die Pharisäer, pflichtbewußte Männer wie keine anderen, bestand darin, ihnen zu wiederholen, daß Huren und Diebe vor ihnen ins Himmelreich kommen würden. Schockierende und unverständliche Worte, die von den Predigern als rhetorische Floskel abgetan werden. Trotzdem ist es keine Metapher und auch kein Scherz. Auf dich übertragen heißt das praktisch, daß die Drogensüchtigen und die Nutten, die sich in den heißen Straßen von Zürich herumtreiben, besser leben als du. Durch meine Klinikerfahrung habe ich gelernt, daß die Armen, die Gedemütigten, die Behinderten, die Penner, die armseligen Teufel, die kleinen einfachen Leute keine Angst vor dem Tod haben. Sie ist den gehobenen Leuten vorbehalten.»

«Ist das nicht ein bißchen skandalös?»

«Nicht so sehr. Am Ende seines Lebens steht der Mensch mit einer Art Paß für die Ewigkeit da. Es gibt dreierlei Arten von Erfahrungen. Nehmen wir erst die, die gar nicht oder nur dafür gelebt haben, das Böse um des Bösen willen zu suchen, die Schwerkriminellen, die bewußt und mit Absicht gehandelt haben, die machen beim Sterben keine wahrnehmbare Erfahrung. Sie fallen ins Nichts. Sie bekommen kein ewiges Leben. Das entspricht wahrscheinlich der Verdammnis. Als nächste kommen die, die den größten Teil der Sterbenden ausmachen. Sie empfinden in ihrem Tod zuerst Kummer, Schmerz oder das Gefühl der Lächerlichkeit, sie haben aber genügend Zeit, wenn ich so sagen darf, darüber hinwegzukommen und sich auf die Begegnung mit diesem Wesen des Friedens, des Lichts und der Güte einzustellen, das vermutlich eine Erscheinungsform Gottes ist. Sie sind durch ihr Fegefeuer gegangen, um das traditionelle Vokabular aufzugreifen, doch das letzte Stadium blendet sie so, daß sie die Schmerzphase vergessen oder bagatellisieren. Deine Schmerzphase hat etwas länger gedauert, weil dein Paß für die Ewigkeit wirklich schlecht ist. Aber machen wir es nicht schlimmer, als es ist. Und dann gibt es noch die dritte Kategorie: die des Heiligen, der ins Licht gelangt, ohne den Schmerz erleben zu müssen. Du gehörst anscheinend nicht zu den Heiligen. Wahrscheinlich deshalb nicht, weil du die Heiligkeit mit mathematischen Methoden ins Visier genommen hast. Das Evangelium wiederholt unaufhörlich die gleiche Lektion: Gott läßt sich durch unsere zur Schau getragene Frömmigkeit nicht die Hände binden. Für niemanden gibt es eine Heilsgarantie, vor allem nicht für jene, die auf diese Gewißheit aus sind.»

Um diesen Erklärungen ein Ende zu setzen, stand Colombe auf, ging ans Waschbecken, holte ein Glas frisches Wasser und reichte es Theo, der es brav austrank. Danach gab sie ihm einen Kuß auf die Stirn, nahm ihn in den Arm, drückte ihn fest an sich und flüsterte ihm ins Ohr:

«Du wirst gerettet. Wir werden alle gerettet, auch Emmanuel und sogar ich, die es so wenig verdient. Die einzige Gewißheit, die ich habe, ist die, daß wir eines Tages andere, weniger unvollkommene und weniger schmerzende Körper haben und für immer zusammensein werden. Es wird keine Tränen, keine Angst und keine Trennung mehr geben. In dieser Hoffnung muß man leben und sterben, man muß dem Herrn vertrauen, ohne von ihm Rechenschaft zu fordern und ohne ihn für Unzulänglichkeiten in der Schöpfung zu tadeln. Du mußt aufhören, den wandelnden Vorwurf an deinen Schöpfer zu spielen, indem du ihm immer und immer wieder zeigen willst, daß du vollkommener wärst als er. Ein Mensch, der glaubt, er sei Gott, wird wahnsinnig.»

Epilog

Ein Schweizer Papst

15

❖❖❖❖❖❖

Als Emmanuel zwei Jahre später Papst wurde, war niemand überrascht außer ihm selbst. Er hatte viel darüber nachgedacht, was die Zukunft für die Geschwister de Fully noch bereithalten mochte, aber derlei hatte er nie in Betracht gezogen.

Wenige Tage nach dem Tod Kardinal Weiss' war er zum Präfekten der Kongregation für die Glaubenslehre befördert worden. Es war der angemessene Lohn dafür, daß er in einer Situation, in der schon der kleinste Fehlgriff das Boot Petri zum Kentern gebracht hätte, die Ereignisse fest im Griff behalten hatte. Der wissenschaftliche Ruhm seines Bruders, die Risiken, die er selbst eingegangen war, die Besonnenheit seiner Antworten, ihr Widerhall in der Öffentlichkeit, all diese Faktoren kürten ihn unweigerlich für dieses Amt. Sechs Monate später wurde er zusammen mit einigen anderen Prälaten, die sich weitaus geringere Verdienste erworben hatten als er, selbstverständlich in das Kardinalskollegium aufgenommen. Emmanuel wurde so Kardinal, wie sein Bruder den Nobelpreis erhalten hatte: durch die unbezähmbare Kraft der Tüchtigkeit, die sich öfter als erwartet stärker erweist als die Intrigen der Mittelmäßigen.

Da er noch nie Macht ausgeübt, ja noch nicht einmal die Möglichkeit dazu ins Auge gefaßt hatte, herrschte er auf bewundernswerte Weise. Durch seine Erziehung hatte er die Mechanismen der Schweizer Demokratie kennengelernt, die das Gegenteil von Demagogie ist. Für einen echten helvetischen Staatsmann geht es nicht darum, beliebt zu sein, sondern eher darum, geschätzt zu werden: Er muß sich die Stimmen der Wähler mehr durch seine Kompetenz als durch sein Entgegenkommen sichern. Seit jenen fernen Zeiten, da Emmanuels Vater das Amt des Bürgermeisters von Fully versehen hatte, war ihm bewußt, daß man nie eine wichtige Entscheidung treffen durfte, die sich nicht auf einen nahezu umfassenden Konsens stützte, andernfalls sollte man besser nichts entscheiden. Umsicht und Aufschub sind erprobte Methoden, um eine Mehrheit zu bekommen, die auf Reflexion oder Resignation beruht.

Ohne es sich vorzunehmen, wurde Emmanuel so farblos wie Gemäuer und so schweigsam wie die Stummen. Theo hatte ihn davon überzeugt, daß sich ein wissenschaftliches Gremium recht und schlecht seine eigene Ordnung schafft, daß aber ein Forscher, langfristig gesehen, sicherer durch seinesgleichen und durch die Nachwelt bewertet wird als durch eine Zensur des Denkens. Deshalb verurteilte Emmanuel keinen Theologen, aber er förderte auch keinen. Der universitäre Arbeitsmarkt und die Verlagshäuser übernahmen die traditionelle Aufgabe der Kongregation für die Glaubenslehre: Die besseren Theologen verdrängten die weniger guten. Weil Emmanuel niemandem ungefällig war, fanden alle Gefallen an ihm, und er schuf sich keine Feinde.

Als sich der Gesundheitszustand des Papstes sichtbar verschlechterte, begann man hinter Emmanuels Rücken zu tuscheln. Da er daran gewöhnt war, ihm im allgemeinen nicht wohlgesinntes Gemurmel aufzuschnappen, bemerkte er nicht, daß sich der Ton geändert hatte. So schritt er denn, zu gegebener Zeit, mit etwa hundert anderen Kardinälen, deren Durchschnittsalter weit über sechzig lag, ganz unbekümmert zur

Papstwahl. Er zählte – wie einst auch sein Vorgänger – zu den Jüngsten.

Der verstorbene Papst hatte in Sachen Glaubenslehre um so größere Unnachgiebigkeit an den Tag gelegt, je mehr Kühnheit er als Kommunikator bekundete: Er brachte es fertig, sich in einem Stadion bejubeln zu lassen, während er undurchführbare Losungen ausgab. Die fortschrittlichen Kardinäle wünschten sich jemanden, der sich in der Öffentlichkeit weniger verbeugte und in der Glaubenslehre weniger unbeugsam war. Emmanuel schien zumindest die erste Forderung zu erfüllen, ohne gegen die zweite zu verstoßen. Zudem hatte seine umsichtige Führung der Kongregation für die Glaubenslehre ihm auch die Wertschätzung der konservativen Kardinäle eingebracht.

Schließlich und vor allem war noch nie ein Schweizer Papst gewesen, ein Experiment, das einen Versuch wert war. Zumindest die romanischen und die germanischen Katholiken würden sich mit diesem Weder-Fisch-noch-Fleisch-Europäer identifizieren. Es zerrissen so viele schwelende oder offene Konflikte sowohl die Christenheit als auch die Welt, daß ein Schweizer wohl als einziger dazu in der Lage wäre, für Beruhigung zu sorgen, zumal sich niemand mehr vorstellen konnte, daß sie noch zu lösen wären. Außer der Anziehungskraft der Mehrsprachigkeit, dem Image des Roten Kreuzes, dem Wohlwollen des Ökumenischen Rates der Kirchen sowie der Nähe des Internationalen Olympischen Komitees würde sich ein Kardinal helvetischer Nationalität auch des Status der Neutralität erfreuen, den sich alle ersehnten nach dem Pontifikat eines extrovertierten sportlichen Kämpfers. Niemand zerbrach sich darüber den Kopf, daß ein Schweizer nie und nimmer einen echten absoluten Monarchen abgeben könne, was insgeheim der Grund dafür war, daß es noch nie einen Schweizer Papst gegeben hat.

Im dritten Wahlgang erhielt Emmanuel eine beachtliche Mehrheit. Der Aufforderung des Ältesten der Versammlung kam er ohne Umschweife nach, ohne geheuchelte Bescheidenheit, ohne jedwedes Bedauern. Er hatte in einer Kongregation die Macht ausgeübt, und genau so würde er sie auch in der ganzen Heiligen Kirche ausüben. Er zog die größte der drei weißen Soutanen an, die in Unkenntnis der benötigten Größe vorsorglich angefertigt worden waren, damit sich der neugewählte Papst den Augen der Menge sogleich in päpstlicher Würde präsentieren konnte. Vom Balkon aus, der auf den Petersplatz hinausging, sprach er ein paar schlichte Worte auf italienisch, dann wurde er mit großer Zuvorkommenheit zu seiner Wohnung gefahren. Als allererstes schickte er ein Telegramm an Colombe und Theo, als ob sie nicht ohnehin gleich hergeeilt kämen. Es enthielt einen einzigen Satz: «Unvorhergesehene Verlängerung des großen Abenteuers.» Gezeichnet: «Johannes XXIV.». Nicht der Text, sondern die Unterschrift war die eigentliche Botschaft.

In den vergangenen zwei Jahren war Derek Dood nicht untätig gewesen, denn er hatte seine Niederlage in der Geschichte mit dem Grab ganz und gar nicht verdaut. Emmanuel hatte ihm den Wind aus den Segeln genommen und ihn entwaffnet, weil er gewissenhaft die Wahrheit sagte. Aber was war die Stärke dieses Mannes? Wo lagen seine geheimen Schwächen?

Derek Dood brauchte einige Monate, bis er Emmanuels Aufenthalt in San Francisco und seine Behandlung mit verpflanzten Fötuszellen im Universitätskrankenhaus von Salt Lake City in Erfahrung gebracht hatte. Gleichzeitig machte er auch Paolo Pacelli ausfindig, der ihm berichtete, was sich in jener Nacht zugetragen hatte, als Emmanuel völlig verstört im Hotel Raphael angekommen war. Dank sukzessiver Auswertung seiner Informationen kam Dood auch zu einer Zeugenaussage des Nachtportiers und der Prostituierten, die in dieser Sache eine klassische Rolle spielen könnte, zumal eindeutig belastendes Material fehlte und durch den bei Konformisten unterschwellig geschürten Verdacht wettgemacht werden müßte. Alles in allem war das gleiche Verfahren schon beim Gründer des Christentums angewendet worden, und mit Erfolg. Auch wenn die Methode nicht besonders originell war, in ihrer Wirkung war sie unstrittig.

Emmanuels Wahl in das Pontifikat überraschte Derek Dood nicht übermäßig. Im allgemeinen wußten die Journalisten lange vor den Kardinälen, wem sie ihre Stimme geben würden. So kam dieser geduldig zusammengetragenen Akte jäh unschätzbarer Wert zu. Er vervollständigte sie mit allen Informationen, die er von Washington aus sammeln konnte. Leider fand er nichts mehr von Belang, doch das, was er besaß, reichte aus, um den Ruf Papst Johannes' XXIV. – zu gegebener Zeit – zu ruinieren und seinem Rücktritt nachzuhelfen. Man mußte nur warten, bis er eine dieser rituellen Reden hielt, die jeder Papst irgendwann über die Achtung vor dem Leben und die Herrschaft über den Sexualtrieb halten muß. Es galt, den Zeitpunkt abzuwarten, zu dem die Widersprüche der Institution zur Falle für Emmanuel wurden, um ihn mit dem Vorwurf der Heuchelei und dem Verdacht auf Unmoral leichter zur Strecke zu bringen.

Der Zufall wollte es, daß Derek Dood mit derselben Maschine von New York nach Rom flog wie Colombe und Theo, der einige Tage in Berkeley verbracht hatte. Offiziell hatte er an einem wissenschaftlichen Kolloquium teilgenommen, aber in Wirklichkeit wollte er sich von seiner Schwester bezeugen lassen, daß er sich um eine ausgeglichenere Lebensweise bemühte, diese Versuche aber ohne erkennbaren Grund erfolglos blieben.

In den letzten zwei Jahren hatte sich Theo kaum verändert. Von seiner Verletzung restlos erholt, genoß er in vollen Zügen den Platz, den die Medien ihm ob seiner spektakulären Erlebnisse einräumten. Da er Französisch, Deutsch und Englisch gleichermaßen beherrschte, war er bei Diskussionen – ob im Fernsehen oder sonstwo – ein sehr gefragter Gesprächspartner, von dem die Gesellschaft sofortige klare Aussagen zu ewigen oder unlösbaren Problemen erwartete. Wie Dante hatte er die Grenzen der Ewigkeit ergründet, und ein ganzer in Verwirrung geratener Planet lauerte auf eine erhabene Botschaft. Dennoch dozierte Theo weiterhin unermüdlich über die Geheimnisse in der Welt der Physik, ohne irgend etwas über die Geheimnisse des Menschen zu wissen.

Betroffen über seine schlechte Erfahrung an der Schwelle zum Tod und durch Colombe von den Defiziten in seinem Gefühlsleben überzeugt, hatte er ernsthaft versucht, dagegen anzusteuern. Deswegen hatte er einen zweiten Stuhl und einen weiteren Sessel gekauft. Dann durchkämmte er, ohne irgend jemandem etwas davon zu erzählen, mehrere Heiratsvermittlungen und trieb seinen Eifer so weit, daß er drei Begegnungen mit Damen zustimmte, die jeweils um ihrer Vornehmheit, ihrer Schönheit oder um ihrer Intelligenz willen ausgewählt wurden. Die erste wirkte auf Theo wie eine Angeberin, die zweite wie eine Zierpuppe und die dritte wie eine Schulmeisterin. Darüber hinaus haftete allen dreien der Makel an, daß sie, von keinerlei Sachkenntnis getrübt, über alles und nichts redeten, anstatt sich Theos fundierte Ausführungen über Themen anzuhören, die der Aufmerksamkeit wert waren und bei ihm gerade hoch im Kurs standen, wie etwa die Jugendwerke Mahlers, das Theorem von Gödel und die Leitfähigkeit körperfremder Nervenzellen. Des müßigen Geschwätzes dieser Damen überdrüssig und erschreckt von dem Gedanken, sich derlei den ganzen Tag anhören zu müssen, verkaufte er seine unnötigen Sitzgelegenheiten wieder und zwang sich zu einer unterstützenden Therapie mit einer Sitzung pro Woche bei einem Psychologen. Da dieser schwieg und seinen Patienten reden ließ, gefiel Theo diese Lösung, die wirklich die am wenigsten schlechte von allen war.

Trotz allem fasziniert von der Erfahrung, die er bei der Berührung mit dem Tod gemacht hatte, besorgte er sich die sehr umfangreiche Dokumentation zu diesem Thema und las sie auch. Dabei erfuhr er von der Existenz einer Datenbank, in der acht Millionen ähnliche Erlebnisse registriert waren. Er schlug Emmanuel und Colombe ein noch nie dagewesenes Forschungsprojekt vor. Es bestand darin, den genetischen Code jeder Person zu analysieren, die schon an der Schwelle des Todes gestanden hat, und zu versuchen, diesen Code einer der drei Kategorien zuzuordnen, die sich durch die Art der gemachten Erfahrungen voneinander unterschieden, also entweder der Gruppe ohne jedwede Erfahrung (Hölle) oder derjenigen mit positiver Erfahrung (Himmel) oder derjenigen mit negativer Erfahrung (Fegefeuer). Auf der Basis dieser Daten würde Theo sich dann bemühen herauszufinden, ob es eventuell ein «Gen der ewigen Seligkeit» gab, natürlich mit dem Hintergedanken, danach einen Selbstversuch zu unternehmen und auf diese Weise eine experimentelle Voraussage seines eigenen Schicksals zu erhalten.

Colombe und Emmanuel schalten ihn heftig wegen dieses bizarren Vorhabens. In der ersten Zeit setzte Theo sich zur Wehr, denn er wollte sich Klarheit über seinen eigenen Fall verschaffen, und im Grunde glaubte er ja an die Vorbestimmung. Seiner Meinung nach mußte die Auferstehung zwangsläufig von einem Hauptgen bestimmt werden, das bei den ersten *Homo sapiens* durch spontane Mutation entstanden war und sich dann allmählich im gesamten Erbgut verbreitet hatte. Colombe wurde so wütend, daß Theo erschrak: Für sie kam es nicht in Frage, sich an diesem törichten und gefährlichen großen Abenteuer zu beteiligen. Emmanuel erklärte Theo etwas gelassener, daß er, ohne dabei irgendeine Gewißheit zu erlangen, nur an den angeblichen Verdammten zu verzweifeln drohe: «Was wußte er vom Zusammenhang zwischen der Erfahrung an der Schwelle des Todes und der ewigen Seligkeit?» Die Forschung erreiche da einen Wendepunkt, über den sie auf keinen Fall hinausgehen dürfe, wie Emmanuel so oft erläuterte: «Man soll stets die Wahrheit sagen, vorausgesetzt es ist eine echte Wahrheit. Deine Aufrichtigkeit ist keine Garantie für die Wahrheit. Sie erreicht uns von woanders her, sie erscheint unvermutet.»

Als Theo diese Gründe eingesehen hatte, begnügte er sich mit dem Projekt, nachweisen zu wollen, daß das Theorem von Gödel falsch sei: Nach dem, was er zu Gesicht bekommen hatte, waren manche mathematischen Lehrsätze richtig und falsch zugleich, wogegen Gödel glaubte, er hätte den Nachweis erbracht, daß jeder Lehrsatz entweder richtig oder falsch ist, auch wenn bei manchen nicht nachzuweisen ist, zu welcher Kategorie sie gehören. Gegen diesen harmlosen Zeitvertreib hatten Emmanuel und Colombe nichts einzuwenden. Theo behauptete dagegen fest, daß die philosophischen Konsequenzen einer eventuellen Widerlegung des Gödelschen Lehrsatzes weitreichender wären als die Entdeckung eines «Gens der ewigen Seligkeit». Sein Bruder und seine Schwester erwiderten, daß ihm jedenfalls niemand bei seiner Beweisführung werde folgen können und seine Ableitungen deswegen bedeutungslos seien, außer für ein paar Besessene wie ihn. Theo sollte sein Spiel also allein spielen.

Colombe übte immer noch ihren Beruf als Sterbebegleiterin aus. Ab und zu gönnte sie sich ein wenig Abwechslung in Freizeitorten wie Acapulco, Gstaad oder Marbella, wobei sie insgeheim hoffte, eine verwandte Seele zu finden, die sie sich mittlerweile in Gestalt eines Gentleman in geordneten Verhältnissen wünschte. Nach einer Woche gab sie ihre Ansprüche auf und erlag schließlich dem Drängen eines geübten Schürzenjägers, den sie nach zwei Tagen verließ. Dann kehrte sie wieder zu ihren Sterbenden zurück, war nicht besonders stolz auf sich, aber ausgeglichener. Von Jahr zu Jahr zogen ihr diese flüchtigen Liebhaber mehr Geld aus der Tasche.

Im Grunde waren Colombe und Theo die gleichen geblieben, trotz der unerwarteten Ereignisse ihres letzten großen Abenteuers. Das hatte seinen Zweck nicht ganz erfüllt, weil die beiden bereits das Alter überschritten hatten, in dem man beim Spielen etwas lernt. Emmanuels Wahl und seine Einladung kamen daher genau zum richtigen Zeitpunkt, um sie daran zu erinnern, daß ein großes Abenteuer nie ganz zu Ende ist.

In Fiumicino erwartete Emmanuel sie an der Gangway des Flugzeugs, wo er im Fond eines schwarzen Mercedes mit abgedunkelten Scheiben saß. Derek Dood, den weder Theo noch Colombe wiedererkannt hatten, stieg hinter ihnen die Stufen hinunter. Die zufällige Begegnung deutete er als gutes Omen, während er zu seiner Verabredung mit kompromittierenden römischen Zeugen aus der Vergangenheit des neuen Papstes eilte.

Emmanuel freute sich wie ein Kind, mit Theo und Colombe durch den dichten Verkehr Roms zu fahren, mit zwei Motorrädern, die ihre Sirenen heulen ließen, vorweg und einem mit Polizisten vollgestopften Wagen hinterher. Da es ihm nicht gelang, seine Funktion als Staatschef ernst zu nehmen, machte er sich einen Spaß daraus. Colombe und Theo kamen überein, daß bisher noch kein großes Abenteuer eine Wende so gehobenen Stils genommen hatte.

Sie aßen gemeinsam in Emmanuels Wohnung zu Abend: *fettuccine maestose*, die der Wirt des Restaurants Alfredo alla

Scrofa höchstpersönlich vor ihren Augen zubereitete und servierte. Zu diesem Anlaß hatte er auf seine übliche Aufmachung eines amerikanischen Schauspielers der fünfziger Jahre verzichtet und einen Frack angezogen. Für spätere Mahlzeiten hatte Emmanuel die Köche aller Restaurants engagiert, in denen sie früher zu dritt regelmäßig zu Gast gewesen waren: Piperno, Ranieri, Passetto, Al Moro. Theo pflichtete dieser Idee würdevoll bei und meinte sogar, der Idealzustand wäre es, ein Restaurant zu Hause zu haben, unter der Bedingung, daß es jeden Tag ein anderes ist. Bei so harmlosen Vergnügen verbrachten die Geschwister drei Tage miteinander.

Theo verkündete, er habe nachgewiesen oder glaube nachgewiesen zu haben, daß es Lehrsätze gibt, die sowohl richtig als auch falsch sind: Leider war auch dieses fundamentale Theorem selbst sowohl richtig als auch falsch. Der Schöpfer hatte ihn also wieder einmal mit bemerkenswertem Sinn für Humor in die Falle gelockt. Die beiden anderen amüsierten sich köstlich über diesen jüngsten Geniestreich.

Es gab unendliche Diskussionen um ein und dieselbe Frage, die Emmanuel unter allen denkbaren Aspekten immer wieder neu stellte: Was tun? Da er durch das mangelnde Urteilsvermögen seiner Mitbrüder in ein Amt befördert worden war, nach dem er nie gestrebt hatte, galt es nun, guten Gebrauch von diesem Geschenk des Himmels zu machen, von dieser jüngsten Posse des Herrn. Das höchste Ziel des großen Abenteuers konnte doch nicht nur Emmanuels Wahl gewesen sein. Sie war an sich schon überraschend genug, aber gewiß nicht der Endpunkt. Da erwartete der verborgene Mitstreiter in diesem Abenteuer von den Geschwistern schon noch einen anderen Schluß.

Colombe, die ihre fixen Ideen hegte und nur wenig über die Einsetzung in Ämter wußte, regte prompt an, Frauen zur Priesterweihe zuzulassen. Falls sich das Trio diesen Plan zu eigen machte, dann, so meinte Emmanuel, würde seine Lebenserwartung die seines Vorvorgängers Johannes' Paul I. nicht übersteigen und sein Beschluß noch vor der Umsetzung aufgehoben werden, weil er auf die psychologischen Auswirkungen einer tödlichen Krankheit zurückzuführen sei. Theo, der sich noch nie vor Arbeit gescheut hatte, schlug vor, gemeinsam mit der päpstlichen Akademie der Wissenschaften und einigen ausgewählten Theologen eine neue Version des 1992 veröffentlichten Katechismus zu verfassen. Emmanuel hielt dem entgegen, daß er diese Aufgabe vor seinem Lebensende nicht mehr bewältigen würde.

Nach langwierigen Besprechungen, die sich über zwei Wochen hinzogen, einigten sich die drei darauf, daß es schlau wäre, eine Synode, bestehend aus den Vorsitzenden der Bischofskonferenzen, einzuberufen und einen Text vorzuschlagen, der keinen kirchlichen Grundsatz berühren, sondern nur auf Organisationsprobleme ausgerichtet sein sollte. Von einem Schweizer stammend, würde ein solches Vorhaben so banal erscheinen, daß es beruhigend wirkte. Das Projekt mußte noch zu Papier gebracht werden. Daran arbeiteten sie drei Wochen lang.

Mit monotoner Stimme trug Emmanuel das Ergebnis hundert Bischöfen vor, die er an einem ungewöhnlichen Ort versammelt hatte: in der Krypta der Peterskirche, zwischen dem Grabe Petri und dem des Jakobus. Es folgt nun der vollständige Text.

16

❖❖❖❖❖❖

Wir werden nicht auf die Begleitumstände bei der Entdeckung der Grabstätte Jakobus', des ersten Bischofs von Jerusalem, zurückkommen. Zwanzig Jahrhunderte nachdem Jesus von Nazareth in den Straßen Palästinas predigte, gibt es ein neues Zeichen, ehrwürdige Schriften, die den Evangelien zugrunde liegen.

Unter allen Ergänzungen, die die Quelle in bezug auf die bekannten Texte der kanonischen Evangelien ermöglicht, ist wahrscheinlich nichts so überraschend wie die Existenz einer umgekehrten Version des Gleichnisses vom guten Hirten, über die nachzudenken ich Sie bitten möchte:

Ein Hirte hütet eine Herde von hundert Schafen. Da merkt er, daß er eines von ihnen verloren hat. Er sagt sich: ‹Mein Herr ist hart und streng. Wenn ich auf der Suche nach dem verlorenen Schaf die neunundneunzig anderen Schafe verliere, wird er mich fortjagen.› Am nächsten Morgen stellt er fest, daß ihm ein weiteres Schaf fehlt, wagt aber nicht, seine Herde allein zu lassen, um es zu suchen. Nach einiger Zeit, als er nacheinander alle Schafe seiner Herde bis auf eines verloren hat, kehrt er zu seinem Herrn zurück und sagt zu ihm: ‹Vergib deinem Diener, denn er hat nacheinander die Schafe deiner Herde bis auf eines verloren. Aber er bringt dir dieses eine Schaf zurück, das nie vom Stall fortgelaufen ist.› Der Herr antwortet ihm: ‹Schlechter Diener! Habe ich dich nicht eingestellt, damit du die Schafe zurückholst, die sich verirren? Es gibt Schafe, die sich nie verirren und keinen Hirten brauchen. Du hast die Herde verloren. Das Schaf, das übriggeblieben ist, wird für mein Festmahl heute abend geschlachtet. Du wirst davon nichts bekommen. Verlasse mein Haus und geh hinaus in die Finsternis!›

Im Gleichnis vom guten Hirten, das sich bei Lukas und Matthäus findet, macht sich der Hirte auf die Suche nach dem verlorenen Schaf; im Gleichnis vom schlechten Hirten, das in der Quelle entdeckt wurde, hütet der Hirte den Rest seiner Herde und versucht nicht, das verlorene Schaf zu finden. Aus menschlicher Sicht bekundet der schlechte Hirte einen gesunden Sinn für die Wirklichkeit, während sich der gute Hirte von wirklichkeitsfremder Sentimentalität leiten läßt.

Der Sinn dieser zwanzig Jahrhunderte lang verschollenen Botschaft wird für die heutige Kirche offenkundig. Der schlechte Hirte versucht, um jeden Preis seine Habe zu retten, auch wenn sie infolge der Ereignisse weniger wird. Er denkt mehr an die Vergangenheit als an die Zukunft. Er interessiert sich eher für die gehorsamen Schafe als für die umherstreifenden. Er ist nicht bereit, das, was er zu besitzen glaubt, aufs Spiel zu setzen, um alles zu retten, was gerettet werden kann. Er glaubt nicht einmal an die Möglichkeit, die verlorenen Schafe zu finden. Er hütet, er rettet nicht.

Bin ich ein guter oder ein schlechter Hirte? Das ist die einzige Frage, die sich jeder Priester stellen muß, vor allem jene, die der höchsten Weihen teilhaftig geworden sind, die Bischöfe, die *épiskopoi*, die Wächter nach der griechischen Etymologie, und insbesondere der Bischof von Rom, der ihrem Kollegium vorsteht. Haben wir nicht eine Herde gehütet, die kleiner wurde, weil wir das Hüten für unsere einzige Pflicht gehalten haben, anstatt uns auf die Suche nach den Schafen zu begeben, die sich von der Herde entfernt haben? Haben wir richtig eingeschätzt, wo diese Pflicht lag? Haben wir nicht den Verlust des größten Teils der Herde dem Ungehorsam der Schafe zugeschrieben, um uns davon freizusprechen, daß wir unsere Aufgabe nicht erfüllt haben? War denn die Lehre, die wir aus dem Gleichnis vom guten Hirten ziehen sollten, nicht deutlich genug? Sind die Schafe für die Herde verantwortlich, oder ist es der Hirte? Angesichts der zahlreichen Christen, die ihrem Glauben abschwören, fühlen wir, die Priester, uns zwar verantwortlich, aber nie schuldig. Wir geben uns alle Rechte und Pflichten, aber wir übernehmen keinerlei Verantwortung.

Wir können heute nicht mehr umhin, unser Gewissen zu prüfen, um zu beurteilen, inwieweit wir schlechte Hirten sind. Seit dem Beginn der industriellen Revolution vor zweieinhalb Jahrhunderten nimmt die Christenheit im Westen ab, nicht so sehr deshalb, weil sich die Austritte einzelner häuften, sondern weil ganze soziale Schichten abfallen. Es ist müßig, an eine schmerzliche Zeit der Vergangenheit zu erinnern, in der sich nacheinander das Bürgertum, die Arbeiterklasse, die Intellektuellen und die Frauen von der Kirche losgesagt haben.

Die Christenheit im Westen, die zu Anfang nahezu die gesamte Gesellschaft einschloß, ist unter der Ägide der katholischen Kirche, die ihr nicht nur als Spenderin der Sakramente und Riten, sondern auch als Erzieherin oder Krankenpflegerin diente, eine nebensächliche Einrichtung geworden, die ihre Wohlhabenheit allein der Geschichte verdankt. Hätte die Kirche nicht im Laufe der Jahrhunderte so viele prunkvolle Bauwerke im Herzen der europäischen Städte errichtet und hätte das Brauchtum ihr nicht den Besitz an diesen sichtbaren Zeichen bewahrt, welchen Stellenwert würde sie im Bewußtsein unserer Zeitgenossen noch einnehmen?

Es ist ganz einfach: Wir haben neun Zehntel der Herde verloren. Und wir haben uns niemals selbst getadelt oder in Frage gestellt. Wir haben die ängstlichen Schafe, die Abergläubischen, die Vorsichtigen und die Kleinmütigen gehütet. Es hat uns nicht bekümmert, daß uns die klügsten, die ergebensten und eifrigsten Christen unauffällig oder spektakulär den Rükken gekehrt haben. Wir haben die Künstler und die Gelehrten verloren, diese mutigen Pioniere des Geistes, die daran gewöhnt sind, kompromißlos ihre Ziele zu verfolgen, und unsere Zugeständnisse im Denken und im Stil nicht hinnehmen können. Wir haben die Priester und Theologen ausgeschlossen, die den Mut hatten, uns anzuprangern.

Worum sorgt sich der schlechte Hirte im Gleichnis am meisten, wenn nicht um seine Habe und um seine Macht? Ihm gehört zwar nichts, aber er ist daran gewöhnt, die Herde zu lenken, und das gibt ihm das Gefühl, als gehöre sie ihm. Am unteren Ende der sozialen Leiter, bezieht er seinen Wert nur aus seiner Tätigkeit. Nie wird er diese bescheidene Macht für jene aufgeben, über die er sie nicht hat. Im übrigen hängt er nicht wirklich an der kleinen, übriggebliebenen Herde, er behält sie, weil es das einzige ist, was seinem Leben einen Sinn verleiht. Er handelt nicht als Mensch, sondern in Ausübung eines Amtes.

Sein Herr täuscht sich da nicht in ihm und verurteilt ihn. Sind wir sicher, daß wir nicht als tadelnswerte Hirten erscheinen, wenn wir Rechenschaft ablegen müssen? Das Ziel dieser Kirche, in der wir uns alle Rechte angeeignet haben, war es zunächst, so viele Menschen wie möglich oder gar die gesamte Gesellschaft zu versammeln. Dann, als dieses Ziel nicht mehr zu erreichen war, begnügte sie sich damit, weniger Menschen im Zustand absoluten Gehorsams zu halten. Aber sollte es von Anfang an das Ziel der Kirche gewesen sein, die ganze Welt zu versammeln? Und warum entscheiden wir uns heute für das Gegenteil? Liegt das daran, daß der tatsächliche Plan, den wir über Jahrhunderte hinweg, durch wechselvolle Zeitläufte hindurch und angesichts widersprüchlicher Politik verfolgt haben, nur darin bestand, den Erhalt unseres Amtes zu sichern?

Zu diesem Zweck haben wir uns nie gescheut, mit der politischen Macht zusammenzuarbeiten, sobald sie aufgehört hat, uns zu verfolgen, und uns als Gegenleistung für eine göttliche Bürgschaft mit Spenden und Ehren überhäufte. Da konnte die Macht nur heilig sein. In der Antike stand die Gesellschaft unentwegt am Rande der Anarchie: Die Erinnerung an die Jahrhunderte der Unordnung und der Anblick der barbarischen Völker gaben Anlaß, die Legitimität des Herrschers auf eine Wahl von Gottes Gnaden zu stützen. Der Gesellschaftsvertrag war zunächst ein wunderbarer Pakt. Das Gebot Jesu ‹Gebt dem Kaiser, was des Kaisers ist, und Gott, was Gottes ist!› ist in seinen nicht nur politischen, sondern auch religiösen Auswirkungen ein subversiver Ausspruch: Er denunziert den magischen Charakter der Obrigkeit. Der Vater, von dem Jesus uns spricht, bürgt für keine politische Macht, und er erwartet auch keine Bürgschaft. Diesen Rat haben wir außer acht gelassen. Durch die engen Beziehungen zu den Fürsten haben wir an der Macht um der Macht willen Gefallen gefunden.

Man mißachtet einen Rat des Evangeliums nicht ungestraft. Durch den häufigen Umgang mit Staatsmännern sind ihnen die Kirchenmänner schließlich ähnlich geworden. Wer nicht handelt, wie er denkt, wird letzten Endes denken, wie er handelt. Zuweilen hat sich die Kirche selbst als politische Macht konstituiert. Und, einmal mehr, stünde es uns schlecht an, es ihr in jenen unruhigen Zeiten, da sie die ultima ratio einer aus dem Ruder gelaufenen Gesellschaft war, zum Vorwurf zu machen. Aber die Fürstbischöfe waren kaum besser als die Fürsten: Sie haben weder besser noch schlechter regiert als alle

Regierenden der Geschichte. Rom selbst ist zur Hauptstadt eines päpstlichen Staates geworden, dessen Existenz mit der Unabhängigkeit entschuldigt werden kann, die er den Päpsten garantierte, aber dessen Fortdauer bis zum letzten Jahrhundert, als die Voraussetzungen für seine Gründung nicht mehr gegeben waren, bedauert werden muß. In dieser Stadt wurde die politische Macht auf die rückschrittlichste Art aller Zeiten ausgeübt, und der beklagenswerte Zustand des heutigen Italien ist nur eine der Auswirkungen dieses hartnäckigen Festhaltens an der Vergangenheit.

Selbst bis zu diesem Augenblick, da wir hier versammelt sind, haben in der Kirche archaische Regierungsmethoden den Zahn der Zeit und die Weltrevolutionen überlebt. Auf der bedenklichen Grundlage einiger Zitate aus dem Evangelium, die verschiedene Auslegungen zulassen, ist eine Institution entstanden, die nach eigener Auffassung über der Weiterentwicklung der Menschengesetze steht, weil sie sich selbst als den einzigen Bürgen für die Gottesgesetze sieht. Hier behaupten wir, daß wir uns bei der Auslegung der Worte Jesu nie irren. Der *Syllabus* der im vergangenen Jahrhundert durch einen meiner Vorgänger verurteilten Irrtümer enthält jedoch mehrere Artikel der Menschenrechtserklärung. Wir brüsten uns heute damit, die Garanten für Rechte zu sein, die wir bekämpft haben, als sie umstritten waren, und als deren Urheber wir uns sehen, wenn sie unbestreitbar sind.

Die Kirche in ihrer heutigen Form stellt eine gegenseitige Angleichung des Christentums an die Lebensformen in Mittelmeerländern dar, und – als durch Formalismus gekennzeichnete römische Kirche – verkörpert sie Zentralismus und Autokratie. Nichts in der Lehre Jesu gebot die Gestaltung der kirchlichen Institution, so wie wir sie heute kennen, das heißt nach dem veralteten Muster des Römischen Reiches, das vor bereits fünfzehn Jahrhunderten unter dem Gewicht seines eigenen Gefüges zusammengebrochen ist. Nichts in der Predigt Jesu deutet darauf hin, daß Rom der heilige Sitz einer Kirche mit der höchsten Staatsgewalt werden sollte.

Was die berechtigten Gründe für eine Gleichsetzung von Kirche und Macht auch gewesen sein mögen, sie haben keinen Bestand mehr. Die bürgerliche Gesellschaft ist eine demokratische Gesellschaft, und wir bejahen unentwegt die Wichtigkeit dieses Grundsatzes, solange er für die Kirche keine Anwendung findet. Wir sind Verfechter der These, wonach die Kirche nicht demokratisch gestaltet sein kann, weil das Priesteramt von Gott und nicht von den Menschen geschaffen wurde. Der Pfarrer und der Bischof werden nicht von den versammelten Gläubigen berufen. Die Kirchengewalt geht nicht vom Volk aus, im Gegenteil, sie geht von der Spitze aus. Dieser Verwaltungsmechanismus einer menschlichen Organisation funktioniert wie die politische Macht vor der industriellen Revolution. Wie lange noch werden wir diese Menschengesellschaft nach einem Regierungssystem führen können, das kein Bürger oder kein Arbeiter in seinem Land oder an seinem Arbeitsplatz mehr ertragen muß?

Die Behauptung, einsichtigere Entscheidungen würden eher in Rom als in den Diözesen gefällt, ist mit der Ausstattung der römischen Kurie mit Zauberkräften und magischer Urteilsfähigkeit gleichzusetzen. Betrachtet man ernsthaft eine Vielzahl der auf diese Art und Weise zustandegekommenen Entscheidungen, so muß man bezweifeln, daß die Führungsorgane der katholischen Kirche wirklich vom Heiligen Geist inspiriert werden. Man muß einsehen, daß es sich um unsichere, fehlbare Entscheidungen von Menschen handelt, welche um so weniger geeignet sind, je weiter das Entscheidungszentrum vom Anwendungsort entfernt ist. Die Vermengung von Exekutive, Legislative und richterlicher Gewalt führt unweigerlich zur Korruption der Macht mangels Gegengewicht. Daß der

Mensch, der Einheit symbolisieren sollte, die Verantwortung für diese strittigen Entscheidungen übernehmen muß, führt diese Einheit nicht herbei, sondern zerstört sie für immer. Die Spaltung zwischen unseren Brüdern der russisch-orthodoxen Kirche, der evangelischen Kirche und uns ist das zwangsläufige Ergebnis einer maßlosen Zentralisierung der Macht gewesen.

Der Verzicht auf diese unumschränkte Gewalt hieße Wiederherstellung der Herrschaft der örtlichen Kirchen. Die zuvor aufgezählten Funktionen können und müssen von den Diözesen oder von innerdiözesanen Organen ausgeübt werden. Aus menschlicher Sicht nicht mehr möglich ist die Beibehaltung der dominierenden Position des Oberhirten der römisch-katholischen Kirche, der seinen mit Rom vereinten östlichen Amtskollegen eine förmliche Gleichstellung nur widerwillig einräumt. Es ist nicht mehr hinnehmbar, daß er aufgrund seiner Machtposition die Primasse anderer Kirchen, hauptsächlich der slawischen, griechischen, arabischen, germanischen, skandinavischen, angelsächsischen Kirchen, aus der katholischen Kirche ausschließt. Es ist nicht mehr annehmbar, daß keine weiteren Patriarchen eingesetzt werden, um in Afrika oder Asien alteingesessene Zivilisationen zum Christentum zu bekehren. Die legitimen und wünschenswerten Kulturunterschiede werden zum Hindernis für die religiöse Einheit aller Christen.

Ich rufe alle meine im Geiste Christi vereinten Brüder zu einem wahren ökumenischen Konzil auf. Es steht mir nicht zu, diejenigen auszuschließen, die sich auf Jesus berufen, aber der katholischen Kirche nicht angehören. Dieses Konzil müßte die Patriarchen aller Kirchen einbeziehen, ohne daß es mir obliegt, über deren Liste zu bestimmen. Ich wünsche nur, daß nicht die gesamte Westkirche durch einen alleinigen lateinischen Patriarchen vertreten wird, der gleichzeitig der Bischof von Rom wäre. Ein einziger Mann kann nicht einen Teil und das Ganze vertreten, ohne daß das Ganze sich den besonderen Regeln des Teils beugen muß. Die Bischofskonferenzen verschiedener Länder, bestimmter Regionen, bestimmter Gesellschaftsgruppen müssen sich frei organisieren und den Wunsch ihrer Teilnahme an diesem Konzil äußern können.

Ich bin mir der Vermessenheit dieses Vorhabens und seiner Risiken bewußt, aber ich erkenne auch die Gefahren der heutigen Situation, an der wir kein Wohlgefallen haben können. Ich erinnere Sie an die eigenen Worte Jesu, so wie sie uns von Matthäus berichtet und von der Quelle wörtlich bestätigt werden: *‹Ihr aber sollt euch nicht Rabbi nennen lassen; denn nur einer ist euer Meister, ihr alle aber seid Brüder. Auch sollt ihr niemand auf Erden euren Vater nennen; denn nur einer ist euer Vater, der im Himmel. Auch sollt ihr euch nicht Lehrer nennen lassen; denn nur einer ist euer Lehrer, Christus.›* Nun aber trage ich jetzt angeblich folgende Titel: Bischof von Rom, Stellvertreter Jesu Christi, Nachfolger des Apostelfürsten, Oberhaupt der universalen Kirche, Patriarch des Abendlandes, Primas von Italien, Erzbischof und Metropolit der römischen Kirchenprovinz, Souverän des Staates der Vatikanstadt und Diener Gottes.

Ich beschließe daher, die Titel und Funktionen, die auf den Schultern des Bischofs von Rom lasten, aufzugeben und nur letzteres Amt zu behalten. Ab diesem Zeitpunkt fordert der Vatikanstaat seine Reintegration in den italienischen Staat. Infolgedessen üben die Nuntiaturen und apostolischen Delegationen ihre Funktion als diplomatische Vertreter nicht mehr aus. Alle angestellten Priester und Laien des Vatikan kehren in ihre ursprünglichen Diözesen zurück.

Die vatikanische Basilika, mit Ausnahme der Krypta, in der wir uns befinden, wird kein Ort der Gottesverehrung mehr sein, weil mit ihr weniger des Grabes Petri als des Triumphalismus der Gegenreformation gedacht wird. Ihre Errichtung wurde mit dem Verkauf von Sündenablässen finanziert, und sie hat zur Spaltung der Christen geführt. Man kann nicht das Symbol der Einigkeit sein, wenn man in einer Kirche wohnt, die das Sinnbild der Teilung ist. So begebe ich mich in den Dom des Bischofs von Rom, in die Lateranbasilika San Giovanni. Ich werde zu diesem Ort nur zurückkehren, um zusammen mit meinen Priesterkollegen am Grabe Petri und am Grabe Jakobus' zu beten.

Ich mache mich auf die Suche nach den verlorenen Schafen.»

17

❖❖❖❖❖❖

Draußen vor der Basilika stand eine große Menschenmenge, weil Mittwoch war und der Papst an diesem Tag für gewöhnlich die Pilger traf. Emmanuels Stimme schallte aus den für diese Begegnungen vorgesehenen Lautsprechern über den ganzen Petersplatz. Er sprach italienisch, aber es wurden gleichzeitig Übersetzungen in zahlreichen Sprachen an die Menge verteilt. So konnte jeder den Worten Emmanuels folgen.

Als er seine Ansprache an die in der Gruft versammelte Synode beendet hatte, nahm er unter den skeptischen Blicken der Versammlung seine weiße Kalotte ab und zog seinen Umhang, sein Zingulum und seine Soutane aus. Darunter trug er eine graue Hose und ein weißes Hemd. Er ging aus der Krypta, dann aus der Basilika, die aus gegebenem Anlaß leer war. Allein erschien er oben auf der Treppe, unter der Kolonnade, dann bahnte er sich einen Weg durch die Menge und überquerte zu Fuß den Petersplatz. Er drängte die Polizisten zurück, die versuchten, ihn zu eskortieren, und machte sich in Begleitung von Colombe und Theo, die sich ihm zugesellt hatten und einige Schritte hinter ihm liefen, auf den Weg zur Via della Conciliazione.

Wenige Minuten später erschien unter den Kolonnaden eine Gruppe von etwa hundert Bischöfen, die Mitglieder der Synode. Einige von ihnen hatten ihre Soutane noch an, andere hatten sich bereits für die gleiche Kleidung wie Emmanuel entschieden. Nach kurzem Zögern gingen sie alle nacheinander den von Johannes XXIV. gebahnten Weg. Dabei entledigten sich einige ihrer Prunkgewänder. Und die Menge zertrampelte dieses Erbe aus dem alten Römischen Reich.

Derek Dood hatte die Ansprache Johannes' XXIV. hören können, denn er befand sich auf dem Petersplatz, zusammen mit Paolo Pacelli. Er wandte sich ihm zu und sagte:

«Ich kann gegen diesen Mann nichts mehr unternehmen. Er hat beschlossen, die Wahrheit zu verkünden, und wird dadurch unangreifbar. Ich war hier, um ihn mit seinen eigenen Lügen zu Fall zu bringen. Jetzt muß ich gehen, denn ich habe hier nichts mehr zu tun.»

Die für eine Weile unentschlossene Menge folgte Emmanuel und den Bischöfen. Es war eine Menschenflut, eine Mischung von Menschen aus allen Ländern, aller Rassen, mit allen möglichen Sprachen. Mit jedem weiteren Schritt Emmanuels wurde die Menge dichter. Die Fernsehbilder sowie die Rundfunkkommentare trieben die Römer und die Touristen auf die Straße. In der ganzen Stadt breitete sich ein Gerücht aus: «Der Papst verläßt den Vatikan.» Büros, Fabriken und Läden wurden leer.

Als Emmanuel über den Tiber ging, waren die Straßen voll von Menschen, aber er bahnte sich weiter einen Weg durch den Corso Vittorio Emanuele. Er lief immer weiter, einem einzigen Gedanken folgend: zurück zu seiner Kirche und dort stehenbleiben. Seine Lippen bewegten sich, und das Volk glaubte, er bete oder singe einen Psalm. Nur sein Bruder und seine Schwester, die nahe genug bei ihm waren, konnten in seinem Gesang ein Kinderlied erkennen:

Bruder Jakob, Bruder Jakob!
Schläfst du noch, schläfst du noch?

Emmanuel ging die Via dei Fori Imperiali entlang und ließ dabei die Ruinen des alten römischen Reichs und die Überreste seiner Verherrlichung durch den Faschismus hinter sich. Als er am Kolosseum vorbeikam, kniete er sich auf den blanken Boden: zu Ehren der Märtyrer, die hinter diesen Mauern ihr Leben gelassen hatten, um zu verkünden, daß Gott und Caesar kein Bündnis mehr schließen. Wegen der dichten Menge kam er nur langsam voran und brauchte mehr als drei Stunden, um die Strecke zurückzulegen.

Als er bei der Lateranbasilika eintraf, läuteten die Glocken Sturm. Bei genauerem Hinhören waren auch die Glocken der anderen römischen Kirchen auszumachen. Dabei konnte man die Glocken nicht hören, die in der ganzen Welt plötzlich läuteten. Denn die Priester oder Küster, die ferngesehen hatten und Roms Glocken läuten hörten, liefen zu ihren eigenen und setzten sie in Gang: Notre-Dame in Paris, Saint Paul's Cathedral in London, Saint Patrick's Cathedral in New York, die Basilika in Santiago de Compostela, Saint-Pierre in Genf, die Himmelfahrtskathedrale im Kreml. Alle läuteten zur selben Zeit, im Einklang, im richtigen Ton und laut. Überall liefen die Menschen auf die Straße. Die Christen erklärten den anderen, was soeben geschehen war.

Emmanuel stieg die Stufen zur Lateranbasilika hinauf, kniete vor dem Portal nieder und küßte den Boden. Dann erhob er sich wieder, legte seine Arme um die Schultern seiner Geschwister, und zu dritt betraten sie das Kirchenschiff. Danach unternahmen sie noch vieles mehr. Wollte man alles ausführlich zu Papier bringen, würde die ganze Welt nicht damit fertig werden, die Bücher zu zählen.

Écublens
Sonntag, 25. Juli, Jakobstag
Heiliges Jahr 1993